조용한★미국인

조용한 미국인

The Quiet
American

그레이엄 그린

안정효 옮김

민음사

THE QUIET AMERICAN

by Graham Greene

차례

서문

제이디 스미스

"내가 종교를 찾아야 했던 까닭은 내 사악함을 견줄 기준이 필요하기 때문이었다."라고 그레이엄 그린은 말했다.

이것은 그를 (그가 무척이나 역겨워했던 표현인) '가톨릭 작가'라고 분류하는 시각을 바로잡으려는 발언이었으니, 그가 가장 높이 섬기는 가치관으로 그리스도를 선택하기 전까지 그린은 무엇보다도 기준이라는 개념 자체에 매우 집착한 인물이었다. 인간성의 편차를 비교하는 척도에 대하여 그린보다 섬세한 감각을 지닌 20세기의 작가는 아무도 없었다. 덜 유명한 소설가들이 나쁜 악당과 착한 주인공을 분류하느라고 훨씬 막연한 묘사를 마다하지 않고 구사하는 반면에 그는 사악함과 잔인함과 비정함과 악독한 우매함의 애매한 경계들을 넘나들며 다양한 차별화를 도모하는 대가였다. 그린의 등장인물들은 도덕 체계의 여러 미세한 단층의 범주 안에 존재한다. 그들의 결함과 약점의 수준은 갖가지다. 그래서 그린의 인물들 중 순수하게 선량한 유형은 아무도 없고, 그냥 심하거나 온건한 수준에서 사악함의 정도가 다를 따름이다.

이렇듯 세심한 윤리적 사실주의는 그린의 문학에서 흔히 사람들이 간과하기 쉬운 양상인데, 그 이유는 — 방랑벽이나 언론 보도 형식의 글쓰기나 노골적으로 성적인 내용 따위의 — 보다 기이한 양상들에 가려 그가 자칫 어스킨 차일더스,[1] 렌 데이튼,[2] 알렉 워,[3] 존 르 카레[4] 같은 모험적인 행동파 작가들의 계열에 속한다고 오해하기 쉽기 때문이다. 분명히 그린은 전율과 긴장의 흥분감에 항상 깊은 관심을 보이던 작가여서 — 십 대에 그는 단순히 상징적인 시늉이 아니라 진짜로 목숨을 걸고 러시

---

1 Robert Erskine Childers. 아일랜드 독립 투쟁을 위해 자신의 요트로 무기를 밀반입했던 소설가. 대표작은 영국 첩보 소설의 원조로 꼽히는 『모래밭의 수수께끼(The Riddle of the Sands)』.

2 Len Deighton. 영국 공군 출신의 추리 소설 작가. 대표작은 『국제첩보국(The IPCRESS File)』.

3 이블린 워(Evelyn Waugh)의 형으로 1차 세계 대전에서 독일군의 포로가 되어 수용소 생활을 한 소설가. 널리 알려진 작품으로는 해리 벨라폰테와 도로시 댄드리지가 주연한 영화의 원작이 된 『양지의 섬(Island in the Sun)』.

4 John Le Carré. 영국 정보부 MI6 출신의 첩보 소설 작가.

안룰렛[5]을 실험하기까지 했다. 그렇기는 하지만 그의 서재 책꽂이에 헨리 제임스의 저서들이 두드러지게 많았다는 사실을 우리는 잊지 말아야 한다. 어떤 다른 성향들을 보였다고 하더라도 그린은 어쨌든 문학계의 이중간첩과 같은 존재여서 작품이 드러내는 깊이의 일부는 그가 어린 시절에 영웅으로 삼은 H. 라이더 해거드[6]보다 헨리 제임스로부터 물려받은 자산이라고 해야 옳겠다. 제임스의 소설에서나 마찬가지로 그린의 작품에서는 인간의 변화무쌍한 모든 양상이 해부의 대상으로 실험대에 오른다. ("나는 착한 사람인 반면에 저 친구는 삐딱하다."라는 식으로) 우리가 구체적이라고 제멋대로 상상하는 인물의 특성들은 전쟁과 죽음과 상실감과 사랑 같은 인간의 극한적 상황 앞에서 거의 아무런 호소력이 없다는 속성을 드러내기 십상이다. "인간의 본성은 흑과 백이 아니라 흑색과 회색이다." 이런 속성을 처음 깨달은 소설가는 그린이 아니었지만 그가 그려 내는 회색은 황홀할 정도로 다양하다. 이 회색 지대에 자리를 잡은 『조용한 미국인』에는 음흉하고 아리송한 경계에 위치한 인간 유형들이 등장하는데, 솔직하게 실속을 밝히는 후엉은 타락했고, 또 파울러

5 그린은 청소년일 때 혼자 이 위험천만한 놀이를 몇 차례 했었다고 자서전 『인생의 흉내(A Sort of Life)』에서 고백했다.

6 Henry Rider Haggard. 아프리카 같은 오지를 무대로 한 모험 소설을 주로 발표했으며 이른바 '잃어버린 세계' 소설의 개척자로 유명하다.

의 방종함과 파일의 순진함 사이에서 계속 줄타기한다. 정말로 기막힌 구조를 갖춘 소설이 아니겠는가? 그들 3인조는 저마다의 꼭짓점에서 서로 경계하고 견제하며 아슬아슬한 공존의 묘기를 이어 간다. 이 세 사람의 관계에서 균형을 유지하려면 노련한 솜씨가 필요한데 — 작가 그린은 그들의 신랄함과 희망과 인간적인 결함을 비교하고 대비시켜 가면서 — 우리가 함부로 세 주인공의 인간성에 대하여 만족스럽고 확고한 결론을 내리면서 독자로서의 의무를 말끔하게 끝냈노라고 오만함에 빠지는 여유를 절대 용납하지 않는 방식으로 상황들을 조명한다. '불확실성은 살아 있다는 증거'이므로 그린은 독자들에게 확신의 만족감을 허용하지 않았다. 『조용한 미국인』의 경우에는 모호한 윤리적 이율배반성이 소설의 기초 자체에 뿌리를 박았다. 앞에서 나는 도덕 체계의 여러 미세한 단층을 언급했는데, 그린의 조명 방식은 제임스의 『유럽인』[7]이 제시한 섬세하고 조심스러운 시각을 우리에게 상기시키기는 하지만 응접실에서 토론의 장을 벌이는 주인공들을 전쟁터로 끌어내는 일은 결코 만만치 않은 작업이었다! 전쟁터에서 인간은 아무것도 확실하게 판단할 수 없다. 그린은 그가 살았던 시대에 벌어진 가장 지저분

7 헨리 제임스(Henry James)는 순진하거나 단순하고 '조용한' 미국인과 범세계적 사고방식을 갖춘 유럽인의 복잡한 관계를 자주 다루었으며, 『유럽인(The Europeans)』은 그 대표적인 작품으로 꼽힌다.

한 몇몇 분쟁, 그러니까 전쟁을 벌여야 했던 이유들이 당위성을 잃고 모호해진 다음에도 사람들이 계속해서 싸워야 했던 여러 전쟁에 충동적으로 강렬한 관심을 보였다. 그의 작품에 등장하는 주인공들은 끝이 보이지 않는 전쟁 속에서 살아가야 한다는 윤리적 불확실성과 혼란스러움에 사로잡힌다. 그럼에도 불구하고 후엉과 파울러는 베트남에서 서로 상대방의 가치를 발견했으며, 적어도 파울러에게만큼은 그것이 더 이상 바랄 나위가 없는 축복이었다. 그들은 힘겨운 현실에서 비록 작기는 하지만 그나마 숨을 돌릴 수 있는 안식을 찾은 셈이었다. "나는 연옥에 굉장히 큰 희망을 거는 사람입니다." 어느 기자와의 면담에서 그린이 한 말이다. "내가 연옥이 퍽 합리적인 개념이라고 생각하는 까닭은…… 동적인 의미가 담겼기 때문입니다. 그냥 수동적 상태인 환희를 의미하는 천국의 개념을 난 받아들이지 못하겠어요." 파울러의 연옥으로 들어오는 파일은 천국을 신봉하는 인물이다. 그는 베트남에 대한 우렁찬 논리로 무장한 상태에서 수단과 방법을 가리지 않고 자기 신념을 베트남에서 어떻게든지 실현하겠다는 각오를 앞세우며 나타난다. 하지만 파일은 이 소설에서 아전인수 격으로 왜곡된 논리에 집착하는 유일한 인물이 아니다. 파일은 파울러에 대한 선입견이 확고하지만 파울러 또한 파일에 대한 고정 관념이 (작품에서 주도적인 서술 내용으로 떠오를 만큼) 뚜렷하므로 비록 나중에 그렇지 않다는 진실이 밝혀질지언정 자칫 조용한 미국인의 면모가 오히려 그에게서 훨씬 더 강하게 드러난다는 잘못된 인상을 주기까지 한다. 두 남자는 필연적으로 후엉에 대하여 똑같이 왜곡된 식민주의적 시각을 드러낸다. 개인적인 필요성에 입각하여 노출시키는 이런 시각들을 하나도 믿어서는 안 된다. 그린은 아직 어린 소년이었을 때 융 학파의 정신 분석가로부터 고강도 치료를 받았을 뿐 아니라 (사랑에 빠진 두 사람의) 내밀한 정신세계가 소우주[8]의 차원으로부터 그들이 처한 지정학적 대우주의 양상으로 발전하는 욕망들을 추적하는 데에 특출한 능력이 있었으므로 인간의 가장 깊은 동기들을 관통하는 이기적 심리의 흐름을 일찍이 인지했다. 그는 사람들이나 마찬가지로 한 나라가 다른 나라와 사랑에 빠지고, 긴밀한 관계를 유지하다가 점점 싫증을 느껴 마음의 상처를 준다는 사실을 잘 알았다.

『조용한 미국인』에서는 여러 개인적 동기가 거울에 비친 정치적 쌍둥이들처럼 긴밀하게 서로 연결된다. 이혼한 아내로부터 받은 편지에 대하여 파울러가 거침없이 쏟아 내는 발언을 들어 보라. 인간을 지칭하는 모든 단어를 '국가'로 대입해 보면서 말이다.

---

8 그리스어 mikros kosmos(작은 우주)에서 유래한 표현으로 14세기부터 학자들은 인간을 축소판 우주(microcosm)의 개념으로 이해했다.

그에 대한 보복으로 나에게 상처를 입힐 길을 모색하는 그녀를 누가 탓하겠는가?

상처는 소유하려는 행위에서 비롯한다. 우리 두 사람은 자만심을 느끼지 않으면서, 또 상대방을 소유하거나 굴욕감을 느끼지 않으면서 소유당하기에는 몸과 마음이 너무나 초라했다.

불행하게도 순진한 사람들은 항상 온갖 갈등에 휘말리기 마련이다. 항상, 어디에서나, 망루에서 울부짖는 어떤 목소리가 들려온다.

나는 생각했다. '논설위원보다 현장을 뛰는 취재 기자로서 데가제(dégagé, 초탈)의 경지에 이르렀다고 그토록 잘난 체하며 너는 뒷구멍으로 도대체 얼마나 지저분한 짓들을 벌여 왔던가. 이보다는 다른 종류의 전쟁이 훨씬 순수하다. 박격포가 오히려 피해를 덜 준다.'

그린이 인간과 정치의 본질을 추적하는 시각은 관계의 복잡한 양상들을 단순화하는 대신, 예술적 기교의 힘을 빌려 연관성들을 인정하면서 표출시키는 방식으로 작동한다. (왜 베트남으로 왔느냐는 질문을 받고 "부분적으로는 여인들의 아름다움 — 그 경이로운 아름다움 때문"이었다고 한 그린의 답변에서 잘 드러나듯이) 그는 낯선 나라에 대한 사랑과 그곳 여성들에 대한 사랑이 상호 연관된 현상이라고 솔직하게 인정했다. 사랑하는 사람에게 자유를 주고 싶은 마음과 상대방이 내 뜻에 따르기를 바라는 마음은 모든 인간의 내면에서 동시에 작동하는 이중적 욕망이며, 이런 본성은 후엉에 대한, 그리고 그녀가 태어난 나라에 대한 파일의 이율배반적 관계에 그대로 적용된다. 이렇게 거울로 반사하는 변주 방식에서라면 그린은 단순히 허를 찌르는 정도가 아니라 수많은 다른 영어권 소설가보다 훨씬 뛰어난 솜씨를 발휘한다. 이 상징적인 삼각관계에서 후엉은 물론 어느 정도까지 베트남을 상징하지만, 그래도 여전히 모든 면에서 나름대로의 독특한 정체성을 드러낸다. 그녀는 파일보다 훨씬 고상하게 춤을 추고, 침대에 비스듬히 누워 앤 공주에 대한 책을 읽기도 한다. 그녀는 분별력을 잃지 않는다. 독자는 그린이 그녀의 삶에 대해 충분히 알지 못하거나 상상력이 미치지 않는 부분은 구태여 서술하지 않음으로써 문제를 해결하고 있다는 인상을 받는다. 그 결과로 후엉은 자신의 상징적 부담을 털어 버리고 자유롭게 허공에서 떠다니는 존재가 된다. 그렇게 까띠나 거리[9]에서 — 비단

---

9 이 소설에서 여러 사건이 벌어지는 까띠나 거리는 19세기 중반 프랑스가 베트남을 장악하기 위해 동원했던 전함의 이름을 딴 거리로 베트남 전쟁 당시에는 투도 거리라고 했다. 콘티넨털, 마제스틱, 까라벨 호텔 등 프랑스풍 건

스카프를 사고 밀크셰이크를 마시며 — 파울러가 서술하는 시각으로부터 벗어남으로써 그녀의 나라 전체를 상징해야 한다는 독자의 천박하고 당연한 요구를 거부한 채 자기만의 고고한 인생을 살아간다. 우리는 파일이 파울러로부터 빼앗으려고 하는 '개념'으로서의 여자가 아니라 살아 숨 쉬는 진실한 인간으로서 그녀의 존재를 인식한다. 파일의 고루한 수사학으로부터 그녀의 본질적인 후엉다움을 지켜 주는 일은 파울러가 벌여야 하는 대결의 한 부분을 이룬다. 그는 이 대결에서 부분적으로밖에 성공을 거두지 못한다. 때때로 파울러는 후엉에 대한 파일의 인식으로부터 그녀를 보호하려는 노력이 새로운 허상으로 자신을 변신시키는 결과를 가져온다는 사실을 어렴풋이 깨달으면서 의기소침해하기도 한다. 사실상 그의 1인칭 서술은 자신의 허상보다 식민주의의 위험성에 대한 경고의 희화로 치우치는 바람에 소설이 자주 3인칭 일반론으로 기울고는 하는데, 그 까닭은 "소리에도 빛깔이 있어서 황색 목소리들은 노래를 부르고 흑색 목소리들은 껄떡거리는 반면 우리 목소리는 말밖에 할 줄 모르기 때문"이다. 이러한 관념적 사각지대가 창작 기법에서 첫째로 손꼽히는 결함임을 우리는 간과하면 안 된다. 그러다 보

물이 즐비하고 가로수가 높이 치솟은 산책길로 유명하다. "사이공의 샹젤리제"라고 불리던 이곳은 비슷한 시기 우리나라의 유행을 선도하던 명동과 같은 첨단의 위상을 가졌다. 현재는 '동커이'로 이름이 바뀌었다.

면 파울러의 이야기가 후엉에게 어떤 내용으로 비칠지 만족스럽게 설정하기 위해 그린은 더욱 과도한 상상력의 도약을 감행할 수밖에 없다. 하지만 그런 이탈은 흔한 경우가 아니다. 파울러의 관점이야 어떠하든 이 작품은 맹렬한 정치적 시각을 담고 있다. 파일이라는 인물이 지닌 정치적 순진함의 정밀한 해부는, 책이 출판된 이후 시간이 흐를수록 점점 더 뚜렷한 공명을 불러일으키는 듯싶다.

"그 방면에서 당신이 무슨 짓을 저지르고 있는지 깨달아 주기를 난 하느님께 빌겠어요. 아, 당신의 온갖 동기가 항상 그렇듯이 훌륭하다는 건 나도 알아요. ……난 당신이 몇 가지나마 가끔 나쁜 목적에도 신경을 써서 인간성에 대한 이해의 폭을 좀 더 넓혔으면 좋겠다고 생각해요. 그리고 그건 말이죠, 파일, 당신 나라에도 똑같이 권하고 싶은 사항이랍니다."

그러나 조용한 미국인은 깨닫지 못한다. 끝까지 그에게는 평화보다 신념이 훨씬 중요하며, 그래서 사람들보다 관념적 이상이 절대적이라는 스스로의 판단을 굽히지 않는다. 그의 순진한 세계관은 일종의 근본주의여서 세상에는 신념이 존재하지 않으면 안 된다고, 그는 믿는다. 원리 원칙을 따르는 신념. 왜곡된 신념이라도 상관이 없다. 전 세계에 산재하는 파일과 같은 모든 사람에 대한 내 두려움은 소설을 다시 읽으면서 더욱 깊어졌다. 그들은 의도적으로 나를 해치지 않지만 결국 나는 그들에게서 피해를 입는다. 작가는 파일이 그저 상징적 현상에 지나지 않는다고 간주해 버린 헛된 죽음들의 당위성을 질문하며 생명의 중요성을 부르짖는 수호자가 될 기회를 파울러처럼 냉소적인 인물에게 허락한다. 이러한 설정이야말로 그린의 위대한 업적이다. 파울러는 적어도 이 세상엔 사람을 죽일 만큼 가치 있는 이념이란 존재하지 않는다고 믿을 정도의 이상주의자적 면모를 보인다.

혹시 세상에서 조금이라도 신봉하는 대상이 있기나 하느냐고 파일이 꼬치꼬치 캐묻자 파울러는 이렇게 말한다. "아, 난 버클리의 사상을 믿지 않아요. 내가 지금 이 벽에 등을 기대고 있다는 사실은 믿죠. 저기 저것이 경기관총이라는 사실도 믿고요." 파일은 "내가 한 말은 그런 뜻이 아니었어요."라고 반박한다. 그린의 작품이 담아낸 정확한 의미는 바로 그것이었다. 그가 우리에게 제공하는 희망이란 밀착해서 관찰한 사람이 아니고서는 내놓기 불가능한 종류의 정보에 기초를 두고 있다. 그는 세부적인 사항들을 방패로 삼아 우리를 지켜 주려고 하는데, 파일의 이념들처럼 거대하고 형체가 없고 비인간적인 대상에 맞서 싸우려면 구체적이고 섬세한 무기가 필요하다. 그린의 문학이 언론의 문체로 오염되었다는 주장에 반박하느라고 너무나 많은 사람들이 시간을 낭비했지만, 우리는 그런 구차한 변명을 늘어놓는 대신에 그가 지금까지 활동해 온 언론인들 가운데 가장 위대한 인물이었노라고 당당하게 인정해야 옳겠다. 만일 더 많은 언론인이 광장에서 벌어진 폭발 사건에 대하여 그린처럼 생생하고 충실하게 보도했더라면 과연 우리는 그간의 전쟁을 얼마나 더 오래 견디며 받아들였을까? 그린에게는 세부적인 묘사들이 힘겨운 고역이었겠지만 그에 대한 보상 또한 적지 않았다. 완벽하게 묘사한 서술의 작고 일상적인 조각들은 우리로 하여금 인간적인 공감을 느끼게 하여 통계학자들의 화법을 멀리 따돌리고 우리 자신의 진솔한 현실을 되돌아보게 한다. 이런 식으로 현실을 보도하거나 어떤 글이든 이렇게 써낼 만한 능력을 갖춘 언론인이 몇이나 되겠는가?

……지평선을 타고 시곗바늘처럼 포물선을 그리며 천천히 날아가는 포화의 섬광을 남겨 두고…….

"차 한잔 드시겠어요?" "고맙지만 난 벌써 세 잔이나 마셨는데요." 마치 외국어 회화를 배우는 책에나 나올 법한 문답 같은 대화였다.

두려움의 순간에 사람들이 하느님과 가족과 연인에 관해 무슨 생각을 하는지, 나는 수없이 많은 소설 속에서 읽었다. 나는 그들이 스스로를 통제하는 능력에 대해 놀라움을 금할 수 없었다. 내 경우에는 아무 생각도 떠오르지 않았으며, 뚜껑처럼 들거나 밀어 올릴 수 있는 비상 탈출구가 머리 위에 나타나리라는 상상조차 불가능했다. 그 잠깐 동안에 나는 아예 존재하지를 않았고, 완전히 공포감에 사로잡혔다. 사다리 꼭대기에 다다라서 닫혀 있는 뚜껑 문을 머리로 들이받았는데 두려움 탓에 나는 그때까지 얼마나 높이 올라왔는지 의식하지를 못했고, 아무것도 보이지 않았으며, 아무 소리도 들리지 않았다. 그러고는 내 머리가 흙을 깔아 놓은 망루 바닥 위로 올라왔고, 아무도 나에게 총을 쏘지 않았으며, 두려움이 서서히 가라앉았다.

1991년 그린이 세상을 떠나자 — 다른 작가들을 너그럽게 평가해 주는 호의에 인색하다고 알려진 — 킹슬리 에이미스는 그에게 어울리는 깔끔한 조문을 보냈다. "온 세상 사람들이 그를 그리워하리라. 오늘날에 이르기까지 그는 우리의 가장 위대하고 유일무이한 소설가였다." 위대한 소설가의 조건이 과연 무엇인지에 대한 에이미스와 그린의 개념은 지금의 시각하고는 차이가 있는데, 그들에게 작가란 글을 쓰는 노동자를 의미했다. 그들이 생각하는 작가란 세상 한가운데서 살아가며 세상 이야기를 하고, 비평가가 아니라 독자를 위해서 글을 쓰고, 잘난 체를 하지 않고 꾸밈이 없으며, 날마다 신문 기자만큼 많은 어휘를 써내는 사람이었다. 오늘날 영국 작가들은 질적으로나 양적인 면에서 발작을 일으키듯 작업하며 '문학'으로부터 '오락물'[10] 쪽으로 한눈을 팔고, 그러다 보니 결국 어느 한쪽에서도 성공을 거두지 못한다. 그린은 그런 차별화에 그다지 신경 쓰지 않았다. 현장에서의 취재 활동은 소설을 낳고, 소설은 자연스럽게 영화가 되었으며, 그는 자신이 꾸었던 꿈을 적은 일기장에서도 몇 편의 단편 소설을 건져 낸 작가였다. 심지어 가끔 꿈마저 몸소 주문 제작하기도 했다. 언젠가는 장편 소설을 한참 써 내려가다가 글이 막히는 바람에 집필을 중단하고 잠자리에 들어서 문제를 어떻게 풀어내야 할지 고민했는데 아침에 일어났더니 저절로 해결되었다고 한다. "작품은 제자리걸음을 하며 머뭇거렸고…… 꿈이 마무리를 지어 주는 듯싶었다." 모든 작가가 부러워할 만한 다기능 상상의 추진력 덕분에 그는 소재의 고갈에 시달리기는커녕 오히려 넘쳐 나는 이야깃거리에 깔려서 허우적거려야 할 지경이었다. 그는 어린 시절이란 소설가에게 무한 대출을 보장해 주는 은행이나 마찬가지라는 유명한 말을 남겼는데, 공립 학교 시절의 비참했던 나날, 교장이었던 아버지와의

---

10 그린은 자신이 발표한 추리 소설들을 오락물(entertainment)이라고 분류했는데, 이 표현은 흔히 영화나 텔레비전에 작품을 팔려는 욕심을 폄하하는 의미로 쓰인다.

투쟁, 자신의 정신과 주치의의 아내를 유혹했던 십 대 소년, 신과 광기를 대상으로 벌인 희롱…… 그린의 어린 시절을 돌아보면, 그렇다, 그는 절대로 잠시나마 밑천이 모자라서 적자에 시달리는 작가가 아니었다. 영국 문단에 천부적인 이야기꾼이 많기는 했지만 그토록 풍부한 자료를 다듬어서 엮어 내는 통제력만큼은 그린에게서나 발견되는 희귀한 면모였다. 전쟁으로 만신창이가 된 인도차이나의 복잡한 가닥들을 다듬어서 『조용한 미국인』만큼 질서 정연하고, 주제가 뚜렷하고, 심지어 재미있도록 소설을 엮어 낼 만한 작가는 분명히 그린밖에 없었다.

2004년

친애하는 르네와 후엉에게

지난 다섯 해 동안 사이공에서 우리가 함께 보낸 즐거웠던 저녁 시간들의 추억을 소중하게 여겼기 때문만이 아니라 두 사람의 거처에 내 작품의 주인공 한 사람을 대단히 뻔뻔스럽게 입주시켰으며, 또한 후엉이라는 이름이 그 나라의 다른 대부분 여성의 이름하고는 달리 간단하고, 아름답고, 발음하기 쉽기 때문에 독자들에게 친근감을 주리라는 개인적인 판단에 따라 함부로 차용했으므로 이 책을 르네와 후엉에게 헌납할 수 있도록 허락해 달라고 나는 이미 요청한 바 있습니다. 그 밖에는 베트남의 어떤 인물에 관한 신상 정보든 함부로 인용하지 않았음을 두 분 다 인지하시리라 믿습니다. 파일, 그레인저, 파울러, 비고, 조…… 그들은 사이공이나 하노이에 실존하는 어떤 사람도 근거로 삼지 않은 인물들이며, 테 장군은 이미 사망했는데, 들려오는 바에 의하면 등 뒤에서 저격을 당했다고 합니다. 역사적인 사건이라도 필요에 따라, 적어도 한 가지 경우에는 재구성을 했습니다. 예를 들면 콘티넨털 근처에서 벌어진 대형 폭발 사건은 자전거 폭발보다 나중이 아니라 먼저 벌어진 일이었습니다. 나는 그런 사소한 수정 사항들에 대해서는 전혀 양심의 가책을 느끼지 않습니다. 이것은 상상력이 만들어 낸 몇 명의 등장인물에 관한 소설이지 역사책이 아니며, 나는 두 사람이 이 작품을 사이공의 무더운 하룻밤을 보내며 벗으로 또 말동무로 삼아 주기를 바랍니다.

그대들의 친구
그레이엄 그린

의무감에 쫓기는 인간은 쉽게 흔들리기 마련이고
흥분한 소신과 행동은 위험하기 그지없으니
마음의 농간과 부당한 절차 그리고 허울뿐인 명분에
감동하고 전율하기를 나는 거부하노라.

— A. H. 클러프

온갖 지고한 목적들이 창궐하여
영혼을 살리겠다며 육신을 죽이는
특권을 부여받은 시대가 도래했다네.

— 바이런

1부

1

까띠나 거리가 내려다보이는 방에서 저녁 식사를 마친 다음 나는 "아무리 늦어도 10시까지는 만나러 오겠다."라고 약속한 파일이 나타나기를 기다렸으나 시계가 자정을 알리자 더 이상 속 편히 자리에 앉아 시간을 보내기가 여의치 않아서 집을 나와 길거리로 내려갔다. 층계참에는 검정 홑바지를 걸친 늙은 여자들이 모여 앉아 있었는데, 2월이기는 하지만 내 생각에 그들은 너무 더운 날씨에 잠을 이루지 못해 바람을 쐬러 나온 듯했다. 딸딸이[11] 운전사 한 명이 천천히 페달을 밟아 강변 선착장

11 trishaw. 택시와 인력거 역할을 하는 베트남의 흔한 대중교통 수단. 지금은 통칭 '씨클로'라고 한다.

을 향해 이동했고, 포구에는 새로 도착한 미국 비행기들을 하역하느라고 가로등들이 불을 환히 밝혔다. 길게 뻗어 나간 거리에는 어디를 둘러보아도 파일이 눈에 띄지 않았다.

하기야 미국 공사관에 무슨 급한 볼일이 생겨 붙잡힌 바람에 빠져나오기가 곤란한 모양이려니 나는 혼자 생각했지만, 정말 그런 사정이라면 — 자질구레한 예절에 관해서는 워낙 빈틈이 없는 성격이었던지라 그가 틀림없이 식당에 전화로 연락해 두었을 듯싶었다. 집으로 들어가려고 돌아서는 순간, 나는 바로 옆집 문간에서 기다리고 서 있는 여자를 발견했다. 비록 얼굴은 보이지 않았지만 하얀 비단 홑바지와 길게 늘어진 꽃무늬 아오자이 자락만 보고도 나는 그녀가 누구인지 알았다. 이 시간이면 그녀는 집으로 돌아오는 나를 자주 같은 자리에서 기다려 주고는 했다.

"후엉." 나는 그녀를 불렀다. 그 이름은 '불사조'[12]라는 뜻인

---

12 '후엉'은 봉황의 '凰'이며, 서양인들은 봉황을 '불사조'와 동일시한다. 베트남은 중국어권 문화여서 이름이 모두 한자로 되어 있고, 세 글자의 성명 가운데 앞에 나오는 성이나 돌림자가 아니라 이름의 마지막 글자로 호칭한다. 가령 호치밍의 오른팔이었던 디엔비엔푸 전투의 명장 보응웬지압(Vo Nguyen Giap) 장군의 경우 '보 장군'이라고 성을 부르지 않고 '지압 장군'이라고 하는 것이 관례다. 호치밍을 '밍 주석'이라 하지 않고 '호 주석'이라고 하는 까닭은 호치밍은 본명이 아니라 '빛을 가져다주는 사람'을 의미하는 별칭이어서다.

데, 요즈음에는 무엇 하나 신화에서처럼 잿더미로부터 다시 살아나지를 않는다. 그녀가 구태여 설명해 주지 않아도 나는 후엉 역시 파일을 기다리고 있음을 알았다. "그 사람 안 왔어요."

"Je sais. Je t'ai vu seul à la fenêtre.(나도 알아요. 당신 창가에 혼자 있는 거 봤어요.)"

"이왕이면 위층에서 기다리는 게 좋을 텐데요." 내가 말했다. "그 친구 곧 올 거예요."

"여기서 기다리기 괜찮아요."

"그러지 말아요. 경찰이 당신 붙잡아 갈지 몰라요."

그녀는 나를 따라 위층으로 올라왔다. 나는 밤거리 여자에 빗대어 조금쯤 불쾌하고 짓궂은 농담을 몇 마디 하려다가 그녀의 부족한 영어나 프랑스어 실력으로는 곁말을 이해하지 못하리라는 생각이 들었고, 이상하게도 나는 그녀뿐 아니라 나 자신에게 그때만큼은 상처를 주면 안 되겠다는 미안한 마음이 들었다. 우리 두 사람이 층계참에 이르자 늙은 여자들이 다 함께 머리를 돌렸고, 우리가 지나가자마자 그들의 목소리가 노래를 부르듯 커졌다가 다시 작아졌다.

"무슨 얘기들을 하는 건가요?"

"나 집으로 돌아왔다 생각하는 거 같아요."

방으로 들어서서 보니 춘절을 맞아 몇 주일 전에 내가 들여놓은 나무에서 노란 꽃잎들이 대부분 시들어 떨어졌으므로 지저분해 보였다. 꽃잎 몇 장이 타자기의 단추들 사이에 틀어박혔다. 나는 꽃잎들을 집어냈다. "Tu es troublé.(당신 걱정되겠어요)." 후엉이 말했다.

"그 친구답지가 않아요. 정말로 시간을 잘 지키는 사람인데."

나는 넥타이를 풀고 신발을 벗고는 침대에 누웠다. 후엉은 차를 마시려고 가스 불에 물을 끓이기 시작했다. 낯익은 여섯 달 전의 모습이었다. "당신 곧 떠난다 그이가 그러던데요." 그녀가 말했다.

"어쩌면요."

"그 사람 당신 많이 좋아해요."

"별로 고마워할 일은 아니군요." 내가 말했다.

나는 그녀의 머리 모양이 달라졌음을, 검은 생머리를 어깨 너머로 그냥 내렸음을 알아챘다. 나는 언젠가 파일이 그녀 딴에는 지체 높은 집안의 딸에게 어울린다고 생각해서 공들여 다듬은 머리를 두고 못마땅하다는 듯 트집을 잡던 기억이 났다. 나는 눈을 감고 과거의 그녀 모습을 머릿속에 그려 보았는데 그녀는 수증기가 빠져나오는 휘파람 소리, 찻잔이 짤그랑거리는 소리였으며, 또 휴식을 약속해 주는 밤의 특정한 시간이었다.

"그 사람 곧 와요." 파일이 없는 빈자리 때문에 내가 느낄 서운함을 위로하려는 듯 그녀가 말했다.

나는 단둘이 보내는 시간에 그들이 도대체 무슨 이야기를 주고받았을지 궁금했다. 파일은 아주 진지한 남자였는데, 내가 이곳에서 몇 년을 보내는 동안 겨우 몇 달밖에 지내지 않은 그가 극동 지역에 대해 열심히 설교를 늘어놓는 소리를 들어야 할 때마다 나는 영 속이 편치 않았다. 민주주의는 그가 즐겨 단골로 삼는 또 다른 주제였는데 — 아메리카 합중국이 세계를 위해 하는 일에 대하여 그가 일갈하는 확고한 관점들은 정말로 사람을 짜증 나게 했다. 그런 반면에 후엉은 속이 후련하도록 무식했는데, 혹시 대화에서 히틀러의 이름이 튀어나오면 일단 이야기를 가로막고는 그 사람이 누구냐고 대뜸 물어볼 정도였다. 그런 경우에 일일이 설명하려면 더욱 난처해지기만 할 따름이었다. 그녀는 마거릿 공주에 관해서라면 물론 나보다 더 많이, 시시콜콜 모르는 구석이 없어서 거의 통달의 경지에 이르렀지만 독일이나 폴란드 사람이라고는 만나 본 적이 없을 뿐 아니라 유럽의 지리에 대해서도 지극히 막연한 지식밖에 없었기 때문이다. 나는 그녀가 침대 끝에 쟁반을 내려놓는 소리를 들었다.

"후엉, 그 친구가 당신을 여전히 사랑하나요?"

안남[13] 여자와 잠자리에 들면 마치 새 한 마리를 데리고 자

---

13 安南. 베트남의 옛 이름. 한국 전쟁 때 미국이 우리나라에 공급했던 푸석푸석

는 셈이어서 그들은 같이 베개를 베고는 끊임없이 지저귀며 노래를 부른다. 언젠가 나는 이곳 여자들 가운데 어느 누구든 후엉과 같은 목소리로 지저귈 줄 모른다고 생각했었다. 나는 손을 내밀어서 그녀의 팔을 만졌는데 — 그녀의 뼈 역시 새처럼 가냘팠다.

"여전히 사랑하냐고요, 후엉?"

그녀가 웃었고, 나는 후엉이 성냥을 긋는 소리를 들었다. "사랑요?" — 어쩌면 그것은 후엉이 제대로 의미를 이해하지 못하는 개념들 가운데 하나인지도 몰랐다.

"담뱃대 준비할까요?" 그녀가 물었다.

눈을 뜨고 보니 그녀는 등잔 심지에 이미 불을 붙였고, 재떨이도 준비해 놓았다. 작은 아편 덩어리를 바늘에 돌돌 감아가며 정신을 집중해서 데우느라고 얼굴을 잔뜩 찌푸린 채 불꽃 위로 몸을 수그린 그녀의 피부는 등잔 불빛을 받아 짙은 황갈색을 띠었다.

"파일은 아직도 안 피우나요?" 내가 그녀에게 물었다.

"안 피워요."

"아편 맛을 들여 두지 않으면 그 친구 안 돌아올지도 몰라요." 베트남 여자들 사이에 떠도는 미신에 의하면 사랑하는 남

한 구호미가 '알랑미', 즉 '안남미(安南米)'였다.

자가 아편을 피운 경우에는 아무리 멀리, 프랑스까지 떠나더라도 언젠가는 꼭 돌아온다고 한다. 아편 기운 때문에 남자의 성적 기능이 좀 떨어질지는 모르겠지만 여자들은 정력적인 연인보다 자신들을 버리고 떠나지 않을 상대를 더 좋아했다. 후엉은 작고 따끈한 덩어리를 담뱃대의 오목한 구멍에 짓이겨 담았고, 그러자 나는 드디어 아편 냄새를 맡을 수 있었다. 그처럼 좋은 냄새는 다시없었다. 침대 옆에 놓아둔 괘종시계가 12시를 가리켰지만 이미 내 긴장감은 다 풀린 다음이었다. 파일의 존재가 희미하게 사라졌다. 아기를 보살피듯 사뭇 심각하게 정성을 쏟으며 허리를 굽히고 긴 담뱃대를 조심스럽게 매만지는 그녀의 얼굴을 등잔불이 환히 비추었다. 오십 센티미터가 넘는 꼿꼿한 대나무로 만들어 양쪽 끝에 상아 장식을 붙인 장죽을 나는 무척 좋아했다. 3분의 2쯤 아래쪽에 달린 대통은 거꾸로 피어오르는 메꽃을 닮았으며, 아편을 자주 짓이겨 넣느라고 시커멓게 물든 볼록한 테두리는 반들반들 닳아서 윤이 났다. 후엉은 재빨리 손목을 놀려 바늘로 작은 틈을 찔러 내어 아편을 조금 떼어 낸 다음, 대통을 엎어서 불꽃 위에 얹더니 내게 장죽을 똑바로 내밀었다. 아편 방울이 얌전히 보글보글 끓어올랐고, 나는 천천히 담뱃대를 빨았다.

상습적으로 아편을 즐기는 골초들은 긴 설대를 타고 연기가 한 번에 전부 올라오도록 빨아 대지만 나는 항상 몇 차례 빼

끔거리며 들이마셨다. 나는 그녀가 두 번째 담뱃대를 준비하는 동안 가죽 베개를 베고 누워서 기다렸다.

내가 말했다. "당신도 알겠지만 정말이지 손바닥처럼 빤한 사실이잖아요. 파일은 내가 잠을 청하기 전에 몇 대 피운다는 사실을 알고, 그래서 날 방해하고 싶지 않을 거예요. 그 친구는 기다렸다가 아침에나 나타날 거라고요."

그녀가 아편 덩어리에 바늘을 꽂았고, 나는 두 대째 장죽을 빨았다. 담뱃대를 내려놓으면서 내가 말했다. "걱정할 필요 없어요. 전혀 걱정할 필요가 없다고요." 나는 차를 한 모금 마시고 나서 그녀의 겨드랑이로 손을 밀어 넣었다. 내가 말했다. "당신이 떠나고 난 뒤엔 다행히도 그나마 이게 나한테 위안이 되었어요. 도르메 거리에 가면 좋은 집[14]이 하나 있어요. 우리 유럽인들은 별 하찮은 걸 가지고 다 난리를 친다니까요. 당신은 아편을 피우지 않는 남자하고 살면 안 돼요, 후엉."

"하지만 그 사람 나하고 결혼한다 그랬어요." 그녀가 말했다. "금방요."

"하기야 그렇다면 문제가 다르겠죠."

---

14 20세기 중반에도 베트남에는 아편을 피우는 사람이 많아서 사이공의 쫄롱 같은 중국인 지역에 찻집처럼 단골들이 모여 아편을 끽연하는 업소들이 있었다. 매음굴, 아편굴, 도박장이 많던 도르메 거리는 지금은 막티부오이로 이름이 바뀌었다.

"한 대 또 만들어요?"

"그래요."

혹시 파일이 오지 않는다면 그녀가 나하고 하룻밤 같이 자겠다고 동의할지 궁금했지만 네 대를 피우고 난 다음에는 보나마나 기운이 빠져서 그녀에 대한 욕정이 사라지리라는 사실을 나는 빤히 알았다. 잠자리에서 내 옆에 놓인 그녀의 허벅지를 만지면 물론 기분이야 좋겠는데 — 그녀는 항상 반듯하게 누워서 잤고, 아침에 일어나면 나는 홀로 적적한 시간을 보내는 대신 아편 한 대를 피우면서 하루를 시작하게 되리라. "이젠 파일이 오지 않을 거예요." 내가 말했다. "여기서 자고 가요, 후엉." 그녀는 장죽을 나에게 내밀고는 싫다고 머리를 저었다. 아편을 빨아들이고 났을 즈음에는 그녀가 머물거나 말거나 나로서는 거의 관심조차 없었다.

"파일 왜 안 왔을까요?" 그녀가 물었다.

"그걸 내가 어떻게 알아요?" 내가 말했다.

"테 장군 만나러 갔나요?"

"나로선 알 길이 없죠."

"당신하고 저녁 먹지 않게 되면 이곳 오지 않겠다 그이가 나한테 말했어요."

"걱정하지 말아요. 꼭 올 테니까요. 한 대 더 만들어 줘요." 그녀가 등잔불 위로 몸을 수그리자 보들레르의 시가 머릿속에 떠올랐다. "Mon enfant, ma sœur…….(내 아이야, 나의 누이여…….)"[15] 그다음이 뭐였더라?

Aimer à loisir,
Aimer et mourir
Au pays qui te ressemble!
(너희를 닮은 나라에 가서
한가로이 사랑하고,
사랑하다 죽자꾸나!)

선창가에는 "dont l'humeur est vagabonde(방랑자 기질을 타고난)" 배들이 잠들었다. 나는 그녀의 피부에서 지극히 아득한 아편 향기를 맡고, 그녀의 빛깔은 작은 불꽃과 같다고 생각했다. 나는 북쪽 운하 둔치에서 그녀의 옷을 장식한 꽃들을 보았고, 그녀는 풀잎처럼 꽃과 잘 어울려 하나가 되었으며, 그래서 나는 정말 고향으로 돌아가고 싶지 않았다.

"내가 파일이면 얼마나 좋을까요." 내가 큰 소리로 말했지만 고통은 견딜 수 있을 만큼 매섭지 않았으니 — 아편 기운 덕택이었다. 누가 문을 두드렸다.

---

15 샤를 보들레르의 시 「같이 떠나자(L'Invitation au voyage)」의 도입부.

"파일 왔어요." 그녀가 말했다.

"아네요. 파일이 문을 두드리는 소린 저렇지 않아요."

누군가 짜증스럽게 다시 문을 두드렸다. 그녀가 얼른 몸을 일으켰고, 노란 나무를 건드리는 바람에 꽃잎들이 다시 내 타자기 위로 쏟아졌다. 문이 열렸다. "파울레어[16] 선생 있지요." 명령조의 목소리가 들려왔다.

"내가 파울러입니다, 여기 있어요." 내가 말했다. 나는 머리를 들지 않고도 방문객의 카키색 반바지를 알아보았고 — 경찰 나부랭이를 맞기 위해 자리에서 일어날 생각은 없었다.

그는 알아듣기 힘든 베트남식 프랑스어로 나더러 즉시 — 당장 — 어서 빨리 공안에 출두하라고 설명했다.

"프랑스 공안인가요, 베트남 공안인가요?"

"프랑스요." 그의 웅알거리는 말소리는 마치 '프랑쒸'라고 발음하는 듯 들렸다.

"무슨 일인데요?"

그는 모른다고 했는데, 보아하니 나를 구인해 오라는 지시를 받은 눈치였다.

"Toi aussi.(너도 가자.)" 그가 후엉에게 말했다.

"숙녀에게 말할 때는 vous[17]라고 하세요." 내가 그에게 말

---

16 프랑스식으로 부정확하게 발음한 Fowler.

했다. "이 여자가 여기 있는 걸 당신은 어떻게 알았죠?"

그는 데려오라는 명령을 받았다는 말만 되풀이했다.

"아침에 갈게요."

"Sur le chung.(빨랑요.)" 작달막하고, 말끔하고, 고집스러운 인상의 경찰관이 말했다. 따져 봤자 아무 소용이 없을 듯싶어 나는 자리에서 일어나 넥타이를 매고 신발을 신었다. 이곳에서는 경찰이 왕이므로 그들은 마음만 먹으면 내 통행권을 취소할 수 있었고, 기자 회견 참석도 얼마든지 금지하고, 심지어 외출 허가마저 거부할 만큼 막강한 권력을 휘둘렀다. 이런 사항들은 공개적으로 이루어지는 법적 조치들이었으며, 전쟁이 벌어지는 나라에서라면 합법성 따위는 왈가왈부할 대상이 아니었다. 내가 아는 어떤 남자는 집에서 일하는 요리사가 갑자기 종적을 감추자 영문조차 모른 채 사방을 수소문하다가 그가 베트남 공안에게 끌려갔다는 사실을 알아냈고, 공안 요원들은 간단한 심문만 하고 요리사를 풀어 주겠노라고 주인을 안심시켰지만 그의 가족은 요리사를 두 번 다시 보지 못했다. 어쩌면 요리사는 공산주의자들과 한패가 되었거나 사이공 일대에서 준동하는 호아하오 교파[18]나 까오다이교,[19] 그도 아니면 테 장군의

---

17 2인칭의 존칭어 '당신'.

18 1939년부터 메콩 삼각주에서 세력을 확장한 사이비 불교 무장 집단.

19 1926년 남부 베트남 떠이닝에서 생겨난 신흥 종교.

사조직 군대에 가입했는지도 모를 일이었다. 어쩌면 프랑스 감옥에 수감되었는지도, 아니면 외곽의 중국인 지역 쫄롱에서 아가씨들을 거느리고 신나게 돈을 벌고 있는지도, 혹은 심문을 받다가 심장 마비를 일으켰는지도 몰랐다. 내가 말했다. "난 걸어서 갈 생각은 없어요. 딸딸이 차비는 당신이 내라고요." 모름지기 사람이란 마지막 알량한 체통이나마 지킬 줄 알아야 한다.

똑같은 이유로 해서 나는 공안부의 프랑스인 수사관이 권하는 담배를 거절했다. 아편 세 대를 피운 다음이어서인지 머리가 맑고 예민해진 느낌이었으며, 그 덕택에 나는 그들이 나에게서 원하는 바가 무엇일까 — 이 같은 문제의 핵심을 놓치지 않으면서 차비나 담배 따위의 사소한 결정들을 어렵지 않게 내릴 수 있었다. 나는 비고 수사관을 파티에서 몇 차례 만났는데 — 내가 그를 늘 눈여겨보았던 까닭은 멋진 가짜 금색 가발을 쓰고 다니는 아내가 비고를 무시하는데도 불구하고 그 혼자서만은 그녀를 어색하게 사랑하고 있다는 인상을 받았기 때문이다. 지금은 새벽 4시였고, 시력을 보호해 주는 녹색 챙모자를 쓴 그는 무료한 시간을 보내던 참이어서인지 책상에 파스칼의 책 한 권을 펼쳐 놓은 채 탁한 담배 연기와 무더위 속에 앉아서 지치고 침울한 표정으로 기다리고 있었다. 내가 동석하지 않은 자리에서 후엉을 혼자 따로 심문하도록 허락하지 않겠다고 하자 그는 즉석에서 알겠다고 양보하며 가볍게 짤막한 한숨을 지었는데 그 한숨은 사이공에 대하여, 열기에 대하여, 아니면 모든 인간 조건에 대하여 느끼는 권태감을 드러내는 듯했다.

비고가 영어로 말했다. "이렇게 오시라고 부탁을 드린 거 정말 미안합니다."

"난 부탁이 아니라 명령을 받았는데요."

"아, 여기 현지 경찰관들 — 정말 눈치가 없는 사람들이죠." 그는 『팡세』의 슬픈 담론들에 아직 몰입해 있기라도 한 듯 펼쳐 놓은 책에서 눈을 떼지 않았다. "파일에 대해서 — 몇 가지 알아보고 싶어서요."

"그건 본인에게 직접 물어보는 게 좋을 텐데요."

그는 후엉에게 시선을 돌리더니 프랑스어로 날카롭게 물었다. "파일 씨하고는 얼마나 오랫동안 같이 살았나요?"

"한 달쯤 — 잘 몰라요." 그녀가 말했다.

"그 사람이 보수를 얼마나 주던가요?"

"당신은 그런 식으로 물어볼 권리가 없어요." 내가 말했다. "저 여잔 사고파는 물건이 아니니까요."

"저 여잔 전에 당신하고도 살지 않았던가요?" 그가 퉁명스럽게 물었다. "이 년 동안이나요."

"당신들이 가만히 내버려 두기만 한다면 나는 — 당신 나라가 벌이는 전쟁을 취재하러 온 특파원입니다. 나더러 당신이 읽을 허접스러운 신문에도 기고해 달라고 요구할 생각이라면 아예 관두세요."

"파일에 대하여 당신은 무얼 알고 있죠? 내 질문에 성의껏 대답해 주시길 바랍니다, 파울러 씨. 나도 이런 걸 묻고 싶진 않아요. 하지만 이건 심각한 문제입니다. 아주 심각한 문제니까 내 말을 믿도록 해요."

"난 밀고자가 아닙니다. 내가 파일에 대해서 할 수 있는 얘기라면 당신도 다 알고 있잖아요. 나이는 서른둘에 경제 지원단 소속이고, 국적은 미국인이죠."

"말투를 들어 보니 당신은 그 사람과 친한 모양이군요." 나한테서 시선을 거두고 따로 떨어져 앉은 후엉의 눈치를 살피며 비고가 말했다. 베트남인 경찰관이 블랙커피 세 잔을 가지고 들어왔다.

"혹시 커피 대신 차를 드릴까요?" 비고가 물었다.

"우리 두 사람이 친한 사이인 건 맞아요." 내가 말했다. "그게 뭐가 잘못인가요? 난 언젠가 영국으로 돌아갈 거잖아요. 난 이 여자를 데리고 귀국할 순 없어요. 후엉은 그 친구하고 같이 지내면 괜찮을 거예요. 그게 합당한 조치이겠죠. 그리고 두 사람은 결혼할 거라고 파일이 말했어요. 당신도 알겠지만 정말 그렇게 할지도 모를 남자입니다. 그 사람은 나름대로 착한 친구죠. 진지하고요. 콘티넨털[20]에서 시끄럽게 거들먹거리는 그런 잡놈은 아니거든요. 조용한 미국인이죠." 나는 '음침한 냉혈 동물'이나 '겉만 번지르르한 허풍선이'라고 표현해도 무리 없는 개념을 제법 정확하게 요약했다.

"그렇군요." 비고가 말했다. 그는 내 말처럼 정확하게 의미를 전달할 수 있는 무슨 어휘들을 자기 책상 위에서 찾아보려는 듯싶었다. "아주 조용한 미국인이죠." 그는 덥고 좁은 사무실에서 자리를 지키고 앉아 후엉과 나 두 사람 가운데 누군가 무슨 말이든 먼저 꺼내기를 기다렸다. 모기 한 마리가 공격할 기회를 노리며 앵앵거렸고 나는 후엉을 지켜보았다. 아편은 머리가 약삭빠르게 굴러가도록 했는데—아마도 신경을 진정시키고 정서를 가라앉히는 단순한 작용 때문이었는지도 모를 일이었다. 아무것도, 죽음까지도 중요하게 여겨지지 않았다. 후엉은 워낙 영어가 짧았기 때문에 수사관의 우울하고 단호한 어조에 담긴 미묘한 의미를 파악하지 못했으리라고 나는 짐작했다. 딱딱한 사무실 의자에 앉아서 그녀는 아직도 파일이 나타나기를 기다리는 눈치였다. 그 순간에 나는 더 기다리기를 포기했고, 비고가 그 두 가지 사실을 눈치챘으리라 뚜렷이 감지했다.

"당신은 어떻게 그 사람을 처음 만났나요?" 비고가 나에게 물었다.

---

20 지금은 오페라 극장이 된 국회 의사당이 바로 길 건너편에 위치하며, 마제스틱과 더불어 전쟁 중에 많은 종군 기자와 외국 언론사가 입주했던 호텔.

내가 그를 만난 것이 아니고, 파일이 나를 만났다는 상황을 어떻게 설명해야 좋을까? 나는 지난 9월에 콘티넨털의 술집을 향해 광장을 건너오는 그를 처음 보았는데, 젊고 싱싱한 얼굴이 한눈에 작살처럼 꽂히는 인상이었다. 헐렁거리는 두 다리에 짧게 깎은 머리, 대학생처럼 서글서글한 시선 때문에 분명 누구에게도 해를 끼치지 못할 사람이라는 생각이 들었다. 길거리에 내놓은 탁자들은 대부분 자리가 찼다. "실례지만 합석해도 될까요?" 과할 정도로 예의를 갖추고 그가 물었다. "제 이름은 파일입니다. 이곳에 온 지는 얼마 안 되었고요." 그리고 그는 의자를 거꾸로 돌려놓고 엉거주춤 걸터앉아서 맥주 한 잔을 주문했다. 그러더니 따가운 한낮의 햇살을 힐끗 올려다보았다.

"이거 수류탄 화약 냄새인가요?" 그는 흥분과 기대에 차서 물었다.

"그보다는 자동차 매연[21]일 확률이 훨씬 클걸요." 그렇게 대꾸하고는 혹시 내가 그를 실망시켰다는 생각에 갑자기 미안해졌다. 사람들은 자신의 젊은 시절이 어떠했는지를 너무나 쉽게 잊기 마련인데, 언젠가 나 역시 이른바 기삿거리라고 신문에 실리는 중요한 내용과는 거리가 먼 문제들에 대하여 훨씬 더 흥

---

21 사이공을 처음 방문한 사람들은 항상 수많은 딸딸이와 스쿠터가 밤낮을 가리지 않고 뿜어내는 지독한 매연에 놀라기 십상이다.

미를 느낀 적이 있었다. 하지만 나에게는 어느덧 수류탄이라면 지방 신문의 말단 기사에나 겨우 실릴 정도로 벌써 한물가 버린 식상한 소재였으니 — 어젯밤에 사이공 여기저기서 터졌고, 쫄롱에서도 걸핏하면 터져 대니 — 유럽 신문들은 전혀 거들떠보지도 않을 지경이었다. 사랑스럽고 하늘하늘한 몸매의 여자들이 거리를 따라 올라왔는데 — 하얀 비단 홑바지에 길고 몸에 착 달라붙는, 분홍빛이나 엷은 자줏빛 무늬가 담긴 윗옷의 옆은 허벅지까지 트여 있었다. 나는 이곳을 영원히 떠난 뒤에야 느끼리라고 여겨지는 그리움을 미리 맛보면서 그들을 지켜보았다. "아름다운 여인들 아닌가요?" 내가 맥주잔 너머로 말하자 파일은 까띠나 거리로 올라가는 그들을 무심하게 쳐다보았다.

"아, 그렇군요." 진지한 사람이었던 그가 무관심하게 말했다. "공사께서는 그놈의 수류탄들 때문에 걱정이 아주 많아요. 혹시 사건이라도 터졌다 하면 — 그러니까 우리 사람들 가운데 누가 당하기라도 하면 문제가 아주 난처해질 거라고 그러시더군요."

"당신네 사람들이라고요? 그래요, 그건 아마 심각한 문제가 되겠군요. 미국 의회에서 야단이 나겠죠." 순진한 사람에게 약을 올리고 싶은 심사는 왜 생겨나는 것일까? 아마 그는 겨우 열흘 전만 해도 중국과 극동 지역에 관한 문제들을 열심히 예습하고자 관련 서적을 품에 한 아름 가득 안고 보스턴의 중앙 공원에서 도서관으로 발걸음을 서둘렀으리라. 어느새 그는 민주주의가 처한 진퇴양난의 과제와 서양의 책임이라는 주제에 몰입한 채 열심히 떠들어 대면서 내 이야기에는 귀를 기울이지 않았고 — 나는 그의 그런 성향을 아주 빨리 파악했지만 — 그는 어느 한 개인을 위해서가 아니라 국가를 위해서, 대륙을 위해서, 세계를 위해서 좋은 일을 하고야 말겠다는 각오가 대단했다. 그렇다, 그는 온 세상의 발전을 위해서 무엇이든 최선을 다하리라는 소신으로 충만했다.

"그 친구, 설마 시체 안치실에 있나요?" 내가 비고에게 단도직입적으로 물었다.

"그가 죽었다는 걸 어떻게 알았나요?" 그것은 파스칼을 읽는 남자에게 전혀 어울리지 않고, 너무나 이상한 방식으로 아내를 사랑하는 남자에게도 역시 어울리지 않는 아주 어리석은 질문이었다. 통찰력 없는 사람은 사랑할 능력이 없다.

"섣부르게 넘겨짚으려고 하지 말아요." 내가 말했다. 그리고 추측이 사실이리라고 나는 믿었다. 파일은 언제나 제멋대로 행동하는 사람이 아니었던가? 나는 마음속으로 내가 어떤 감정이건 혹시 느끼는 바가 있는지를, 심지어 수사관의 의심에 대한 억울함이나마 느끼는지를 따져 보았지만 아무런 감정도 없었다. 어느 누구의 책임도 아니요, 전부 오로지 파일의 탓이었다. 아편 기운에 취한 내 의식은 이런 쪽으로 기울었다. — 우리는 차라리 모두 죽어 버려야 더 좋지 않겠는가? 하지만 이 상황이 후엉에게는 받아들이기 힘겨운 고통일 터이므로 나는 그녀의 표정을 조심스럽게 살펴보았다. 그녀는 자기만의 방식대로 그를 사랑했으니 나를 좋아했음에도 파일에게 가기 위해 나를 버리지 않았던가? 그녀는 젊음과 희망과 진지함에 희망을 걸었지만 이제 그런 것들은 흘러간 세월이나 절망만큼도 소용이 없었다. 그녀는 멍하니 앉아서 우리 두 사람을 지켜보았고, 나는 그녀가 아직 사태를 제대로 파악하지 못했으리라고 짐작했다. 그녀가 상황을 깨닫기 전에 내가 어서 그녀를 데리고 이곳을 벗어나는 편이 좋을지도 모를 노릇이었다. 나는 나중에 수사관의 눈초리와 딱딱한 사무실 의자와 나방들이 매암을 도는 썰렁한 전구로부터 벗어나 단둘이 마주 앉아서 그녀에게 솔직히 설명할 자리를 마련하기 위해 후엉이 진실을 눈치채지 못할 정도로 빨리, 그리고 두리뭉실하게 면담을 끝마칠 수만 있다면 어떤 질문에도 대답할 마음의 준비가 되어 있었다.

내가 비고에게 물었다. "어느 시간대에 관해서 알고 싶은가요?"

"6시에서 10시 사이요."

"난 6시에 콘티넨털에서 술을 한잔 마셨어요. 웨이터들이 기억할 겁니다. 6시 45분에는 하역하는 미국 비행기들을 구경하려고 걸어서 부둣가로 내려갔어요. 마제스틱 호텔 정문에서 AP 통신사의 윌킨스 특파원을 봤고요. 그런 다음에는 옆에 있는 영화관으로 들어갔죠. 잔돈을 거슬러 줘야 했기 때문에 — 아마 그곳 사람들도 날 기억할 테고요. 거기서 딸딸이를 타고 비유 물랭[22]으로 갔는데 — 8시 30분쯤에 도착한 듯싶고 — 거기서 혼자 저녁을 먹었어요. 거기서 그레인저를 만났으니까…… 그 사람한테 물어보면 돼요. 그러고는 10시 십오 분 전에 딸딸이를 타고 집으로 돌아왔어요. 아마 운전사를 찾아내긴 어렵지 않겠죠. 10시에 파일을 만나기로 했는데 나타나지를 않았고요."

"왜 그 사람이 찾아오리라고 예상했나요?"

"전화를 걸어 왔어요. 뭔가 중요한 일이 생겨서 꼭 나를 만나야 한다고 그러더군요."

"무슨 중요한 일인지 짐작이 가나요?"

"아뇨. 파일에게는 뭐든지 다 중요한 일이었으니까요."

"그러면 그가 아는 여자 — 저 여자의 행방도 당신은 알았나요?"

"자정이 가까웠는데 길바닥에서 그를 기다리고 있더군요. 초조한 눈치였어요. 저 여잔 아무것도 모릅니다. 보세요, 지금도 그가 나타나기를 기다리는 거 모르겠어요?"

---

22 Vieux Moulin. '낡은 풍차'라는 뜻.

"그렇군요." 그가 말했다.

"그런데도 내가 질투심 때문에 그를 죽였거나 — 같은 이유로 저 여자가 그랬으리라고 정말 믿는 건가요? 그 사람은 이 여자와 결혼할 작정이었어요."

"그래요."

"그 친구 어디서 찾았죠?"

"다카오로 가는 다리 밑 강물에서요."

'낡은 풍차'는 다카오 다리 옆에 위치한 식당이었다. 다리에는 무장한 경찰관들이 배치되었고 식당에는 수류탄 투척을 막기 위해 쇠창살을 설치해 놓았다. 강 건너편은 해가 지고 나면 베트밍[23]이 모조리 장악했기 때문에 한밤중에 다리를 건너다니기는 위험한 일이었다. 그러니까 나는 그의 시신으로부터 오십 미터가량 떨어진 곳에서 저녁 식사를 한 셈이었다.

"그 친구 좀 복잡한 일에 얽혀 들어서 문제였어요." 내가 말했다.

"솔직히 말하자면 난 그 사람을 전혀 불쌍하게 생각하지 않아요." 비고가 말했다. "아주 골치 아픈 존재였으니까요."

"순진하고 선량한 자들에 대한 부담으로부터 하느님은 항

---

23 Vietminh(越盟). 1941년에 사이공을 중심으로 결성된 독립운동 단체였으나 나중에는 북부 베트남을 의미하는 명칭이 되었고, 그들과 구분하여 남부의 지하 공산 세력을 베트콩(Vietcong, 越共)이라고 했다.

상 우리를 구원해 주시지요." 내가 말했다.

"선량하다고요?"

"예, 착한 사람이었죠. 그 사람 나름대로요. 당신은 천주교도잖아요. 당신은 그 친구의 사고방식을 인정하기 어렵겠죠. 그리고 어쨌든 그는 한심한 양키였으니까요."

"그의 신원 확인을 당신이 좀 해 주시겠어요? 미안합니다. 별로 즐거운 일은 아니지만 절차가 그러하니까요."

수사관이 왜 미국 공사관으로부터 누군가 찾아오기를 기다리려 하지 않는지, 내가 굳이 물어보지 않았던 까닭은 그 이유가 워낙 빤했기 때문이다. 프랑스식 수사 방법은 우리의 냉철한 기준에 비하면 약간 구식이어서 그들은 양심과 죄의식의 작용에 의존했는데, 가령 범죄자를 범행 현장에 세워 두면 스스로 마음이 약해져서 혐의를 실토하게 되리라고 믿었다. 후엉을 혼자 남겨 두고 우리는 사무실을 나왔고, 내가 마음속으로 나는 결백하다고 한 번 더 다짐하는 사이에 그는 돌층계를 내려갔다. 지하실에서 냉방 시설이 돌아가는 나지막한 소음이 울렸다.

그들이 얼음덩어리들을 운반하는 깔판처럼 생긴 침상을 끌어냈고, 나는 그를 살펴보았다. 찢긴 상처들이 얼어붙어서인지 그는 평온한 모습이었다. 내가 말했다. "보다시피 나를 데려왔다고 해서 다시 상처가 벌어지고 속을 드러내지는 않잖아요."

"Comment?(무슨 소리예요?)"

"그게 당신이 기대하던 목적 가운데 하나가 아니었던가요? 시련 재판,[24] 뭐 그런 거요. 하지만 당신들은 저 친구를 너무 단단히 얼려 놓았어요. 중세에는 급속 냉동이라는 게 없었죠."

"누군지 알아보겠어요?"

"아, 그럼요."

파일은 지금 유독 너무나 어울리지 않는 곳에서 엉뚱하게 버림받았다는 인상을 주었는데, 그는 애초에 고향을 떠나서는 안 될 사람이었다. 나는 그의 가족 사진첩에서, 그가 관광 목장에 놀러 가서 말을 타거나 롱비치에서 수영을 하거나 어느 공동주택의 23층에서 동료들과 함께 찍은 사진들을 본 적이 있었다. 그는 마천루와 고속 승강기, 아이스크림과 드라이 마티니, 열차의 식당 칸에서 파는 닭고기 샌드위치하고나 잘 어울리는 인물이었다.

"이것 때문에 사망하지는 않았어요." 가슴을 찢어 놓은 상처를 가리키며 비고가 말했다. "흙탕물에 빠져서 숨이 막혀 죽었죠. 우린 그의 폐에서 진흙을 찾아냈어요."

"솜씨 한번 날쌔군요."

"이렇게 더운 풍토에선 그럴 수밖에 없으니까요."

---

24 물에 빠뜨리거나 불 위를 걷게 하거나 독을 먹이는 등 시련을 통해 죄의 유무를 판결하던 관습.

그들은 안치실 침상을 다시 밀어 넣고는 문을 닫았다. 고무로 테를 두른 문이었다.

"우릴 도와줄 마음이 전혀 없으신가요?" 비고가 물었다.

"전혀요."

나는 후엉과 함께 걸어서 집으로 향했다. 나는 더 이상 점잔을 빼거나 체면을 차릴 입장이 아니었다. 죽음은 모든 허세를 꺾어 버리기 마련이어서 — 다른 남자에게 연인을 빼앗겼을지언정 고통을 드러내서는 안 되는 남자의 경우에도 매한가지였다. 그녀는 무슨 일이 벌어졌는지 아직 영문을 몰랐고, 나는 천천히 다정하게 설명해 줄 재주가 전혀 없었다. 나는 종군 기자였으므로 만사를 기사 제목처럼 간결하게만 생각했다. "사이공에서 살해당한 미국 관리." 신문사에서 일하는 사람은 나쁜 소식을 상냥하게 전하는 기술을 따로 배우지 않는다. 따라서 나는 지금도 내가 소속한 신문부터 고려해야 했으므로 그녀에게 불쑥 물었다. "전신국에 잠깐 들러도 괜찮겠어요?" 나는 그녀를 길바닥에 세워 둔 채 전보를 치러 들어갔다가 다시 그녀에게로 돌아왔다. 나는 프랑스 특파원들에게 이미 정보가 흘러들어 갔고, (그럴 가능성이 없지는 않았지만) 비고가 혹시 공평을 기했더라도 당국 검열관들은 파리의 마감 시간에 맞춰 프랑스 특파원들이 모두 기사를 송고할 때까지 틀림없이 내 전보를 붙잡아 둘 것이었다. 우리 신문사는 파리발 언론으로부터 먼저 소식을 접하게 되리라. 파일이 아주 중요한 인물이기에 문제가 되는 것은 아니었다. 그보다 살해되기 전에 적어도 쉰 명의 목숨을 앗아간 장본인이었던 그의 진짜 활동 배경에 대하여, 그리고 그가 저질러 온 일들에 대하여 사실대로 자세히 알렸다가는 영국과 미국의 외교 관계가 크게 틀어질 터이므로 공사로서는 매우 언짢아할 일이었다. 게다가 공사는 — 미국인들에게 도움이 될 만한 분야에서, 그러니까 십중팔구 홍보나 연극, 어쩌면 (그 주제에 관련된 서적을 무척 많이 읽었다는 사실로 미루어 보아) 극동 연구 분야에서 우수한 성적으로 학위를 받은 인물이었기 때문에 — 파일을 대단히 신임했다.

"파일 어디 갔어요?" 후엉이 물었다. "그 사람들 뭘 알고 싶다 하던가요?"

"집으로 갑시다." 내가 말했다.

"파일 거기 올 건가요?"

"그 친구는 갈 만한 곳이 우리 집밖에 없어요."

늙은 여자들은 아직도 층계참에서 훨씬 시원해진 바람을 쐬며 잡담을 주고받았다. 문을 열고 들어가는 순간 나는 누가 내 방을 수색했다는 사실을 알아챘는데, 평상시에 내가 정리해 놓은 상태보다 모든 것이 지나치게 잘 정돈되어 있었기 때문이다.

"담뱃대 또 피워요?" 후엉이 물었다.

"그래요."

나는 넥타이를 풀고 구두를 벗었다. 간주곡은 끝났고, 밤은 아까보다 그다지 달라지지 않았다. 후엉은 침대 끝자락에 쪼그리고 앉아서 등잔에 불을 붙였다. Mon enfant, ma sœur.(내 아이야, 나의 누이여.) — 황갈색 피부가 빛났다. Sa douce langue natale.(그들만의 다정한 언어로.)[25]

"후엉." 내가 말했다. 그녀는 아편을 대통에 짓이겨 담았다. "Il est mort(그 사람 죽었어요), 후엉." 그녀는 바늘을 쥔 채로 신경을 집중하려는 아이처럼 얼굴을 찡그리며 나를 올려다보았다. "Tu dis?(당신 뭐라고 그랬어요?)"

"Pyle est mort. Assasiné.(파일이 죽었어요. 암살당했어요.)"

그녀는 바늘을 내려놓더니 무릎을 꿇고 똑바로 앉아서 나를 쳐다보았다. 발작적인 반응은 없었고, 눈물도 흘리지 않았다. 후엉은 다만 깊은 생각에 잠겼는데 — 그것은 인생의 행로를 통째로 바꿔야만 하는 사람이 침잠해 들어가는 혼자만의 기나긴 상념이었다.

"오늘 밤은 여기서 보내는 게 좋겠어요." 내가 말했다.

그녀는 머리를 끄덕이고 바늘을 다시 집어 들더니 아편을 데우기 시작했다. 그날 밤 아편에 취해 짧지만 깊은 잠에 빠졌다. 아마 겨우 십 분쯤이었지만 하룻밤 내내 숙면을 취한 것 같

25 샤를 보들레르의 시 「같이 떠나자」 26행.

은 기분으로 깨어나 보니 내 손은 밤이면 언제나 놓여 있던 익숙한 자리에, 그러니까 그녀의 두 다리 사이에 끼어 있었다. 그녀는 잠들었고 숨소리조차 들리지 않았다. 몇 달 만에 나는 다시 혼자가 아니어서 외롭지 않았지만 경찰서에서 만난 비고 수사관의 녹색 챙모자와 인적이 끊겨 고요하던 공사관 복도의 정적이 불현듯 머리에 떠올랐다. 그런데 털 없이 말끔하고 보드라운 피부에 얹힌 내 손을 보고는 갑자기 화가 치밀어 올랐다. "그렇다면 파일에 대하여 신경을 쓰는 사람은 정말로 나 혼자뿐이라는 말인가?"

2

1

파일이 콘티넨털 앞 광장에 나타나던 날 아침에 나는 누가 뭐라고 하든 분명히 이 전쟁의 주역인 프랑스 사람들에 대하여, 미국 언론계 소속의 덩치 크고 시끄러운 젊은 신참이나 중년의 고참 종군 기자들이 헐뜯는 농담을 신물 나도록 들으며 지겨워하던 참이었다. 어디선가 한차례 교전이 끝나고 사상자들을 말끔히 치우고 난 다음이면 그들 기자단은 주기적으로 비행기를 타고 거의 네 시간쯤 걸리는 하노이로 다 함께 불려 가서 총사령관의 일장 연설을 듣고는 홍보 본부에서 하룻밤 묵으며 인도차이나 최고의 술 시중꾼이라고 소문이 난 종업원의 친절한 대접을 받고, (기관총의 사정거리를 벗어난) 고도 1000미터에 위치한 데다 상황이 종료된 전투지로 뒤늦게 날아 들어갔다가 학교에서 소풍을 다녀오듯 왁자지껄 떠들며 안전하게 사이공의 콘티넨털 호텔로 실려 오고는 했다.

파일은 말수가 적었고, 겸손해 보였으며, 그를 만난 첫날에는 그가 무슨 말을 하는지 잘 들으려면 나는 가끔 몸을 앞으로 수그려야 했다. 그리고 그는 정말로, 정말로 진지했다. 몇 차례나 그는 수류탄이 날아올 위험이 비교적 적은 위층 테라스에서 미국 기자단이 떠들어 대는 소리에 신경이 곤두선 듯 몸을 도사리고 있었다. 하지만 그는 아무도 비난하지 않았다.

"요크 하딩[26]의 저서를 읽어 보셨나요?" 그가 물었다.

"아뇨. 잘 모르겠는데요. 무슨 책을 썼죠?"

그는 길 건너편 밀크 바를 물끄러미 쳐다보더니 꿈에 젖은 듯 몽롱한 목소리로 말했다. "저곳은 소다수 가게처럼 보이네요." 그토록 낯선 환경에서 어디에 시선을 줄지 대상을 결정하는 그의 기묘한 선택 속에 어느 만큼이나 깊은 향수가 작용했을지 나는 짐작할 수 없었다. 나 역시 까띠나 거리로 처음 산책을 나섰을 때 겔랑 향수를 파는 가게를 발견하고 그래, 하기야 유럽은 여기서 서른 시간밖에 떨어져 있지 않지, 생각하며 마음

---

26 실존 인물이 아닌, 작품 속에만 존재하는 가상의 인물이다.

의 위안을 받지 않았던가? 그는 아쉬운 듯 밀크 바에서 겨우 시선을 돌리고 말했다. "요크는 『중국 공산당의 약진』을 집필했어요. 아주 심오한 책입니다."

"난 읽어 보지 못했는데요. 그 사람 잘 알아요?"

그는 심각한 표정으로 머리를 끄덕이고는 침묵에 빠져들었다. 하지만 자신이 남긴 인상을 수정하려는 듯 잠시 후 다시 입을 열었다. "그분을 잘 알지는 못해요." 그가 말했다. "우린 겨우 두어 번쯤 만났을 거예요." 얼른 이름이 기억나지 않을 만큼 그리 대단한 인물은 아닐지언정 — 요크 하딩이라는 사람과 친분이 있다고 주장하는 행위를 젠체라고 여기는 그의 겸손한 태도가 나는 마음에 들었다. 나중에야 알게 된 사실이지만 그는 '진지한 문필가'들에 대한 존경심이 대단했다. 그에게 문필가란 소설가와 시인과 극작가를 제외한 호칭이었다. 간혹 그가 시대의 흐름과 현실에 부합한다고 규정한 주제를 다루는 작가들이 있기야 하겠지만 누구나 최우선적으로 요크의 직설적인 사상부터 읽어야 한다고 그는 믿었다.

내가 말했다. "그렇기야 하겠지만 어느 곳에서 오래 살다 보면 그곳에 관한 책은 읽지 않게 되잖아요."

"물론 난 현장에서 체험한 사람의 목소리에 귀를 기울이려고 항상 노력하는 편입니다." 그는 조심스럽게 눈치를 살피며 반박했다.

"그런 다음에는 그 사람의 말을 요크의 주장과 비교하며 확인하겠죠?"

"그래요." 아마도 내 말에서 비꼬는 암시를 알아챈 까닭인지 모르겠지만 그는 몸에 밴 겸손함을 잃지 않으면서 이렇게 덧붙였다. "혹시 선생님이 시간을 할애해서 중요한 요점들에 관해 간단하게나마 이곳 현황을 설명해 주시면 저는 대단히 영광스러운 특전이라고 여기겠습니다. 사실 요크가 이곳을 다녀간 지는 이 년이 좀 넘었거든요."

도대체 하딩이 누구인지 전혀 알 길이 없기는 했지만 — 나는 하딩에 대한 그의 충성심이 마음에 들었다. 그것은 언론인들의 방자한 명예 훼손 행위나 어쭙잖은 냉소주의에 비하면 신선한 변화였다. 내가 말했다. "맥주를 한 병 더 들면 그동안에 내가 이곳 현황을 대충이나마 정리해 볼게요."

파일이 모범생답게 나를 빤히 지켜보는 동안, 나는 북부의 유일한 항구 하이퐁과 하노이를 포함하여 벌써부터 프랑스인들이 무척이나 눈독을 들이던 통킹의 '붉은 강'[27] 삼각주 일대에서 전개된 상황을 설명하기 시작했다. 대부분의 쌀이 이곳에서 생산되었으므로 추수할 때가 가까워지면 해마다 붉은 강 유역의 식량을 장악하려고 전투가 치열하게 벌어졌다.

---

27 영어로 Red River라고 하는 홍강(Sông Hồng, 紅河).

"북부의 상황은 그랬어요." 내가 말했다. "불쌍한 프랑스 친구들은 중국 병력이 내려와서 베트밍을 도와주는 바람에 그곳에서 버틸 도리가 없었어요. 가령 밀림과 산악과 늪지대에서 전쟁이 벌어지고는 하는데, 그렇게 어깨까지 물이 차오르는 논바닥을 허우적거리며 프랑스군이 겨우 건너고 나면 적들은 무기를 어딘가에 묻어 두고 농민으로 가장한 채 그냥 사라져 버리죠. 이제 모두가 하노이의 무더운 습기 속에서 편안하게 지내며 푹푹 썩어 버려요. 그곳에서는 폭탄 따윈 날아다니지 않아요. 이유야 빤하죠. 그런 것도 정규전이라고 한답니다."

"그럼 여기 남부에서는요?"

"프랑스군이 저녁 7시까지 주요 도로들을 장악하지만 날이 저문 다음에는 경비병들이 망루에 갇히는가 하면, 도시의 일부 지역 말고는 통제 자체가 불가능해요. — 그러니까 당신네들은 안전한 처지가 아니고, 그래서 식당마다 저렇게 쇠창살을 달아 놓았죠."

이런 모든 설명들을 나는 이때까지 얼마나 많이 했던가. 새로 도착하는 수많은 사람 — 순방에 나선 국회 의원들, 신임 영국 공사들을 위해서 나는 언제라도 틀 수 있는 축음기판 노릇을 했다. 가끔 나는 한밤중에 잠자리에서 일어나 이런 소리를 늘어놓고는 했다. "까오다이 교파의 경우만 해도 그렇습니다." 호아하오 교파나 빙쑤옌 부대[28]를 비롯하여 돈이나 복수를 위해 온갖 더러운 일을 도맡는 비밀 무장 단체들에 대해서도 나는 할 말이 많았다. 현지 사정을 모르는 이방인들에게 이들 집단은 흥미진진한 호기심의 대상이었지만 배반과 불신이란 흥미나 호기심과는 인연이 먼 개념이었다.

"그리고 이제 테 장군이라는 인물까지 등장했어요." 내가 말했다. "그는 한때 까오다이 참모장이었지만, 산으로 들어가서 프랑스군과 공산주의자 양쪽 모두와 싸움을 벌이는데……."

"요크는 그의 저서에서 동양에 필요한 건 제3의 세력이라고 주장했어요." 파일이 말했다. 어쩌면 나는 선동적인 구호에 대한 즉각적인 반응이랄까, 제3의 세력, 제5열,[29] 제7일[30]처럼 숫자가 자극하는 마술적 효과에 타오르는 광신적인 불꽃을 그에게서 제대로 인지했어야 옳았는지 모른다. 만일 그 집요한 젊은 두뇌가 지향하는 방향을 진작 파악하기만 했더라면 나는 파일을 포함한 우리 모두에게서 대단히 많은 고민거리를 덜어 주었으리라. 그러나 나는 까띠나 거리를 날마다 오르락내리락 거

---

28 군 장성이 베트남 국방군 내부에서 이끌던 사조직으로, 사이공 일대의 온갖 범죄 단체와 결탁하여 납치와 해적질을 일삼던 빙쑤옌 부대는 돈만 준다면 공산주의자들과 싸우다가 베트밍을 돕기도 했다.

29 군대는 네 줄로 당당하게 행진하는 반면에 음지에서 활약하는 첩자들은 다섯 번째 줄을 구성한다. 1960년대 우리나라에도 "오가는 불평 속에 5열은 날뛴다."라는 반공 표어가 전신주 여기저기에 나붙었다.

30 안식일을 뜻하는 일곱 번째 날.

널며 배경 정보의 무미건조한 뼈다귀만을 그에게 넘겨주었을 따름이었다. 그가 진정으로 학습해야 했던 참된 배경은, 냄새가 그러하듯 깊이 스며 오랫동안 배어든 채 남아 있는 현실의 조각들이었다. 늦은 오후 땡볕 아래에 펼쳐진 황금빛 논바닥, 들판 위에서 정지 비행을 하며 모기들처럼 집요하게 버티는 연약한 고기잡이 왜가리, 탁자에 찻잔들을 늘어놓는 늙은 수도원장이 침상과 의자 주변에 평생 모았음에도 파도에 밀려온 쓰레기처럼 아무렇게나 쌓아 놓은 선전용 싸구려 달력과 물통이나 깨진 그릇, 지뢰가 망가뜨린 도로를 보수하는 젊은 처녀의 고깔모자, 눈부신 남부의 싱싱한 초록빛과 황금빛 아오자이, 북부 사람들의 짙은 갈색과 검정 옷차림, 적들이 사방으로 둘러싸며 장악해 버린 산악 지대와 부르릉거리는 비행기 소리, 이런 구체적인 삽화들의 의미를 그는 스스로 터득해야만 했다. 처음 이곳에 왔을 때 나는 한 학기의 날짜를 마지막까지 하나씩 손꼽아 지워 버리는 고등학생처럼 특파원 임기가 며칠 남았는지만 헤아렸고, 황폐해진 블룸즈버리 광장과 주랑이 아름다운 유스턴역을 통과하는, 봄이면 토링턴 플레이스까지 다녀오는 73번 버스에 대한 그리움을 영영 이겨 내지 못하리라고 생각했었다. 이제 나는 런던 광장의 가로등에 불이 들어오건 말건 신경조차 쓰지 않는다. 나는 자동차 매연이나 수류탄 폭발을 다루는 간편한 기사로 하루를 마무리하고, 찌는 듯한 한낮의 길거리를 비단 바지 차림으로 우아하게 지나다니는 여자들의 몸매를 구경하고 싶을 따름이었다. 그렇다, 나는 후엉을 원했고, 내 삶이 1만 3000킬로미터 거리의 이곳으로 옮겨 와 주기를 바랐다.

파일과 헤어진 나는 하얀 군모를 쓰고 분홍 견장을 단 프랑스 외인부대 병사들이 경비하는 고등 판무관의 관사를 끼고 돌아 성당 근처에서 길을 건너 오줌과 방자함의 악취가 풍기는 베트남 공안 건물의 음침한 벽을 따라 집을 향해 돌아왔다. 하지만 그런 곳들 역시 나에게는 어린 시절에 아이들이 올라가기를 두려워하는 위층의 컴컴한 통로들이나 마찬가지로 안식처의 한 부분을 이루었다. 부두 근처의 책 가판대들은《안 돼요》나《야릇한》따위의 신간 음란 잡지들을 바깥에 진열해 놓았고, 뱃사람들은 사제 폭탄의 손쉬운 목표물인 노천 주점에서 맥주를 마셨다. (그 무렵 그녀가 하루 중 이때쯤 어디서 무엇을 하고 있을지를 훤히 알았던) 나는 후엉이 여느 때나 마찬가지로 11시 차[31]를 마시러 밀크 바로 가기 전에, 왼쪽 세 번째 골목의 가게에서 생선 값을 깎느라고 아웅다웅하는 모습이 눈에 선했다. 내 머릿속에서 파일에 대한 생각은 자연스럽게 그리고 쉽게 사라졌다. 나는 후엉에게 파일에 대한 이야기를 입 밖에 꺼내지도 않았고, 그때

31 elevenses. 영국인이 하루에 마시는 여덟 잔의 차 가운데 세 번째 차례로 오전 11시쯤에 갖는 휴식 시간이다.

우리는 까띠나 거리의 우리 방에 마주 앉아서 점심 식사를 했다. 우리가 쫄롱의 그랑 몽드[32]에서 처음 만난 지 꼭 이 년이 되는 날이었기에, 그녀는 가장 좋은 꽃무늬 비단옷으로 한껏 모양을 낸 차림새였다.

2

그가 암살된 다음 날 아침에 잠자리에서 일어난 우리는 두 사람 다 파일에 대해 한마디도 언급하지 않았다. 후엉은 내가 제대로 정신을 차리기 전에 먼저 일어나서 우리가 마실 차를 준비해 놓았다. 죽은 사람에 대하여 질투를 부릴 일은 없었고, 아침이라 그런지 지난날의 삶을 그대로 이어 가기가 나에게 전혀 어렵지 않게 느껴졌다.

“오늘 밤 여기서 지내겠어요?” 크루아상을 먹으며 나는 최대한 자연스러운 목소리로 후엉에게 물었다.

“내 짐 가져와야 해요.”

“거기엔 경찰이 가 있을지 몰라요.” 내가 말했다. “아무래

---

32 Grand Monde. ‘멋진 큰 세상’이라는 뜻. 1948년 마카오의 모든 도박장을 능가하는 세계 최고의 유흥업소로 등극했다.

도 내가 같이 가는 게 좋겠어요." 그날 우리가 파일에 관해서 입 밖으로 꺼낸 이야기는 고작 그 정도가 전부였다.

파일은 프랑스인들이 자기들의 영웅을 기리기 위해 거리마다 이름을 갖다 붙이느라 드골 거리의 세 번째 교차로가 르클레르 거리로 개명하고, 얼마 후에는 다시 드라트르 거리로 느닷없이 명칭을 바꿔 가면서 구획을 점점 작게 쪼개던 간선 도로로부터 좀 떨어진 뒤랑통 거리 근처의 새로 건축한 별장에 거처를 마련했었다. 유럽에서 어느 고위층 인사가 항공편으로 곧 도착이라도 하려는지 경찰관들이 이십 미터 간격으로 고등 판무관의 관사로 향하는 길을 따라 인도를 향해 도열한 채 경비를 섰다.

파일의 아파트먼트로 이어지는 자갈 진입로에는 모터사이클 몇 대가 서 있었고, 경찰관 한 명이 내 기자증을 확인했다. 그가 후엉을 집 안으로 들어가지 못하게 막았고, 그래서 나는 프랑스인 관리를 찾아보았다. 비고가 파일의 욕실에서 파일의 비누로 손을 씻은 뒤 파일의 수건으로 물기를 닦아 내고 있었다. 그가 걸친 남방 소매에 기름 얼룩이 묻어 있었는데 — 필시 파일의 자동차 기름이리라고 나는 짐작했다.

"뭐 좀 알아냈나요?" 내가 물었다.

"파일의 자동차를 차고에서 발견했어요. 연료가 떨어졌더군요. 어젯밤에 그는 딸딸이를 이용했거나 — 다른 사람의 차로 이동했을 거예요. 아마도 누가 휘발유를 몰래 뽑아 버린 모양입니다."

"걸어서 갔는지도 모르죠." 내가 말했다. "미국 사람들 기질이 어떤지 당신도 잘 알잖아요."

"당신 차는 불에 타 버렸죠?" 무엇인가 골똘히 생각하며 그가 말을 이었다. "아직 새 차는 구하지 않았나요?"

"그래요."

"그건 중요한 문제가 아니죠."

"맞아요."

"혹시 뭐 집히는 거라도 있나요?" 그가 물었다.

"수상한 점이야 너무 많죠." 내가 말했다.

"예를 들면요?"

"예를 들자면 파일은 베트밍 세력의 손에 살해를 당했을지 몰라요. 사이공에서 그들이 상당히 많은 사람을 죽였으니까요. 파일의 시체는 다카오 다리 근처 강물에서 발견되었는데 — 그곳은 당신네 경찰 병력이 철수하고 나면 베트밍이 장악하는 영역이잖아요. 아니면 베트남 공안의 손에 목숨을 잃었을지도 모를 일이죠. — 그런 경우도 있었잖아요. 어쩌면 그들은 파일과 친한 사람들을 싫어했을지도 모르니까요. 혹은 테 장군과 잘 아는 사이였기 때문에 까오다이 교파에서 죽였을 가능성도 있어요."

“테 장군하고 친했다고요?”

“사람들이 그러더군요. 어쩌면 까오다이 교파와 친한 사이라고 테 장군 쪽에서 죽였을지도 모르죠. 또 장군의 첩들과 수작을 벌였다며 호아하오가 제거했을지 모를 일이잖아요. 혹시 그냥 누군가 돈을 노리고 살해했을 가능성 역시 없지는 않고요.”

“아니면 질투심에 저지른 단순한 치정 살인 사건이거나요.” 비고가 말했다.

“아니면 프랑스 공안이 저지른 짓이거나요.” 내가 그의 말을 무시하며 설명을 이어 갔다. “프랑스는 그가 접선하는 자들을 좋아하지 않았으니까요. 당신은 그를 죽인 살인자들을 진짜로 찾고 싶기나 한가요?”

“아뇨.” 비고가 말했다. “난 그냥 보고서만 작성할 거예요. 이 사건을 전쟁 행위라고 해석하자면 — 그래요, 전시에는 해마다 수천 명씩 죽어 나가잖아요.”

“나에 대한 관심은 접어 두시는 게 좋겠어요.” 내가 말했다. “난 전쟁에 참여하는 사람이 아니니까요. 난 그런 일에 끼어들지 않는다고요.” 내가 되풀이해서 말했다. 그것은 오래전부터 내가 지켜 온 생활신조 가운데 하나였다. 인간적인 조건을 있는 그대로 받아들여야 하는 처지라면 남들이 싸우건 말건 내버려 두고, 사랑을 하건 말건 내버려 두고, 하물며 살인을 저질러도 가만 내버려 둔 채 나는 끼어들지 말아야 했다. 내 동료 언론인들은 스스로를 통신원이라고 칭했는데, 나는 기자라는 말보다 그 표현[33]이 훨씬 마음에 들었다. 나는 내가 본 사실들을 그저 글로 적어 보내기만 한다. 나는 아무런 행동도 취하지 않았다, 견해 또한 일종의 행동이므로.

"여긴 무슨 일로 왔죠?"

"후엉의 물건들을 가져가려고요. 당신네 경찰들이 그녀의 출입을 허락하지 않아서요."

"그렇다면 가서 챙기도록 해요."

"고마워요, 비고."

파일의 집은 방 두 개에, 부엌과 욕실로 이루어졌다. 우리는 침실로 들어갔다. 나는 후엉이 소지품을 담아 두는 상자를 어디에 감추는지 빤히 알았는데 — 침대 밑이었다. 우리는 함께 그것을 끌어냈고, 그 안에는 그녀의 그림책들이 담겨 있었다. 나는 후엉의 여벌 옷가지를, 말짱한 아오자이 두 벌과 바지 한 장을 옷장에서 꺼냈다. 그 옷들은 제자리를 찾지 못한 채 겨우 몇 시간 동안만 그곳에 걸려 있었다는 인상을 주었으므로 마치 지나가다가 방으로 잘못 날아든 나비를 연상시켰다. 어느 서랍

---

33 영어로 correspondent라고 표기하는 '특파원'은 본디 해외나 현지에서 글로 소식을 전하는 '통신원'이라는 뜻이고, '기자(reporter)'는 '보고하는 사람'을 의미한다.

에서 나는 그녀의 작은 삼각형 퀼로트[34]와 그녀가 모아 둔 스카프 한 묶음을 찾았다. 상자에 챙겨 넣어야 할 물건은, 주말을 보내러 잠깐 찾아온 손님의 휴대품처럼 정말로 얼마 되지 않았다.

거실에서는 그녀와 파일이 같이 찍은 사진 한 장이 눈에 들어왔다. 용을 조각한 커다란 석상 옆 식물원에서 촬영한 사진이었다. 그녀는 파일의 반려견을 묶은 목줄을 손에 쥐고 있었는데 — 혓바닥이 검은 중국 개였다. 너무나 시커먼 개였다. 그 사진도 상자에 넣었다. "개는 어떻게 되었나요?" 내가 물었다.

"여긴 없어요. 파일이 데리고 나갔을지 모르죠."

"혹시 개가 혼자 집으로 돌아오면 발에 묻은 흙을 분석해서 단서를 찾을 수도 있겠군요."

"난 르콕도 아니고, 메그레[35]는 더더구나 아닌 데다가 지금은 전시여서 그렇게 한가하질 않아요."

나는 방을 가로질러 책장으로 다가가서 파일이 두 줄로 진열해 놓은 장서들을 살펴보았다. 『중국 공산당의 약진』, 『민주주의에 대한 도전』, 『서양의 역할』 — 나는 아마 이것들이 요크 하딩의 전집이리라고 추측했다. 의회 보고서가 무척 많았고, 베

---

34 culottes. 여성이 운동복으로 입는 치마바지.

35 르콕은 19세기 프랑스 언론인 작가 에밀 가보리오(Emile Gaboriau)가 탄생시킨 민완 수사관으로 셜록 홈스의 원조로 꼽히며, 메그레는 조르주 심농(Georges Simenon)의 여러 소설에 등장하는 파리 경찰청의 수사 반장이다.

트남어 회화집, 필리핀 전쟁사 그리고 현대 총서[36]판 셰익스피어 선집도 있었다. 파일은 휴식을 취할 때 어떤 책을 읽으며 시간을 보냈을까? 다른 선반에는 보급판 토머스 울프의 소설, '인생의 승리'라는 미묘한 제목이 붙은 명언 수록집, 미국 시인들의 선집 같은 가볍게 읽을 만한 책들이 끼어 있었다. 체스의 묘수를 푸는 안내서도 눈에 띄었다. 하루 일과를 마치고 독서를 즐기기에는 그리 큰 도움이 되지 않을 듯싶은 책들이었지만, 정작 그에게는 후엉이 큰 위안이었으리라. 명언 수록집 뒤에는 『결혼 생활의 심리학』이라는 문고판 책을 숨겨 두었다. 아마도 그는 동양에 관해 공부했듯이 성생활에 대해서도 책으로 학습한 모양이었다. 그리고 그가 찾아낸 해답은 결혼이었다. 파일은 정녕 참여와 실천에 충실한 사람이었다.

그의 책상은 무척 썰렁했다. "당신들이 싹쓸이한 모양이로군요." 내가 말했다.

"그건 말이죠." 비고가 말했다. "미국 공사관을 위해 내가 알아서 처리해야 했거든요. 소문이 얼마나 빨리 퍼지는지 당신도 잘 알잖아요. 노략질이 벌어질지 모를 상황이니까요. 모든 서류는 내가 봉인해 두었어요." 그는 희미한 미소조차 없이 진지하게 설명했다.

---

36 Modern Library. 명작 전집을 전문으로 펴내는 출판사.

"곤란한 자료는 없던가요?"

"우린 우방 국가에 해를 끼칠 만한 자료를 아득바득 찾아낼 만큼 여유만만한 입장이 아네요." 비고가 말했다.

나는 요크 하딩의 저서 가운데 『서양의 역할』을 뽑아서 후엉의 옷들과 함께 상자에 담았다.

"친구로서 묻겠는데요." 비고가 말했다. "우리끼리만 있는 자리에서 혹시 나한테 개인적으로 해 줄 만한 얘기는 없을까요? 내 보고서는 이미 모두 마무리되었어요. 파일을 살해한 범인은 공산주의자들이라고 결론지었죠. 어쩌면 미국의 원조에 대한 응징의 시작일지도 모른다고요. 하지만 우리 두 사람 사이에서는 — 어떨까요, 맨입으로 얘기를 나누다 보니 목이 칼칼한데 길모퉁이 주점에 가서 베르무트 카시스 한잔할래요?"

"시간이 너무 이르잖아요."

"마지막으로 당신을 만났을 때 그가 혹시 털어놓은 비밀 같은 건 없었나요?"

"없었어요."

"언제 마지막으로 봤죠?"

"어제 아침요. 대폭발 이후에요."

그는 내가 한 말의 찜찜한 뒷맛이 자기 머릿속이 아니라 내 마음속에서 정리가 되기를 기다리느라고 잠깐 말을 멈추더니 정색을 하며 심문으로 돌진했다. "어젯밤 그가 찾아갔을 때 당신은 외출하고 없었죠?"

"어젯밤요? 그랬을 거예요. 난 그가 오리라고는……."

"당신은 아마 출국 비자를 원할지 모르겠군요. 그걸 우리가 무기한 미룰 수도 있다는 걸 당신은 잘 알 테고요."

"당신은 내가 정말로 귀국하길 원한다고 믿나요?" 내가 말했다.

비고는 창문을 통해서 구름 한 점 없이 화창한 바깥을 내다보았다. 그가 구슬픈 목소리로 말했다. "대부분의 사람들이 원하는 바이니까요."

"난 여기가 좋아요. 귀국해 봤자 — 골치만 아프겠죠."

"Merde.(제기랄.)" 비고가 말했다. "미국 상무관께서 납셨네요." 그가 비꼬는 말투로 반복했다. "기껏 상무관이라니."

"난 사라지는 편이 좋겠어요. 저 친구도 나를 홀랑 벗겨 보고 싶어 할 테니까."

비고가 맥이 풀린 목소리로 말했다. "당신이 무사하길 바랍니다. 저 사람, 당신한테 하고 싶은 얘기가 엄청나게 많을 테니까요."

내가 밖으로 나섰을 때 상무관은 패커드 승용차 옆에 서서 운전사에게 무엇인가를 설명하느라고 진땀을 빼는 중이었다. 그는 건장하고 엉덩이가 투실투실한 중년 남자였으며 얼굴은 평생 면도를 전혀 할 필요가 없을 만큼 말끔해 보였다. 그가 소리쳤다. "파울러, 이 한심한 운전사한테 설명 좀 해 주겠어요?"

내가 설명해 주었다.

그가 말했다. "아니, 그건 방금 내가 해 준 말인데 저 친구는 항상 프랑스어를 알아듣지 못하는 체해요."

"어쩌면 억양 때문일지 몰라요."

"난 파리에서 삼 년이나 살았어요. 내 억양은 이 한심한 베트남인들이 알아듣고도 남을 만큼 훌륭해요."

"민주주의의 소리 탓이거나요." 내가 말했다.

"그게 뭔데요?"

"내 생각엔 요크 하딩이 그런 내용의 책을 쓸 것 같군요."

"무슨 소린지 도통 모르겠네요." 그는 내가 들고 있던 상자를 수상하다는 듯 힐끔 쳐다보았다. "거기 뭐가 들었나요?" 그가 말했다.

"하얀 비단 바지 두 벌, 비단 실내복 두 벌, 여자 속옷 몇 가지인데—아마 세 벌일 거예요. 모두 현지 생산품이죠. 미국 원조를 받지 않고 생산한 옷이요."

"저기 올라갔더랬어요?" 그가 물었다.

"네."

"소식 들었어요?"

"네."

"끔찍한 사건이죠." 그가 말했다. "끔찍해요."

"공사께서 대단히 언짢아하시겠어요."

"그야 당연하죠. 지금 고등 판무관과 함께 계신데 대통령 면담도 신청해 놓았어요." 그는 내 팔을 잡고서 자동차들로부터 멀리 떨어진 곳으로 나를 데려갔다. "젊은 파일하고 당신은 잘 아는 사이였죠? 그에게 이런 일이 일어났다는 사실이 믿기지 않아요. 난 그의 부친과 친했어요. 해롤드 C. 파일 교수인데 — 당신도 그 사람 이름을 들어 봤겠죠?"

"아뇨."

"해저 침식 작용에 관한 세계적인 권위자랍니다. 지난번 《타임》 표지에 실린 그분 사진을 못 봤나요?"

"아, 기억이 나는 것 같군요. 배경에 무너져 내리는 절벽이 보이고, 그 앞으로 금테 안경을 쓴 사람이 서 있었죠."

"그 사람 맞아요. 고향으로 보낼 전보의 초안을 내가 작성했어요. 끔찍한 일이죠. 난 그 청년을 내 친자식처럼 사랑했는데."

"그러니까 당신은 그의 아버지와 친족 같은 가까운 사이인 셈이군요."

그는 눈물을 글썽이며 나를 쳐다보았다. 그가 말했다. "당신은 무엇이 못마땅해서 그래요? 훌륭한 젊은 친구가 이렇게 된 마당에 그런 소리를 해서야……."

"미안합니다." 내가 말했다. "사람들은 죽음에 대하여 여러

모로 다른 반응을 보이거든요." 어쩌면 그는 정말로 파일을 사랑하는지도 몰랐다. "전보엔 뭐라고 적었나요?" 내가 물었다.

그는 진지하고 고지식하게 대답했다. "'민주주의를 위해 아드님께서 군인다운 죽음을 맞은 데 대하여 심심한 애도의 뜻을 전합니다.' 서명은 공사께서 하셨고요."

"군인다운 죽음이라니." 내가 말했다. "그건 좀 혼란스러운 표현이 아닐까요? 고향에 있는 가족한테는 말입니다. 경제 지원단이었으니 군대하고는 거리가 멀잖아요. 당신들도 죽거나 부상을 당하면 대통령으로부터 훈장을 받나요?"

그는 긴장해서인지 나지막한 목소리로 애매모호하게 말했다. "그는 특수 임무를 수행했거든요."

"아, 그렇죠. 우리 모두 그러리라고 짐작은 했어요."

"파일이 얘기를 하진 않았겠죠. 안 그래요?"

"그럴 리가요." 이렇게 대꾸한 뒤, 비고가 했던 말이 내 머릿속에 떠올랐다. "그 친구는 아주 조용한 미국인이었으니까요."

"혹시 당신은 육감 같은 거 전혀 느끼지 않았나요?" 그가 물었다. "왜 누군가가 그를 죽였는지, 그리고 누가 죽였는지에 대해서요?"

나는 갑자기 화가 났고, 단골 코카콜라 가게와 휴대용 의료장비와 지나치게 큼직한 자동차와 별로 신식이 아닌 총과 더불어 살아가는 그들, 아메리카 패거리 모두에 대하여 짜증이 치밀었다. 내가 말했다. "느꼈고말고요. 사람들이 그를 죽인 까닭은 파일이 지나치게 순진해서 생존할 자격이 없다고 판단했기 때문입니다. 그는 젊고 무식하고 어리석고 쓸데없이 나서는 성격이었죠. 당신네들 가운데 어느 누구하고 비교하더라도 그는 전체적인 상황에 대한 이해가 부족하고 생각이 모자라는 사람이었는데, 당신네들은 그에게 동양에 대한 요크 하딩의 저서들과 돈을 쥐여 주면서 '어서 앞장서라. 민주주의를 위해 동양을 정복하라.'라고 부추겼어요. 그는 강의실에서 들어 본 얘기들 말고는 현실에서 아무것도 본 적이 없고, 그가 탐독한 작가들과 그가 경청한 강의들은 그를 바보로 만들었습니다. 그는 시체를 보더라도 상처를 볼 줄조차 몰랐으니까요. 빨갱이들의 위협, 민주주의를 위해 싸우는 전사라는 개념밖에 아무것도 알지 못했다고요."

"난 당신이 파일하고 친한 줄 알았는데요." 그가 꾸짖는 어조로 말했다.

"처음엔 그랬었죠. 나는 그가 고향에서 야구 경기에 관심을 두고 일요판 신문 부록을 뒤적이는 그런 삶을 살았더라면 좋았겠다고 생각했어요. 그가 독서 동아리에 가입한 보통의 미국 여자와 사귀며 안전하게 살아가는 모습을 보고 싶었다고요."

그는 당황해서 헛기침을 했다. "그렇군요." 그가 말했다.

"난 그 달갑지 않았던 문제를 잠시 깜빡했네요. 난 전적으로 당신 편이었어요, 파울러. 그 친구가 아주 경솔한 짓을 저질렀죠. 그 여자에 대하여 내가 파일과 긴 얘기를 나눴다는 사실을 밝혀두고 싶군요. 아시다시피 난 파일 교수 내외와 잘 아는 사이여서 솔직한 대화가 가능한 입장이었거든요."

"비고가 당신을 기다리고 있어요."라고 말한 뒤 나는 발길을 돌렸다. 그제야 그는 후엉을 발견했고, 내가 돌아보니 그는 사태의 진상을 파악할 줄 모르는 파일의 영원한 형제처럼 고통스럽고 난처한 표정으로 나를 지켜보고 있었다.

3

1

그가 도착한 지 두 달쯤 되었을 무렵에 파일이 후엉을 처음 만난 곳 역시 콘티넨털이었다. 때는 초저녁이어서 방금 해가 지고 난 다음 잠시 날씨가 시원해졌고, 옆길에 늘어선 노점들은 촛불을 밝혔다. 프랑스인들이 421[37] 놀이를 하느라고 탁자 위에선 주사위가 굴러다니는 소리가 났고, 하얀 아오자이 차림의 아가씨들은 자전거를 타고 까띠나 거리를 따라 집으로 향했다. 후엉은 오렌지주스를, 나는 맥주를 마시며 그저 말없이 함께 앉아

---

37 Quatre Cent Vingt-et-un. 세 개의 주사위로 하는 놀이.

있기만 해도 마음이 흐뭇했다. 그때 파일이 머뭇거리며 우리 자리로 찾아왔고, 나는 두 사람을 서로에게 소개했다. 그는 젊은 여자를 난생처음 보는 듯 뚫어져라 노려보다가 곧 버룻처럼 얼굴을 붉혔다. 파일이 말했다. "혹시 두 분이 우리 자리로 와서 합석하시면 어떨까 하는데요. 우리 수행원 한 분이……."

수행원이란 바로 상무관이었다. 상무관은 마치 체취 제거제를 제대로 골라서 사용하는 덕분에 친구들과 사이좋다고 믿는 남자처럼 자신만만한 미소를 지으며 위층 테라스에서 우리들을 내려다보았다. 나는 사람들이 그를 '조'라고 부르는 소리를 여러 차례 들었지만 성이 무엇인지는 알지 못했다. 그는 부산하게 우리들을 위해 의자를 빼 주고는 큰 소리로 웨이터를 불렀는데, 그렇게 소란을 떨어 봤자 콘티넨털에서 기껏 제공해 주는 선택지란 맥주나 브랜디와 소다수, 아니면 베르무트 카시스가 고작이었다. "여기서 만날 줄은 몰랐네요, 파울러." 그가 말했다. "우린 하노이에서 기자들이 돌아오길 기다리는 중이었어요. 상당히 치열한 전투가 벌어진 모양이더군요. 그들과 같이 가지 않으셨던가요?"

"난 기껏 기자 회견에 참석하려고 네 시간씩이나 비행기를 타고 오락가락하기는 질색이어서요." 내가 말했다.

그는 못마땅한 표정으로 나를 쳐다보았다. 그가 말했다. "진짜로 예리한 친구들이더군요. 뭐랄까, 사업을 하거나 방송국에서 일하면 아무런 위험 부담을 감수하지 않고 돈은 두 배나 더 벌 만한 그런 사람들이죠.”

“하지만 일이 고되겠죠.” 내가 말했다.

“그들은 전투의 낌새가 풍기면 군마처럼 냄새를 잘 맡아요.” 그는 듣고 싶지 않은 이야기에는 별 관심을 두지 않으면서 활기차게 말을 이었다. “빌 그레인저 — 그 친구는 싸움판이라면 귀신같이 나타나죠.”

“당신 짐작이 맞아요. 난 지난번 저녁에 스포팅 술집에서 그가 어떤 난장판에 끼어들었는지 똑똑히 봤으니까요.”

“그런 뜻으로 한 말이 아니라는 걸 당신도 잘 알 텐데요.”

두 명의 딸딸이 운전사가 경주를 벌이듯 맹렬히 발을 놀리며 까띠나 거리를 내려오더니 콘티넨털 밖 결승점에서 멈추었다. 첫 번째 딸딸이에서는 그레인저가 내렸다. 다른 딸딸이에는 몸집이 작고 백발에 말이 없는 남자가 짐짝처럼 실려 있었는데, 이제 그레인저가 그를 길바닥으로 끌어 내리려고 잡아당기기 시작했다. “어서 내려요, 믹.” 그가 말했다. “어서요.” 그러더니 요금을 놓고 운전사와 시비를 벌였다. “이거 받아.” 그가 말했다. “그걸 받든지 싫으면 그만두라고.” 그러면서 그는 규정 요금보다 다섯 배나 많은 돈을 길바닥에 집어 던졌다. 그러자 운전사가 허리를 굽혀서 돈을 집었다.

상무관이 초조하게 말했다. “보아하니 저 친구들 좀 쉬어야 되겠는데요."

그레인저가 다시 동행인을 짐짝처럼 끌고 올라오더니 의자에 앉혔다. 그는 뒤늦게 후엉의 존재를 알아채고 말했다. "이런, 고약한 친구 같으니라고, 조. 저 여자 어디서 데려왔나요? 아직 당신한테 이럴 기운이 남았을 줄은 몰랐는데. 미안, 화장실을 가 봐야 해서요. 믹 좀 봐 줘요."

"예절이 거칠기가 딱 군인 같군요." 내가 말했다.

파일이 다시 얼굴을 붉히며 진지하게 말했다. "이럴 줄 알았으면 두 분을 초대하는 게 아니었는데……."

백발의 짐짝이 의자에서 꿈지럭거리더니 머리가 몸에서 툭 떨어져 나오듯 탁자 위로 엎어졌다. 머리통이 권태의 한숨을 한없이 길게 내쉬고는 동작을 멈추었다.

"아는 사람인가요?" 내가 파일에게 물었다.

"아뇨. 기자 아닌가요?"

"빌이 믹이라고 부르던데요." 상무관이 말했다.

"U. P. 통신[38]에 새로 특파원이 오지 않았던가요?"

"그 사람은 아녜요. 내가 그 특파원 알아요. 혹시 당신네 경제 지원단 소속은 아닌가요? 수백 명이나 될 테니 — 거기 사람들 모두 알기는 어렵잖아요."

---

38 나중에 United Press International(UPI)로 이름이 바뀌었다.

"신분증을 확인해 보면 되겠죠." 파일이 제안했다.

"쓸데없이 저 친구 깨우지 말아요. 주정뱅이는 한 명이면 충분하니까요. 어쨌든 누구인지는 그레인저가 밝혀 줄 테죠."

그레인저 역시 그를 알지 못했다. 그는 음울한 표정으로 화장실에서 돌아왔다. "저 아가씨 뭐예요?" 그가 불쾌한 목소리로 말했다.

"후엉 양은 파울러의 친구인데요." 파일이 뻣뻣하게 말했다. "우린 저 사람이 누구인지 궁금해서……."

"저 여잘 어디서 데려왔대요? 이 도시에선 여자를 조심해야 하는데." 그가 음침한 목소리로 덧붙여 말했다. "하기야 페니실린이 있어서 천만다행이지만."

"빌." 상무관이 말했다. "우린 믹이 어떤 사람인지 알고 싶어요."

"그건 나도 몰라요."

"하지만 당신이 데려온 사람이잖아요."

"개구리 족속[39]들은 스카치를 감당하지 못해요. 그래서 뻗어 버렸죠."

"프랑스 사람인가요? 당신이 아까는 그를 믹[40]이라고 부르

---

39 개구리를 식용하는 프랑스인을 폄하하는 표현.

40 Mick. '마이클'의 애칭이며 속어로는 아일랜드 남자를 뜻한다.

는 것 같았는데요."

"뭔가 호칭은 있어야 하잖아요." 그레인저가 말했다. 그는 후엉 쪽으로 몸을 기울이며 말했다. "이봐요. 거기. 오렌지주스 한 잔 더 할래요? 아가씨, 오늘 밤에 누구하고 약속 있어요?"

내가 말했다. "저 아가씬 매일 밤 약속이 있는 몸인데요."

상무관이 서둘러 끼어들었다. "전황은 어때요, 빌?"

"하노이 북서쪽에서 대단한 승전고를 울렸죠. 프랑스군은 우리들한테 빼앗겼다고 한 번도 얘기한 적 없는 마을 두 곳을 탈환했어요. 베트밍군은 사상자가 엄청났고요. 아군의 피해는 아직 확인할 겨를이 없었을 테지만 한두 주 안에 우리들한테 알려 주겠죠."

상무관이 말했다. "소문을 들어 보니 베트밍이 팟지엠으로 침투하여 성당[41]을 불태우고 주교를 축출했다던데요."

"하노이에선 그런 소리를 전혀 안 하더군요. 그건 승전고가 아니거든요."

"우리 의료진은 남딩 너머로는 들어가질 못했어요." 파일이 말했다.

"당신도 거기까지밖에 못 갔나요, 빌?" 상무관이 물었다.

---

41 하노이에서 120킬로미터 떨어진 팟지엠(Phat Diem)의 대성당은 1875~1898년 사이에 베트남과 유럽의 건축 양식을 혼합하여 지은 유명한 순례지다.

"나한테서 너무 대단한 거 기대하지 말아요. 나는 신호등 순서에 따라 쳇바퀴만 돌리는 특파원이라 궤도에서 이탈하면 당장 눈에 나죠. 내가 하노이 공항으로 날아갑니다. 그러면 그들이 차를 내주고, 난 그걸 얻어 타고 기자단 숙소로 이동하죠. 탈환한 두 마을로 가는 항공편을 부대에서 제공하고, 공보관은 저 멀리 나부끼는 삼색기를 우리들에게 보여 줍니다. 그런 고지에선 무슨 거지 같은 깃발이건 휘날리기 마련이죠. 그다음에 기자 회견이 열리고, 우리들이 둘러본 것들에 대해서 어느 대령님이 설명을 합니다. 그러고 나서 우린 검열을 받아 가며 전보로 기사를 송고합니다. 그러고는 술을 마시죠. 바로 그때 인도차이나 최고의 술 시중꾼이 등장해요. 그런 다음에 우린 다시 비행기를 잡아타고 돌아옵니다."

파일이 그의 맥주잔을 내려다보면서 얼굴을 찡그렸다.

"당신은 자기 비하가 심하군요, 빌." 상무관이 말했다. "그래요, 66번 도로에 대한 기사만 해도 — 당신이 무슨 이름을 붙여 주었던가요? '지옥으로 가는 직행 도로.' — 그건 퓰리처상감이에요. 내 얘기가 무슨 의미인지 당신은 잘 알죠. — 도랑에 꿇어앉은 채로 머리가 날아가 버린 남자, 그리고 당신이 꿈속에서 거닐다가 보았다는 다른 사람……."

"당신은 내가 정말로 그들이 전투를 벌인 도로, 아니 그 근처에나마 취재를 나갔으리라고 생각하나요? 스티븐 크레인은 전장을 구경 한번 못 해 보고도 전쟁 소설을 실감 나게 써냈어요. 나라고 그러지 못할 것 같나요? 이건 기껏해야 더러운 식민지 전쟁에 불과해요. 나 술 한 잔 더 시켜 줘요. 그런 다음에 우리 여자나 잡으러 갑시다. 당신은 벌써 하나 구했잖아요. 나도 하나 필요해요."

나는 파일에게 물었다. "팟지엠에 대한 소문이 조금이나마 근거 있는 얘기라고 생각해요?"

"모르겠어요. 그게 중요한 일인가요?" 그가 말했다. "혹시 중요한 일이라면 나도 가서 알아보고 싶은데요."

"경제 지원단한테 중요한 사항이냐는 뜻인가요?"

"아, 글쎄요." 그가 말했다. "명확히 선을 긋기는 어렵겠어요. 의료 활동도 일종의 무기가 아닐까요? 이 천주교도들, 그들은 상당히 강력하게 공산주의자들을 배척하는 세력이 아니던가요?"

"그들은 공산주의자들과 거래를 합니다. 주교는 건물을 짓는 데 필요한 대나무와 가축을 공산주의자들로부터 구하죠. 난 그들을 요크 하딩이 말하는 제3의 세력이라고 인정하지 못하겠네요." 나는 그의 주장을 일축했다.

"그만 일어서자고요." 그레인저가 소리쳤다. "여기서 밤을 다 보낼 수는 없잖아요. 난 500명의 아가씨 집[42]으로 갈래요."

---

42 과거 사이공의 중국인 지역에 존재했던 '물소 공원' 근처의 환락가.

"혹시 선생님과 후엉 양은 저하고 저녁 식사를 하고 싶다면……." 파일이 말했다.

"당신들은 샬레[43]로 같이 가면 괜찮겠네요." 그레인저가 그의 말을 가로막았다. "내가 옆집에서 아가씨들을 작살내는 동안 당신들은 그곳에서 밥을 먹으면 돼요. 갑시다, 조. 어쨌든 당신도 사내잖아요."

내 생각에는 아마도 그 순간이었던 듯싶은데, 나는 남자란 도대체 어떤 존재인가 하고 생각하면서 파일에 대하여 처음으로 친근감을 느꼈다. 그는 맥주잔을 비틀어 잡고는 그레인저를 피하느라고 몸을 좀 돌려 앉으며 단호하게 거리를 두겠다는 표정을 지었다. 그가 후엉에게 말했다. "이런 모든 흰소리 — 당신 나라에 관한 얘기에 신물이 나셨을 것 같은데, 아닌가요."

"Comment?(어째서요?)"

"믹은 어쩔 셈이죠?" 상무관이 물었다.

"여기 내버려 둬요."

"그럴 수야 없잖아요. 이름조차 모르는 사람인데."

"그냥 함께 끌고 가서 아가씨들더러 보살펴 주라고 해도 되겠어요."

---

43 Le Chalet. 1940년대에 외국 군인들이 자주 드나들던 사이공의 유명한 무도회관. '산장'이라는 뜻.

상무관이 분위기를 무마하려고 큰 소리로 웃었다. 그는 텔레비전에 나오는 어떤 얼굴 같았다. 그가 말했다. "당신 같은 젊은이들이야 그런 짓을 해도 괜찮겠지만 난 장난을 치기엔 너무 나이가 많아요. 저 친구는 내가 집으로 데려갈게요. 프랑스 사람이라고 했던가요?"

"프랑스 말을 하더군요."

"내 차에 태우는 걸 당신이 도와주기만 한다면……."

상무관이 차를 타고 가 버린 다음에 파일은 그레인저와 같은 딸딸이를 탔고, 후엉과 나는 뒤에서 그들을 따라 쫄롱으로 향했다. 그레인저는 출발하기 전에 후엉과 같은 딸딸이를 타려고 수작을 부렸지만 파일이 그를 막았다. 빛나는 별들이 총총히 박힌 캄캄하고 부드럽고 오목 거울처럼 둥글고 너른 하늘 아래 우리를 태운 딸딸이들이 사이공 외곽의 중국인 지역으로 헉헉거리며 길을 내려가는데, 마침 프랑스군 장갑차들이 줄을 지어 나타나더니 옆으로 지나갔다. 총을 밖으로 내민 장갑차마다 입을 꽉 다문 장교가 한 사람씩 앞에 버티고 앉아서 선박의 뱃머리를 장식한 조각상처럼 꼼짝도 하지 않았다. — 보아하니 쫄롱의 도박장들과 그랑 몽드를 비롯하여 여러 도박장을 운영하는 빙쑤옌의 사조직 군대가 또다시 어디선가 말썽을 일으킨 모양이었다. 베트남은 중세 유럽을 방불케 할 정도로 호족들의 반란이 준동하는 나라였다. 하지만 미국인들은 중세에 무엇을 했던가? 콜럼버스는 그들이 살아갈 나라를 아직 찾아내지 못했다. 내가 후엉에게 말했다. "난 저 친구 파일이 마음에 들어요."

"조용한 사람이에요." 후엉이 말했고, 그녀가 이때 최초로 사용한 형용사는 학교에서 아이들끼리 붙여 주는 별명처럼 파일의 뒤를 따라다녔으며, 나는 훗날 녹색 챙모자를 쓰고 자리에 앉아 파일의 죽음을 나에게 알려 주던 비고의 입에서도 그 표현을 들었다.

나는 샬레 앞에서 딸딸이를 세우고는 후엉에게 말했다. "안으로 들어가서 자리 하나 잡아요. 난 파일을 돌봐 줘야 할 것 같아서요." 파일을 지켜 줘야 한다. — 그것이 나를 지배한 첫 본능이었다. 사실 다른 무엇보다도 스스로를 보호해야 했음을 나는 그때까지 전혀 깨닫지 못했다. 조건 없는 보호 본능을 자극하는 순진함이란 아무에게도 피해 줄 생각은 없지만 종[44]을 잃어버리고 온 세상을 소리 없이 헤매고 돌아다니는 나환자 같아서 순박함에 속지 않고 조심성 있게 경계해야 함이 훨씬 현명한 처신임을 사람들은 미처 깨닫지 못한다.

500명의 아가씨 집에 가 보니 파일과 그레인저는 이미 안으로 들어가고 없었다. 나는 출입구 바로 안쪽에 설치된 헌병

---

44 중세 유럽에서 한센병 환자는 어디를 가건 주변 사람들에게 전염되지 않도록 미리 경고하고자 종이나 딱따기를 들고 다니며 소리를 냈다고 한다.

초소에 물어보았다. "Deux Américains?(미국 사람 두 명 봤어요?)"

헌병은 젊은 외인부대 병사였다. 그는 권총 손질을 멈추고 엄지손가락으로 뒤쪽 출입문을 가리키고는 독일어로 농담을 했다. 나는 그 말을 알아듣지 못했다.

하늘이 탁 트인 널찍한 마당에서 저마다 휴식을 즐기고 있었다. 수백 명의 아가씨들이 풀밭에 눕거나 무릎을 꿇고 앉아서 손님들과 잡담을 나누었다. 공터 주변의 작은 별실들은 휘장을 치지 않은 상태였으며—지친 아가씨 한 명이 발목을 포갠 채 침대에 혼자 누워서 쉬고 있었다. 쫄롱에서 발생한 어떤 문제 탓에 군인들의 외출이 금지되었으므로 달리 일거리가 없는 여자들은 모처럼 육체의 휴일을 누리고 있었다. 어쩌다 굴러들어 온 손님을 서로 차지하려고 한쪽에서 몇 명이 뒤엉켜 손톱을 휘두르며 싸움을 벌이는 장면만이 이곳의 일상이 여전히 건재하다는 사실을 실감하게 했다. 나는 오래전부터 사이공에서 전해 내려오는 소문, 즉 한바탕 치고받으며 싸우다가 안전한 경찰초소로 피신하던 와중에 바지를 잃어버렸다는 어느 지체 높은 손님에 대한 이야기 하나가 생각났다. 이곳에서는 민간인을 아무도 보호해 주지 않았다. 하물며 전쟁터로 뚫고 들어가서 숨을 돌리기로 작정한 사람이라면 이곳에서 빠져나갈 길 정도는 스스로 찾아야 했다.

내가 이미 터득한 요령은—적을 분열시켜 놓은 뒤 하나씩 정복하는 방식의 군사 전략이었다. 나는 주변으로 몰려든 여자 가운데 한 명을 골라잡은 다음, 그녀를 방패 삼아 앞세워 밀고 나가면서 파일과 그레인저가 버둥거리는 싸움판으로 천천히 접근했다.

"Je suis un vieux.(난 늙은이야.)" 내가 말했다. "Trop fatigué.(아예 기운이 없다고.)" 앞장선 여자가 킬킬 웃으며 힘차게 밀고 나아갔다. "Mon ami.(저기 내 친구.)" 내가 말했다. "il est très riche, très vigoureux.(저 친구는 굉장히 돈 많고, 기운도 굉장히 좋아.)"

"Tu es sale.(당신 치사해.)" 그녀가 말했다.

나는 의기양양해서 벌겋게 달아오른 그레인저의 얼굴을 보았는데, 이 난장판을 자신의 정력을 과시하는 전시장이라고 생각하는 눈치였다. 어느 아가씨가 파일의 겨드랑이에 팔을 끼우더니 그를 패거리로부터 끌어내서 독차지하려고 애를 썼다. 나는 앞세운 아가씨를 그들 한가운데로 떠밀어 넣은 뒤 그에게 소리쳤다. "파일, 이쪽으로 와요."

그는 여자들의 머리 위로 나를 쳐다보면서 말했다. "무서워요. 무서워." 가로등 불빛의 조화 때문이었는지 몰라도 그의 얼굴이 핼쑥해 보였다. 어쩌면 그가 여자 경험이 전혀 없으리라는 생각이 얼핏 내 머리를 스쳤다.

“날 따라와요, 파일.” 내가 말했다. “그레인저는 여자들한테 맡겨 두고요.” 나는 바지 뒤쪽 호주머니로 그가 손을 돌리는 모습을 보았다. 나는 그가 모든 호주머니를 싹 뒤져서 피아스터와 그린백[45]을 몽땅 여자들에게 나눠 줄 생각이었으리라고 진심으로 믿는다. “바보 같은 짓 하지 말아요, 파일.” 내가 야단을 쳤다. “그랬다간 여자들끼리 싸움판이 벌어져요.” 내가 앞세웠던 여자가 나를 향해 돌아섰고 나는 그녀를 그레인저 주변으로 몰려든 여자들 한가운데로 다시 떠밀어 넣었다. “Non, non.(아냐, 아니라고.)” 내가 말했다. “je suis un Anglais, pauve, trés pauvre.(나는 가난뱅이, 엄청 가난뱅이 영국 사람이야.)” 그러고는 내가 파일의 소매를 붙잡아 끌어냈고, 이때 여자 하나가 낚시에 걸린 물고기처럼 그의 다른 팔에 대롱대롱 매달려 따라왔다. 병사가 경비를 서는 초소까지 나오는 동안 다른 여자 두세 명이 우리들에게 달라붙으려고 했지만 별로 악착같이 덤비지는 않았다.

“이 여잔 어쩌면 좋을까요?” 파일이 말했다.

“걱정할 필요 없을 거예요.” 그 순간 여자는 파일의 팔을 놓

---

45 서양인들은 베트남 화폐를 피아스터(piaster)라 호칭하는데, 정작 베트남인들은 ‘동(dong, 銅)’이라고 한다. 해외 주둔 미군은 미국 지폐인 그린백(greenback) 대신 군대 내에서만 통용되는 군표를 사용했기 때문에 그린백이 훨씬 귀해서 통화 가치가 높았다.

고 그레인저를 둘러싼 떼거리 속으로 뛰어들었다.

“그레인저는 괜찮을까요?” 파일이 초조하게 물었다.

“저 친구는 원하는 걸 얻었으니 걱정 말아요.”

바깥으로 나오니 밤은 아주 조용한 듯했고, 또 다른 한 무리의 장갑차만이 그나마 뚜렷한 목적의식을 보이며 어디론가 줄지어 굴러갔다. 그가 말했다. “끔찍했어요. 설마 그렇게까지 난리들을 치리라고는…….” 그는 믿기지 않아서인지 구슬프게 말했다. “저렇게 예쁜 여자들이 말이에요.” 그는 결코 그레인저를 부러워하지 않았다. 다만 어떤 선한 존재가 더럽혀지거나 나쁜 운명에 처했다는 사실만을 안타까워했는데 — 아름다움과 우아함은 분명히 선량함에 속하는 형태였다. 파일은 그의 눈앞에서 벌어지는 고통만큼은 볼 줄 알았다. (우리들 가운데 그런 능력조차 갖추지 못한 사람이 워낙 많으므로, 내가 이런 식으로 서술하는 까닭은 전혀 그를 비웃기 위해서가 아니다.)

내가 말했다. “샬레로 돌아갑시다. 후엉이 기다려요.”

“죄송해요.” 그가 말했다. “깜빡 잊었군요. 그녀를 혼자 두면 안 되는데.”

“위험을 걱정할 사람은 그녀가 아네요.”

“난 그냥 그레인저가 안전하기만 바랐을 뿐인데…….” 그는 다시 깊은 생각에 빠졌지만 샬레로 들어서자 어느새 슬그머니 걱정을 내려놓으며 말했다. “그런 남자들이 얼마나 많은지 그만 잊고 있었군요…….”

2

후엉은 무도장 가까이 자리를 하나 잡아 두었고, 악단은 파리에서 오 년 전에 유행했다는 어떤 곡을 연주했다. 몸집이 자그마하고 말끔한 베트남인 두 쌍이 우리들로서는 흉내 내기 어려운 고고한 문명의 분위기를 뽐내며 춤을 추었다. (한 쌍은 내가 아는 사람들이었는데 인도신 은행[46]의 회계사와 그 아내였다.) 그들은 절대로 아무렇게나 옷을 입지 않고, 절대로 말실수를 하지 않으며, 절대로 지저분한 열정에도 빠져들지 않는 인상을 주는 부부였다. 비록 이곳의 전쟁은 중세처럼 촌스럽게 진행되었지만 그들은 18세기가 꿈꾸었던 미래의 화신이었다. 남편 팜반투 씨는 한가한 시간이면 로마풍의 신고전주의 풍자시를 즐겨 쓰는 사람 같아 보였는데, 내가 어쩌다 알게 된 바로는 워즈워스에 탐닉하며 자연에 관한 시를 열심히 쓴다고 했다. 휴가를 받으면 그는 잉글랜드의 호수들과 가장 비슷한 분위기를 맛보기 위해 달랏을 찾아갔다. 그가 우리들 곁을 지나가면서 가볍게 목례를

---

46 Banque de l'Indo-Chine. '인도신'은 '인도차이나'의 프랑스식 발음.

했다. 나는 그레인저가 지금쯤 오십 미터나마 이동했을지 불현듯 궁금해졌다.

파일은 기다리게 해서 미안하다며 엉성한 프랑스어로 후엉에게 사과했다. "C'est impardonable.(용서 못 받을 짓을 했습니다.)" 그가 말했다.

"어디 갔다 왔나요?" 그녀가 파일에게 물었다.

그가 말했다. "그레인저를 집에 바래다주느라고요."

"집이요?" 내가 묻고는 웃음을 터뜨리자, 그는 마치 내가 그레인저와 똑같은 인간이라는 듯 노려보았다. 문득 그의 눈에 비칠 내 모습이 머리에 떠올랐는데, 아마 나는 체중이 불어나기 시작한 중년 나이에 눈은 약간 충혈되고, 우아한 사랑과는 거리가 멀고, 그레인저보다 덜 시끄러울지 몰라도 훨씬 냉소적이고, 덜 순진한 남자의 모습이리라. 내가 처음 그녀를 만났던 순간의 내 모습을 잠깐 회상해 보았다. 그랑 몽드에서 내 식탁 옆으로 춤을 추며 지나갔을 때 그녀의 나이는 열여덟 살이었고, 하얀 무도복 차림에, 번듯한 유럽 남자를 찾아내서 시집을 잘 보내려고 작심한 언니의 감시를 받는 몸이었다. 어느 미국인이 표를 사서 그녀에게 춤을 신청했는데,[47] 그는 약간 술에 취한 상태였

---

47 당시 무도회장에서는 남성이 마음에 드는 여성을 고른 뒤 표를 사서 춤을 한 곡 같이 추고는 했다. 마치 택시처럼 잠깐 세를 내어 함께 춤을 추는 여성들을 택시 댄서라고 불렀다.

던 데다가 — 일부러 해를 끼치려는 악의는 없었을지라도 내 생각에 아마 이 나라에 갓 들어와서 물정을 잘 모르는 탓에 그랑 몽드의 춤 상대들을 창녀쯤으로 착각했던 듯싶었다. 처음 무도장을 한 바퀴 도는 동안 그가 지나치게 꼭 끌어안자 그녀는 갑자기 손님을 뿌리치고서 언니가 기다리는 자리로 돌아가 앉았고, 남자는 자신이 무엇을 잘못했기에 여자가 그러는지 영문을 몰라서 혼자 덩그러니 남았다. 내가 아직 이름조차 알지 못했던 그녀는 도도하게 조용히 앉아서 앞에 놓인 오렌지주스를 가끔 한 모금씩 마셨다.

"Peut-on avoir l'honneur?(실례지만 한 곡 같이 추실까요?)" 파일이 엉성한 억양으로 말을 건넸고, 잠시 후 나는 무도장의 반대쪽 끝에서 말없이 춤을 추는 두 사람을 보았다. 파일은 어찌나 멀찌감치 그녀를 떼어 놓고 손을 잡았는지, 흡사 당장이라도 결별하려는 남녀처럼 보였다. 그는 춤 솜씨가 아주 형편없었고, 그녀는 그랑 몽드에서 내가 알았던 시절의 그 어느 때보다 멋지게 춤을 추었다.

구애 과정은 길고도 답답했다. 만일 내가 청혼하고 조건을 제시해도 되는 입장이었더라면 만사가 순조로웠을 테고, 우리들이 만날 때마다 언니는 눈치껏 알아서 재빨리 자리를 피해 주었으리라. 하지만 석 달이나 지난 다음에야 나는 겨우 잠깐씩이나마 마제스틱 호텔 발코니에서 그녀와 단둘이 시간을 보낼 수 있었다. 그러는 동안 후엉의 언니는 옆에 붙은 방에 버티고 앉아서 이제 들어가도 되느냐고 자꾸 보채고는 했다. 사이공강에서는 조명탄 불빛을 이용하여 프랑스에서 들어온 화물선이 하역 작업을 벌였고, 딸딸이들은 전화기처럼 종소리를 울렸으며, 나는 젊고 경험이 없는 바보처럼 온갖 이야기를 늘어놓았다. 나는 기가 꺾이고 잔뜩 풀이 죽어서 까띠나 거리에 있는 내 숙소로 돌아오고는 했다. 넉 달 뒤 그녀가 약간 숨이 찬 채로 내 옆에 누워서 자신이 기대했던 상황과는 상당히 다르게 진행되었다며 웃어 댈 날이 오리라고는 꿈조차 꾸지 못했었다.

"파울레어 선생님." 나는 춤을 추는 두 사람을 지켜보느라 다른 자리에서 나에게 신호를 보내는 언니를 알아채지 못했다. 이제 그녀가 내 자리로 건너왔고 나는 마지못해 앉으라고 청했다. 그랑 몽드에서 하이 양이 몸이 아프다고 하여 내가 집에 데려다주었던 밤 이후로 우리들은 친하게 지낸 적이 전혀 없었다.

"한 해가 다 가도록 뵙지 못했네요." 그녀가 말했다.

"난 자주 하노이에서 지내거든요."

"당신 친구 누구인가요?"

"파일이라는 사람인데요."

"뭐 하는 사람이죠?"

"미국 경제 지원단 소속이래요. 아시잖아요. — 배고픈 재봉사들한테 전기 재봉틀을 가져다주는 그런 사람들요."

"그런 사람들도 있대요?"

"모르겠는데요."

"하지만 그런 여자들 재봉틀을 사용하지 않아요. 그들이 사는 곳에 전기가 들어오지 않으니까요." 그녀는 무슨 말을 하든 액면 그대로만 받아들이는 고지식한 여자였다.

"그건 파일한테 물어보셔야 되겠네요." 내가 말했다.

"저 사람 결혼했나요?"

나는 무도장으로 시선을 돌렸다. "저 친구는 여자에게 저렇게 가까이 다가서 보긴 난생처음일걸요."

"춤을 정말 못 춰요." 그녀가 말했다.

"그래요."

"하지만 착하고 믿을 만한 남자 같아요."

"그래요."

"내가 잠시 같이 합석해도 될까요? 내 친구들은 아주 따분해서요."

음악이 끝나자 파일은 뻣뻣하게 허리를 굽혀서 후엉한테 절하고는 자리로 데리고 돌아왔다. 그러고는 그녀를 위해 의자를 빼 주었다. 후엉은 그의 예절 바른 태도를 반기는 기색이 역력했다. 나는 그녀가 나와의 관계에서 아쉬워하는 바가 참 많았으리라고 생각했다.

"이분은 후엉의 언니예요." 내가 파일에게 말했다. "이름은 하이고요."

"만나 뵙게 되어서 반갑습니다." 그가 말하고는 얼굴을 붉혔다.

"뉴욕 출신인가요?" 그녀가 물었다.

"아뇨. 보스턴인데요."

"거기도 미국인가요?"

"아, 그럼요. 그렇습니다."

"부친께서는 사업을 하시나요?"

"그렇진 않아요. 대학 교수이시니까요."

"선생님이세요?" 약간 실망한 어조로 그녀가 물었다.

"글쎄요, 일종의 권위자라고 해도 되겠죠. 사람들이 아버지한테서 자문을 구하거든요."

"건강에 관해서요? 박사님이신가요?"

"박사이긴 한데 의사[48]는 아네요. 아버지는 공학 계통 박사이시거든요. 해저의 풍화 현상에 대해선 모르는 게 없으시죠. 그게 뭔지 아세요?"

"몰라요."

파일은 농담으로 웃겨 보고자 서툰 시도를 했다. "그렇다

48 우리말에서나 마찬가지로 베트남어 역시 '의사'와 '박사'를 둘 다 '박시(bac si)'라고 한다.

면 아버지한테서 직접 설명을 들어 보시는 게 좋겠군요."

"여기 계신가요?"

"아닌데요."

"그럼 곧 입국하시나요?"

"아뇨. 그냥 농담으로 한 얘기였어요." 파일이 미안해하며 말했다.

"여동생이 또 있나요?" 내가 하이 양에게 물었다.

"아뇨. 왜요?"

"듣자 하니 시험 문제를 내는 것 같아서요. 파일 씨가 결혼 상대로 적당한지 파악하기 위해서 말예요."

"난 여동생이 하나밖에 없어요." 하이 양은 사회봉을 두드려서 최종 결론을 내리는 의장처럼 대꾸하고는 후엉의 무릎을 쥐고 꽉 눌렀다.

"동생이 아주 미인이십니다." 파일이 말했다.

"사이공에서 최고 미인이죠." 하이 양은 그의 평가를 더욱 격상시켰다.

"그건 나도 인정합니다."

내가 말했다. "식사를 주문할 때가 되었는데요. 사이공 최고의 미녀라고 해도 먹을 건 먹어야죠."

"난 배 안 고파요." 후엉이 말했다.

"후엉은 섬세해요." 하이 양이 단호한 어조로 말을 이었다.

목소리에서 적개심이 드러났다. "후엉은 보살핌이 필요해요. 보살핌을 받을 자격이 충분하고요. 후엉은 아주, 아주 성실해요."

"내 친구는 복이 많은 사람이군요." 파일이 엄숙하게 말했다.

"후엉은 아이들을 좋아해요." 하이 양이 말했다.

나는 웃음을 터뜨렸고, 다음 순간 파일과 시선이 마주쳤는데 그는 놀라서 충격을 받은 표정으로 나를 쳐다보았다. 나는 그가 하이 양의 이야기에 진심으로 귀를 기울이고 있다고 얼핏 생각했다. (비록 후엉이 배고프지 않다고는 했으나 그녀가 푸짐한 쇠고기 육회와 날달걀 두 개에 이것저것 곁들여서 거뜬히 해치우리라는 사실을 알았던지라) 내가 식사를 주문하는 사이에 파일은 아이들 문제에 대하여 진지하게 견해를 밝혔다. "난 늘 아이를 여럿 낳아 키우고 싶다고 생각했어요." 그가 말했다. "대가족은 제게 중요한 관심사거든요. 결혼 생활이 안정되려면 자식이 많아야 한다고 생각해요. 그건 아이들한테도 좋아요. 난 외아들로 자랐죠. 외둥이는 불리한 점이 굉장히 많더군요." 나는 그가 이토록 말을 많이 하는 모습을 그때까지 본 적이 없었다.

"당신 아버님 몇 살인가요?" 하이 양이 흑심을 드러내며 물었다.

"예순아홉요."

"노인들은 손자들 좋아해요. 내 동생의 아이들 보고 즐거워할 부모님이 안 계신다는 거 아주 슬퍼요. 아이들 생겨날 때가 넘었는데 말예요." 그녀가 처량한 눈으로 나를 쳐다보며 덧붙였다.

"그건 당신 처지도 마찬가지겠군요." 파일이 별로 쓸데없는 사족을 달았다고 나는 생각했다.

"우리 아버지는 아주 좋은 집안 출신이었어요. 후에[49]에서 관리를 지낸 분이죠."

내가 말했다. "여러분 모두를 위해 식사를 주문했어요."

"난 사양해요." 하이 양이 말했다. "내 친구들한테 돌아가야 하니까요. 파일 씨 다시 만났으면 좋겠어요. 당신이 자리를 마련해 준다면 말예요."

"북부에서 돌아온 다음에 그렇게 해 보죠." 내가 말했다.

"북부에 가시나요?"

"전황을 한번 둘러볼 때가 된 것 같아서요."

"하지만 기자단이 모두 돌아왔잖아요." 파일이 말했다.

"나에겐 그때가 가장 좋거든요. 그레인저와 마주치지 않아도 되니까요."

"그럼 파울레어 선생 없을 때 당신만 와서 나하고 내 동생하고 같이 저녁에 식사해요." 하이 양이 트집을 잡으려는 듯 못

---

49 Hue. 오랜 세월 베트남의 수도 역할을 해 온 역사적인 도시.

마땅한 표정으로 격식을 갖춰 한마디 덧붙였다. "후엉의 기분을 풀어 줄 겸 말예요."

그녀가 자리를 뜬 다음에 파일이 말했다. "아주 멋지고 교양 있는 여성이로군요. 그리고 영어가 무척 유창하네요."

"언니가 전에 싱가포르 사업체에서 일했다고 얘기해 드려요." 후엉이 자랑스럽게 말했다.

"정말인가요? 어떤 종류의 사업체요?"

그녀를 위해 내가 통역을 해 주었다. "수입 수출, 그런 거요. 속기도 할 줄 알아요."

"우리 경제 지원단에 그런 분이 많았으면 좋겠어요."

"언니한테 내가 얘기할게요." 후엉이 말했다. "미국인들 도와주는 일을 하기 언니도 좋아할 거예요."

저녁 식사가 끝난 다음, 그들은 다시 춤을 추었다. 나도 춤을 못 추는 편이었지만 파일처럼 주제를 모르는 사람은 아니었다. ―나 또한 처음 사랑에 빠졌을 무렵에는 그런 뻔뻔스러움의 포로는 아니었을까? 몸이 아프다며 고맙게도 하이 양이 사라져 주었던 밤 이전에, 그랑 몽드에서 단둘이 대화를 나눌 만한 짤막한 기회라도 얻고 싶어서 후엉과 춤을 추고는 했을 때 틀림없이 나 역시 촌티를 마구 드러낼 만큼 염치없었으리라. 무도장을 한 바퀴 돈 뒤에도 파일은 모처럼의 기회를 노리는 기미 따윈 보이지 않았다. 그는 잠시 긴장을 푸는 정도에 만족했으며, 이제 그녀를 좀 더 가까이 두었지만 두 사람은 여전히 아무 대화도 주고받지 않았다. 어정쩡하게 미끄러지는 듯싶은 그의 동작을 너무나도 가볍고 정확하게 이끌어 주는 그녀의 발을 지켜보다가 돌연 내 속에서 그녀를 사랑하는 마음이 새삼스럽게 치밀었다. 그녀가 겨우 한 시간 뒤, 기껏해야 두 시간 뒤에 늙은 여자들이 층계참에 쪼그려 앉아서 잡담을 나누고, 공동 화장실을 사용해야 하는 건물의 지저분한 방으로 나를 찾아 돌아오리라는 사실을 나는 좀처럼 믿을 수 없었다.

나는 차라리 팟지엠에 대한 소문을 내가 아예 듣지 못했더라면 좋았으리라고 생각했고, 하필 프랑스 해군 장교와의 각별한 친분 덕분에 통제와 검열을 걱정하지 않고 잠입할 수 있는 팟지엠에서가 아니라, 취재가 쉽지 않은 북부의 어느 다른 도시에서 사건이 발생했더라면 굳이 이곳을 떠나지 않아도 괜찮았으리라는 아쉬움에 사로잡혔다, 가 봤자 별 소득이 없을 테니까. 특종을 잡으려는 욕심에서였을까? 온 세상이 한국에서 벌어지는 전쟁에 관심을 기울이던 무렵에 팟지엠쯤은 전혀 특종감이 아니었다. 죽을 가능성은? 후엉이 밤마다 내 곁에서 같이 자는데 왜 내가 죽기를 원하겠는가? 하지만 나는 그 질문에 대한 답을 알고 있었다. 어릴 때부터 나는 영원한 삶을 전혀 믿지 않으면서도 그것을 갈구했다. 나는 행복을 잃을까 봐 항상 전전긍긍했다. 이번 달에, 내년에, 후엉은 결국 언젠가는 나에게서 떠나가리라. 내년이 아니라면 삼 년 후에는 틀림없이. 내 세상에서는 죽음이 유일한 절대 가치였다. 인간은 목숨을 잃으면 아무것도 영원히 잃지 않게 된다. 나는 하느님을 믿는 능력을 지닌 사람들을 부러워했고, 그러면서 다른 한편으로 나는 그들을 불신했다. 나는 그들이 변하지 않고 영구한 대상에 관한 우화를 믿음으로써 용기를 잃지 않고 계속 버틴다는 인상을 받았다. 죽음은 신의 존재보다 훨씬 확실한 개념이었고, 사랑이 죽으리라는 가능성은 일단 죽음을 맞이하면 더 이상 존재하지 않으리라. 미래의 권태와 무관심에 대한 악몽 역시 사라진다. 나에게는 평화주의자가 될 수 있는 잠재력이 전혀 없었다. 누군가를 죽인다면 그에게 한없는 혜택을 확실하게 허락하는 셈이었다. 아, 그렇다, 사람들은 어디에서나, 언제나 적을 사랑했다. 그들은 고통과 허무감만큼은 친구들을 위한 몫으로 남겨 두었다.

"당신한테서 후엉 양을 빼앗아 간 나를 용서해 주기 바라요." 파일의 목소리가 들려왔다.

"아, 난 춤을 즐기는 사람이 아니지만 그녀가 춤을 추는 모습을 지켜보기는 좋아한답니다." 사람들은 마치 그녀가 눈앞에 없다는 듯 항상 그녀에 대하여 3인칭을 사용해 가며 이야기했다. 이따금 그녀는 평온함이나 마찬가지로 투명한 존재가 되었다.

카바레의 첫 저녁 무대가 시작되었고, 가수와 곡예사와 만

담가가 차례로 등장했다. —무대에서는 아주 음란한 농담이 오갔지만 파일의 눈치를 살펴보니 이런 종류의 은어를 잘 알아듣지 못하는 듯싶었다. 후엉이 미소를 지으면 그가 따라서 미소를 지었고, 내가 웃을 때는 그가 불안한 선웃음을 쳤다. "지금쯤 그레인저가 어디서 무얼 하고 있는지 궁금하군요." 내가 말하자, 파일은 나에게 못마땅해하는 시선을 보냈다.

무대 분위기가 바뀌었고, 이제 여자로 분장한 남자들이 몰려나와서 공연을 벌였다. 나는 낮 시간에 까띠나 거리에서 몸매가 잘 드러나는 여성용 바지와 스웨터 차림에, 턱이 약간 푸르스름해 보이는 남자들이 엉덩이를 씰룩거리면서 이리저리 거니는 광경을 자주 목격했다. 지금 가슴골이 깊게 팬 야회복을 차려입고, 가짜 보석과 가짜 젖가슴을 달고 무대로 나온 출연자들은 비록 목소리가 걸걸하기는 해도 사이공의 여느 유럽 여성들 못지않게 매혹적이었다. 젊은 공군 장교 일행이 그들을 향해 휘파람을 불었고, 여장한 이들은 눈부신 미소로 마주 수작을 부렸다. 나는 갑자기 사납게 화를 내는 파일 때문에 놀랐다. "파울러." 그가 말했다. "갑시다. 이만하면 참을 만큼 참았습니다. 이건 저 여자분이 봐서는 안 되는 장면이잖아요."

1

성당의 종탑에서 굽어보는 전투 장면은 옛날 『런던 시사 화보집』에 실린, 멀리서 보어 전쟁 현장을 촬영한 사진처럼 또 움직임 없이 광활하게 펼쳐진 한 폭의 풍경화처럼 그저 아름다운 그림 같기만 했다. 항공기 한 대가 석회암 지대의 고립된 거점에 낙하산으로 보급품을 투하했는데, 풍화 작용으로 삭아 버린 산들이 첩첩한 안남 접경의 작전 지역은 부석을 차곡차곡 쌓아 올린 듯싶은 봉우리들이 즐비하여 괴이한 분위기가 감돌았다. 그리고 수송기가 항상 똑같은 위치로 돌아가서 거듭거듭 하강하고는 했기 때문에 비행기는 전혀 움직이지를 않고, 낙하산

또한 항상 똑같은 자리에서 땅으로 절반쯤 내려가다가 말고 멈췄기에 마치 허공에 매달린 채 굳어 버린 것 같은 착각을 일으켰다. 들판에서는 박격포가 쏘아 대는 포연들이 여기저기서 피어올랐고, 연기는 돌처럼 단단하게 굳은 듯 보였으며, 장터의 불기둥들은 햇빛에 바래서 하얀 빛깔로 변했다. 작디작은 낙하산병들의 행렬은 한 줄로 길게 늘어서서 수로를 따라 이동했는데, 이렇게 높은 곳에서 보니 그들은 미동도 없이 멈춰 선 듯했다. 종탑의 한쪽 귀퉁이에 자리 잡고 앉은 신부 또한 전혀 자세를 바꾸지 않은 채 『성무일도서』를 읽고 있었다. 이토록 먼 거리에서 관찰하는 전쟁은 아주 말끔하고 질서 정연했다.

나는 상륙정을 타고 날이 밝기 전에 남딩으로 들어왔다. 도시 전체를 폭이 오백 미터에 달하는 띠로 감아 버린 듯 적군이 완전히 포위했기 때문에 마땅히 접근할 만한 통로는 전부 차단되어 있었다. 우리들은 해군 주둔지로 상륙하기가 불가능했고, 그래서 불길이 치솟는 장터 옆으로 배를 진입시킬 수밖에 없었다. 불기둥들이 주변을 밝게 비추는 지대였으므로 우리는 아주 손쉬운 표적이었지만 무슨 이유에서인지 아무도 상륙정을 향해 총을 쏘지 않았다. 점포들이 불에 타느라고 푸시식대고 따닥거리는 소리만이 들려올 뿐 사방은 고요했다. 나는 강가의 세네갈 보초병이 몸의 중심을 옮기느라고 자세를 바꾸는 소리마저 귀에 들려오는 듯 느껴졌다.

나는 적의 본격적인 공격이 개시되기 전부터 팟지엠이라는 곳을 잘 알았다. 널빤지로 얽어 세운 목조 건물 점포들이 한 줄로 길게 이어진 좁다란 거리는 교회와 수로와 교량으로 백 미터마다 끊겨 토막이 났다. (팟지엠에는 프랑스군 장교 숙사 말고는 전기가 들어오지 않았으므로) 밤이면 그곳을 밝히는 불빛이란 작은 등잔과 양초밖에 없었고, 밤이건 낮이건 길거리는 사람들로 북적거려서 시끄러웠다. 중세의 묘한 분위기가 감도는 이곳은 영주 주교[50]의 그늘과 보호 아래 전국에서 가장 활기찬 도시였는데, 내가 상륙한 뒤 장교 숙사로 걸어 올라가면서 둘러보니 이제는 더없이 철저하게 죽어 버린 곳으로 변해 있었다. 돌 부스러기와 깨진 유리 조각들이 사방에 깔리고 불에 탄 벽토와 페인트 냄새가 진동했으며, 길게 뻗어 나간 거리는 텅 비어서 독일군의 공습이 휩쓸고 간 다음 날 이른 아침 런던의 황폐한 도심지를 연상시켰다. 어디엔가 "불발탄 주의"라고 접근을 금지하는 현수막이 걸려 있을 듯 섬뜩한 광경이 눈앞에 펼쳐졌다.

장교 숙사의 앞쪽 벽은 포탄에 산산조각 깨어져 날아갔고 길 건너편 집들은 폐허로 변했다. 남딩에서 강을 따라 내려오는 동안 나는 페로 중위로부터 이곳에서 무슨 일이 벌어졌는지 설

---

50 중세 유럽에서는 흔히 세속 권력을 장악한 영주와 그 영지에서 종교적 권위를 행사하는 사제가 따로 있었으나 영주 주교는 종교 권력과 세속 권력을 함께 장악했다.

명을 들었다. 박애주의자인 그는 신실한 젊은이였고, 그에게 이런 상황은 미신을 섬기는 사람들에게 내린 심판쯤으로 여겨졌다. 팟지엠의 주교는 언젠가 유럽을 방문했다가 — 그곳에서 한 무리의 포르투갈 아이들 앞에 발현했다고 천주교도들이 믿는 파티마의 성모에 대한 신앙을 얻었다. 그는 귀국한 다음, 파티마의 성모를 모시기 위해 성당 주변에 암굴을 마련하고는 성모의 축일을 기리느라고 해마다 행진을 벌였다. 주교의 사조직 군대를 당국에서 해산시킨 뒤로 프랑스와 베트남 연합 병력의 지휘관이었던 대령과 성직자의 관계는 늘 팽팽한 긴장 상태를 유지했다. 그러다가 올해 대령은 — 가톨릭 사상보다 나라가 훨씬 중요하다는 두 사람 모두의 판단에 따라 — 주교와 어느 정도 공감대를 조성하고 친목을 도모한다는 의미로 상급 장교들과 함께 행진에 참가하여 선두에서 나란히 걸었다. 파티마의 성모를 받들기 위해 그토록 많은 사람이 팟지엠에 운집한 적은 결코 없었다. 심지어 이곳 인구의 절반을 차지하는 불교 신자들마저 축제 분위기를 빠짐없이 누리고자 엄청나게 몰려나왔으며 — 하느님이나 부처님을 둘 다 믿지 않는 사람들조차 이 모든 깃발과 향로와 황금빛 성체 현시대가 그들의 집에서 전쟁을 몰아내리라고 믿었으므로 덩달아 열심히 합류했다. 주교의 사조직 군대에서 그나마 군악대 노릇을 하며 명맥을 유지해 온 얼마 안 되는 마지막 병력이 행렬의 앞장을 섰고, 대령의 명령을 충성스럽게 따르는 프랑스 장교들은 성가대처럼 그 뒤를 따라 성당 경내로 진입했으며, 동양식 익벽을 붙인 종탑 밑에 파 놓은 앞마당의 작은 연못 안에 섬을 만들어 그 위에 안치한 하얀 성모 성심상을 지나 나무를 통째로 깎아 세운 거대한 기둥들이 떠받들고 기독교보다는 불교에 더 가까운 분위기를 살려 가며 주홍색 옻칠 공예로 장식한 설교단이 들어선 건물 내부로 들어갔다. 풍차를 설치한 성당들과 튤립 꽃밭 대신에 갓 모를 낸 초록빛 논바닥과 추수를 앞둔 황금빛 벼 이삭들이 한데 어우러지는 이곳 저지대[51]의 수많은 수로 사이에 틀어박힌 모든 마을에서 농부들이 떼를 지어 몰려왔다.

이 행렬에 몰래 끼어든 베트밍 첩자들을 아무도 알아채지 못했으므로 그날 밤 선발대 요원들의 팟지엠 공격은 물론, 부석 산악 지대의 협곡들을 통과하여 통킹 평야에 침투한 공산당 주력 부대의 작전을 프랑스군은 산꼭대기의 전초 기지에서 속수무책으로 구경할 수밖에 없었다.

그로부터 나흘이 지난 뒤, 이제 공수 부대원들의 도움을 받

---

51 베트남에서는 사시사철 다모작을 하기 때문에 갓 모종을 한 논과 다 익은 벼 이삭들이 여기저기 함께 뒤섞인 풍경을 쉬이 찾아볼 수 있다. 또 여기서 '저지대'란 본디 전 국민의 3분의 1이 가톨릭 신자인 풍차와 튤립의 나라 네덜란드(Nederland, 영어로는 Netherlands), 즉 낮은(nether) 땅의 나라를 가리킨다.

아서 도시를 포위한 적을 일 킬로미터가량 겨우 밀어낸 상태였다. 이런 상황은 실상 패배였기 때문에 언론인들의 취재가 허락되지 않았고, 신문은 오직 승전보만을 실어야 했으므로 패배를 알리는 기사라면 전혀 전송되지 않았다. 내가 취재하러 온 목적을 알았더라면 하노이의 공보 당국자들은 나를 막으려고 했겠지만 본부로부터 멀리 나올수록 통제는 그만큼 덜했으며, 적의 포화 사정권 안으로 들어가는 종군 기자의 존재는 되레 현장 장병들에게 반가운 손님이었으므로 — 하노이의 참모진에게는 위협적인 골칫거리였고, 남딩의 대령에게는 걱정거리였으며, 야전의 소대장에게는 잠시 긴장을 푸는 농담거리였고, 바깥 세계의 사람들에게는 관심의 대상이었다. 따라서 축복받은 몇 시간 동안이나마 나는 스스로를 조금쯤 극적인 인물로 여기며, 아군의 부상병들과 전사자들에게도 거짓된 영웅적 색채를 가미할 수 있는 특전을 얻었다.

신부가 『성무일도서』를 덮으며 말했다. "자, 끝났습니다." 그는 유럽인이었지만 주교가 자기 관구에 프랑스 성직자는 발을 들여놓지 못하게 했으므로 프랑스인은 아니었다. 그가 사과하는 뜻으로 설명했다. "아시다시피 난 저 모든 가난한 사람들로부터 잠시나마 벗어나서 조용한 시간을 갖기 위해 이곳으로 올라와야 했어요." 박격포탄이 터지는 소리가 점점 가까워지는 듯싶었는데, 보아하니 마침내 적군이 반격을 시도하는 모양이었다. 수로들 사이에 옹기종기 모인 농가들과 논바닥 여기저기에서 매복하기 좋은 지형을 찾아내기란 워낙 쉽기 때문에 국지적 접전 지역은 십여 곳이나 되었다. 그래서 소수일지라도 적 병력을 찾기는 이상할 정도로 힘겨웠다.

우리들이 서 있는 곳 바로 밑에서 팟지엠 주민들이 앉거나 엎드린 채로 너도나도 몸을 피하고 있었다. 천주교도, 불교도, 이교도 들이 — 저마다 풍로, 등잔, 거울, 옷가지, 이부자리, 성화 같은 가장 소중한 재산을 챙겨 가지고 — 성당 경내로 피란해 들어왔다. 이곳 북부는 어둠이 내리면 날씨가 매섭게 추워졌고, 성당 마당은 이미 만원이어서 더 이상 자리가 없었다. 심지어 종탑으로 올라가는 계단마저 피란민들이 층층이 차곡차곡 들어찼고, 점점 더 많은 사람들이 가재도구를 싸 들고, 아기들을 품에 안고 출입문마다 끊임없이 밀려들었다. 그들은 무슨 종교를 믿든 이곳에서라면 안전하리라고 믿었다. 우리들이 지켜보는 가운데 베트남 군복을 입고 소총을 든 젊은 남자 한 사람이 피란민들을 밀치며 안으로 들어왔는데, 어느 성직자가 그를 잡아 세우고는 총을 빼앗았다. 내 옆에 있던 신부가 상황을 설명해 주었다. "여기선 중립을 지켜야 해요. 이곳은 하느님의 영역이니까요." 나는 얼핏 이런 생각이 들었다. '하느님의 왕국에서는 길 잃고 가난한 백성이 춥고, 굶주리고, 겁에 질린 채로 살아가는구나.' 신부가 말을 이었다. "위대한 왕이 이곳에 임한다면 이보다 좋은 세상을 만들 거라고 당신은 생각하겠죠." 하지만 나는 다시 이런 생각을 했다. '어디를 가든 다 마찬가지여서 — 가장 강력한 지배자의 백성인들 세상에서 가장 행복하진 않겠지.'

어느새 사람들은 종탑 아래서 작은 가게들을 차려 놓았다. 내가 말했다. "저긴 거대한 장마당 같기는 한데, 도무지 즐겁게 웃는 얼굴을 찾아볼 수 없네요."

신부가 말했다. "저 사람들은 추위에 한없이 떨면서 어젯밤을 노천에서 보냈어요. 사람들이 넘쳐 나면 안 되니까 성당 출입문들을 닫아 둬야 했거든요."

"이 안에서는 모두 따뜻하게 지내나요?" 내가 물었다.

"별로 따뜻하진 않아요. 그리고 이곳엔 저 사람들 10분의 1도 수용할 공간이 없죠." 그가 말을 이었다. "당신이 무슨 생각을 하는지 난 알아요. 하지만 우리 가운데 몇몇이나마 어떻게든 건강을 유지해야 합니다. 팟지엠에 하나뿐인 병원을 우리들이 지켜야 하는데, 이곳 간호사들이라고는 우리 수녀님들밖에 없거든요."

"그럼 의사는 어디 있나요?"

"나로서는 최선을 다하는 수밖에요." 그제야 나는 핏방울로 얼룩진 그의 사제복에 눈길이 갔다.

그가 말했다. "당신은 날 만나려고 이리 올라왔나요?"

"아뇨. 그냥 내 물건들을 챙겨 가려고요."

"내가 당신한테 이런 질문을 한 까닭은 어젯밤에 날 찾아서 이곳으로 올라왔던 사람이 생각났기 때문입니다. 그는 고백성사를 받고 싶어 했어요. 뭐랄까요, 그 사람은 수로 주변에서 본 광경 때문에 겁을 많이 먹었더군요. 그럴 만도 하죠."

"거긴 상황이 나쁜가요?"

"공수 부대원들이 쏘아 대는 총탄이 사방에서 날아왔거든요. 불쌍한 사람들이죠. 난 당신도 나하고 같은 심정이 아닐까 생각했어요."

"난 천주교도가 아닙니다. 나 같은 사람은 기독교인이라고 하기조차 어렵겠어요."

"공포감은 사람들에게서 기이한 반응을 불러일으키죠."

"나한테선 그런 일 없을 거예요. 혹시 어떤 신이든 믿게 되더라도 난 고백이라는 행태를 여전히 싫어할 테니까요. 골방에 들어가서 무릎을 꿇고 앉는 그런 거요. 나 자신을 타인들에게 낱낱이 내보이면서 말이죠. 이런 말씀 죄송하기는 합니다만, 신부님, 내 생각에 그건 병적인 행동이고 — 남자답지도 못한 짓입니다."

"그렇군요." 그가 홀가분한 표정으로 말했다. "당신은 선량한 사람처럼 보이네요. 후회할 만한 행동을 별로 하지 않은, 그런 사람요."

나는 바다를 향해 뻗어 나간 수로들 사이에 일정한 간격으로 줄지어 늘어선 교회들을 둘러보았다. 두 번째 탑에서 번쩍이는 불빛을 보았다. 내가 말했다. “당신이 모든 교회를 중립 지대로 지켜 내지는 못하신 모양이군요.”

“그건 가능한 일이 아닙니다.” 그가 말했다. “프랑스군은 성당 경내를 침범하지 않겠다고 동의했어요. 그 이상은 우리로선 요구하기가 어려워요. 지금 보고 계신 곳은 프랑스 외인부대의 초소입니다.”

“난 가 봐야겠어요. 안녕히 계세요, 신부님.”

“행운을 빌 테니 잘 가세요. 저격병들 조심하고요.”

나는 바깥으로 이르는 길을 뚫기 위해 북적거리는 사람들을 밀치며 나아갔고, 다정하게 두 팔을 내민 하얀 성모상을 세워 놓은 연못을 지나 길게 뻗은 거리에 당도했다. 나는 거의 일 킬로미터 멀리까지 사방을 둘러볼 수 있었는데, 그토록 넓은 지역에서 살아 움직이는 생명체란 나를 제외하고 겨우 둘뿐이었으니 — 위장포를 씌운 철모를 쓴 두 명의 병사가 사격 자세를 취한 채로 자동 경기관총을 겨누면서 길 가장자리를 따라 천천히 걸어 올라가고 있었다. 내가 굳이 생명체라고 말한 까닭은 머리를 길 쪽으로 내밀고 문턱에 엎어져 죽은 시신 한 구가 눈에 띄었기 때문이다. 그곳에 모여든 파리들이 윙윙거리는 소리와, 점점 희미하게 멀어져 가는 병사들의 찌거덕거리는 군화 소리만이 내 귀에 들려왔다. 나는 시선을 다른 쪽으로 돌리며 빠른 걸음으로 얼른 시신을 지나쳤다. 몇 분 후에 뒤돌아보니 나는 내 그림자와 함께 완전히 혼자 남았고, 내가 내는 소리 말고는 사방에 정적만이 흐를 따름이었다. 나는 사격장의 과녁이 된 기분이었다. 문득 혹시 이 길거리에서 나한테 무슨 일이 일어나면 누군가 나를 발견할 때까지 오랜 시간이 걸릴 테고, 그동안 파리들이 잔뜩 몰려들리라는 생각이 들었다.

두 개의 수로를 건넌 다음, 나는 교회로 향하는 길로 꺾어 들었다. 길에는 낙하산병의 위장복을 걸친 군인 십여 명이 땅바닥에 둘러앉았고, 두 명의 장교가 지도를 살펴보고 있었다. 내가 다가갔지만 신경을 쓰는 사람은 아무도 없었다. 긴 안테나가 달린 휴대용 무전기를 소지한 병사가 "이제 이동해도 된답니다."라고 하자 모두들 몸을 일으켰다.

나는 서툰 프랑스어로 그들에게 내가 함께 따라가도 괜찮겠느냐고 물어보았다. 이 전쟁에서 유럽인의 얼굴이란 일종의 혜택이었으므로, 일단 유럽인이라면 적의 첩자이리라고 의심받지 않았다. 그 때문에 야전에서는 얼굴만 내밀어도 통행증 노릇을 했다. "당신 뭐 하는 사람이오?" 중위가 물었다.

"전쟁을 취재하는 사람인데요." 내가 말했다.

"미국에서 왔나요?"

"아뇨. 영국 사람입니다."

그가 말했다. "별로 대단치 않은 임무이긴 하지만 우리들과 동행할 생각이라면……." 그는 철모를 벗어 주려고 했다. "아뇨, 아닙니다." 내가 말했다. "그건 전투병이 써야죠."

"좋을 대로 하시죠."

우리들은 한 줄로 늘어서서 교회 뒤쪽으로 소대장을 따라 나아갔고, 무전병이 양쪽 측면에서 나란히 이동하는 정찰대와 연락을 취하는 동안 배수로 둑에서 잠깐 멈춰 기다렸다. 박격포탄들이 우리 일행의 머리 위로 날아갔고, 어느 보이지 않는 곳에서 터졌다. 교회 뒤에서 더 많은 병력과 합류하여 이제 정찰대의 규모는 서른 명가량 되었다. 중위는 손가락으로 지도를 짚어 가며 나지막한 목소리로 나에게 설명했다. "여기 이 마을에서 적군이 삼백 명쯤 나타나리라는 첩보입니다. 아마도 오늘 밤 공격을 위해 집결하는 모양입니다. 확실히는 모르고요. 아직 아무도 그들을 찾아내지 못했다는군요."

"마을까지는 거리가 얼마나 되나요?"

"삼백 미터쯤요."

무전기에서 지시가 하달되었고 우리들은 오른쪽으로 쭉 뻗어 나간 배수로를, 그리고 왼쪽으로는 길게 이어진 나지막한 덤불과 논을 끼고 조용히 계속 전진했다. 중위는 출발할 때 안심하라는 수신호와 함께 "이상 무."라고 속삭이며 우리들에게 상황을 알렸다. 삼십 미터쯤 나아가자 또 다른 수로와 무너진

다리가 우리 일행의 전방에 나타났는데, 다리는 널빤지 한 장만 남았고, 손으로 잡으며 건너야 할 난간은 간데없었다. 소대장이 부하들더러 산개하라는 손짓을 하자 우리는 널빤지로부터 이십 미터쯤 거리를 두고 쪼그려 앉았다. 병사들은 수로의 물을 내려다보더니 마치 명령이라도 떨어진 듯 일제히 머리를 돌렸다. 잠시 동안 나는 그들이 무엇을 보았는지 알지 못했지만, 곧 내 눈에 들어온 광경은 무슨 이유에서인지 모르겠으나 나로 하여금 순식간에 샬레로 돌아간 듯 정신을 아찔하게 했고, 여장을 한 남자들과 휘파람을 불어 대는 젊은 군인들과 "봐서는 안 되는 장면이잖아요."라던 파일의 말이 생생하게 머리에 떠올랐다.

수로에는 시체들이 가득했다. 나는 고기가 너무 많이 들어간 아일랜드 국물 요리가 생각났다. 시체들은 포개 놓은 듯 서로 뒤엉킨 채 쌓여 있었고, 삭발한 죄수나 물개를 연상시킬 정도로 형체를 알아보기 어려운 시커먼 머리 하나가 부표처럼 물 위에 덩그러니 떠 있었다. 핏물이 보이지 않았기 때문에 나는 시신들이 오래전에 멀리서부터 떠내려와서 그곳에 하나씩 모였으리라고 추측했다. 도대체 시체가 얼마나 많은지 나는 전혀 짐작할 수 없었다. 아마도 피신을 하려다가 집중 사격을 받은 모양이었고, 논둑에 쪼그린 우리들은 틀림없이 모두 똑같은 적개심에 사로잡혔으리라. "걸리기만 해 봐라. 당한 대로 갚으리라." 나 역시 눈길을 돌렸다. 우리들이 얼마나 하찮은 존재이며,

얼마나 순식간에, 허망하게, 죽음이 우리들 가운데 아무나 무작위로 집어삼킬지 모른다는 사실을 상기시키는 물적 증거들을 구태여 눈여겨봐 두고 싶지 않았기 때문이다. 비록 내 이성이 자주 죽음을 원하기는 했지만 느닷없이 죽임당하리라는 가능성은 두려움의 대상이었다. 나는 마음의 준비를 할 만한 여유를 가질 수 있도록 제대로 경고를 보낸 다음에야 죽음이 찾아오기를 바랐다. 하지만 무슨 준비를 한다는 말인가? 나로서는 내가 두고 떠날 하찮은 세상을 잠깐 그냥 둘러보는 정도가 고작일 텐데, 당최 무엇을 어떻게 준비해야 할지 알 길이 없었다.

중위는 무전병 옆에 주저앉아 그의 두 발 사이로 땅바닥을 응시했다. 무전기가 캑캑거리는 소리로 지시를 내리기 시작하자, 그는 방금 잠에서 깨어난 듯 한숨을 짓고는 몸을 일으켰다. 병사들의 모든 동작에서는 기묘한 전우애가 스며 나왔으므로, 그들은 마치 일심동체로서 수없이, 여러 차례 동등한 존재로서 어떤 과업에 함께 참여해 온 집단 같았다. 무엇을 어떻게 하라고 명령이 떨어지기를 기다리는 사람은 아무도 없었다. 두 병사가 망가진 다리의 널빤지로 접근하여 건너가려고 했지만 두 팔만 벌려서 몸의 균형을 잡기란 쉽지 않았다. 결국 주저앉은 채 한 번에 겨우 몇 뼘씩밖에 앞으로 나아가지를 못했다. 다른 병사 한 사람이 수로 아래쪽 덤불 속에 처박힌 너벅선 한 척을 용케 찾아내어 소대장이 서서 기다리는 곳으로 낑낑거리며 밀어

냈다. 우리 일행 가운데 여섯 명이 배에 타고는 막대기로 수로 바닥을 찍어 가면서 반대편 둑을 향해 나아가려고 했지만 무더기를 이룬 시체들에 걸려 멈춰 섰다. 중위는 흙덩이 같은 시체 더미를 가라앉히려고 막대기로 누르며 밀어 댔고, 시체 하나가 떨어져 나가더니 일광욕하는 사람처럼 길게 엎드린 채 뱃전을 따라 천천히 떠내려갔다. 그러자 길이 다시 트였고, 반대편 둑에 이른 우리는 땅으로 기어 올라가면서 한 번도 뒤를 돌아보지 않았다. 총격전은 벌어지지 않았고, 우리는 여전히 살아 있었고, 아마도 죽음이 다음 수로까지 멀찌감치 후퇴한 모양이었다. 나는 누군가 바로 내 뒤에서 굉장히 심각하게 독일어로 얘기하는 소리를 들었다. "Gott sei dank.(하느님 감사합니다.)" 소대장을 제외하고 그들 대부분은 독일인이었다.

수로 너머에서는 농가 여러 채가 우리를 기다렸다. 소대장이 벽에 바싹 달라붙어서 가장 먼저 마을로 들어갔고, 나머지 병사들은 삼 미터 간격으로 줄을 지어 뒤따라갔다. 그러더니 이번에도 역시 한마디 명령조차 떨어지지 않았건만 병사들은 재빨리 농가들 사이로 뿔뿔이 흩어졌다. 마을은 생명이 버리고 떠나간 곳—농부들은 닭 한 마리조차 뒤에 남겨 놓지 않았지만 다 쓰러져 가는 집마다 안방이었던 공간의 벽에는 성모와 아기 예수, 성심상을 담은 두 개의 칙칙한 석판화가 어설프게 유럽 분위기를 흉내 내며 걸려 있었다. 그들과 같은 신앙을 섬기지 않는 사람이라고 해도 이곳 주민들이 무엇을 믿었는지 짐작하기는 어렵지 않았으니, 바로 허옇게 바싹 말라 버린 송장이 아니라 인간들이었다.

전쟁은 그렇게 근처에 버티고 앉아서 아무 짓도 하지 않은 채 누군가 다른 사람들을 기다렸다. 나에게 남은 시간이 얼마나 되는지를 알 길 없는 사람이라면 무슨 심오한 생각 따위는 떠올릴 가치조차 없을 듯했다. 이미 워낙 여러 번 되풀이했던 행동들을 다시 반복하면서 첨병들이 앞으로 나아갔다. 이제 우리들보다 전방에서 움직이는 모든 물체는 적이었다. 소대장이 지도에 무슨 표시를 하고는 무전으로 아군의 위치를 보고했다. 한낮의 고요한 정적이 사방에 깔렸고, 박격포조차 잠잠해졌으며, 하늘에서는 비행기들이 사라졌다. 한 병사가 나뭇가지로 땅바닥에 낙서를 했다. 얼마쯤 지나고 나니 마치 전쟁이 우리들을 망각했다는 생각마저 들었다. 나는 후엉이 내 양복을 잊지 않고 세탁소에 보냈기를 바랐다. 시원한 바람이 농가 마당의 짚 더미를 휘젓고 지나갔으며, 어느 병사가 소변을 보려고 남들의 눈을 피해 헛간 뒤로 사라졌다. 나는 하노이의 영국 영사에게서 넘겨받은 위스키 한 병의 값을 제대로 치렀는지 여부가 문득 궁금해져서 기억을 더듬어 보았다.

행렬의 전방에서 두 발의 총성이 울렸다. 나는 생각했다. '올 것이 왔구나, 드디어 시작이다.' 내가 바랐던 경고는 그 정도면 충분했다. 나는 환희를 맛보면서 영원한 무엇인가가 찾아오기를 기다렸다.

하지만 아무 일도 일어나지 않았다. 다시 한 번 나는 '닥쳐올 사건에 대한 과잉 준비'의 행사를 치른 셈이었다. 한참을 기다린 다음에야 첨병이 나타나더니 소대장에게 무엇인가 보고를 했다. "Deux civils.(민간인 두 명.)"이라는 한마디가 내 귀에 들어왔다.

중위가 나에게 "가서 살펴봅시다."라고 말했고, 우리들은 첨병을 앞세우고 논과 논 사이로 잡초가 잔뜩 자란 진흙을 밟으며 둑을 따라 조심스럽게 나아갔다. 농가들로부터 이십 미터쯤 떨어진 좁다란 도랑 속에서 우리들이 찾아낸 적은 여자 한 명과 어린 사내아이였다. 한눈에 봐도 그들이 죽었다는 사실은 분명했다. 여자의 이마에는 피가 작은 덩어리처럼 이미 말라붙어 있었고, 아이는 잠든 듯 보였다. 아이는 여섯 살쯤 되었는데, 뼈만 앙상한 두 무릎을 끌어안고 자궁 속의 태아처럼 웅크린 자세로 엎어져 있었다. "한심한 실수"라고 중위가 말했다. 그는 허리를 굽혀 아이의 몸을 뒤집었다. 그의 목에 걸린 성스러운 장신구가 주르륵 아래로 흘러내렸고, 나는 마음속으로 생각했다. '부적의 마력은 아무 소용이 없구나.' 아이의 시체 밑으로 한입 물어뜯었지만 미처 먹지 못한 빵 한 조각이 눈에 들어왔다. 나는 생각했다. '난 전쟁이 정말 싫어.'

중위는 마치 그들의 죽음이 내 탓이라는 듯 "이제 무얼 더 보고 싶으신가요?"라고 나를 향해 사납게 말했다. 아마도 그 군인에게 민간인 집단이란 살인죄의 책임을 회피하기 위해 월급 봉투를 미끼 삼아 살인을 맡기려고 자신들을 고용한 존재[52]라고만 여겨지는 모양이었다. 우리는 농가로 걸어서 돌아갔고, 바람을 피해 다시 짚 더미를 깔고 앉은 뒤 입을 다물어 버렸다. 바람은 어둠이 다가오는 기미를 동물처럼 민감하게 포착하는 듯싶었다. 아까 땅바닥에 낙서를 하던 병사는 소변을 보러 갔고, 소변을 보았던 병사는 땅바닥을 끄적거렸다. 첨병들이 경계를 위해 따로따로 배치된 다음 사방이 조용해지자, 희생자들은 적막한 그 순간에 어쩌면 도랑에서 빠져나와도 안전하리라 판단했으리라고 나는 생각했다. 빵이 바짝 말라 있었던 것으로 미루어 보아 — 나는 그들이 그곳에서 오랫동안 몸을 숨긴 채로 기다렸으리라고 짐작했다. 이 농가는 필시 그들의 집이었으리라.

무전기 교신이 다시 이루어졌다. 중위가 지친 목소리로 말했다. "마을을 폭격하겠다는군요. 정찰 병력들은 귀대해서 밤을 보내라는 명령입니다." 우리들은 자리에서 일어난 뒤 부대로 돌아가기 위해 다시 시체 무더기를 막대기로 밀어내며 줄을 지어

---

52 프랑스 외인부대는 전 세계에서 뜨내기로 흘러들어 온 부랑자, 망명자, 범죄자, 실업자 등 온갖 외국인들을 조건 없이 용병으로 받아들여 용맹을 떨친 부대로 유명하다.

교회 옆을 통과했다. 별로 멀리 진군하지도 못했는데 두 민간인을 죽이는 성과밖에 거두지 못하고 돌아가려니까 길이 무척 멀게 느껴졌다. 비행기들이 날아오더니 우리들 뒤쪽에서 폭격을 개시했다.

어둠이 내린 다음에야 장교 숙사에 도착한 나는 그곳에서 밤을 보냈다. 기온은 겨우 영상 1도였으며, 어디를 가든 온기를 느낄 만한 곳이라고는 불길이 치솟는 장터밖에 없었다. 한쪽 벽이 바주카포에 맞아 허물어지고 문짝들은 죄다 뒤틀렸으므로 천막 자락만으로는 방으로 들이닥치는 찬바람을 막아 낼 재간이 없었다. 발전기가 고장 나서 우리는 촛불이 꺼지지 않도록 궤짝과 책으로 차단막을 쌓아 올려야 했다. 나는 식사 대접을 받는 손님이었으므로 술을 걸고 내기하면 안 되었기 때문에, 그 대신 공산당 화폐를 걸고 소렐 대위라는 사람과 421 주사위 놀이를 벌였다. 따고 잃는 운세가 지겨울 정도로 오락가락했다. 우리들이 추위를 이겨 내는 데 도움이 되도록 나는 가져온 위스키 한 병을 땄고, 그러자 다른 사람들이 꼬여 들었다. 대대장이 말했다. "파리를 떠난 이후, 이게 처음 맛보는 위스키 한 잔이랍니다."

초소 순찰을 마치고 어느 중위가 돌아왔다. "아마 오늘 밤은 조용할 모양입니다." 그가 말했다.

"놈들은 새벽 4시 이전에는 공격을 하지 않을 거야." 대대장이 말했다. 그가 나한테 물었다. "총은 가지고 있나요?"

"아뇨."

"내가 한 자루 구해 줄게요. 베개 위에 놓아두고 자는 게 좋을 겁니다." 그가 예의를 갖추느라고 덧붙여 말했다. "침대 바닥이 좀 딱딱할 거 같은데요. 그리고 박격포 사격은 3시 30분에 개시합니다. 적군이 어디서건 집결하는 걸 막아야 하니까요."

"이 상황이 얼마나 지속되리라고 예상하시나요?"

"누가 알겠어요? 우린 남딩에서 더 이상 병력을 빼 올 수 없습니다. 이건 적의 관심을 분산시키려는 견제 작전에 불과하니까요. 이틀 전에 확보한 지원 병력만으로 우리가 버텨 내기만 한다면 승리를 거두는 셈이라고 하겠죠."

바람이 다시 세차게 불어 대면서 방으로 밀고 들어오겠다며 사방을 두드렸다. 천막 자락이 떨어져 축 늘어졌고, 나는 휘장 뒤에 숨었다가 칼에 찔려 죽은 폴로니우스[53]를 떠올렸다. 촛불이 펄럭거렸고, 출렁이는 그림자들은 연극의 한 장면 같았다. 우리는 유랑 극단의 떠돌이 배우들과 별로 다를 바 없는 신세였다.

"초소들은 잘 버티고 있나요?"

---

53 셰익스피어의 비극 『햄릿』 속 오필리아의 아버지 폴로니우스는 휘장 뒤에 숨어서 염탐하다가 햄릿에게 살해당했다.

"내가 아는 한은 그렇습니다." 한없이 피곤한 모습을 드러내며 그가 말했다. "잘 아시겠지만 이곳 사정은 아무것도 아녜요. 여기서부터 백 킬로미터 떨어진 호아빙에서 벌어지는 상황에 비하면 하찮은 사건이죠. 그곳에서는 진짜 전투가 벌어지는 중입니다."

"대대장님 한 잔 더 하실래요?"

"고맙지만 사양하겠습니다. 당신이 가져온 영국 위스키는 맛이 기가 막히지만 내 생각엔 밤에 혹시 필요할지 모르니까 좀 남겨 두는 편이 좋겠어요. 당신이 양해해 주신다면 난 잠깐이나마 눈을 좀 붙여야겠습니다. 박격포를 쏘아 대기 시작한 다음엔 잠을 자기 어렵거든요. 소렐 대위, 파울레어 선생한테 필요한 거 모두, 양초, 성냥, 권총을 준비해 드리도록." 그는 자기 방으로 갔다.

그것은 우리 모두에게 보내는 취침 신호나 마찬가지였다. 누군가 작은 창고 안의 바닥에 나를 위해서 잠자리를 마련해 놓았고, 나는 궤짝들에 둘러싸인 그 한가운데에 누웠다. 나는 아주 잠깐 사이에 잠이 들었으며 — 딱딱한 마룻바닥은 포근하기 그지없었다. 나는 후엉이 내 집에 가 있을까 궁금했지만 묘하게도 질투심은 느껴지지 않았다. 오늘 밤에는 육체를 소유한다는 개념이 아주 하찮게 여겨졌는데 — 아마도 내가 낮에 어느 누구의 소유도 아닌 몸뚱어리들, 자기 자신조차 소유하지 못하는 몸을 너무나 많이 보았기 때문인 듯했다. 우리는 모두가 소모품이었다. 나는 잠이 들었고, 꿈에서 파일을 보았다. 그는 텅 빈 무대 위에서 혼자, 눈에 보이지 않는 누군가에게 두 팔을 내민 채로 뻣뻣하게 춤을 추었고, 나는 등받이가 없는 동그란 의자에 앉아서 혹시 누가 그의 춤을 방해하지 않도록 손에 총을 들고 그를 지켜보았다. 무대 한쪽에는 영국 음악당에 설치하는 공연 목록처럼 "사랑의 춤 'A' 이용권"이라는 영수증이 내걸렸다. 극장 뒤쪽에서 누군가 움직였고 나는 권총을 꽉 움켜잡았다. 그러고는 잠에서 깨어났다.

나는 군인들이 빌려준 권총을 손으로 그러쥐었고, 문간에 촛불을 들고 서 있는 남자의 모습이 눈에 들어왔다. 그림자가 두 눈을 가릴 정도로 철모를 깊이 눌러썼는데, 목소리를 듣고서야 나는 그가 파일임을 깨달았다. 그가 조심스럽게 말했다. "잠을 방해해서 정말 미안합니다. 나더러 여기서 같이 자도 된다고들 그래서요."

나는 아직 잠에서 완전히 깨어나지 못한 상태였다. "그 철모는 어디서 구했어요?" 내가 물었다.

"아, 누가 빌려줬어요." 그가 얼버무렸다. 그는 군용 잡낭을 끌고 들어와서 양털로 안감을 댄 침낭을 꺼냈다.

"준비를 아주 단단히 했군요." 우리 두 사람이 도대체 왜 이곳에 함께 와 있어야 하는지 의아해하면서 내가 말했다.

“우리 의료 지원단에서 지급하는 기본적인 출장용 장비입니다.” 그가 말했다. “하노이에서 한 벌 빌려주더군요.” 그는 보온병과 작은 알코올 등잔, 머리빗, 면도 도구, 전투 식량 한 깡통을 꺼내서 가지런히 늘어놓았다. 나는 시계를 확인했다. 새벽 3시가 거의 다 된 시각이었다.

2

파일은 계속해서 짐을 풀었다. 상자들을 나란히 배치해서 작은 선반을 만들더니 그 위에 면도 도구와 거울을 올려놓았다. 그 모습을 지켜보던 내가 말했다. “여기선 물을 구할 수 없을 텐데요.”

“아, 그거요.” 그가 말했다. “아침에 쓸 물은 보온병에 충분히 담아 왔어요.” 그는 침낭을 깔고 앉아서 군화를 잡아당기며 벗기 시작했다.

“도대체 여기까지 어떻게 왔어요?” 내가 물었다.

“우리 결막염 치료반을 만나러 오겠다니까 남딩까지는 그냥 통과시켜 주더군요. 거기서부터는 돈을 주고 배 한 척을 빌렸어요.”

“배라고요?”

"아, 삿대질로 움직이는 무슨 너벅선 비슷한 건데 — 뭐라고 하는지 이름은 모르겠어요. 사실 난 그걸 빌렸다기보다 구입할 수밖에 없었지만요. 돈은 얼마 안 들더군요."

"그럼 혼자서 강을 내려왔단 얘긴가요?"

"뭐 그리 힘들지는 않았어요. 물살이 흐르는 대로 따라왔으니까요."

"미친 짓을 했군요."

"그렇진 않아요. 진짜 어려운 건 상륙 때뿐이었으니까요."

"해군 순시선이나 프랑스군 비행기로부터 총격을 받으면 어쩌려고 그랬어요. 아니면 베트밍한테 잡혀서 목이 잘려 버릴지도 모르는데."

그가 얌전히 웃었다. "그래도 어쨌든 여기까지 왔잖아요." 그가 말했다.

"뭣 하러요?"

"그야 두 가지 이유 때문이죠. 하지만 그런 얘길 하느라고 당신 잠을 방해하고 싶진 않습니다."

"난 졸리지 않아요. 포격도 곧 시작될 거고요."

"촛불을 옮겨 놓아도 될까요? 이쪽이 약간 지나치게 밝아서요." 그는 초조해하는 눈치였다.

"첫 번째 이유는 뭔가요?"

"뭐랄까요, 지난번에 당신 얘기를 듣고 이곳에 꽤 깊은 관심이 생겼어요. 기억하시겠지만 우리들이 그레인저하고……
후엉도 자리를 같이했을 때 했던 얘기 말예요."

"그래서요?"

"여길 한번 둘러봐야겠다는 생각이 들었어요. 솔직히 밝히자면 난 그레인저가 좀 창피하다고 느꼈거든요."

"알겠어요. 아주 간단한 이유로군요."

"그런데 진짜 심각한 상황은 전혀 없었던 거 아닌가요?" 그는 군화 끈을 만지작거렸고, 한참 동안 침묵이 흘렀다. "난 좀 더 솔직해지고 싶어요." 마침내 그가 입을 열었다.

"그래요?"

"사실 난 당신을 만나러 온 겁니다."

"나를 만나러 왔다고요?"

"그래요."

"왜요?"

그는 군화 끈에서 눈을 들더니 당황한 고뇌의 표정으로 나를 쳐다보았다. "당신한테 꼭 하고 싶은 얘기가 있는데 — 난 후엉과 사랑에 빠졌어요."

나는 웃음을 터뜨렸다. 그럴 수밖에 없었다. 그의 고백은 너무나 진지하고 예상치 못했던 일이었기 때문이다. 내가 말했다. "그런 문제로 내가 돌아갈 때까지 기다릴 수 없었단 말인가요? 난 다음 주면 사이공으로 돌아갈 텐데요."

"그사이에 당신이 죽을지도 모르잖아요." 그가 말했다. "그러면 떳떳하지 못하겠죠. 또 그때까지 내가 후엉과 거리를 지킬 수 있을지도 자신이 없었고요."

"그럼 지금까지는 거리를 지켜 왔단 말인가요?"

"물론이죠. 당신이 알지도 못하는 사이에 — 내가 그녀에게 염치없이 고백을 했으리라고 생각하시나요?"

"사람들은 대개 그러는데요." 내가 말했다. "언제 그렇게 되었나요?"

"샬레에서 그녀와 함께 춤을 추었던 그날 밤이었던 거 같아요."

"두 사람이 별로 가까워지지 않았다고 생각했는데요."

그는 어리둥절한 표정으로 나를 쳐다보았다. 그의 행동을 내가 미친 짓이라고 여겼듯이, 그 역시 나를 이해하기 어려워하는 눈치가 역력했다. 그가 말했다. "그러니까 그 업소에서 일하는 모든 아가씨를 보고 나서 그런 생각이 들었나 봐요. 너무나 예쁜 여자들이었어요. 그리고 후엉도 그들과 같은 일을 하는 여자이겠구나, 하는 생각이 들었죠. 나는 그녀를 보호하고 싶어졌습니다."

"후엉은 보호를 필요로 하는 여자가 아니라고 생각하는데요. 혹시 하이 언니가 밖에서 한번 만나자고 청하지 않던가요?"

"그래요, 초대는 받았지만 응하지 않았어요. 거리를 두려고요.” 그가 침울하게 말했다. “대단히 고민스러웠어요. 내가 너무나 치사한 놈이라는 생각마저 들었죠. 만일 두 사람이 결혼한 사이였더라면 — 그래요, 그랬다면 내가 감히 부부 사이를 갈라놓으려 하지는 않았을 거예요. 저를 그런 사람이라고 생각하지 않으셨으면 좋겠어요.”

“당신은 우리 두 사람 사이에 끼어들 수 있으리라고 상당히 자신만만해하는 모양이로군요.” 내가 말했다. 처음으로 그는 나를 짜증 나게 했다.

“파울러.” 그가 말했다. “당신 이름을 아직 모르겠는데…….”

“토머스요. 그건 알아서 뭐 하게요?”

“톰[54]이라고 불러도 되겠죠? 어떤 면에서는 이런 상황이 우리 두 사람을 가까운 사이로 만들었다는 생각이 드는데요. 같은 여자를 사랑하는 그런 사이 말입니다.”

“앞으로 어떻게 할 작정이죠?”

그는 상자들을 등진 채 바짝 정신을 차리고 똑바로 일어나 앉았다. “당신도 알게 된 지금은 모든 사정이 달라졌습니다.” 그가 말했다. “그녀에게 청혼할 작정예요, 톰.”

“날 토머스라고 불러 줬으면 좋겠는데요.”

---

54 친한 사이에는 성보다 이름으로 부르고, 애칭을 부르면 더욱 가까운 사이다.

"그녀로 하여금 우리 두 사람 가운데 누군가를 선택하게 해야 합니다, 토머스. 그러면 공평할 테니까요." 하지만 과연 그것이 공평한 일이던가? 나는 처음으로 고독감의 예고편 같은 섬뜩한 전조를 느꼈다. 전부 다 착각일지 모르겠지만 그렇더라도……. 파일은 연인으로서 초라한 존재였지만 남자로서 초라한 존재는 바로 나 자신이었다. 그는 존경받을 만한 조건을 한없이 넉넉하게 갖춘 남자였다.

그가 옷을 벗기 시작했고, 나는 생각했다. '게다가 젊기까지 하고.' 파일을 부러워하게 된 내 처지가 한심했다.

내가 말했다. "난 후엉하고 결혼할 입장이 아녜요. 고향에 가면 아내가 있는 몸이니까요. 아내는 절대로 이혼해 주지 않을 거예요. 무슨 뜻인지 당신이 이해할지 모르겠지만—아내는 고교회파[55]거든요."

"이해가 갑니다, 토머스. 그건 그렇고, 내 이름은 올든이니까 그렇게 부르셔도……."

"그냥 계속 파일이라고 하겠어요." 내가 말했다. "난 당신이 파일[56]이라고 생각되니까요."

---

55 영국 성공회에서 천주교와 가장 유사한 종파이며 가톨릭에서는 이혼을 용납하지 않는다.

56 pyle. 라틴어로 창이나 꼬챙이를 뜻하는 pilum이 어원이며, 중세 영어에서 말뚝이나 쇠막대(pile)를 의미했다.

그는 침낭 속으로 들어가서 촛불을 향해 손을 뻗었다. "한숨 놓이네요." 그가 말했다. "일단락을 짓게 되어서 후련합니다, 토머스. 그 문제로 기분이 굉장히 언짢았거든요." 그가 더 이상 전혀 언짢아하고 있지 않음이 너무나 확연했다.

촛불이 꺼지자 나는 밖에서 타오르는 불길로부터 흘러들어 온 불빛에 의지해 짧게 깎은 그의 머리 윤곽만을 겨우 식별할 수 있었다. "잘 자요, 토머스. 편히 주무시라고요." 그 말이 끝나기가 무섭게 마치 싸구려 희극에서 손짓 신호를 주고받기라도 하는 양 박격포들이 한꺼번에 쏘아 대기 시작했다. 휘익 날아가고 쩍 하고 찢어지듯 폭발하는 소리가 사방에서 울렸다.

"맙소사." 파일이 말했다. "공격해 오는 건가요?"

"공격을 막으려는 거죠."

"보아하니 우린 이제 잠을 자기는 다 틀린 모양이네요."

"다 틀렸죠."

"토머스, 당신이 이 모든 문제를 받아들인 태도에 대해 내가 어떻게 생각하는지를 알아줬으면 좋겠어요. ― 내가 보기에 당신은 대단하고, 정말 대단하다는 말밖에 안 나오는 인물이에요."

"고마워요."

"당신은 나보다 훨씬 더 많이 세상을 경험한 분입니다. 아시겠지만 여러 면에서 보스턴은 약간 ― 답답한 곳이죠. 비록 당신이 인생 상담가는 아니지만 나한테 조언을 해 주셨으면 좋겠어요, 토머스."

"무슨 조언요?"

"후엉에 대해서요."

"내가 해 줄 조언이라면 믿을 만한 게 없을 텐데요. 난 공평무사한 입장일 수 없어요. 난 그녀를 잃고 싶지 않으니까요."

"아, 그렇지만 난 당신이 솔직하고, 절대적으로 솔직하다는 걸 알아요. 마음속으로 우린 둘 다 그녀가 잘되기를 바라잖아요."

갑자기 나는 눈치 없는 어린애 같은 그의 유치한 수작을 더 이상 참아 주기가 힘들었다. 내가 말했다. "난 그녀가 잘되건 말건 관심이 없어요. 그런 건 당신이나 걱정해요. 난 그녀의 육체만을 원하니까요. 난 그녀가 나하고 잠자리해 주기만을 원한다고요. 그녀의 처지가 어떻게 되건 나로선 걱정하거나 알 바가 아니고, 그보다는, 그보다는…… 그녀의 신세를 망쳐 놓더라도 같이 자는 데만 신경을 쓰겠다고요."

그는 어둠 속에서 맥이 풀린 목소리로 "알겠어요."라고 말했다.

나는 말을 이어 갔다. "진정으로 그녀가 잘되기를 바란다면 제발 후엉을 그냥 내버려 둬요. 어떤 여자나 마찬가지로 그녀가 실컷 신나게 즐기고 싶어 하는 건 차라리……." 박격포가 터지는 소음 덕분에 보스턴에서 온 그의 고상한 귀에는 영국인의 천박한 어휘가 전달되지 않았다.

하지만 파일에게는 타협 불가능하고 고지식한 기질이 있었다. 그는 내가 자신의 마음을 배려해서 일부러 그토록 험악한 악역의 언행을 늘어놓는다고 믿기로 작정한 모양이었다. 결국 나는 그가 기대하는 대로 행동하는 수밖에 별다른 도리가 없었다. 그가 말했다. "당신이 얼마나 괴로워하는지 난 이해해요, 토머스."

"난 괴롭지 않아요."

"아녜요, 당신은 당연히 괴롭겠죠. 내가 만약 후엉을 포기해야 하는 처지라면 얼마나 괴로울지 충분히 짐작할 수 있어요."

"하지만 난 그녀를 포기하지 않았어요."

"나도 육체적인 면을 상당히 중요하게 생각하지만, 토머스, 후엉이 행복해하는 모습을 볼 수만 있다면 그런 쪽은 모두 포기할 각오가 되어 있어요."

"후엉은 지금 행복해요."

"그녀가 처한 상황을 보면 — 그럴 리 없어요. 후엉에게는 아이들이 필요해요."

"당신 정말로 후엉의 언니가 떠들어 대는 헛소리를 다 믿는 건……."

"때로는 자매들이 서로 사정을 더 잘 이해하니까……."

"그 여자가 당신을 구워삶으려고 하는 까닭은, 파일, 당신을 나보다 더 돈 많은 남자라고 생각하기 때문예요. 그리고 보아하니 그 작전이 제대로 성공했군요."

"난 봉급 말고는 따로 돈이 없어요."

"어쨌든 환율만 해도 당신네 돈이 훨씬 낫잖아요."

"그렇게 속상해하지 말아요, 토머스. 살다 보면 이런 일도 생기기 마련이니까요. 이런 상황이 왜 하필 당신한테 벌어졌는지 안타깝기는 하지만요. 저건 우리 박격포인가요?"

"그래요, '우리' 박격포예요. 당신은 마치 그녀가 나하고 헤어지기로 결심했다는 듯 말하는군요, 파일."

"물론 그녀가 당신 곁을 떠나지 않겠다는 선택을 할지도 모릅니다." 실상 그러리라는 가능성을 전혀 인정하지 않으면서 파일이 말했다.

"그럴 경우엔 어쩌려고요?"

"난 전출을 신청해야 되겠죠."

"골칫거리를 만들지 말고, 파일, 왜 그냥 어디론가 사라져 버리지 그래요?"

"그러면 그녀에게 공평한 일이 아니잖아요, 토머스." 그는 상당히 진지하게 말했다. 자신이 일으킨 온갖 문제에 대하여 그토록 당당한 동기를 내세우는 사람을 나는 본 적이 없었다. 그가 덧붙여 말했다. "내 생각에 당신은 후엉을 제대로 이해하지 못하는 것 같아요."

그리고 몇 달 뒤 후엉이 내 곁에서 밤을 보내고 난 다음 날 아침에 나는 이런 생각을 했었다. '그런 자네는 후엉을 얼마나 잘 이해했던가? 이런 상황이 닥치리라고 자네는 예상이나 했던가? 후엉은 내 옆에서 행복하게 잠들고, 자네는 죽어 버린 상황을?' 살다 보면 세월이 약이 되는 경우가 적지 않건만 너무나 많은 경우에 그 약은 쓰디쓰기만 하다. 무엇인가를 이해하려고 애쓰는 대신 어느 누구도 다른 인간을 전혀 이해하지 못하는 세상이므로 가령 아내는 남편을, 바람둥이 남자는 불륜의 상대인 여자를, 부모는 자식을 제대로 이해하기 어렵다는 사실을 받아들이는 편이 차라리 우리 모두에게 더 편한 일이 아니겠는가? 어쩌면 그렇기 때문에 인간이 신을—이해할 줄 아는 능력을 갖춘 존재를 발명했는지도 모른다. 만일 내가 누군가를 이해하거나 누군가 나를 이해해 주길 바란다면 나는 믿음을 갖게끔 스스로를 기만해야 할지도 모른다. 하지만 나는 사실을 취재할 뿐인 기자일 따름이고, 신은 사실을 소신대로 해석하는 논설위원들을 위해서나 존재한다.

"우리가 이해해야 할 것이 무언가 많으리라고 당신은 정말 믿고 있나요?" 내가 파일에게 물었다. "아, 이러지 말고 우리 위스키나 한잔 마시도록 해요. 논쟁을 벌이기엔 사방이 너무 시끄러우니까요."

"술을 마시기엔 시간이 너무 이른데요." 파일이 말했다.

"이른 게 아니라 너무 늦었어요."

나는 술을 두 잔 따랐고 파일은 자기 술잔을 들어 올리더니 위스키를 통해서 촛불을 뚫어져라 쳐다보았다. 포탄이 터질 때마다 그의 손이 파르르 떨렸는데, 그렇게 소심한 그가 남딩에서부터 무모한 여행을 감행했다는 사실을 나는 믿기 어려웠다.

파일이 말했다. "우리 두 사람 다 '축배'라는 말을 할 처지가 아니라는 게 참 이상하군요." 그래서 우리는 아무 말도 없이 술을 마셨다.

5

1

한 주일 정도만 사이공을 떠나 있으리라고 생각했었지만 나는 거의 세 주가 지난 다음에야 돌아왔다. 무엇보다도 팟지엠 지역으로 들어갈 때보다 빠져나오기가 훨씬 어려웠던 탓이다. 남딩과 하노이를 연결하는 도로가 차단되었고, 애초부터 그곳에 나타나지 말았어야 할 특파원 한 사람을 위해 당국은 항공편을 마련해 줄 처지가 아니었다. 그뿐만 아니라 막상 내가 하노이까지 근근이 빠져나오니 최근의 승리에 대한 전황을 설명 듣고자 단체로 몰려온 특파원들이 비행기 좌석을 모조리 차지하면서 나를 함께 태울 빈자리가 없었다. 파일은 그가 도착한 날 아침에 팟지엠을 벗어났다. 그는 후엉에 관한 고민을 나한테 전하려던 목적을 달성하였으므로 더 이상 머물 필요가 없었다. 5시 30분에 박격포 사격이 끝났을 때 잠이 든 그를 남겨 두고 나는 식당으로 가서 커피 한 잔에 비스킷 몇 조각으로 요기를 했다. 그러고는 방에 돌아가 보니 그는 이미 사라지고 없었다. 처음에는 그가 산책을 나갔으려니 생각했었는데 — 남딩에서부터 너벅선을 타고 강을 따라 먼 길을 내려온 그에게 몇 명의 저격병쯤은 걱정거리가 아니었다. 자신이 남들에게 가져다주는 고통을 감지할 능력이 없었던 그는 스스로에게 닥칠 고통이나 위험을 상상할 능력 또한 없었다. 그로부터 몇 달이 지난 다음의 일이었지만 언젠가 몸의 균형을 잃고 내가 그의 발등을 세게 밟은 적이 있는데, 그가 당황해서 뒤로 물러서더니 흙이 묻은 구두를 살펴보고는 이런 말을 했던 기억이 난다. "공사를 만나기 전에 구두를 닦아야겠네요." 그때 나는 그가 요크 하딩에게서 배운 방식으로 자신의 화법을 이미 다듬어 가고 있음을 알아챘다. 하지만 그는 나름대로 진지한 면모를 갖추었으며, 다카오 다리 밑에서 마지막 밤을 맞이하기 전까지 그를 대신하여 다른 사람들이 치러야 했던 모든 희생은 그냥 우연의 장난일 따름이었고, 전혀 그가 의도했던 바는 아니었다.

내가 커피를 마시는 동안 어떻게 파일이 젊은 해군 장교를 설득하여 상륙정에 오르고, 정기 순찰을 마친 다음 은밀하게 남딩에 닿도록 손을 썼는지, 나는 사이공으로 돌아온 뒤에야 알게 되었다. 행운은 끝까지 그를 따라 주었고, 그래서 도로가 공식적으로 통행 금지되기 스물네 시간 전에 그는 결막염 치료반과 합류하여 하노이로 돌아갈 수 있었다. 내가 하노이에 당도했을 무렵, 그는 기자단 숙소의 주점에 나한테 전해 주라며 쪽지 한 장을 남겨 두고 이미 남쪽으로 떠난 다음이었다.

"친애하는 토머스에게." 쪽지의 내용은 이러했다. "지난번 밤에 당신이 얼마나 훌륭하게 처신했는지 나로서는 뭐라고 형언할 말이 없다는 점부터 밝혀 두고 싶습니다. 그 방으로 걸어 들어가서 당신과 대면했던 순간에 나는 심장이 터져 나갈 듯 감동했습니다." (배를 타고 강을 따라 먼 길을 내려오는 기나긴 시간 동안 그의 심정이 어떠했다는 뜻일까?) "모든 일을 당신처럼 담담하게 받아들였을 남자는 별로 없으리라고 생각합니다. 당신은 대단히 훌륭했고, 속마음을 다 털어놓으니 내 기분이 훨씬 홀가분해졌습니다." (자기 자신 말고는 어느 누구도 안중에 없다는 말인가? — 이런 생각을 하면서 화가 났지만, 그러면서도 나는 그가 정말로 자신밖에 모르는 사람이라고는 여기지 않았다. 그가 생각하기에 스스로 치사하다는 죄의식이 사라지기만 하면 세상만사가 한꺼번에 훨씬 행복해지므로 — 나도 더 행복해지고, 후엉도 더 행복해지고, 온 세상이 모두 더 행복해지고, 심지어 상무관과 공사까지 더 행복해지리라고 진심으로 믿는 모양이었다. 파일은 이제 비열한 남자의 굴레를 벗었으니 인도차이나에도 따뜻한 봄날이 찾아왔다는 뜻이었다.) "난 여기서 스물네 시간 동안 당신을 기다렸지만, 오늘 출발하지 않았다가는 한 주일을 더 기다린 다음에야 사이공으로 돌아갈 수 있을지도 모릅니다. 내가 진짜로 일하는 곳은 남쪽이므로 꾸물거릴 수 없죠. 결막염 치료반에서 근무하는 친구들에게 당신을 찾아보라고 부탁해 놓았는데 — 당신도 만나 보면 그들을 좋아하게 될 겁니다. 그들은 아직 어리지만 어른 몫을 톡톡히 해내고 있죠. 내가 먼저 사이공으로 돌아간다고 해서 걱정할 필요는 조금도 없습니다. 당신이 돌아올 때까지 난 후엉을 만나지 않겠다고 약속하겠어요. 나중에 어떤 면에서 내가 불공평하게 굴었다고 느끼게 하고 싶지는 않습니다. 정중하게 드리는 말씀입니다, 올든 드림."

'나중에' 후엉을 잃게 될 사람은 내가 되리라고 역시 느긋하게 추정하는 어투가 역력한 편지였다. 그런 자신감은 달러의 환율에서 비롯하는 것일까? 우리는 영국 파운드화의 가치에 대해 자주 이야기했었다. 이제는 달러적 사랑에 대한 이야기를 할 때가 되었던가? 미국식 사랑은 물론 결혼과 어린 자식과 어머니날을 전부 포함해야 제격이며, 훗날 이혼하는 과정에서 요즈음 사람들이 잘 찾아가는 리노[57]나 버진아일랜드 같은 장소들

---

57 네바다주의 리노(Reno)는 이혼 절차가 간단한 곳으로 유명하다.

이 덤으로 따라붙기도 한다. 달러적 사랑은 선량한 목적과 깨끗한 양심을 앞세우지만, 타인에 관해서라면 어느 누구에게도 신경을 쓰지 않는다. 반면 내 사랑은 미래가 빤했기 때문에 아무런 목적도 없었다. 우리가 할 수 있는 일이라고는 미래가 덜 힘들도록 노력하고, 미래가 종말을 맞아야 할 때 다정하게 마무리를 짓는 것뿐이다. 그럴 때는 아편도 쓸모가 있다. 하지만 내가 망가뜨리게 될 후엉의 첫 미래가 파일의 죽음이 되리라고는 전혀 예견하지 못했다.

따로 할 일도 없고 해서 나는 기자 회견에 참석했다. 그레인저는 물론 거기에 와 있었다. 회견을 진행하는 젊은 프랑스인 중령 공보관은 지나치게 미남이었다. 그가 프랑스어로 설명하면 어느 하급 장교가 통역을 했다. 프랑스 특파원들은 상대편 축구 선수들처럼 한데 모여 앉아서 무리를 이루었다. 나는 중령이 하는 말에 정신을 집중하기가 힘들었고, 자꾸만 후엉이 생각나면서 한 가지 걱정만이 집요하게 머릿속에 떠올랐는데 — 만일 파일의 판단이 정확하다면, 그래서 내가 그녀를 잃는다면 이제부터 나는 어찌해야 하는가?

통역관이 말했다. "공보관께서 여러분에게 드린 말씀은 적군이 엄청나게 패배하고 심각한 타격을 받았는데 — 일 개 대대에 해당하는 병력이 전멸당했다는 내용입니다. 마지막 잔여 병력은 지금 임시로 만든 뗏목들을 이용해서 붉은 강을 도하하여 후퇴하는 중입니다. 그들은 공군의 지속적인 폭격을 받고 있는 실정입니다." 공보관은 우아한 금발을 손가락으로 쓸어 넘기고는 지시봉을 휘둘러 가며 벽에 길게 걸어 놓은 여러 폭의 지도를 따라 춤을 추듯 옮겨 다녔다. 미국 특파원이 물었다. "프랑스군 사상자는 어느 정도입니까?"

회견을 진행하다 보면 지금쯤 으레 튀어나오는 질문이었기에 공보관은 그 의미가 무엇인지 빤히 알았지만 — 그는 지시봉을 똑바로 세워 들고서 잠시 설명을 멈추더니 인기 높은 교장선생처럼 태연하게 상냥한 미소를 지으며 질문의 통역이 끝나기를 기다렸다. 그러고는 인내심을 보이며 애매하게 대답했다.

"공보관께서는 아군의 피해가 미미했다고 하십니다. 정확한 숫자는 아직 파악이 안 되었고요."

이런 대답은 늘 말썽의 단초가 되었다. 상식적으로 판단하자면 그만큼 여러 번 똑같은 질문을 받아 보았으니 벌써 언젠가 이토록 물고 늘어지기 좋아하는 학급을 엄히 다스릴 만한 공식을 찾아냈거나, 혹은 교장 선생 같은 공보관이 참모들 가운데 한 사람을 지정하여 훨씬 효과적으로 질서를 유지하도록 조처를 취했을 법도 한데 실제로는 그렇지 못했다.

그레인저가 말했다. "그렇다면 공보관께서는 사살한 적군의 숫자를 확인할 시간은 있었지만 아군 사상자를 헤아려 볼 시간은 없었다고 공식적으로 인정하시는 건가요?"

공보관은 참을성 있게 회피의 그물을 차근차근 짜 나갔고, 그 거미줄이 또 다른 질문에 의해서 다시 훼손되리라는 사실을 중령 역시 분명히 알고 있었다. 프랑스 특파원들은 침울하게 앉아서 침묵만을 지켰다. 만일 미국 특파원들이 공보관으로 하여금 진실을 시인하도록 뚜렷이 궁지로 몰아넣고 있다면 당장 질문할 기회를 가로챘으리라. 그러나 동포에게 약점을 떠보려고 미끼를 던지는 짓에 섣불리 말려들 생각은 추호도 없었다.

"공보관님 말씀은 적군이 열세여서 패주하는 중이라고 하십니다. 교전 지역 후방에 남겨진 시신의 숫자는 확인하기 어렵지 않지만 전투를 진행하며 진격하는 프랑스 부대의 사상자 수를 예측하기는 불가능합니다."

"예측의 문제를 따지는 게 아닙니다." 그레인저가 말했다. "참모진에서 파악하고 있는지 여부를 물어본 겁니다. 사상자가 발생할 경우에 예하 부대에서 무전으로 상부에 보고하지 않는다고, 우리들을 납득시킬 셈인가요?"

공보관의 인내심이 바닥을 드러내기 시작했다. 애초부터 그가 우리들의 윽박질을 회피하지 않고 아예 숫자를 알지만 발표하지는 않겠다고 단호하게 맞섰더라면 사정이 훨씬 순조로웠으리라고 나는 생각했다. 누가 뭐라고 하건 이것은 그들의 전쟁이지 우리 전쟁은 아니었다. 우리들에게는 정보를 요구할 어떤 권리도 없었다. 우리가 파리로 가서 좌익 대표들과 싸우지 않듯이 붉은 강과 검은 강[58] 사이에서 준동하는 호치밍의 군대와 싸우는 처지 또한 아니었다. 우리 가운데 죽을 사람은 아무도 없었다.

갑자기 공보관은 프랑스군 사상자가 3대 1의 비율로 적다는 정보를 불쾌한 어조로 불쑥 털어놓더니, 우리들을 등지고 돌아서서 격분한 표정으로 지도를 노려보았다. 죽은 자들은 그의 부하들이었고, 생시르[59] 동기생인 동료 장교들이었으며 — 그레인저가 생각하듯 단순히 숫자로서만 존재하는 개념이 아니었다. 그레인저는 "이제야 얘기가 좀 통하는군요."라고 말한 뒤 촌스러운 영웅심에 사로잡혀서 동료 기자들을 의기양양하게 둘러보았다. 그러자 프랑스 특파원들은 비참한 심정에 젖어서 머리를 떨구었다.

"그렇다면 한국 전쟁보다는 상황이 훨씬 양호하군요." 나는 일부러 설명을 제대로 알아듣지 못한 체하면서 물었는데, 결국 그레인저로 하여금 한마디 더 물고 늘어질 빌미만을 마련해 주고 말았다.

"프랑스군의 다음 계획에 대해 중령에게 물어보면 어떨까요?" 그가 말했다. "듣자 하니 적군이 검은 강을 건너 패주하고

---

58 중국에서 발원하여 붉은 강의 지류를 이룬 강. 베트남어로는 흑갈색 강을 뜻하는 다강(Sông Đà)이라고 한다.

59 École spéciale militaire de Saint-Cyr. 프랑스의 일류 군사 학교.

있다는데…….”

“검은 강이 아니라 붉은 강입니다.” 통역관이 바로잡아 주었다.

“강의 빛깔 따위엔 난 관심 없어요. 우리들이 알고 싶은 건 앞으로 프랑스군이 어떻게 하겠느냐는 겁니다.”

“적군은 도망치고 있다니까요.”

“그들이 강을 건너간 다음엔 어떻게 되나요? 그다음에 당신들은 뭘 하겠느냐고요. 그냥 이쪽 강변에 주저앉아 구경만 하면서 상황이 종료되었다고 선언할 건가요?” 몰상식한 그레인저의 막말을 프랑스 장교들은 참담한 표정으로 잠자코 듣고 있었다. 요즈음 군인에게는 겸손한 참을성 또한 필수적인 덕목이었다. “그들에게 성탄절 엽서라도 공중 투하하실 작정인가요?”

대위는 세심하게 신경을 써 가면서 ‘성탄절 엽서’라는 단어까지 빼놓지 않고 찬찬히 통역해 주었다. 공보관이 싸늘한 미소를 지었다. “성탄절 엽서는 뿌리지 않을 생각입니다.” 그가 말했다.

내 생각에 그레인저의 비위를 공연히 뒤집어 놓은 못마땅한 트집거리는 중령의 젊음과 곱상한 용모였다. 공보관은 — 적어도 그레인저의 편견으로는 — 사나이답지 못한 남자였다. 그레인저가 말했다. “그렇다고 해서 폭탄이든 뭐든 딱히 투하할 게 별로 없잖아요.”

중령은 갑자기 영어로 말하기 시작했는데, 아주 유창한 영어였다. 그가 말했다. "만일 미국이 도와주겠다고 약속한 물자들만 제때 도착했더라면 우리도 투하할 게 훨씬 많았겠죠." 우아한 인상과 달리 그는 정말로 단순한 남자였다. 그는 신문사 특파원이라면 프랑스인들의 명예를 취재 내용보다 훨씬 존중해 주리라고 진심으로 믿었다. (유능한 기자여서 날짜 따위를 잘 기억해 두었던) 그레인저가 예리하게 물었다. "그러니까 9월 초에 보내 주기로 약속했던 물자들이 하나도 도착하지 않았다는 말씀인가요?"

"그렇습니다."

그레인저는 기삿거리를 포착했다. 그가 무엇인가를 끼적이기 시작했다.

"미안합니다." 중령이 말했다. "그건 보도 자료가 아니고 배경 설명이었는데요."

"하지만 공보관님." 그레인저가 반박했다. "충분히 기사가 될 만한 내용입니다. 그런 문제라면 우리가 당신들을 도울 수 있어요."

"아닙니다. 그건 외교관들이 처리할 문제니까요."

"어쨌든 손해가 날 일은 아니잖아요?"

영어를 아주 조금밖에 모르는 프랑스 취재진은 난감해하는 눈치였다. 공보관은 규칙을 어긴 셈이었다. 그들은 화가 나서 한꺼번에 여럿이 투덜거렸다.

"나는 그런 문제를 따질 입장이 아닙니다." 공보관이 말했다. "아마도 미국 언론은 '아, 프랑스인들은 늘 불평만 늘어놓으며 구걸한다.'라고 그러겠죠. 그러면 파리에서는 공산주의자들이 '프랑스인들은 아메리카를 대신하여 피를 흘리지만 아메리카는 중고품 헬리콥터조차 보내 주지 않는다.'라고 떠들어 대겠고요. 그래 봤자 전혀 도움이 되지 않습니다. 결국 우린 헬리콥터들조차 받지 못하고, 적은 여전히 하노이에서 백 킬로미터 떨어진 곳에 진을 치고 앉아서 버틸 테니까요."

"적어도 당신들이 헬리콥터를 절실히 필요로 한다는 기사 정도는 내가 쓸 수 있지 않겠어요?"

"정 원한다면 당신은 이런 기사를 쓸 수 있겠죠." 공보관이 말했다. "육 개월 전에 우린 세 대의 헬리콥터를 보유하고 있었는데 지금은 한 대밖에 없다고요. 한 대뿐이라고 말입니다." 그는 기가 막힌다는 듯 불쾌한 어조로 되풀이해서 말했다. "이 전투에서 병사가 부상을 당하면, 중상은 아닐지언정 어쨌든 부상을 당하면 그는 죽은 목숨이나 마찬가지라고 기사를 쓰고 싶다면 써도 됩니다. 구급차가 기다리는 곳까지 그 부상병을 들것에 실어 옮기려면 아마 열두 시간, 때로는 스물네 시간이 걸리고, 그런 다음에는 도로 상태가 엉망인 길을 달리다가 차가 고장이 나고, 혹시 매복에 걸릴지도 모르고, 부상병은 괴저를 일으켜서 살이 썩어 들어가겠죠. 그럴 바에는 차라리 그 자리에 서 죽여 버리는 편이 낫습니다." 프랑스 특파원들은 그가 무슨 이야기를 하는지 알고 싶어서 몸을 잔뜩 앞으로 수그렸다. "그건 당신이 기사로 써도 좋습니다." 그는 그 아름다운 모습에서 나오리라고 상상하기 어려울 만큼의 독기를 뿜으면서 말했다. "Interprètez.(통역해.)"라고 명령한 다음, 그는 회견장에서 나가 버렸다. 대위는 영어를 프랑스어로 통역하는 엉뚱한 임무를 떠맡아야 했다.

"저 친구 제대로 열받았군." 그레인저는 만족스러운 듯 빈정거린 뒤, 술집 옆 한쪽 구석으로 가서 전문을 작성했다. 팟지엠에 관해서 정작 내가 쓰고 싶었던 글은 검열을 통과할 리 없었으므로 내 간단한 기사를 전송하는 데는 그리 긴 시간이 걸리지 않았다. 혹시 위험을 무릅쓸 만큼 좋은 기사였더라면 홍콩으로 날아가서 발송해도 되었겠지만, 아무리 좋은 기삿거리일지언정 과연 강제 출국을 각오할 정도로 중요했던가? 그렇지는 않다고, 나는 생각했다. 추방은 내 인생이 통째로 박살 난다는 의미이자 파일의 승리를 뜻했다. 호텔로 겨우 돌아온 나는 우편함에서 승진을 축하한다는 쪽지를 발견했는데 — 그것은 사실상 파일의 승리를 선언하고 내 사랑이 종말을 고해야 한다는 판결문이나 다름없었다. 단테는 저주받은 비련의 연인들을 위해 그런 고약한 반전을 절대로 마련해 주지 않았으리라. 파올로[60]는 결코 승진을 해서 연옥으로 올라가지 않았을 테니까.

나는 수도꼭지에서 (하노이에서는 더운물이 나오지 않았기 때문에) 찬물이 똑똑 떨어지는 위층의 썰렁한 내 방으로 올라가서 모기장이 뭉게구름처럼 얹힌 침대에 걸터앉았다. 나는 신임 외신부장이 되어 승강기 옆에 솔즈베리 경[61]의 초상 벽판이 걸린, 블랙프라이어스역 근처의 음침한 빅토리아풍 건물로 날마다 오후 3시 30분에 출근하게 될 몸이었다. 이 낭보는 사이공에서 날아왔으며, 나는 후엉의 귀에 이미 소식이 전해졌을지 궁금했다. 나는 이제 취재 활동을 그만두고 스스로의 견해를 피력하는 자질을 갖춰야 했고, 그 공허한 혜택의 대가로 파일과의 경쟁에서 마지막 희망을 박탈당하게 될 처지였다. 나는 경험을 앞세워 그의 순결함에 맞설 여유가 넉넉했으니, 성적인 경쟁에서는 젊음 못지않게 연륜 역시 유리한 조건이었다. 그러나 이제 십이 개월을 더 머물게 되리라는 제한된 미래마저 사라졌으니, 미래야말로 가장 큰 밑천이었다. 나는 죽음의 가능성으로부터 위협받으며 한없이 고향을 그리워하는 장교들이 부럽기까지 했다. 흐느껴 울고 싶었지만 내 눈물샘은 온수가 나오지 않는 배수관만큼이나 말라붙어 있었다. 아, 그들은 돌아갈 고향이나마 있었

60 단테의 『신곡』 지옥편 5장에 등장하는 파올로 말라테스타.

61 세 차례 영국의 수상을 지낸 3대 솔즈베리 후작 로버트 개스코인 세실.

지만—나는 단지 까띠나 거리의 방 한 칸밖에 원하는 바가 없었다.

어둠이 내린 다음이면 하노이는 추웠고, 가로등 불빛은 사이공보다 침침하였으므로 더 어두운 빛깔을 띠는 이곳 여인들의 옷과 전쟁이라는 암울한 현실에 훨씬 잘 어울렸다. 나는 감베타 거리를 걸어 올라가서 팍스 주점으로 갔는데—프랑스 고참 장교들과 그들이 데려온 아내나 애인 들과 한데 어울려야 하는 메트로폴리스 주점에서 술을 마시고 싶지 않아서였다. 술집에 가까워지자 멀리 호아빙 쪽에서 포성이 우르릉거리는 소리가 들려왔다. 낮에는 차량들의 소음에 파묻혀서 들리지 않았지만 이제 딸딸이 운전사들이 손님을 부르느라고 따르릉거리는 자전거의 종소리 말고는 사방이 조용했다. 피에트리는 늘 앉는 자리에 앉아 있었다. 그는 팍스 주점의 주인인 예쁜 통킹 여자와 결혼한 공안 간부였는데, 두개골이 묘하게 길어서 쟁반에 담긴 배처럼 어깨 위에 얹힌 듯 보였다. 피에트리 역시 고향으로 돌아가고 싶은 마음이 달리 없는 남자였다. 그는 코르시카 사람이었지만 마르세유를 더 좋아했고, 마르세유보다 걸핏하면 감베타 거리의 길바닥에 나앉아 있기를 더 좋아했다. 나는 내가 받은 전보의 내용을 그가 이미 아는지 궁금했다.

"421 한번 굴리겠어요?" 그가 물었다.

"좋죠."

우리는 주사위를 던지기 시작했다. 나는 감베타 거리와 까띠나 거리, 김빠진 베르무트 카시스의 밋밋한 맛, 주사위가 짤그락거리는 귀에 익은 소리, 지평선을 타고 시곗바늘처럼 포물선을 그리며 천천히 날아가는 포화의 섬광을 남겨 두고 이곳을 떠난 다음에, 과연 어떤 인생이 나를 기다리고 있을지 상상하기조차 불가능했다.

내가 말했다. "나 돌아갈 거예요."

"가정으로요?" 주사위를 던지며 피에트리가 물었다.

"아뇨. 영국으로요."

2부

1

파일이 술이나 한잔 같이 나누자고 연락을 취해 왔지만 나는 그가 술을 마시지 않는다는 사실을 잘 알고 있었다. 팟지엠에서의 희한한 만남은 몇 주일이 흘러가는 사이에 실제로 일어난 사건이라고 믿기 어려워졌고, 당시 대화의 자세한 의미 또한 애매해졌다. 우리가 주고받은 이야기는 로마 시대 무덤의 비문에서 깨져 나간 글자들 같았으며, 나는 내 지식의 제한된 편견에 맞추어 빈칸을 채워 나가는 고고학자나 진배없었다. 너무나 어울리지 않게, 공공연히 '비밀'이라고 알려진 어떤 특수 활동에 그가 연루되었다는 소문이 사이공에서 나돌던 터였으므로 나는 그가 나에게 농간을 부린다는 생각까지 들었고, 우리들이 나눈 대화는 진짜 목적을 숨기고 위장하기 위한 교묘하고도 장난스러운 핑계처럼 여겨졌다. 어쩌면 그는 제3의 세력에게 — 주교가 보수조차 주지 않고 거느리고 있는 사조직 군대에서 겨우 버티며 남은 군악대의 잔여 병력에게 미국의 무기를 조달하려는 공작을 벌였는지도 모를 일이었다. 하노이에서 나를 기다렸던 전보를 나는 호주머니에 간직해 두었다. 후엉에게 전보 이야기를 해 봤자 겨우 몇 달밖에 남지 않은 기간 동안 괴로운 눈물과 말다툼만 쏟아 내게 할 뿐, 아무 도움도 되지 않을 것이었기 때문이다. 나는 혹시 그녀가 출입국 관리 사무소에 아는 사람이 있을지도 모른다고 생각했기에 출국 허가 신청을 마지막 순간까지 미룰 작정이었다.

내가 그녀에게 말했다. "파일이 6시에 온다는데요."

"나 언니 만나러 가요." 그녀가 말했다.

"파일이 당신을 만나고 싶어 할 텐데요."

"그 사람 나하고 우리 가족 안 좋아해요. 당신 멀리 간 동안 그 사람 언니가 초청해도 한 번도 만나러 안 왔어요. 언니 마음의 상처 아주 크게 받았어요."

"당신은 자리를 피할 필요가 없어요."

"그 사람 나 만나고 싶었으면 우리더러 마제스틱 오라고 초청했어도 돼요. 그 사람 당신하고 — 무슨 해결할 일 때문에 조용히 둘이 얘기하고 싶나 봐요."

"그 친구가 해결해야 할 일이 뭔데요?"

"사람들이 그러는데 그 사람 굉장히 여러 가지 수입한대요."

"뭐를요?"

"약들, 의료 약품들……."

"그것들은 북쪽에서 일하는 결막염 치료반에 보내는 건데요."

"글쎄요. 세관에서 소포 뜯어 보면 안 된대요. 외교 행낭이거든요. 하지만 언제 한번 실수를 해서 — 담당자 해고되었어요. 제1서기관이 모든 수입품 금지시킨다고 경고했어요."

"속에 뭐가 들어 있었는데요?"

"플라스틱요."

"설마 폭탄은 아니었겠죠?"

"아뇨, 그냥 플라스틱요."

후엉이 나간 다음에 나는 고향으로 편지를 썼다. 로이터[62]에서 누군가 며칠 뒤에 홍콩으로 떠날 예정이었으므로, 그가 거기서 내 편지를 발송해 주기로 했다. 호소해 봤자 소용이 없으리라는 사실을 알았지만 나는 나중에 모든 가능한 수단을 동원해 보지 않았다고 스스로를 탓하기가 싫었다. 나는 편집국장에게 지금은 특파원을 바꾸기에 적당한 시기가 아니라고 알렸다. 파리로 간 드 라트르 장군[63]의 죽음이 임박하여 호아빙의 프랑

---

62 영국의 대표적인 통신사.

스군이 전원 철수할 예정이었으므로 북부는 어느 때보다도 심각한 위기를 맞게 되리라고, 또 나는 취재 기자여서 무엇에 관해서건 제대로 된 견해가 없으므로 외신부장으로서는 적임자가 아니라고 국장에게 설명했다. "신문사를 위해서"라거나 "상황이 요구하는바……"라는 따위의 상투적인 표현으로는 초록색 챙모자를 쓰고 형광등 밑에서 일하는 본사 임원들의 인간적인 동정심을 자극할 가능성이 지극히 희박했으므로, 나는 편지의 마지막 장에 이르러 개인적인 사정까지 언급했다.

나는 이렇게 썼다. "사적인 이유들로 인해서 나는 베트남을 떠나면 아주 참담해질 겁니다. 영국으로 가면 경제적인 문제뿐 아니라 곤란한 집안 사정으로 인하여 직장에서 최선을 다할 마음의 여유가 없으리라고 판단됩니다. 정말이지 영국으로 돌아가기보다는 차라리 사직서를 제출하고 싶습니다. 이런 말을 하는 까닭은 오로지 내가 귀국 조치에 얼마나 강경하게 반대하는지를 납득시키기 위해서입니다. 국장님은 특파원으로서 내 자질이 나쁘지 않다고 인정하실 듯싶기에 처음으로 이런 부탁을 드립니다." 그런 다음에 내가 쓴 팟지엠 전투 기사를 홍콩에서 송고해도 될지 따져 보았다. 포위망이 풀리고 이제는 패배를 승리로 포장할 수 있었으므로 프랑스 당국이 심하게 반발하지

---

63 두 차례의 세계 대전과 1차 인도차이나 전쟁에서 활약한 프랑스 장군.

는 않을 듯싶었다. 그러고는 국장에게 보낼 편지의 마지막 장을 찢어 버렸다. '개인적인 사정'은 뒤에서 손가락질하며 주고받을 짓궂은 웃음거리밖에 되지 않을 테고 — 다 소용없는 짓이었다. 짐작하건대 모든 특파원이 현지 여자와 사귀고 있으리라. 편집 국장은 야간 국장에게 농담을 건넬 테고, 야간 국장은 부럽다고 생각하며 스트리텀에 있는 퍽 한적한 별장으로 돌아가서 오랜 세월 글래스고에서부터 함께 살아온 정숙한 아내 곁에 누워 다시 그 생각을 할 터다. 나는 인정머리가 없는 사람이라면 어떤 종류의 집에서 살지 너무나 생생하게 상상할 수 있었으니 — 현관에는 망가진 세발자전거를 들여놓았고, 그가 가장 좋아하는 담뱃대를 누군가 망가뜨렸고, 거실에는 단추를 달아 줘야 할 아이의 셔츠가 걸려 있으리라. 결국 '개인적인 사정'을 털어놓으면 가십이 될 뿐이고 — 훗날 언젠가 언론 회관에서 술을 마시다가 그들이 나누는 농담을 들으며 나는 후엉을 떠올리고 싶지 않았다.

문을 두드리는 소리가 났다. 내가 파일에게 문을 열어 주었고, 그가 키우는 시커먼 개가 파일보다 먼저 들어왔다. 파일은 방에 혹시 다른 사람이 있는지 내 어깨 너머로 살펴보았다. "나밖에 없어요." 내가 말했다. "후엉은 언니한테 갔고요." 그가 낯을 붉혔다. 입고 온 하와이 셔츠가 내 눈길을 끌었는데, 빛깔과 무늬는 비교적 점잖았다. 나는 놀랐고, 행여 그가 국위를 손상했다고 손가락질을 당하지나 않았을까 궁금했다. 그가 말했다. "혹시 내가 방해라도……."

"전혀 그렇지 않아요. 술 한잔 들겠어요?"

"고마워요. 맥주 줄래요?"

"미안해요. 우린 냉장고가 없어서 — 얼음을 구하려면 밖으로 나가야 해요. 스카치는 어때요?"

"괜찮다면 작은 걸로 한잔 주세요. 난 독한 술을 별로 좋아하지 않아서요."

"얼음이 필요해요?"

"소다수가 넉넉히 있으면 많이 넣어 주세요."

내가 말했다. "팟지엠에서 헤어진 뒤로 당신을 본 적이 없군요."

"내 편지는 받았나요, 토머스?"

그가 나를 이름으로 부르면 그 어감은 마치 자기 기분이 유쾌하지 않다고, 진심을 숨기지 않겠다고, 후영을 쟁취하러 이곳에 왔노라고 당당하게 선언하는 듯싶은 인상을 주었다. 나는 그가 짧은 머리를 최근에 다듬었음을 눈치챘다. 하와이 셔츠만으로는 남성적인 멋을 제대로 살리지 못한다고 생각했기 때문일까?

"편지는 받았어요." 내가 말했다. "내가 당신을 때려눕혀야 하는 거 아닌지 모르겠군요."

"물론이죠." 그가 말했다. "당신한테는 그럴 권리가 얼마든지 있으니까요, 토머스. 하지만 난 대학에서 권투를 했고 — 내가 당신보다 훨씬 젊어요."

"맞아요. 그러는 건 현명한 짓이 아니겠죠?"

"당신도 알다시피, 토머스, (아마 당신도 똑같은 기분이겠지만) 난 그녀가 없는 자리에서 후엉 얘기를 하고 싶지 않아요."

"그렇다면 무슨 얘기를 하면 좋을까 — 플라스틱요?" 나는 일부러 그를 놀라게 할 생각은 없었다.

그가 말했다. "당신도 그 얘기 알아요?"

"후엉한테서 들었어요."

"후엉이 어떻게……?"

"사이공 사람이면 틀림없이 소문을 다 들었을 거예요. 그게 왜 그렇게 중요한 일인가요? 장난감 사업이라도 벌일 작정인가요?"

"우린 미국의 원조에 관한 내용이 시시콜콜 알려지는 걸 좋아하지 않아요. 의회가 어떤지는 당신도 잘 알 텐데요. — 상원 의원들이 시찰을 나오곤 하죠. 결막염 치료반 사람들이 약을 잘못 사용했다고 해서 무척 곤혹스럽기도 했어요."

"플라스틱은 도대체 무슨 얘긴지 난 아직 모르겠는데요."

그의 시커먼 개는 큼직하게 마룻바닥을 차지하고 앉아서 헐떡였는데, 혓바닥이 마치 불에 탄 팬케이크처럼 보였다. 파일이 애매하게 말했다. "아, 그건요, 우린 이곳의 몇몇 지역 산업체들이 자립하도록 돕고 있죠. 그런데 그러려면 프랑스 사람들의 눈치를 좀 봐야 하거든요. 그들은 모든 물자를 다 프랑스에서 구입해 들여오기를 바라니까요."

"그럴 만도 하죠. 전쟁을 하려면 돈이 들어가니까요."

"개 좋아하세요?"

"아뇨."

"난 영국인들이 개를 굉장히 좋아하는 줄 알았는데요."

"우린 미국인들이 달러를 좋아한다고 생각하지만 예외는 꼭 있기 마련이죠."

"듀크[64]가 없다면 난 무엇을 하며 지내야 할지 모르겠어요. 난 가끔 너무나 외로운 기분이 들어서……."

"당신네 부서에는 동료가 무척 많을 텐데요."

"내가 처음 길렀던 개의 이름은 프린스였어요. 흑태자[65]의 별명을 따서요. 그 사람이라면 당신도 알 텐데……."

"리모주에서 여자들과 아이들을 모조리 학살한 인물이잖아요."

"그건 몰랐는데요."

---

64 Duke. 귀족 작위 중 으뜸인 공작.

65 Black Prince. 검은 갑옷을 입었던 14세기 잉글랜드의 황태자.

"역사책들이 얼마나 요란하게 조명하는 위인인데요."

그가 소중히 여기는 낭만적인 개념들이 현실과 일치하지 않을 때, 또는 그가 사랑하거나 흠모하는 누군가가 자신의 드높은 기준에 못 미칠 때마다 파일의 눈과 입에 어리는 고통과 실망의 표정을 나는 그 이후에 여러 차례 보았다. 언젠가 요크 하딩이 대단히 중요한 사실에 대해 오류를 범했다고 지적하다가 외려 내가 당황한 파일을 안심시키느라고 "인간은 실수를 하기 마련이죠."라고 여유를 보여야 했던 때를 또렷하게 기억한다. 그는 초조하게 선웃음을 치며 말했다. "당신은 나를 바보라고 생각할지 모르지만 — 글쎄요, 난 그가 절대로 오류를 범하지 않는 완벽한 사람이리라고 거의 믿었어요." 그가 덧붙여 말했다. "둘이 만날 기회가 생길 때마다 아버지는 나를 그분한테 자주 데려가 주셨어요. 우리 아버지는 비위를 맞추기가 무척이나 까다로운 분이셨죠."

듀크라는 이름의 개는 한참이나 헐떡이던 끝에 방 안 공기에 어느 정도 적응했는지 이제 이리저리 구석마다 킁킁거리며 돌아다녔다. "개더러 좀 얌전히 있으라고 하면 안 되나요?" 내가 말했다.

"아, 정말 미안합니다. 듀크. 듀크. 앉아, 듀크." 듀크가 주저앉더니 자기 음경을 요란하게 빨아 대기 시작했다. 나는 술잔을 채워 파일에게 건네주면서 듀크의 추잡한 짓을 슬그머니 중단시켰다. 개는 아주 잠깐 조용히 있더니 곧 몸을 긁적거리기 시작했다.

"듀크는 아주 똑똑해요." 파일이 말했다.

"프린스는 어떻게 되었나요?"

"코네티컷의 농장으로 함께 내려가서 지낼 때였는데, 자동차에 치여 죽었어요."

"마음이 아프던가요?"

"아, 무척 괴로웠죠. 나한테는 대단히 소중한 존재였지만 슬퍼하는 것도 정도껏이죠."

"그럼 후엉을 잃게 되더라도 당신은 정도껏 슬퍼할까요?"

"아, 물론 그래야 좋겠죠. 당신은요?"

"난 그럴 자신이 없는데요. 난 미쳐 날뛸지도 모릅니다. 그런 생각을 해 봤나요, 파일?"

"나를 올든이라고 불러 줬으면 좋겠는데요, 토머스."

"난 그러고 싶지 않아요. 파일이라고 하면 — 연상되는 게 있으니까요. 여하튼 그런 생각을 해 봤어요?"

"물론 안 해 봤죠. 당신은 내가 아는 사람 중에 가장 솔직한 편입니다. 내가 느닷없이 들이닥쳤을 때 당신이 어떻게 행동했었는지를 돌이켜 보면……."

"나는 그날 잠이 들기 전에, 만일 공격이 벌어지고 당신이 죽는다면 얼마나 다행일까, 하고 생각해 봤어요. 영웅의 죽음요. 민주주의를 위해서."

"날 보고 비웃지 말아요, 토머스." 그는 긴 팔다리를 어디에 두어야 좋을지 몰라서 초조해했다. "당신 눈에는 내가 좀 멍청해 보일지 모르지만 당신이 농담으로 그런다는 것쯤은 나도 알아요."

"농담이 아닌데요."

"그녀를 위해서 무엇이 가장 좋은지를 알게 되면 당신이 깨끗하게 신변 정리를 하리라는 걸 난 알아요."

바로 그때 나는 후엉의 발소리를 들었다. 나는 그녀가 돌아오기 전에 그가 나가 주기를 간절히 바랐었다. 파일도 인기척을 들었고 그것이 누구의 소리인지를 알았다. 그녀의 발소리를 귀에 익힐 시간이 겨우 하룻저녁밖에 없었건만 그는 "후엉이 돌아왔군요."라고 말했다. 개도 몸을 일으키더니 바람이 들어오도록 내가 열어 둔 문 앞으로 가서 섰는데, 마치 그녀를 파일의 가족이라고 받아들이는 듯싶었다. 침입자는 나였다.

후엉이 "언니 집에 없어요."라고 말하더니 경계하는 눈초리로 파일을 쳐다보았다.

나는 그녀가 솔직하게 사실대로 말하는지, 아니면 언니로부터 어서 빨리 돌아가라는 지시를 받았는지 좀체 판단이 서지 않았다.

"파일 씨 기억하죠?" 내가 말했다.

"Enchantée."[66] 그녀가 최고의 예우를 갖추었다.

"다시 만나게 되어 기쁩니다." 얼굴을 붉히면서 그가 말했다.

"Comment?(뭐라고요?)"

"후엉은 영어가 서툴러요." 내가 말했다.

"나는 프랑스어가 엉망입니다. 하지만 교습받는 중이죠. 그래서 후엉이 천천히 얘기를 하면 — 나도 알아들을 수 있어요."

"통역은 나한테 맡겨요." 내가 말했다. "지역 억양을 익히려면 시간이 좀 걸려요. 이제 하고 싶은 말이 뭔가요? 앉아요, 후엉. 파일 씨는 특별히 당신을 만나려고 왔어요." 나는 파일에게 추가로 물었다. "두 사람만 있게끔 내가 자리를 비켜 주지 않아도 정말 괜찮을까요?"

"난 내가 하려는 얘기를 당신도 들었으면 좋겠어요. 그러지 않으면 공평하지 못하니까요."

"좋아요. 말씀해 보시죠."

그는 이 대목을 일부러 달달 외우기라도 했는지 후엉에 대하여 대단한 사랑과 존경심을 느낀다는 고백을 엄숙하게 읊었

---

66 '황홀하다.'라는 뜻. 사교계에서 '만나서 영광입니다.'라는 의미로 자주 쓰이는 표현이다.

다. 그는 그런 감정을 그녀와 춤을 추었던 밤 이후로 줄곧 느껴 왔노라고 했다. 나는 한 무리의 관광객들에게 '대저택'을 둘러보도록 안내하는 집사를 어렴풋이 연상했다. 대저택은 그의 마음이었고, 우리는 낯선 가족이 기거하는 개인 주택을 대충 훑어보기만 하는 구경꾼이었다. 나는 세심하게 주의를 기울이며 통역을 했는데 — 그러다 보니 말투가 오히려 어색해졌다. 후엉은 영화 대사에 귀를 기울이듯 두 손을 다소곳이 무릎 위에 포개고 앉아서 경청했다.

"후엉이 여기까지는 이해를 했나요?" 그가 물었다.

"내가 보기엔 그런데요. 내 마음대로 조금이나마 사족을 붙이는 걸 당신은 원하지 않겠죠?"

"예, 그렇습니다." 그가 말했다. "그냥 통역만 하세요. 나는 그녀의 감정이 흔들리는 걸 바라지 않으니까요."

"알겠어요."

"내가 그녀와 결혼하기를 원한다고 말해 주세요."

나는 그렇게 했다.

"후엉이 뭐라고 그랬나요?"

"당신더러 진담으로 하는 얘기냐고 묻는군요. 난 당신이 진지한 성격이라고 알려 주었어요."

"이것 참 묘한 상황이네요." 그가 말했다. "내가 당신한테 통역을 부탁하는 거요."

"좀 묘하긴 해요."

"그런데도 아주 자연스럽게 느껴져요. 어쨌든 당신은 나의 가장 좋은 친구이니까요."

"그렇게 생각해 주니 고맙네요."

"어려운 문제가 생기면 난 누구보다도 먼저 당신을 찾겠어요." 그가 말했다.

"그런데 내 여자하고 사랑에 빠지는 것 역시 어려운 문제가 아닐까요?"

"물론이죠. 당신 말고 상대가 다른 누구였더라면 좋았을 텐데요, 토머스."

"자, 다음엔 무슨 얘기를 전해 줄까요? 그녀가 없으면 당신은 도저히 살아갈 수 없다고 해 볼까요?"

"아뇨, 그건 너무 감상적예요. 게다가 사실이 아니기도 하고요. 물론 경우에 따라 내가 멀리 떠나야 할지도 모르지만 인간은 무엇이건 다 이겨 내기 마련이잖아요."

"다음에 무슨 말을 하면 좋을지 당신이 생각하는 동안 내가 하고 싶은 얘기를 한마디 하면 안 될까요?"

"아, 물론 하셔도 됩니다. 그래야 공평하니까요, 토머스."

"좋아요, 후엉." 내가 말했다. "당신은 저 사람한테 가려고 날 버릴 건가요? 저 사람은 당신하고 결혼하겠답니다. 난 그럴 수가 없고요. 그 이유는 당신도 잘 알죠."

"여기 떠나시나요?" 그녀가 물었고, 나는 호주머니에 넣어 둔 편집국장에게 보낼 편지가 생각났다.

"아뇨."

"영원히 있나요?"

"사람이 어떻게 그런 약속을 하겠어요? 저 사람도 그런 약속은 못 해요. 결혼은 파탄을 맞기도 합니다. 많은 경우에 결혼 생활은 우리 관계보다 훨씬 빨리 끝나 버려요."

"난 그러고 싶지 않아요." 그녀가 말했다. 그러나 그 문장 속에는 솔직하게 표현하진 않았어도 '하지만'으로 시작되는 조건절이 포함되어 있었으므로 나는 마음이 편하지 않았다.

파일이 말했다. "내가 갖춘 조건을 모두 털어놓아야겠다는 생각이 드는군요. 나는 부자가 아닙니다. 하지만 아버지가 돌아가시고 나면 5만 달러가량의 유산을 물려받을 거예요. 나는 건강이 양호하고 — 건강 진단서를 받은 지 두 달이 채 안 되며, 내 혈액 유형[67]도 후엉에게 알려 줄 수 있어요."

"혈액 유형은 뭐라고 번역해야 좋을지 모르겠는데요. 그런 걸 왜 알아야 하는데요?"

"그러니까 우리 둘이 결합하면 아이를 낳을 수 있는지 확

---

67 혈액 유형(blood-group)은 단순히 '혈액형'이 아니라 항원성 세포의 다형태성 같은 여러 요소를 따지는 분류법이다.

인해 보는 거죠.”

“수입의 액수와 혈액 유형 — 아메리카에선 그런 걸로 성교를 하나요?”

“아직 해 본 적이 없어서 난 모르겠는데요. 고향에 가면 우리 어머니가 할머니한테 물어봐 주실 겁니다.”

“당신 혈액 유형 말인가요?”

“그렇게 비웃지 말아요, 토머스. 내가 좀 구식인지도 모르겠어요. 이런 상황에 대해선 내가 부족한 면이 많으니까요.”

“그건 나도 마찬가지예요. 그러니 이런 거 따지는 짓은 그만하고 누가 후엉을 차지해야 하는지 주사위로 결정하면 어떨까요?”

“공연히 큰소리를 치시는군요, 토머스. 당신도 나름대로 후엉을 나만큼이나 사랑한다는 걸 잘 알아요.”

“자, 그럼 얘길 계속할까요, 파일.”

“지금 당장에 나를 사랑하기를 기대하진 않는다고 후엉한테 말해 주세요. 시간이 흐르면 다 저절로 사랑하게 되겠지만 내가 존경심과 안정된 생활만큼은 꼭 제공하겠다는 말도 전해 주고요. 별로 신나는 얘기 같진 않아도 어쩌면 그것이 열정보다 좋을지 모르죠.”

“열정이라면 당신이 멀리 출장을 갈 때마다 그녀는 운전기사하고 언제라도 즐길 수 있겠죠.” 내가 말했다.

파일이 얼굴을 붉혔다. 그는 엉거주춤 몸을 일으키더니 말했다. "농담이 지나치군요. 난 후엉이 모욕당하는 걸 두고 보지만은 않겠어요. 당신에게는 그런 소리를 할 권리가……."

"저 여잔 아직 당신 아내가 아녜요."

"그러는 당신은 그녀에게 뭘 해 줄 수 있나요?" 그가 화를 내며 말했다. "당신이 영국으로 떠날 때 몇백 달러쯤 내놓고 집안 가구를 물려주려고요?"

"가구는 내 소유가 아녜요."

"저 여자도 마찬가지죠. 후엉, 나하고 결혼하겠어요?"

"혈액 유형도 따져 보지 않고요?" 내가 말했다. "그리고 건강 증명서는 어쩌고요. 보나 마나 당신은 저 여자의 증명서도 요구하겠죠? 어쩌면 내 건강 증명서도 필요할지 모르겠네요. 그리고 저 여자의 별자리 궁합도 따져야 할 텐데요. ─하기야 그건 인디언 풍습이군요."

"나하고 결혼하겠어요?"

"프랑스어로 해요." 내가 말했다. "난 더 이상 더러워서 당신 통역질은 못 하겠으니까."

내가 몸을 일으키려니까 개가 으르렁거렸다. 그 꼴을 보노라니 나는 벌컥 화가 치밀었다. "저 망할 놈의 듀크더러 닥치라고 해요. 여긴 내 집이지 개집이 아녜요."

"나하고 결혼하겠어요?" 그가 되풀이해서 말했다. 내가 후영에게로 한 걸음 다가가자 개가 다시 으르렁거렸다.

내가 후엉에게 말했다. "저 친구더러 꺼지라고, 개를 데리고 같이 꺼지라고 해요."

"지금 나하고 같이 가요." 파일이 말했다. "Avec moi.(나하고요.)"

"No." 후엉이 말했다. "No." 갑자기 우리 두 사람의 가슴속에서 끓어오르던 분노가 사라졌다. 겨우 두 글자로 된 한 단어만으로 그렇게 간단히 문제가 해결되었다. 나는 벅찬 안도감을 느꼈고, 파일은 약간 입을 벌린 채 당황한 기색이 역력한 표정을 짓고 멍하니 서 있었다. 그가 말했다. "후엉이 'No.'라고 그랬어요."

"그 정도 영어는 저 여자도 알아요." 그러자 나는 우리 두 사람 다 서로 얼마나 바보 같은 짓을 벌였는지를 생각하며 웃음을 터뜨릴 뻔했다. 내가 말했다. "앉아서 스카치 한 잔 더 들어요, 파일."

"난 가 봐야 할 거 같은데요."

"길을 떠나기 전에 이별주 한 잔 어때요?"

"당신 위스키를 다 마셔 없애고 싶진 않아요." 그가 중얼거렸다.

"필요한 술이라면 난 공사관에서 얼마든지 구할 수 있어요." 내가 식탁 쪽으로 걸음을 옮기자 개가 이빨을 드러냈다.

파일이 화를 내며 말했다. "앉아, 듀크. 얌전히 있으라고." 그는 이마에서 땀방울을 닦아 냈다. "내가 해서는 안 될 말을 한 마디라도 했다면, 토머스, 정말로 미안합니다. 어쩌다 이런 짓을 했는지 모르겠어요." 그는 술잔을 받아 들고 상념에 잠긴 듯 말했다. "뭐든지 주인은 따로 있는 법이죠. 하지만 후엉을 버리지만은 말아 줘요, 토머스."

"물론 난 후엉을 버리지 않아요." 내가 말했다.

후엉이 내게 말했다. "저 사람 담뱃대 피우고 싶을까요?"

"담뱃대 하나 피우겠어요?"

"고맙지만 사양하겠어요. 난 아편에 손대지 않아요. 우리 부처의 엄격한 규칙들을 준수해야 하니까요. 난 그냥 이것만 마시고 갈래요. 듀크 때문에 폐를 끼쳐 미안합니다. 보통 때는 아주 얌전한 개인데."

"더 있다가 저녁 먹고 가요."

"당신만 개의치 않는다면 난 가서 혼자 있고 싶어요." 그는 어설픈 미소를 지었다. "우리 두 사람 다 상당히 이상하게 행동했다고 사람들이 그러겠어요. 당신이 후엉과 정식으로 결혼할 수 있었으면 좋겠어요, 토머스."

"진심인가요?"

"그래요. 그곳에 가 본 다음에 줄곧 — 아시죠, 샬레 근처의 그 집 — 그때부터 난 너무나 걱정이 되었어요."

그는 입에 맞지 않는 위스키를 서둘러 들이켜면서 후엉 쪽을 쳐다보지 않았다. 작별 인사를 할 때는 그녀의 손을 잡지 않고 어색하게 머리만 까딱했다. 나는 그녀의 시선이 문으로 향하는 파일을 따라가고 있음을 알았다. 그러고는 거울 앞을 지나칠 때 나 자신의 모습을 힐끗 보았는데, 바지의 꼭대기 단추를 채우지 않은 데다 아랫배가 나오기 시작한 몰골이 초라했다. 바깥으로 나간 그가 말했다. "후엉을 만나지 않겠다고 약속할게요, 토머스. 이번 일로 우리 사이가 나빠지지는 않겠죠? 난 파견 근무가 끝나면 전출을 신청하겠어요."

"그게 언젠데요?"

"이 년쯤 뒤에요."

나는 방으로 돌아가면서 생각했다. '그래 봤자 무슨 소용인가? 내가 귀국하게 되리라고 두 사람에게 얘기를 했더라면 차라리 더 좋았을지 모르겠다.' 그랬다면 그는 가슴앓이를 훈장처럼 몇 주일만 더 품고 다니면 되었을 텐데……. 어쩌면 내 거짓말이 그의 양심을 편하게 해 주었을지도 모른다.

"담뱃대 준비해요?" 후엉이 물었다.

"그래요. 잠시 후에요. 난 편지를 한 통 써야 해요."

그것은 그날 두 번째로 쓰는 편지였으며, 비록 답장에 별로 희망을 걸지 않았음에도 두 통 다 찢어 버리지는 않았다. 나는 이렇게 썼다. "헬렌에게, 나는 4월이 되면 외신부장으로 부임하기 위해 영국에 돌아갈 예정입니다. 그것이 나에게는 그다지 행복한 일이 아니라는 걸 당신은 짐작할 수 있겠죠. 영국이 나에겐 실패의 장이었으니까요. 난 우리의 결혼 생활이 내가 당신의 기독교 신앙을 함께 나눈 만큼 오래도록 계속되기를 바랐습니다. 오늘날까지도 나는 (우리 두 사람 다 노력했음은 나도 잘 아니까) 도대체 어디서부터 잘못되었는지 확실히 모르겠어요. 아마 내 성격 탓이 아닌가 하는 생각이 들어요. 내 성질이 때때로 얼마나 나쁘고 잔인한지 난 알아요. 동양에 와서 지내다 보니 이곳 영향을 받아서겠지만 — 지금은 조금 나아진 듯한데, 다정해졌다고는 못 해도 약간 수그러지기는 했어요. 어쩌면 단순히 내가 다섯 살이나 더 나이를 먹은 덕택인지도 모르겠어요. — 인생의 후반기에 오 년은 남은 생에서 아주 큰 부분이잖아요. 당신은 나한테 무척 너그러웠고, 우리가 별거한 다음 나를 비난한 적이 한 번도 없죠. 그러니 조금만 더 나한테 너그러워질 수는 없을까요? 우리가 결혼하기 전에 장차 이혼은 절대 불가능하리라고 당신이 나한테 경고했던 말을 난 잊지 않았어요. 나는 그 부담을 받아들였고 그 점에 대해선 불평할 여지가 없어요. 그럼에도 불구하고 난 당신에게 다시 한 번 부탁하겠어요."

후엉이 쟁반을 준비해 놓았다고 침대에서 나를 향해 소리쳤다.

"곧 갈게요." 내가 말했다.

"나는 남의 얘기처럼 둘러대어 이 상황을 보다 명예롭고 보다 점잖은 내용으로 포장할 수도 있어요." 나는 편지를 계속 써 내려갔다. "하지만 이건 다른 사람의 얘기가 아닌 데다가 우린 항상 서로 진실만을 얘기하며 살아왔잖아요. 이것은 나, 오직 나 한 사람에게만 관련된 사정입니다. 나는 어떤 여자를 무척 사랑하고, 우린 이 년 넘게 같이 살았어요. 그녀는 나를 정성껏 돌봐 주지만 내가 그녀에게 꼭 필요한 존재가 아니라는 사실을 난 알고 있어요. 나와 헤어진다면 그녀는 약간 불행할지언정 비극 따위는 일어나지 않으리라는 사실도 난 알고요. 그녀는 다른 남자와 결혼해서 가족을 이루겠죠. 이런 얘기를 당신한테 하려니까 참 바보 같구나 하는 생각이 들어요. 당신이 할 얘기를 내가 대신 하는 것은 아닐까 하는 생각도 들고요. 하지만 지금까지 내가 언제나 솔직했던 만큼, 내가 만약 그녀를 잃으면 나 역시 죽게 되리라는 말을 당신이 믿어 줄지도 모르겠습니다. 너그러운 성품이나 이성은 전적으로 모두 당신의 덕목이기 때문에 나는 당신더러 '이성을 잃지 말라.'라고 부탁하지는 않겠어요. 내가 처한 상황에 비하면 그 표현은 지나치게 가식적이고, 어쨌든 나는 자비심을 바랄 자격이 없는 인간이니까요. 어쩌면 내가 정말로 당신에게 부탁하는 건 갑자기, 당신 성품답지 않게 비이성적인 행동을 보여 달라는 것인지도 몰라요. 나는 당신이 그저 애정만으로 ―(나는 그 표현을 쓸지 말지 망설였지만 다른 적당한 말이 머리에 떠오르지 않았다.) — 생각할 시간을 갖기 전에 행동을 취해 주었으면 좋겠어요. 10만 킬로미터가 넘는 곳에서 전화로 따지기보다는 그쪽이 더 편하리라고 생각해요. 당신이 나한테 '동의한다.'라는 전보 한 통만 보내 준다면 말이죠!"

편지를 다 쓰고 나서 나는 먼 거리를 달리느라고 단련이 안 된 근육에 큰 부담을 준 듯한 기분을 느꼈다. 후엉이 담뱃대를 준비하는 동안, 나는 침대에 누워서 기다렸다. 내가 말했다. "그 사람은 젊어요."

"누구요?"

"파일."

"그거 별로 많이 중요하지 않아요."

"그럴 수만 있다면 난 당신과 결혼하고 싶어요, 후엉."

"나 그렇게 생각하지만 언니 그렇게 안 믿어요."

"방금 난 아내한테 이혼해 달라고 부탁하는 편지를 썼어요. 여태까지 한 번도 시도하지 않았던 일이죠. 하지만 가능성은 항상 있잖아요."

"가능성 커요?"

"아뇨. 적어요."

"걱정 말아요. 담뱃대 피워요."

나는 연기를 빨아들였고 그녀는 두 번째 담뱃대를 준비하기 시작했다. 내가 다시 물었다. "언니가 정말 집에 없었나요, 후엉?"

"말했잖아요. — 외출했다고." 술에 대한 열정과 비슷한 서양인들의 진실에 대한 열정으로 그녀에게 낯선 잣대를 들이대고 따져 봤자 부질없는 짓이었다. 파일과 마신 위스키 기운 때문에 아편의 효과가 줄어들었다. 내가 말했다. "난 당신한테 거짓말을 했어요, 후엉. 난 영국으로 발령받았어요."

그녀가 담뱃대를 내려놓았다. "하지만 당신 안 가죠?"

"내가 거부한다면 우린 뭘로 먹고살아야 할까요?"

"나 당신하고 가도 돼요. 나 런던 보고 싶어요."

"우리들이 결혼한 사이가 아니라서 당신한테는 아주 많이 불편할 거예요."

"하지만 당신 부인 이혼할지 모르잖아요."

"글쎄요."

"어쨌든 나 당신하고 같이 가겠어요." 그녀가 말했다. 그녀는 진담으로 한 소리였지만, 담뱃대를 다시 집어 들고 아편 덩어리를 덥히기 시작하면서 온갖 생각이 꼬리에 꼬리를 물고 오락가락 길게 이어지는 그녀의 머릿속을 나는 후엉의 눈에 담긴 착잡한 표정에서 읽어 냈다. "런던에 마천루 많아요?"라고 그녀가 묻자 나는 그 질문의 순진함이 사랑스러웠다. 그녀는 예의를 지키려고, 두려움 때문에, 심지어 무슨 속셈을 잡기 위해 거짓말을 할지도 모르지만 그녀에겐 거짓을 숨길 만한 교활함이 없었다.

"아뇨." 내가 말했다. "그걸 보려면 미국으로 가야 해요."

그녀는 바늘 너머로 잠깐 나를 쳐다보고는 자신의 실수를 마음에 새겼다. 그러더니 아편을 짓이기면서 런던에서는 어떤 옷을 입어야 할지, 어디서 살면 좋을지, 소설에서 읽어 본 지하철과 2층 버스가 어떻게 생겼는지, 우리들이 비행기를 탈지 아니면 배로 여행을 할지 아무 생각이나 머리에 떠오르는 대로 두서없이 말을 늘어놓았다. "그리고 자유의 여신상은……." 그녀가 말했다.

"아녜요, 후엉. 그것도 미국에 있어요."

2

1

적어도 일 년에 한 번 까오다이 교파는 사이공에서 북서쪽으로 팔십 킬로미터 떨어진 떠이닝의 '성좌'에서 이러저러한 해방 아니면 정복의 해, 심지어 불교나 유교나 기독교의 무슨 축일을 기념하는 행사를 개최한다. 까오다이 사상은 방문객들에게 내가 즐겨 소개하는 단골 화제였다. 코친의 어느 공직자가 발명해 낸 까오다이 사상이란 세 가지 종교를 짜깁기한 결합체였다. 성좌는 떠이닝에 본부를 두었다. 교황 한 명에 여자 주교가 여럿. 점쟁이의 예언. 성자 행세를 하는 빅토르 위고. 알록달록한 용과 뱀으로 꾸며 놓은, 마치 월트 디즈니가 창조해 낸 듯

한 동양의 환상 나라[68]에 자리 잡은 성당 지붕 위에선 그리스도와 붓다가 나란히 속세를 굽어보았다. 이곳 실정을 모르는 방문객들은 그런 설명을 들으면 하나같이 재미있어했다. 낡은 자동차 배기통을 엮어 만든 박격포로 무장한 2만 5000명 규모의 사조직 군대가 프랑스군 편에서 싸우다가 위험한 상황에 처하면 돌연 중립으로 돌아서는 그들의 행태, 어떻게 이런 모든 해괴한 현상을 설명하겠는가? 농민들을 잠잠하게 하는 데 조금이나마 도움이 되었던 이런 축제에 교황은 (까오다이 세력이 관직을 차지한 시기에는 당장 초대에 응하던) 정부 인사들과 (제2서기관 몇 명을 그들 아내나 딸과 함께 대신 보내고는 하던) 외국 사절들과 프랑스군 총사령관을 초청했으며, 총사령관은 자신을 대신하여 행정직 2성 장군을 파견했다.

떠이닝으로 가는 길을 따라 온갖 참모와 고관을 태운 신형 승용차 행렬이 줄을 지어 급류처럼 내달렸고, 특히 위험한 도로 구간마다 논을 가로질러 외인부대의 경계 병력을 배치했다. 행사일은 프랑스 최고 사령부로서는 항상 어느 정도 긴장해야 하는 날이었으며 까오다이 교파에게는 필시 어떤 희망을 확인하는 날이었다. 왜냐하면 지체 높은 초대 손님들이 자신들의 영

68 fantasia. 본래 '환상곡'을 의미하지만 1940년에 공개된 월트 디즈니의 「판타지아」를 염두에 둔 표현으로 읽힌다.

역 밖에서 총에 맞아 죽는 데 비하면 전혀 아무런 부담도 느끼지 않고 자기들의 충성심을 잘 과시할 수 있는 방법이었기 때문이다.

흙을 쌓아 올린 작은 둔덕의 망루들이 탁 트인 들판에서 일 킬로미터 간격으로 감탄 부호처럼 솟아올랐고, 십 킬로미터마다 모로코나 세네갈에서 온 외인부대 병사들이 훨씬 큰 요새를 만들어 경비에 임했다. 뉴욕으로 진입하는 차량들처럼 승용차들은 똑같은 속도로 달렸으며, 역시 뉴욕 사람들이나 마찬가지로 운전자들은 절제된 짜증을 느끼면서 앞서가는 차를 주목하고 후사경으로는 뒤에서 따라오는 차를 줄곧 지켜보았다. 모두들 가능한 한 빨리 떠이닝에 도착하여 행사를 구경한 다음, 얼른 돌아가기를 원했다. 저녁 7시면 통행금지가 시작되었기 때문이다.

차량은 프랑스군이 통제하는 벌판을 벗어나 호아하오가 장악한 전답 지대로 들어갔다. 그런 뒤에는 늘 호아하오와 전쟁을 벌이던 까오다이의 영역을 통과했다. 망루마다 내건 깃발이 다를 뿐 어디나 다 똑같은 풍경이었다. 벌거숭이 어린 사내아이들이 가슴팍까지 물에 잠긴 물소의 등에 올라앉아 들판의 수로를 건너가고, 꼬막을 닮은 고깔모자를 쓴 농부들은 황금빛 수확을 마치고는 대나무로 둥그렇게 엮은 자그마한 헛간에서 키로 벼를 까불렸다. 그들과 다른 세상에 존재하는 자동차들이 멀리서 속도를 내어 달렸다.

대문 위쪽 벽에 푸르스름하고 분홍빛을 띠는 회반죽으로 하느님의 커다란 눈을 그려 장식한 까오다이 교회들은 이제 모든 동네의 낯선 사람들마저 사로잡았다. 깃발들이 점점 더 많이 나타났고, 농부들이 무리를 이루어 길로 몰려나왔으며, 우리들은 교황청이라 할 수 있는 성좌를 향해 갔다. 저 멀리 성산(聖山)이 떠이닝 위로 초록빛 중절모처럼 떠올랐는데 — 그곳에 거점을 마련한 반란군 참모장 테 장군은 최근에 프랑스군과 베트밍을 둘 다 적으로 삼아 싸우겠다고 천명했다. 비록 추기경 한 사람을 납치하기는 했지만 까오다이에서는 테 장군을 잡으려고 하지 않았는데, 들려오는 소문에 의하면 그가 벌인 납치극은 교황의 묵인 아래 이루어졌다고 한다.

떠이닝은 남부 삼각주 지대의 다른 어느 곳보다 항상 더 뜨거웠다. 어쩌면 물이 없는 지역이기 때문이었는지도, 어쩌면 언제 끝날지 모르는 막막한 기념식에서 무수한 사람들이 진땀을 흘려야 했던 탓인지도 몰랐다. 병사들은 그들이 알아듣지 못하는 언어로 한없이 이어지는 기나긴 연설 내내 차렷 자세로 땀을 흘렸고, 교황은 중국풍의 무겁고 치렁치렁한 관복 때문에 땀을 쏟았다. 딱딱한 사냥꾼 모자를 쓴 사제들과 잡담을 나누는 하얀 비단 아오자이 차림의 여성 대주교들만이 땡볕 속에서 그나마 시원한 인상을 풍겼다. 도대체 언제 7시가 되어 마제스틱 옥상에서 사이공강의 바람을 쐬며 칵테일을 마실 수 있을지 감감하기만 했다.

행진이 끝난 다음에 나는 교황 보좌관을 만나서 면담을 했다. 나는 그에게서 아무런 기삿거리도 건지지 못하리라고 예상했는데, 역시 내 짐작이 옳았다. 우리 두 사람 다 판에 박힌 소리만을 주고받았다. 나는 그에게 테 장군에 대해서 물었다.

"경솔한 사람이죠." 그가 말하고는 아예 화제를 돌렸다. 그는 이 년 전에 나한테 똑같은 이야기를 했었다는 사실을 잊어버리고 자신의 단골 연설을 시작했는데 — 그것은 처음 입국한 사람들에게 축음기판을 틀어 주듯 똑같은 내용들을 반복하는 나의 습성을 연상시켰다. 까오다이 사상은 종교적인 결합체여서…… 모든 종교 가운데 으뜸이요…… 포교자들이 로스앤젤레스로 파견되었고…… 위대한 피라미드의 비밀이 어쩌고저쩌고……. 그는 길고 하얀 수단을 걸쳤고 줄담배를 피웠다. 그에게서는 어딘가 교활하고 부패한 면모가 엿보였으며 툭하면 '사랑'이라는 말을 흘렸다. 그들이 벌이는 종교 운동을 보고 우리 모두가 코웃음을 친다는 사실을 그 스스로 의식하고 있음을 나는 빤히 알았으며, 우리들이 보여 준 존경의 시늉은 그의 사이비 성직자 신분만큼이나 썩어 빠진 위선이었지만, 그래도 우리는 덜 교활했다. 위선을 동원해서 우리가 얻어 낸 바는 전혀 없었고 — 그들은 믿을 만한 동맹 관계조차 아니었건만 무기, 보급 물자, 심지어 현찰까지 우리들에게서 받아 챙겼다.

"고맙습니다, 보좌관님." 나는 자리에서 일어섰다. 그는 담뱃재를 여기저기 흘리면서 문까지 나를 따라 나왔다.

"당신이 하는 일에 신의 축복이 내리기를 빌겠습니다." 그가 나긋나긋하게 말했다. "신은 진리를 사랑한다는 사실을 잊지 마시기 바랍니다."

"어떤 진리요?" 내가 물었다.

"까오다이 신앙에서는 모든 진리가 화합하고, 진리는 곧 사랑입니다."

그는 손가락에 커다란 반지를 하나 끼고 있었다. 아마 그는 자기가 손을 내밀었을 때 내가 그 반지에 입을 맞추기를 분명코 기대했으리라. 하지만 나는 외교관이 아니다.

정수리로 내리쬐는 가혹한 땡볕 아래서 나는 파일을 보았는데, 그는 타고 온 뷰익 승용차에 시동을 걸려고 헛수고를 벌이는 중이었다. 어쩌다 보니 지난 두 주일 동안 나는 까띠나 거리에서 유일하게 품위를 갖춘 책방이나 콘티넨털의 술집에서 걸핏하면 파일과 우연히 마주치고는 했다. 그가 처음부터 강제로 요구해 온 우리들의 우정을 그는 이제 어느 때보다도 더 열심히 강조했다. 구슬픈 시선은 후엉에 관한 안부를 애타게 물었지만, 그의 입술은 역겹기 짝이 없게도 나에 대한 애정과 흠모하는 마음만을 훨씬 더 열렬하게 드러냈다.

까오다이 장교 한 명이 파일 옆에 서서 부지런히 무슨 이야기를 계속했다. 내가 다가가자 그는 입을 다물었다. 나는 그가 누구인지 알아보았는데 — 그는 테 장군이 산으로 들어가기 전에 장군을 모시던 부하들 가운데 한 사람이었다.

"안녕하십니까." 내가 말했다. "장군님께서는 잘 지내시나요?"

"어느 장군님 말인가요?" 어설프게 웃으며 그가 말했다.

"까오다이 신앙을 따르자면 모든 장군이 하나로 화합하겠죠." 내가 말했다.

"이 차가 요지부동이네요, 토머스." 파일이 말했다.

"정비공을 데려올게요." 장교가 말하고는 자리를 떴다.

"내가 방해를 했군요."

"아, 별 얘기 아니었어요." 파일이 말했다. "그 친구는 뷰익 한 대 값이 얼마나 나가는지를 알고 싶어 했어요. 사람들은 제대로 대해 주기만 하면 아주 친절해져요. 프랑스인들은 사람을 어떻게 다뤄야 하는지 잘 모르죠."

"프랑스 측에서는 저런 사람들을 신뢰하지 않아요."

파일이 엄숙하게 말했다. "사람은 신뢰해 주면 신뢰할 만한 사람이 됩니다." 그것은 까오다이의 좌우명처럼 들렸다. 떠이닝의 공기가 너무나 윤리적이어서 나로서는 숨을 쉬기가 힘겨운 느낌마저 들었다.

"한잔하시죠." 파일이 말했다.

"듣던 중 반가운 소리로군요."

"내가 라임주스를 보온병에 하나 가득 담아 가지고 왔는데요." 그는 허리를 숙여 뒷좌석에 놓아둔 바구니를 부지런히 뒤졌다.

"술은 없어요?"

"정말 미안하지만 없어요. 아시겠지만 이런 풍토에서는 라임주스가 아주 좋아요." 그가 권했다. "여기에 함유된 비타민은…… 무슨 비타민인지는 잘 모르겠네요." 그가 한 잔을 나한테 내밀었고 나는 그것을 받아 마셨다.

"어쨌든 갈증은 풀리네요." 내가 말했다.

"샌드위치 드실래요? 정말 굉장히 맛있어요. 샌드위치에 얹어 먹는 건강 비타민이라는 게 새로 나왔어요. 우리 어머니가 미국에서 보내 주셨죠."

"고맙지만 배가 고프지 않으니 사양하겠어요."

"맛이 러시아 샐러드하고 비슷해서 — 조금 파삭파삭하죠."

"먹고 싶지 않아요."

"내가 먹는 건 상관없겠죠?"

"그럼요. 어서 먹어요."

그는 샌드위치를 크게 한입 베어 물고 와삭와삭 씹어 먹었다. 흰색과 분홍빛 바위로 조각한 불상이 멀리서 자동차에 실린 채 본당을 떠나 행차에 나섰다. 행자의 모습을 한 또 다른 불상이 그 뒤를 허겁지겁 따라갔다. 여성 대주교들은 각자 한가하게 자신들의 집으로 돌아갔으며, 성당 정문 위에선 여전히 하느님의 커다란 눈이 우리들을 굽어보았다.

"여기서 점심 식사를 제공한다는 걸 모르셨나요?" 내가 말했다.

"공연한 모험을 하고 싶지 않았거든요. 육류는 말이죠. — 이렇게 더운 곳에서는 조심해야 해요."

"그런 걱정은 할 필요 없어요. 이 사람들은 모두 채식주의자니까요."

"별일이야 없겠지만 — 난 내가 어떤 음식을 먹는지 늘 신경을 쓰거든요." 그는 건강 비타민을 한입 더 베어 물더니 우물우물 씹어 먹었다. "이 근처에 믿을 만한 정비공들이 있을까요?"

"배기통으로 박격포를 만들어 낼 만큼 솜씨가 훌륭한 친구들이죠. 내 짐작으로는 뷰익 배기통이라면 최고급 박격포가 될 것 같아요."

장교가 돌아와서 우리들한테 절도 있게 경례를 붙이고는 정비공을 데려오도록 막사로 사람을 보냈노라고 말했다. 파일이 건강 비타민 샌드위치를 권했고, 장교는 싫다고 공손하게 거절했다. 그는 세상 물정에 해박한 국제인의 분위기를 풍기며 말했다. "이곳에서는 음식에 대한 규칙이 너무나 많아요." (그는 영어를 기막히게 잘했다.) "참 어리석은 짓이죠. 하지만 종교 중심지가 어떤 곳인지는 당신들도 잘 알잖아요. 내가 알기로는 로마에서도 마찬가지였고 — 캔터베리도 그랬겠죠." 그는 마지막 말을 덧붙이며 나에게 상큼할 정도로 깍듯이 머리를 살짝 끄덕여 보였다. 그러고는 입을 다물었다. 그들은 두 사람 다 침묵을 지켰다. 나는 그들이 나더러 자리를 비켜 달라고 강력하게 암시하고 있다는 인상을 받았다. 나는 파일을 약 올리고 싶은 유혹을 물리치기가 힘들었는데 — 약 올리는 짓은 본디 약자의 무기였고, 나는 약자였다. 나에게는 젊음과 진지함과 고결함과 미래가 없었으니까. 내가 말했다. "가만히 생각해 보니까 어쨌든 나도 샌드위치를 하나 먹어 두면 좋겠네요."

"아, 물론 그러시죠." 파일이 말했다. "물론이에요." 그는 잠시 머뭇거리더니 뒷좌석에 놓아둔 바구니 쪽으로 몸을 돌렸다.

"아녜요, 아닙니다." 내가 말했다. "그냥 농담으로 해 본 소리예요. 당신들 두 사람끼리만 조용히 나누고 싶은 얘기가 있잖아요."

"그런 거 없어요." 파일이 말했다. 내가 아는 사람들 가운데 파일은 거짓말을 하는 솜씨가 가장 서툰 인물이었는데 — 거짓말하는 기술을 전혀 연습해 본 적 없음이 분명했다. 그가 장교에게 설명했다. "여기 이분 토머스는 나하고 절친한 사이예요."

"나도 파울러 선생을 압니다." 장교가 말했다.

"가기 전에 당신을 만나러 갈게요, 파일." 그리고 나는 성당으로 걸어갔다. 그곳에 가면 좀 시원할 듯싶어서였다.

프랑스 한림원 제복 차림에 삼각 모자 둘레로 후광이 빛나는 성인 빅토르 위고가 서판에 무슨 숭고한 명문을 써넣는 쑨원을 손가락으로 가리키는 성화를 지나 나는 본당 회중석으로 들어섰다. 그곳에는 교황의 의자 말고는 앉을 만한 자리가 없었는데, 석고로 조각한 코브라 한 마리가 똬리를 틀며 의자 주변을 휘감았고, 대리석 바닥은 물처럼 반짝였다. 그리고 창문에는 유리를 끼워 넣지 않았다. 사람들은 바람이 통하도록 구멍을 뚫어서 감옥을 만들고, 똑같은 방법으로 자신이 믿는 종교를 섬기기 위해 감옥을 만든다고 나는 생각했다. — 그들 감옥에는 무수한 해석이 가능하게끔, 교리의 바람이 드나들도록 불신의 통로들을 남겨 놓았다. 내 아내는 구멍이 뚫린 자신의 감옥을 찾아냈고, 그래서 가끔 나는 그녀를 부러워했다. 햇빛과 바람은 충돌하여 갈등을 일으키는데, 나는 삶의 대부분을 햇빛 속에서 살았다.

나는 길고 텅 빈 회중석을 따라 걸었지만 — 여기는 내가 사랑하는 인도차이나가 아니었다. 사자 머리가 달린 용들이 설교단을 기어올랐고, 지붕에서는 그리스도가 피를 흘리는 심장을 꺼내 보여 주었다. 붓다는 언제나 그러듯이 무릎을 비워 놓은 채로 앉아 있었다. 공자의 수염은 건기의 폭포처럼 성글게 흘러내렸다. 이곳은 일종의 연극을 공연하는 무대여서 제단 위에 놓인 커다란 지구 모형은 야망의 상징이었고, 뚜껑이 달린 바구니는 교황이 예언을 찾아내는 사기극의 도구였다. 만일 이십 년이 아니라 오백 년에 걸쳐 이 성당이 존재했더라면 발길에 긁히고 세월에 삭은 흠집들로 인하여 약간이나마 신빙성을 확보했으려나? 내 아내처럼 쉽게 납득당하는 성향을 타고난 누군가는 인간에게서 찾지 못할 믿음을 이런 곳에서 찾아내는 것일까? 그리고 만일 내가 정말로 신앙을 원했더라면 노르만 교회에서 그것을 발견했을까? 하지만 나는 신앙을 원한 적이 전혀 없었다. 취재 기자의 본분은 파헤치고 기록하는 일이다. 나는 기자로 활동하는 동안 불가해한 대상을 하나도 발견하지 못했다. 교황은 바구니에 달린 뚜껑에다 연필로 갖가지 예언을 남겼으며 사람들은 그런 예언을 믿었다. 어디서 찾아오는 어떤 계시이건 점판[69]의 도움을 받는다. 내 기억의 공연 목록에는 계시나 기적 따위가 존재하지 않았다.

나는 내가 보았던 것들에 대한 갖가지 기억을 사진첩의 사

---

69 플랑셰트(Planchette). 작은 바퀴 두 개와 연필 하나가 달린 심장 모양의 널빤지. 여기에 한 손을 얹고 움직여 가며 연필이 남긴 궤적으로 점을 친다.

진들처럼 두서없이 이것저것 뒤적였고, 사냥감 조류가 서식하는 오핑턴 시골 변경 지역의 황갈색 풍경 속에서 적군의 조명탄 불빛을 피하느라고 살금살금 도망치던 여우 한 마리, 구르카족 정찰대가 화물차 뒤에 싣고 파항의 광산촌으로 가져온 말레이 원주민의 시신, 총검에 찔려 죽은 그 시신 주변에 둘러서서 구경하며 불안하게 킬킬거리던 중국인 노동자들, 말레이 동족 한 사람이 시신의 머리 밑에 받쳐 주던 베개가 생각났다. 그리고 어느 호텔 침실의 창문 난간에 앉아서 날아갈 준비를 하던 비둘기가, 마지막 작별 인사를 하러 내가 집으로 갔을 때 창문으로 내다보던 아내의 얼굴이 머리에 떠올랐다. 내 회상은 아내에 대한 생각으로 시작되고 끝났다. 아내가 내 편지를 받은 지 한 주일 이상이 지났고 그녀가 보내 주지 않으리라고 예상했던 전보는 역시 오지 않았다. 하지만 사람들이 말하기를, 배심원들이 오랫동안 법정으로 들어오지 않을 때는 피고가 희망을 기대해도 좋다고 했다. 한 주일이 더 흘러간 다음까지 답신이 오지 않는다면 나는 희망을 가져도 되려나? 내 주변 사방에서 군인과 외교관 들의 자동차에 시동이 걸리는 소리가 들려왔고, 잔치는 일 년 뒤에나 다시 열릴 터였다. 사이공으로 향하는 대폭주가 시작되었고, 도로 차단 역시 임박했다. 나는 파일을 찾으려고 밖으로 나갔다.

그는 동료 장교와 함께 더위를 피하기 위해 손바닥만 한 그늘에 서 있었고, 자동차를 고치는 사람은 아무도 없었다. 도대체 무슨 내용이었는지는 모르겠지만 그들의 대화는 끝난 듯싶었고, 두 사람은 서로 한껏 예의를 갖추느라 잔뜩 긴장한 채 입을 다물고 기다렸다. 나는 그들과 합류했다.

"자, 난 가 봐야 할 것 같은데요." 내가 말했다. "도로가 차단되기 전에 가려면 당신도 지금 떠나는 게 좋아요."

"정비공이 오질 않았어요."

"곧 올 겁니다." 장교가 말했다. "행진에 참가하느라고 좀 늦었지만요."

"당신은 여기서 밤을 지내도 괜찮아요." 내가 말했다. "특별 미사가 있을 텐데 — 당신한테는 그것도 상당한 경험이 될 거예요. 세 시간 동안 계속되는 미사거든요."

"난 돌아가야 합니다."

"지금 출발하지 않으면 돌아가지 못해요." 마음이 내키지는 않았지만 내가 덧붙여 말했다. "까오다이 장교께서 내일 당신 자동차를 사이공으로 보내 줄 수만 있다면 내 차를 타고 가도 됩니다."

"까오다이 지역에서는 통행금지를 걱정할 필요가 없어요." 장교가 거드름을 피우며 말했다. "하지만 그 너머로 벗어나면 우리 관할이 아니어서……. 물론 당신 차는 내일 틀림없이 보내 드리지요."

"배기통이 말짱한 상태로요." 내가 말했고 그는 환하게 말끔하고 능률적인 군대식 미소를 지었다.

2

우리들이 출발할 때쯤에는 다른 차들의 행렬이 이미 한참 멀리 달아난 다음이었다. 나는 그들을 따라잡으려고 속도를 올렸지만 우리가 까오다이 지역을 넘어 호아하오 영역으로 진입했을 무렵에는 앞서 도망친 차량들이 남긴 먼지구름조차 보이지 않았다. 저녁이 되자 사방이 허허벌판인 세상은 텅 비어 버렸다.

평지는 매복을 하기에 좋은 장소가 아니었지만, 길에서 겨우 몇 미터밖에 안 떨어진 수전 지대에서는 소수 병력이 목까지 물속에 잠기도록 숨어 있기가 어렵지 않았다.

파일이 목청을 가다듬었는데, 그것은 친밀하게 접근하겠다고 예고하는 신호였다. "후엉이 잘 지내길 바라요." 그가 말했다.

"아픈 데는 전혀 없는 것 같던데요." 망루 하나가 뒤로 가라앉으며 자취를 감출 무렵이면, 또 다른 망루 하나가 저울의 추처럼 앞에서 솟아올랐다.

"어제 장을 보러 나갔다가 후엉의 언니를 만났어요."

"그럼 한번 집으로 찾아오라고 그녀가 초대를 했겠군요." 내가 말했다.

"사실 그랬어요."

"쉽게 포기할 줄 모르는 여자거든요."

"포기라뇨?"

"당신을 후엉하고 결혼시키려는 희망요."

"당신이 떠날 거라고 그녀가 말하던데요."

"그런 소문은 빨리도 퍼지네요."

파일이 말했다. "난 당신이 나한테 정정당당하게 나오실 거라고 생각하는데요, 토머스. 안 그래요?"

"정정당당요?"

"전출 신청을 했어요." 그가 말했다. "난 우리 두 사람 다 사라진 다음에 그녀를 홀로 남게 하고 싶지 않아요."

"난 당신이 물러날 때가 언제인지 깨달았다고 생각했는데요."

그는 자신에 대한 연민에 빠져 말했다. "알고 보니 그게 그리 쉽질 않더군요."

"언제 떠날 건가요?"

"모르겠습니다. 부처에서는 여섯 달 안에 처리해 주겠다고 했어요."

"여섯 달 동안 참고 견딜 수 있겠어요?"

"어쨌든 난 떠나야 합니다."

"어떤 이유를 대고 전출을 신청했나요?"

"난 상무관에게 — 당신도 만난 적이 있는 조한테 — 우리 얘기를 거의 사실대로 털어놓았어요."

"상무관은 당신이 내 여자를 데려가도록 그냥 내버려 두지 않았다고 나를 나쁜 놈으로 여기겠군요."

"아, 아닙니다. 상무관은 오히려 당신 편을 들었어요."

자동차가 씨근덕대고 쿨럭거렸는데 — 나는 "당신이 나한테 정정당당하게 행동하는가."라고 물었던 파일의 순진한 질문에 담긴 의미를 따져 보느라고 정신이 팔려 자동차의 심상치 않은 상태를 일 분쯤 지난 다음에야 가까스로 알아차렸다. 그 질문은 민주주의와 명예에 대한 개념을 영국과는 다른 시각에서 아버지로부터 아들이 물려받는 미국인들의 대단히 단순한 심리 세계에나 어울리는 명제였다. 내가 말했다. "바닥이 났군요."

"휘발유 말입니까?"

"연료는 넉넉했는데요. 집에서 출발하기 전에 내가 가득 채워 두었거든요. 떠이닝의 그 망할 자식들이 대롱으로 뽑아서 훔쳐 간 모양입니다. 진작 눈치를 챘어야 하는데. 보아하니 그들이 장악한 지역을 벗어나기에 겨우 충분할 정도만 남겨 놓은 것 같아요."

"어쩌면 좋죠?"

"다음 망루까지 겨우 가겠어요. 그곳에서 연료를 좀 얻을 수 있으면 좋겠는데요."

그러나 우리에게는 운이 따라 주지를 않았다. 차는 망루를 고작 이십여 미터 남기고 주저앉았다. 우리는 망루 바로 아래까지 걸어가서 경비병들에게 같은 편이라고, 그러니 올라가겠다고 프랑스어로 소리쳐 알렸다. 나는 결코 베트남 보초병의 총에 맞아 죽고 싶지 않았다. 아무 대답이 없었고, 내다보는 사람도 없었다. 내가 파일에게 말했다. "총 가지고 왔나요?"

"난 절대로 총을 휴대하지 않아요."

"나도 그런데요."

논바닥이나 마찬가지로 초록과 황금빛이 뒤섞인 저녁노을의 마지막 색채가 아득하게 펼쳐진 세상의 가장자리로 줄줄 흘러내렸다. 잿빛 하늘의 중간층을 배경 삼아 망루가 판화처럼 까맣게 보였다. 통행금지 시각이 거의 임박한 듯했다. 내가 다시 소리를 질렀지만 대답은 없었다.

"마지막 요새 이후로 망루를 몇 개나 지나왔는지 알아요?"

"난 그런 거 신경 쓰지 않았는데요."

"나도 그래요." 다음 요새까지 아마도 육 킬로미터는 될 듯싶었으니 — 한 시간을 걸어가야 하는 거리였다. 나는 세 번째로 다시 소리쳐 불렀고, 대답 대신 침묵만이 반복되었다.

내가 말했다. "사람이 없는 것 같으니까 내가 올라가서 살펴봐야겠어요." 중앙을 가로지른 붉은 선들이 누렇게 빛바랜 노란 깃발[70]을 보니 우리는 호아하오 지역을 벗어나 베트남 정부군 영역으로 들어선 모양이었다.

파일이 말했다. "여기서 기다리면 혹시 지나가는 차를 잡을 수 있지 않을까요?"

"그렇긴 하지만 놈들이 먼저 올지도 몰라요."

"내가 돌아가서 전조등을 켜 놓을까요? 누군가 볼 수 있게요."

"한심한 소리 좀 하지 말아요. 그냥 내버려 두라고요." 이제는 사다리를 찾으려다가 자칫 발을 헛디디면 엎어질 지경으로 날이 어두워졌다. 발밑에서 무엇인지 밟혀 부러지는 소리가 났고, 나는 그 소리가 논바닥을 가로질러 울려 퍼지며 누군가 혹시 듣지나 않았을까 걱정이 되었다. 길가에 서 있던 파일의 윤곽은 벌써 흐릿했다. 어둠은 일단 내리기 시작하면 마치 돌벼락처럼 삽시간에 사방을 무겁게 뒤덮었다. 내가 말했다. "내가 부를 때까지 거기 가만히 있어요." 나는 혹시 경비병이 사다리를 끌어 올려놓지 않았을까 걱정했지만 다행히 제자리에 있었다. — 적이 기어오를 수도 있지만 어쨌든 그것은 그들의 유일한 탈출 수단이었다. 나는 망루로 올라가기 시작했다.

---

70 베트남 공화국의 국기.

두려움의 순간에 사람들이 하느님과 가족과 연인에 관해 무슨 생각을 하는지, 나는 수없이 많은 소설 속에서 읽었다. 나는 그들이 스스로를 통제하는 능력에 대해 놀라움을 금할 수 없었다. 내 경우에는 아무 생각도 떠오르지 않았으며, 뚜껑처럼 들거나 밀어 올릴 수 있는 비상 탈출구가 머리 위에 나타나리라는 상상조차 불가능했다. 그 잠깐 동안에 나는 아예 존재하지를 않았고, 완전히 공포감에 사로잡혔다. 사다리 꼭대기에 다다라서 닫혀 있는 뚜껑 문을 머리로 들이받았는데 두려움 탓에 나는 그때까지 얼마나 높이 올라왔는지 의식하지를 못했고, 아무것도 보이지 않았으며, 아무 소리도 들리지 않았다. 그러고는 내 머리가 흙을 깔아 놓은 망루 바닥 위로 올라왔고, 아무도 나에게 총을 쏘지 않았으며, 두려움은 서서히 가라앉았다.

3

작은 석유 등잔을 바닥에 밝혀 놓고 두 청년이 벽에 기대어 앉아 나를 지켜보았다. 한 사람은 자동 경기관총, 다른 사람은 소총으로 무장했지만 그들은 나 못지않게 겁에 질린 표정이었다. 어린 학생처럼 보였지만 베트남 사람들의 나이란 지평선 너머로 저무는 해처럼 갑자기 내려가고 — 소년인 줄 알았던 그들이 어느새 노인으로 둔갑하고는 했다. 나는 내 피부 빛깔과 눈의 생김새가 통행증 노릇을 해서 — 어쩌면 그들이 겁에 질려서일지도 모르겠으나 이제는 나에게 총을 쏘지 않으리라는 사실을 깨닫고 마음이 놓였다.

나는 망루로 기어 올라가면서 그들을 안심시키느라 내 차를 밖에 세워 둔 다음, 연료가 떨어졌다고 설명하면서 돈을 줄 테니 휘발유를 좀 팔 수 없겠느냐고 물었다. 망루 안을 둘러보니 기름을 얻을 가능성은 별로 없을 듯했다. 둥글고 비좁은 방에는 경기관총 탄약 상자, 작은 나무 침대, 못에 걸어 놓은 배낭 두 개밖에 눈에 띄지 않았다. 먹다 남은 밥이 담긴 냄비 두 개와 나무젓가락을 보니 그들은 입맛조차 없었던 모양이다.

"다음 요새까지 갈 수 있을 정도의 연료만이라도 안 될까요?" 내가 물었다.

소총을 움켜쥔 채 벽에 기대앉은 남자가 머리를 저었다.

"연료를 구하지 못하면 우린 여기서 밤을 보내야 해요."

"C'est défendu.(그건 금지 사항입니다.)"

"어째서요?"

"당신은 민간인이잖아요."

"난 길바닥에 나가 앉아 밤을 보내다가 목이 잘리고 싶진 않아요."

"당신 프랑스 사람인가요?"

이야기는 한 남자만 했다. 다른 사람은 머리를 옆으로 돌리고 앉아 벽에 뚫린 틈바구니로 바깥 동정을 살폈다. 지금 그의 눈에는 우편엽서의 사진 같은 하늘밖에 보이지 않을 듯싶었다. 아마 그는 청음초 임무를 맡은 모양인데, 나 역시 바깥에서 나는 소리에 귀를 기울였다. 정적은 오히려 소리로 가득해서 무엇이라고 분간하기 어려운 소리 — 딸그락, 찌걱, 바스락거리는 소리, 기침 같기도 하고 속삭임 같은 소리가 자꾸 들려왔다. 그리고 나는 파일이 내는 소리를 들었는데, 그는 사다리 아래까지 다가온 눈치였다. "당신 괜찮아요, 토머스?"

"이리 올라와요." 내가 마주 소리쳤다. 그가 사다리를 타고 올라오기 시작하자 말이 없던 병사가 경기관총의 총구를 돌렸는데 — 그는 우리들이 주고받은 말을 단 한 마디도 알아듣지 못했는지 어색하고 발작적으로 총을 겨냥했다. 나는 그가 두려움으로 인해서 몸이 마비되었음을 알아챘다. 나는 선임 하사처럼 손가락을 튕겨 딱 소리를 낸 다음 "그 총 내려놔요!" 하며 그가 알아먹을 만한 프랑스 욕설을 덧붙였다. 그는 재깍 명령에 복종했다. 파일은 망루로 올라왔고, 내가 말했다. "아침까지 안전하게 망루에서 지내도 된다고 허락받아 냈어요."

"잘됐네요." 파일이 말했다. 그의 목소리는 약간 어리둥절한 기미를 보였다. "저 친구들 가운데 한 명은 나가서 보초를 서야 하는 거 아닌가요?"

"총을 맞기 싫은가 봐요. 라임주스보다는 좀 더 요기가 될 만한 걸 당신이 가지고 왔더라면 좋았을 텐데요."

"다음번에는 그럴게요." 파일이 말했다.

"힘겨운 밤을 보내게 생겼어요." 파일과 함께 있게 되자 내 귀에서 잡음들이 사라졌다. 두 병사 역시 긴장이 조금 풀린 표정이었다.

"월맹군이 저 친구들을 공격하면 어떻게 될까요?" 파일이 물었다.

"총 한 방 겨우 쏘고는 도망치겠죠.《엑스트렘 오리앙》[71]에 아침마다 실리는 기사 봤잖아요. '사이공 남서쪽 초소가 어젯밤 일시적으로 베트밍에게 점령당했다.' 그런 내용이요."

"예감이 좋지 않군요."

"여기서부터 사이공까지 이런 망루가 마흔 곳이나 있어요. 내 초소만 빼고 다른 곳이 대신 당하기를 열심히 빌어야 하는 실정이죠."

"아까 그 샌드위치나마 있었으면 요기할 수 있었을 텐데요." 파일이 말했다. "정말이지 내 생각엔 저 친구들 가운데 한 명은 나가서 경계를 서야 하는 거 아닌가요?"

---

71 《Le journal d'Extrême-Orient》. 1948년부터 사이공에서 발간된 프랑스어 신문.

"총알이 날아올까 봐 무서워서 그러지 못하는 눈치예요." 우리들이 그들 곁 망루 바닥에 자리를 잡고 앉으니 그제야 베트남 병사들은 약간 여유를 보였다. 언제 월맹군이 논바닥을 가로지르고 도로를 따라서 소리 없이 접근하여 올지 전혀 알 길 없는 상태이니 제대로 훈련조차 받지 못한 병사 단둘이 밤마다 이곳에 올라와 앉아서 날이 새기만을 기다리며 버티기란 결코 쉬운 일이 아니었다. 어쩐지 나는 그들이 좀 불쌍하다는 생각이 들었다. 나는 파일에게 말했다. "저 친구들은 자기들이 민주주의를 위해 싸우고 있다는 사실을 알기나 할까요? 그런 현실을 설명하려면 우린 요크 하딩의 책을 가지고 왔어야 하겠죠."

"당신은 걸핏하면 요크 하딩을 비웃는군요." 파일이 말했다.

"존재하지 않는 대상들 — 추상적인 관념들에 관한 글을 쓰느라고 그토록 많은 시간을 보내는 모든 사람들을 난 항상 비웃어요."

"그에게는 현실로 존재하는 관념들이죠. 당신은 아무 관념도 신봉하지 않나 보군요? 예를 들면 신에 대해서요?"

"나에겐 어떤 신에 대해서도 믿음을 가져야 할 이유가 전혀 없어요. 당신은 어때요?"

"난 신앙이 있어요. 난 일신론자[72]거든요."

---

72 삼위일체 교리와 그리스도의 신성을 부인하고 하나님만을 신이라고 주장하

"사람들이 믿는 신이 몇억 가지나 될까요? 그래요, 정통 천주교 신자들마저 두려움을 느끼거나 행복하거나 배가 고플 때는 시시각각 상황에 따라 상당히 다른 종류의 하느님을 믿으니까요."

"그럴지도 모르지만 만일 하나님[73]이 존재한다면 그분의 존재는 워낙 거대하므로 사람마다 각기 다르게 조금씩만 볼 수 있을 겁니다."

"방콕의 거대한 불상처럼 말이겠죠." 내가 말했다. "그 불상은 너무 커서 한눈에 다 볼 수가 없어요. 부처님은 꼼짝도 하지 않고 가만히 있는데도 말예요."

"당신은 공연히 강한 사람인 체하려고 그런 소리를 하는 것 같아요." 파일이 말했다. "당신도 무엇인가 섬기는 신념이 있을 거예요. 아무런 신념이 전혀 없이 살아가는 사람은 없으니까요."

"아, 난 버클리의 사상[74]을 믿지 않아요. 내가 지금 이 벽에 등을 기대고 있다는 사실은 믿죠. 저기 저것이 경기관총이라는

는 기독교 교파.

73 천주교에서는 신을 우리말로 '하느님'이라 하며, 개신교에서는 '하나님'이라고 한다.

74 성공회 주교 조지 버클리의 주관적 이상주의. 사물은 독립적인 존재가 아니라 신이 인지하는 관념일 뿐이라는 사상.

사실도 믿고요."

"내가 한 말은 그런 뜻이 아니었어요."

"나는 내가 취재한 내용만 믿는데, 그건 당신네 나라 특파원 대부분이 써내는 기사보다 훨씬 가치 있는 내용들이죠."

"담배 피울래요?"

"난 담배 안 피워요. — 아편은 피우지만. 담배는 경비병들한테나 줘요. 당분간 저 친구들하고 잘 지내야 할 테니까요." 파일이 자리에서 일어나 그들에게 담배를 건네고 불을 붙여 준 다음 자리로 돌아왔다. 내가 말했다. "담배도 소금처럼 상징적인 의미를 발휘했으면 좋겠네요."

"당신은 저 사람들 안 믿나요?"

"프랑스 장교라면 아무도 이런 망루에서 겁에 질린 경비병 두 명이랑 함께 밤을 보내고 싶어 하지 않을 거예요." 내가 말했다. "그래요, 망루를 지키던 어떤 소대는 자기네 상관들을 잡아 적에게 넘겨주기까지 했다고 합니다. 월맹군은 가끔 바주카포보다 확성기로 더 큰 성공을 거두기도 하죠. 그럴 만해요. 그들 또한 아무것도 믿지 않으니까요. 당신이나 당신과 비슷한 부류는 분쟁에 아예 관심이 없는 사람들의 도움을 받아서 전쟁을 벌이려고 시도하죠."

"이 사람들은 공산주의를 원치 않아요."

"이 사람들은 먹고 살아갈 쌀만 넉넉하면 그만이라고 생각해요." 내가 말했다. "그들은 총에 맞아 죽기를 바라지 않아요. 하루하루 무사히 지내기만을 원한다고요. 그들은 우리 하얀 피부의 인간들이 몰려와서 얼쩡거리며 이곳 사람들이 원하는 바가 무엇인지 제멋대로 설정하고는 굳이 납득시키려고 덤비는 걸 좋아하지 않아요."

"만일 인도차이나가 떨어지면……."

"판에 박힌 그 소린 나도 알아요. 태국이 떨어진다. 말라야가 떨어진다. 인도네시아가 떨어진다. '떨어진다(go)'라는 말이 도대체 무슨 뜻인가요? 만일 당신이 섬기는 신과 내세를 내가 믿는다면 저세상에서 튕길 현금과 당신의 황금 면류관을 걸고 맹세하건대, 지금부터 오백 년이 흐른 뒤에 뉴욕이나 런던은 사라지고 없을지언정 이곳 들판에서는 벼들이 여전히 자라고 고깔모자를 쓴 농부들은 출렁거리는 기다란 장대 바구니에 수확한 농작물을 담아서 장터로 나갈 거예요. 꼬마 아이들도 한결같이 물소를 타고 돌아다니겠죠. 나는 물소를 좋아하는데, 이곳 물소는 우리들이 풍기는 냄새, 유럽 사람들의 냄새를 좋아하지 않아요. 그리고 이걸 잊지 말아요. ―물소의 관점에서 보면 당신 역시 유럽 사람이라는 걸요."

"그들은 선동당하고, 곧이곧대로 믿도록 강요당하고, 스스로 생각할 권리는 영영 허락되지 않을 겁니다."

"이념은 사치예요. 당신 생각에는 하루 일과를 마치고 밤이 되어 토담집으로 돌아간 농민들이 자리에 앉아서 신과 민주주의에 관해 명상할 것 같아요?"

"당신은 이 나라에 농민밖에 살지 않는다는 식으로 말하는군요. 지식인들은 어떻고요? 그들이 행복해질까요?"

"그럴 리가요." 내가 말했다. "우린 그들을 우리 사고방식대로 키워 냈어요. 우린 그들에게 위험한 놀이를 가르쳤고, 그런 덕분에 우린 목이 잘리지 않기만을 바라면서 지금 여기 앉아 기다리고 있는 겁니다. 우린 목이 잘릴 짓을 했어요. 난 당신이 좋아하는 친구 요크도 지금 여기 같이 있었으면 좋겠다고 생각해요. 그 친구가 이런 기분을 얼마나 흐뭇해할지 궁금하군요."

"요크 하딩은 대단히 용기 있는 인물입니다. 아시다시피 한국에서는……."

"그 사람은 병사로 실전에 참전해 본 경험이 없어요, 안 그래요? 그에게는 언제든 고향으로 돌아갈 수 있는 표가 미리 마련되어 있었고요. 생존을 보장받은 사람에게 용기란 잠깐 동안 자기 몸을 학대하는 성직자들의 매질 같아서 일종의 지적 유희 노릇을 하죠. 내가 육신의 고통을 얼마나 대견하게 참아 낼 수 있을까 시험하면서요. 저 불쌍한 친구들에게는 고향으로 돌아갈 비행기가 없어요. 이봐요." 나는 병사들을 불렀다. "당신들 이름이 뭔가요?" 나는 이름이나마 알면 어쩐지 그들과 함께 대화하는 기분이 되리라고 생각했다. 그들은 대답하는 대신에 그저 담배꽁초 뒤로 물러나면서 몸을 움츠릴 뿐이었다. "저 친구들은 우리가 프랑스 사람인 줄 아나 봐요." 내가 말했다.

"바로 그거예요." 파일이 말했다. "당신은 요크를 적대시하지 말고 프랑스인들에 대하여 적개심을 느껴야죠. 그들의 식민주의 말예요."

"식민주의니 민주주의니 하는 따위의 주의 타령은 이제 그만해요. 나한테는 사실들만을 내놓으라고요. 고무 농장[75] 주인이 인부들을 구타한다.—좋아요, 난 그런 사람은 나쁘다고 생각해요. 그는 식민청장에게서 그런 짓을 하면 안 된다는 지시를 받은 적이 없겠죠. 프랑스에 가면 그런 농장주는 틀림없이 마누라도 두들겨 팰 겁니다. 나는 언젠가 너무나 가난해서 갈아입을 바지조차 없는 신부님을 뵌 적이 있는데, 콜레라가 창궐하던 무렵 그는 소금에 절인 물고기와 밥 한 술만 먹으며 낡은 잔 하나—나무로 만든 성수 사발 하나를 들고 하루에 열다섯 시간씩 모든 오두막을 찾아다니며 미사를 드렸어요. 난 하느님을 믿지 않지만 그 신부님만큼은 훌륭하다고 생각해요. 왜 그것도 식민주의라고 부르지 그래요."

"바로 그런 게 식민주의[76]예요. 요크는 나쁜 체제를 바꾸려

---

75 프랑스는 베트남을 식민 통치하며 고무 농장을 많이 운영했다.

76 유럽 열강은 식민지를 침략할 때 군사력과 더불어 포교하는 성직자들을 가장 먼저 진출시켜 정복을 시작했다.

고 할 때 진정한 걸림돌이란 바로 훌륭한 행정가들이라고 했어요."

"어쨌든 프랑스인들은 매일 죽어 나가는데 — 그건 관념적인 현상이 아녜요. 프랑스인들은 당신네 나라의 정치가들, 그리고 우리 영국의 정치가들처럼 이곳 사람들을 절반만 진실인 온갖 거짓말로 영도하지 않아요. 난 인도에 가 봤고, 파일, 그래서 진보적인 자들이 어떤 해악을 끼치는지 잘 알아요. 영국에 더 이상 진보주의자가 존재하지 않는 까닭은 — 진보주의가 다른 모든 정파를 오염시켰기 때문이죠. 우리들 세상에는 너도나도 진보적인 보수주의자나 진보적인 사회주의자들밖에 없고, 그러면서 우리는 저마다 모두 양심적이라고 주장하죠. 나 같으면 차라리 우리가 약탈할 재물을 차지하기 위해 싸우고 목숨을 바치는 침략자들이라고 부르짖겠어요. 버마의 역사를 보라고요. 우리는 그 나라를 침략했고, 현지 부족들이 영국을 지지하며 도운 덕에 우리는 승리를 거두었지만 당신네 미국인들이나 마찬가지로 그 시절에 우리는 스스로 식민주의자들이라고 인정하지 않았어요. 그래서 우리는 왕과 평화 협정을 맺고, 그에게 영토를 돌려주고는 우리 편이었던 사람들이 십자가에 못 박히거나 톱으로 잘려 나가건 말건 그냥 내버려 두었어요. 그들은 순진했습니다. 그들은 우리가 떠나지 않으리라고 믿었어요. 하지만 우리는 진보주의자들이어서 양심에 거리끼는 짓을 하고 싶지 않았거든요."

"그건 벌써 아주 오래전 얘기죠."

"우린 여기서도 똑같은 짓을 하고 말 겁니다. 그들을 부추겨 이용하고는 장비나 장난감 산업을 조금 남겨 주겠죠."

"장난감 산업이라뇨?"

"당신네들이 들여온 플라스틱요."

"아, 그거요. 알겠어요."

"난 내가 왜 정치 얘기를 하는지 모르겠어요. 난 취재 기자일 뿐이어서 정치 따위엔 관심 없어요. 난 앙가제[77]를 부르짖는 사람이 아네요."

"그러신가요?" 파일이 말했다.

"이 한심한 밤을 보내기 위해서 심심풀이로 벌이는 논쟁이라면 — 그 정도로 해 두죠. 공연히 어느 쪽을 편들고 싶지는 않아요. 누가 이기든 난 변함없이 취재만 할 겁니다."

"그들이 승리한다면 당신은 거짓말을 보도하는 꼴이 될 텐데요."

"거짓의 울타리를 빠져나갈 구멍은 언제나 있기 마련이고, 우리 영국 신문들 또한 별로 진실에 대해 신경 쓰지 않는다고 난 생각해요."

---

77 engagé. 참여, 특히 자기 의지와 선택에 따른 사회적 참여를 의미한다.

우리들이 그곳에서 그들과 함께 앉아 이야기를 나눈다는 사실 자체가 내 생각에는 두 병사에게 용기를 주었던 모양인데—어쩌면 소리에도 빛깔이 있어서 황색 목소리들은 노래를 부르고 흑색 목소리들은 목청을 울리지만 우리 목소리는 그저 말밖에 할 줄 모르기 때문이어서인지—그들은 우리들의 백색 목소리에 담긴 음향이 이곳에 모여 있는 여러 사람들의 머릿수를 증명해 준다고 여기며 월맹군이 감히 접근하지 못하리라고 믿는 눈치였다. 그들은 어느 틈엔가 슬그머니 냄비를 집어 들고 다시 식사를 시작했다. 젓가락으로 바닥을 닥닥 긁어 가면서 눈으로는 그릇 가장자리 너머의 파일과 나를 지켜보았다.

"그러니까 당신은 우리가 패배했다고 생각하나요?"

"중요한 건 그게 아녜요." 내가 말했다. "난 당신들이 승리하는 모습을 달리 보고 싶지 않아요. 나는 저 한심한 두 친구들이 행복해지기를 바랄 따름이고—그게 전부예요. 난 저 친구들이 밤마다 어둠 속에 쪼그리고 앉아서 겁에 질린 채 벌벌 떠는 꼴을 보고 싶지 않아요."

"우린 자유를 위해 싸워야 합니다."

"난 이곳에서 전투에 임하는 미국인을 한 명도 본 적이 없어요. 그리고 자유로 말할 것 같으면, 난 그게 무얼 의미하는지 모르겠어요. 저 친구들한테 물어봐요." 나는 그들을 향해 큰 소리로 물었다. "La liberté—qu'est ce que c'est la liberté?(자유 — 자유란 무엇인가요?)" 그들은 밥을 남김없이 핥아 먹으면서 우리들을 빤히 쳐다보기만 할 뿐 아무 말도 하지 않았다.

파일이 말했다. "당신은 모든 사람이 같은 틀로 찍어 낸 듯 다 똑같아지길 바라나요? 당신은 논쟁을 위한 논쟁만을 벌이고 있어요. 당신은 지성인입니다. 당신은 나처럼 — 그리고 요크처럼 개인의 고귀함을 대변합니다."

"우리는 그걸 왜 이제야 깨달았을까요?" 내가 말했다. "사십 년 전에는 아무도 그런 소리를 하지 않았잖아요."

"그땐 개인의 존엄성이 위협을 받지 않았으니까요."

"하기야 우리의 존엄성은 위협받지 않았지만 논바닥에서 일하는 인간의 개체성에 대해선 누군가 걱정을 했죠. — 그런데 지금은 누가 그런 걱정을 하나요? 농부를 인간으로 취급하는 유일한 인물은 정치 보위국의 인민 위원들뿐이죠. 그들은 농민의 오두막으로 찾아가 버티고 앉아서 사람들의 이름을 묻고는 애로 사항을 듣죠. 그러고는 하루에 한 시간을 할애하여 지도하고 — 지도하는 내용이 무엇이건 농부는 가치 있는 존재로서 모처럼 인간 취급을 받죠. 개인의 영혼에 대한 위협이라 하는, 그따위 앵무새 헛소리를 동양에서 늘어놓으면 안 됩니다. 여기에선 당신들이 나쁜 편에 버티고 선 존재일 뿐 — 개인을 대변하는 사람들은 그들이며, 우리는 그냥 범세계적 전략에 동원된 부대에 속한 군번 23987의 졸병들에 불과합니다."

"당신이 하는 얘긴 절반도 진담이 아니겠죠." 파일이 불안해하며 말했다.

"아마 4분의 3가량은 진담일 거예요. 난 이곳에서 꽤 오랜 시간을 보냈어요. 뭐랄까요, 난 앙가제를 하지 않아서 다행이라고 생각하지만 — 이곳 동양에서는 — 그래요, 나는 아이크를 좋아하지 않기 때문[78]에 다른 유혹을 받기도 해요. 가령 내가 좋아하는 건 — 그래요, 이 두 청년이죠. 이곳은 그들의 나라입니다. 지금 몇 시죠? 내 시계가 죽었네요."

"8시 30분인데요."

"열 시간을 더 기다려야 우린 이동할 수 있겠군요."

"곧 상당히 쌀쌀해지겠네요." 파일이 말하고는 몸을 부르르 떨었다. "이렇게 추울 줄은 몰랐어요."

"사방에 물이 흐르잖아요. 내 차에 가면 담요가 있어요. 그거면 충분할 거예요."

"밖으로 나가면 위험하지 않을까요?"

"베트밍이 활동하기에는 이른 시간이어서 괜찮아요."

"내가 갔다 올게요."

"어둠에는 내가 더 익숙해요."

---

78 Ike는 아이젠하워의 애칭이며, I like Ike는 이 소설의 시간적 배경으로 설정된 1952년 당시 미국 대통령 선거에서 널리 유행한 구호였다.

내가 자리에서 일어서자 병사들이 식사를 중단했다. 나는 그들에게 말했다. "Je reviens, tout de suite.(나 금방 돌아오겠어요.)" 나는 뚜껑 문 밑으로 두 다리를 내리고 사다리를 더듬어서 찾아낸 뒤 아래로 내려갔다. 추상적인 화제를 논할 때가 특히 그렇지만, 의견을 주고받는 대화가 얼마나 마음을 편하게 해 주는지 참으로 묘한 일이었다. 그런 대화는 지극히 이상한 분위기마저 평온히 가라앉히는 듯싶었다. 나는 더 이상 두려움을 느끼지 않았고, 일단 초소에서 나오기는 했지만 돌아가면 다시 논쟁을 이어 가리라 생각했으므로 — 망루는 마치 까떼나 거리이거나 마제스틱 술집이었고, 심지어 런던의 고든 광장을 굽어보는 방이나 마찬가지였다.

나는 잠깐 망루 밑에 서서 눈이 어둠에 익숙해지기를 기다렸다. 별빛은 있었지만 달빛은 없었다. 달빛은 나에게 시체 안치실을 연상시켰고, 갓을 씌우지 않은 채 공중에 덩그러니 매달린 전구가 대리석 받침대를 비추는 싸늘한 광채를 생각나게 했다. 그러나 생생한 별빛은 잠시도 쉬지 않고 끊임없이 깜박였고, 마치 저 광활한 우주 공간 어딘가에서 누군가 반가운 소식을 전해 주려고 애쓰고 있는 듯싶었다. 그래서 별들은 이름조차 다정하기 짝이 없었다. 샛별[79]은 우리들이 사랑하는 여인이고,

---

79 영어로 비너스(Venus, 금성)라고 한다.

곰자리는 어린 시절에 알던 곰돌이 인형들이었으며, 짐작하건대 남십자성은 아마도 내 아내처럼 신앙이 깊은 사람들에게 각별히 사랑받는 찬송가나 침대 곁에 놓아둔 기도서와 같은 존재이리라. 나는 파일이 그랬듯이 몸을 한 번 부르르 떨었다. 하지만 밤공기는 제법 후끈거렸고, 양쪽으로 흐르는 얕은 수로만이 더위에 차가운 기운을 뿌려 주었다. 자동차를 향해 걸음을 옮기던 나는 도로에 올라선 순간 차가 사라졌다는 생각에 잠시 사로잡혔다. 그 두려움은 차가 기력을 잃고 주저앉은 장소가 이십여 미터나 떨어진 곳이었다는 사실을 기억해 낸 다음에도 사라지지 않았다. 나도 모르게 어깨를 움츠리면서 계속 걸었고, 그렇게 몸을 도사린 다음에야 내가 남들의 눈에 잘 띄지 않으리라고 조금이나마 안도할 수 있었다.

담요를 꺼내려고 자동차 짐칸의 뚜껑을 열자 정적 속에서 열쇠가 딸각거리고 뚜껑이 열리는 삐걱 소리가 나를 깜짝 놀라게 했다. 사방에서 사람들이 숨을 죽이고 잔뜩 모여드는 듯한 밤의 고요함 속에서 소리를 내는 유일한 존재가 되었다는 사실은 전혀 달갑지 않았다. 담요를 어깨에 두르고서 나는 들어 올릴 때보다 훨씬 조심스럽게 뚜껑을 내렸는데, 짤깍 소리를 내며 뚜껑이 잠기던 바로 그 순간 사이공 쪽 하늘에서 갑자기 섬광이 터지더니 폭발 소리가 우르릉거리며 길을 타고 내려왔다. 경기관총이 부르륵 부르륵 긁어 대고 또 긁어 대다가 다시 조용해지며 굉음이 멈추었다. 나는 '누군가 당했구나.' 하는 생각이 들었고, 아주 먼 곳에서 고통이나 두려움, 혹은 승리의 환호성인지도 모를 여러 사람의 목소리가 들려왔다. 왜 그런 기분이 들었는지 모르겠지만 나는 항상 우리가 이미 지나온 뒤쪽 어딘가에서 공격이 덮쳐 오리라고만 예상했었고, 월맹군이 사이공과 우리들 사이로 끼어들어 전방에서 나타나다니 잠시 불공평한 짓이라고 생각했다. 그 상황은 마치 우리가 미처 알지도 못하는 사이에 위험으로부터 멀리 도망치기는커녕 아예 차를 몰고 찾아다닌 격이었다. 게다가 지금도 나는 망루를 향해서, 역시 위험한 방향으로 걸어가야 했다. 내 몸은 당장 뛰어 도망치고 싶었지만 달리기보다 걸어야 소리를 죽일 수 있었으므로 그냥 걷기로 했다.

사다리 밑에 이르러 나는 위를 향해 파일을 불렀다. "나예요, 파울러." (그렇게 다급한 상황에서조차 나는 성이 아니라 이름으로 그에게 내 존재를 알리고 싶지 않았다.) 망루 안의 분위기가 달라져 있었다. 밥그릇들은 다시 바닥에 놓였고, 병사 한 명이 소총의 개머리판을 옆구리에 붙이고 벽을 등진 채 앉아서 파일을 노려보았다. 파일은 반대편 벽에서 조금 떨어진 자리에 무릎을 꿇고 앉아 두 번째 경비병과 자신 사이에 놓인 경기관총에서 눈을 떼지 않았다. 보아하니 그는 경기관총을 집으려고 기어가다가 제지를 당한 모양이었다. 두 번째 경비병이 총을 향해 손을 뻗다가 멈춘 자세였건만 싸우거나 위협을 가하려는 기미는 누구에게서도 보이지 않았으므로, 아이들이 놀이터에서 걸음을 옮기다가 들키면 출발점으로 돌아가야 하는 놀이를 하는 분위기였다.

"무슨 일예요?" 내가 말했다.

두 경비병이 나를 쳐다보았고, 그사이에 파일은 재빨리 경기관총을 덮쳐 자기 쪽으로 끌어당겼다.

"놀이를 하는 건가요?" 내가 물었다.

"혹시 놈들이 올 거라면 난 총을 저자한테 맡겨 두고 싶지 않아요." 파일이 말했다.

"경기관총을 조작해 본 경험은 있나요?"

"아뇨."

"잘됐군요. 나도 쏴 본 적 없어요. 장전이 되었으니 다행이지 — 우린 어떻게 재장전을 하는지도 모르잖아요."

경비병들은 총을 빼앗긴 상황을 말없이 받아들였다. 한 명이 소총을 내려 허벅지에 가로로 걸쳐 놓았고, 다른 병사는 맥이 풀린 채 몸을 벽에 기대고 마치 그러면 어둠 속에서 아무도 자기를 알아보지 못하리라고 믿는 아이처럼 두 눈을 감았다. 어쩌면 그는 더 이상 스스로 무언가를 해결해야 하는 책임으로부터 자유로워져서 내심 기뻐하는지도 몰랐다. 어디선가 아주 멀리서 경기관총이 다시 사격을 가했고 — 세 차례 부르륵거리더니 잠잠해졌다. 두 번째 병사는 눈을 더 꽉 감았다.

"우리가 총을 쏠 줄 모른다는 걸 저 친구들은 알지 못해요." 파일이 말했다.

"저 사람들은 우리 편이잖아요."

"난 당신이 편을 따지는 데에는 관심이 없는 줄 알았는데요."

"Touché.(맞아요.)" 내가 말했다. "월맹군도 그런 사실을 알아줬으면 좋겠네요."

"밖에서는 무슨 상황이 벌어졌나요?"

나는 내일 조간《엑스트렘 오리앙》에 실리게 될 제목을 다시 인용했다. "사이공 외곽 오십 킬로미터 지점의 초소가 어젯밤 일시적으로 베트밍 비정규군에게 점령당했다."

"들판으로 나가면 여기보다 안전하리라 생각하시나요?"

"물로 들어가면 굉장히 척척할 텐데요."

"당신은 별로 걱정이 되지 않는 모양이군요." 파일이 말했다.

"나도 얼어붙을 정도로 겁이 나지만 — 생각했던 것보다 상황이 좋게 돌아가네요. 월맹군은 하룻밤에 초소를 보통 세 곳 이상 공격하지 않아요. 우리가 살아남을 확률이 그만큼 높아졌다는 뜻이죠."

"저건 뭐죠?"

육중한 차량이 사이공을 향해 도로를 따라 올라오는 소리가 들렸다. 나는 소총을 사격하는 총안으로 바깥을 내려다보았는데, 도로를 따라 지나가는 전차 한 대가 눈에 띄었다.

"정찰대인가 봐요." 내가 말했다. 포탑의 대포가 이쪽으로 잠시, 그런 다음에는 저쪽으로 오락가락 방향을 돌렸다. 나는 그들을 소리쳐 불러 보고 싶었지만 과연 그것이 잘하는 짓이었을까? 그들에게는 전혀 쓸모없는 민간인 두 명을 태워 줄 자리가 없었다. 전차가 가까이 지나가자 망루의 흙바닥이 약간 흔들렸고, 곧 그들은 사라졌다. 시계를 보니 8시 51분이었고, 나는 불빛이 다시 번쩍일 때 시간을 보려고 잔뜩 긴장하며 기다렸다. 번갯불이 떨어진 다음 뒤늦게 울린 천둥소리로 거리를 판단하는 방법을 이용하기 위해서였다. 사 분이 흘러간 뒤에야 전차포의 사격이 개시되었다. 나는 바주카포가 한 차례 응사하는 소리를 식별했고, 그러더니 다시 사방이 고요해졌다.

"전차가 돌아오면 말예요." 파일이 말했다. "우리가 신호를 보내서 부대까지 태워다 달라고 하면 되겠어요."

폭발 소리에 망루 바닥이 흔들렸다. "돌아온다면야 그래도 되겠죠." 내가 말했다. "하지만 아까 그건 지뢰가 터지는 소리 같던데요." 다시 시계를 확인하니 9시 15분이 지나고 있었고 전차는 돌아오지 않았다. 더 이상 전투는 없었다.

나는 파일 옆에 앉아서 두 다리를 뻗었다. "잠을 좀 자 두는 게 좋겠어요." 내가 말했다. "우리로선 달리 할 일도 없으니까요."

"난 경비병들이 마음에 걸려요." 파일이 말했다.

"월맹군만 나타나지 않으면 저 사람들은 걱정할 필요가 없어요. 경기관총은 안전하게 다리 밑에 깔고 앉아요." 나는 눈을 감고 이곳이 아닌 다른 곳에 가 있는 스스로를 상상했는데 — 히틀러가 집권하기 전 독일 철도가 운행하던 4등 찻간에서 잠 못 이루고 있을 때, 아직 젊은 나이였던 그 시절에는 밤새도록 앉아서 버티어도 우울한 줄 몰랐고, 낮에 꾸는 꿈은 두려움이 아니라 희망으로 가득했었다. 후엉은 지금 이 시간이면 항상 내가 저녁에 피울 담뱃대를 준비하고는 했다. 나는 편지가 와서 나를 기다리지나 않을까 궁금했지만 — 편지에 담겼을 내용이 무엇인지 빤히 알았기 때문에 차라리 오지 않았기를 바랐다. 답장이 도착하기 전까지 나는 불가능한 무엇인가를 자유로이 꿈꿀 수 있었으니까.

"자요?" 파일이 물었다.

"아뇨."

"사다리는 올려놓아야 좋지 않을까요?"

"저 친구들이 왜 그렇게 하지 않는지 난 납득이 가기 시작했어요. 탈출하는 길이 사다리밖에 없잖아요."

"전차가 돌아왔으면 좋겠어요."

"이젠 틀렸어요."

나는 아주 가끔씩만 시계를 보려고 노력했지만, 그 가끔씩이라는 게 생각처럼 전혀 길지가 않았다. 9시 45분, 10시 5분, 10시 12분, 10시 32분, 10시 41분.

"자요?" 내가 파일에게 물었다.

"아뇨."

"무슨 생각을 하고 있어요?"

그가 머뭇거렸다. "후엉요." 그가 말했다.

"그래요?"

"방금 난 그녀가 지금 무엇을 하고 있을지 궁금했어요."

"그건 내가 잘 알아요. 그녀는 아마 내가 떠이닝에서 밤을 보내리라고 판단했을 텐데 — 이런 상황이 처음은 아니거든요. 후엉은 침대에 누워 모기들을 쫓느라고 막대기 향을 피워 놓고 지난 호 《파리마치》[80]에서 사진들을 뒤적이고 있겠죠. 프랑스 사람들처럼 그녀는 왕족에 대한 관심이 대단해요."

그는 부럽다는 듯 "그렇게 훤히 잘 알고 있으니 좋겠어요." 라고 말했는데, 나는 반려견처럼 순진무구한 그의 눈길을 어둠 속에서 상상해 보았다. 부모가 그에게 올든이 아니라 피도[81]라고 이름을 지어 주었더라면 더 잘 어울렸을 텐데.

---

80 《Paris-Match》. 사진을 많이 싣는 프랑스의 인기 주간지.

81 개에게 자주 붙여 주는 이름으로 피도(Fido)는 이탈리아나 에스파냐 말로 '충직하다.'라는 뜻이다.

"난 정말로 잘 모르겠지만—어쩌면 그 말이 맞는지도 모르겠네요. 어떻게 할 도리가 없는 처지에 질투를 해 봤자 아무 소용이 없다고 하잖아요. '아내의 배 속에 누구의 아이가 들어앉을지 막을 길이 없도다.'[82]"

"가끔 난 당신의 말투가 정말 싫어요, 토머스. 내 눈에 후엉이 어떻게 보이는지 알아요? 후엉은 한 송이 꽃처럼 신선해요."

"불쌍한 꽃이죠." 내가 말했다. "주변에 잡초가 너무나 많이 우거졌으니까요."

"그녀를 어디서 만났어요?"

"후엉은 그랑 몽드에서 돈을 받고 춤추는 여자였어요."

"춤이라고요." 생각만 해도 고통스럽다는 듯 그가 혀를 찼다.

"제법 고상한 직업이죠." 내가 말했다. "그러니 걱정하지 말아요."

"당신은 굉장히 경험이 많은 사람이에요, 토머스."

"굉장히 오래 살았으니까요. 당신도 내 나이가 되면……."

"난 여자를 가져 본 적이 전혀 없어요." 그가 말했다. "제대로 말입니다. 당신이 진짜 경험이라고 하는, 그런 경우요."

"당신네 나라 사람들은 휘파람을 불어 대느라고 쓸데없이 굉장히 많은 정력을 쏟으니까요."

---

82 셰익스피어의 희곡 『겨울 이야기』 1막 2장에 나오는 대사.

"이런 얘기를 다른 사람한테는 한 번도 한 적이 없어요."

"당신은 아직 젊어요. 그건 부끄러워할 일이 아네요."

"당신은 여자 경험이 많은가요, 파울러?"

"많다는 게 무슨 의미인지 모르겠군요. 조금이나마 나에게 소중했던 — 그리고 내가 그들에게 소중했던 여자는 네 사람을 넘지 않아요. 나머지 마흔여 명은 — 사람이 왜 그런 짓을 해야 하는지 모르겠어요. 자신의 사회적 책임이나 위생 관념 때문이겠지만 둘 다 착각이죠."

"그런 걸 착각이라고 생각하나요?"

"그런 밤들이 다시 왔으면 좋겠어요. 지금도 사랑을 하는데, 파일, 난 감가상각 자산에 불과해요. 아, 물론 자존심이 걸린 문제이기도 하고요. 누군가 나를 원한다고 느끼는 자긍심이 사라지려면 시간이 오래 걸려요. 주변을 둘러보고 욕망의 대상인 사람이 얼마나 많은지를 깨닫고 나면 왜 인간이 쓸데없이 그런 자존심을 느껴야 하는지 하느님만이 알겠죠."

"나를 어디가 좀 이상한 사람이라고는 생각하지 않겠죠, 토머스?"

"그래요, 파일."

"다른 모든 사람이나 마찬가지로 나도 그런 욕구가 없지 않다는 의미랍니다, 토머스, 난 — 별종이 아네요."

"우리들이 흔히 생각하는 만큼 그걸 실제로 절실하게 필요로 하는 사람은 없어요. 굉장히 심한 자기 최면이 작용하는 탓이죠. 난 이제 아무도 필요로 하지 않는 경지에 이르렀는데 — 후엉은 예외지만요. 하지만 이런 건 긴 세월을 보내고 나서야 깨닫게 됩니다. 그녀가 없더라도 난 하룻밤은 물론 일 년 내내 초조해하지 않으며 지낼 수 있어요."

"하지만 그녀는 곁에 있잖아요." 그는 내 귀에 거의 들리지 않을 만큼 낮은 목소리로 말했다.

"사람들은 결국 방탕한 삶을 살다가, 그들의 할아버지나 마찬가지로, 결국 한 여자에게만 성실한 남자가 된답니다."

"그런 삶은 꽤 단순하고 순진하게 여겨질 듯싶은데……."

"그렇지 않아요."

"킨지 보고서[83]에는 그런 얘기가 없던데요."

"그러니까 순진하지 않은 거예요."

"사실 말이죠, 토머스, 여기서 당신하고 이런 얘기 나누니까 상당히 기분이 좋아요. 웬일인지 이제 더 이상 위험하다는 생각도 들지 않고요."

"독일군의 런던 폭격 당시에 우린 자주 그런 기분을 느꼈

---

83 동물학 교수인 앨프리드 찰스 킨지(Alfred Charles Kinsey)가 미국 남성 5300명을 면담하여 1948년에 두 권의 책으로 펴낸 『인간 남성의 성생활 행태』와 여성 5940명을 면담하여 1953년에 펴낸 『인간 여성의 성생활 행태』를 '킨지 보고서'라고 칭한다.

어요." 내가 말했다. "잠시 소강상태로 돌아갈 때면 말예요. 하지만 폭격은 항상 다시 시작되었죠."

"당신이 경험했던 가장 진한 성적 경험은 무엇이었느냐고 누가 물으면 뭐라고 대답하시겠어요?"

나는 그 대답을 확실히 알았다. "어느 날 아침 일찍 침대에 누워 빨간 잠옷을 걸친 여인이 저만치서 머리를 빗는 뒷모습을 지켜볼 때요."

"조는 중국 여자와 흑인 여자를 좌우에 끼고 함께 침대에 있을 때라고 그랬어요."

"나도 스무 살 때는 그런 생각을 했었어요."

"조는 쉰 살인데요."

"전쟁터가 그의 정신 연령에 어떤 영향을 끼쳤는지 궁금하네요."

"빨간 잠옷의 여인은 후엉이었나요?"

나는 그가 그런 질문을 했다는 사실이 무척 못마땅했다.

"아뇨." 내가 말했다. "후엉 전에 만난 여자예요. 아내와 헤어진 다음에요."

"그 여자하곤 어떻게 되었어요?"

"그 여자하고도 헤어졌어요."

"왜요?"

도대체 왜 그랬을까? "사랑을 할 때면 우린 어리석게 변해요." 내가 말했다. "그 여자를 잃을까 봐 겁이 났어요. 난 그녀의 마음이 변하고 있음을 눈치챘고 — 그녀가 정말로 달라졌는지는 잘 모르겠지만 불확실한 현실을 더 이상 견디기가 힘들었어요. 나는 적에게서 도망친 배반의 대가로 상을 받는 겁쟁이처럼 무작정 종착점을 향해 달렸어요. 난 죽음을 끝내고 싶었어요."

"죽음을 끝내요?"

"일종의 죽음이죠. 그래서 난 동양으로 왔고요."

"그리고 후엉을 발견했나요?"

"그래요."

"당신은 후엉도 마찬가지라고 느끼지 않나요?"

"같진 않아요. 뭐랄까, 다른 여자는 날 사랑했어요. 나는 사랑을 잃기가 두려웠어요. 지금은 그냥 후엉을 잃는 것만이 두렵고요." 무엇 하러 내가 그런 말을 했을까, 스스로 의아한 생각이 들었다. 나는 그에게 용기를 북돋아 줄 필요가 없었다.

"하지만 후엉은 당신을 사랑해요. 안 그런가요?"

"이건 다른 종류의 사랑이에요. 이곳 여자들은 또 달라요. 당신도 그걸 알게 될 겁니다. 여기 여자들이 어린아이처럼 순진하다고 생각하는 건 착각인데 — 그래도 어린애 같은 면모가 한 가지 있기는 해요. 누가 때리거나 부당한 짓을 하면 아이들답게 그 사람을 미워하고 — 우리가 친절과 안정된 생활과 선물을 주면 그에 대한 보답으로 사랑을 돌려줘요. 그냥 어느 방으로 걸어 들어가서 낯선 사람과 나누는 사랑 — 그들은 그것이 어떤지를 몰라요. 나이 먹은 남자에게는 그것이 — 집에서 행복하기만 하다면 여자가 언제까지나 곁에 있어 주리라는 안도감이 아주 마음을 편하게 해 줘요."

나는 그의 마음을 괴롭힐 생각은 없었다. 그가 분노를 억누르며 이렇게 말했을 때에야 나는 그에게 상처를 주었다는 사실을 깨달았다. "후엉은 보다 확실한 안정과 더 많은 친절을 원하는지도 모르죠."

"글쎄요."

"그런 걱정은 안 해 봤나요?"

"상실에 대한 걱정만큼은 안 했어요."

"당신은 그녀를 조금이나마 사랑하기는 하나요?"

"아, 그럼요, 파일, 그럼요. 하지만 내가 말한 다른 형태의 사랑은 한 번밖에 안 해 봤어요."

"여자를 마흔여 명이나 상대했는데도 말이죠." 그가 나에게 쏘아붙였다.

"내가 확실하게 아는 바에 따르면, 그건 킨지 보고서의 평균치를 밑도는 숫자예요. 당신도 알겠지만, 파일, 여자들은 성 경험이 전혀 없는 동정남은 원하지 않아요. 난 남자들 또한 병적인 부류가 아니고서는 처녀성을 원하는지 잘 모르겠어요."

"난 내가 동정남이라고 밝힌 적 없어요." 그가 말했다. 여태껏 파일과 내가 나눈 모든 대화는 차츰 괴이한 방향으로 흘러가는 듯싶었다. 평상적인 궤도로부터 이토록 대화가 탈선해 버린 까닭은 그의 진지함 때문이었을까? 그가 하는 말은 길이 꺾이는 모퉁이에서조차 방향을 바꿀 줄 몰랐다.

"여자를 백 명이나 겪어 보고도 여전히 동정남인 경우도 있어요, 파일. 전시에 강간을 해서 교수형당하는 당신네 미군 병사들 대부분이 그런 동정남예요. 다행히 유럽에는 그런 남자가 별로 많지 않아요. 그런 사람들은 굉장히 많은 해악을 범해요."

"난 도저히 당신을 이해할 수가 없어요, 토머스."

"이건 설명할 가치가 없는 주제예요. 어쨌든 난 이런 얘기에 신물이 나요. 난 이제 성생활이 늙은 나이와 죽음만큼 큰 문제가 되지 않는 나이에 이르렀어요. 난 여자의 육체하고는 관계가 없는 걱정들을 하며 하루를 시작하죠. 난 그냥 내 인생의 마지막 십 년을 혼자 보내고 싶지 않을 뿐예요. 아마 무슨 생각을 하며 기나긴 하루를 보내야 할지 몰라서 막막하겠죠. 차라리 어떤 여자하고—비록 사랑하지 않는 여자일지라도 같은 방에 함께 있고 싶어요. 하지만 후엉이 나에게서 떠나간다면 다른 여자를 또 찾아 나설 기력이 나한테 남아 있을까요?"

"후엉이 당신에게 의미하는 바가 그것이 전부라면……."

"전부냐고요, 파일? 인생이 끝나 갈 무렵에 양로원에서 말동무조차 없이 혼자서 살아가야 할 십 년이 두려워질 나이에 이를 때까지 어디 한번 기다려 봐요. 그러면 당신은 어디건 사방으로, 심지어 빨간 잠옷을 입은 여자를 포기하면서라도 당신 목숨이 끝날 때까지 함께 있어 줄 누군가를, 아무라도 좋으니 누군가를 찾기 위해 정신없이 헤매고 돌아다니게 될 거예요."

"그럼 왜 부인에게로 돌아가지 않나요?"

"내가 상처를 준 누군가하고 같이 살아가기는 쉬운 일이 아녜요."

경기관총이 한참 동안 부르륵거리며 갈겨 댔는데 — 기껏해야 이 킬로미터도 안 되는 거리에서 들려온 소리였다. 어쩌면 신경이 예민해진 어느 망루의 보초병이 어른거리는 그림자를 보고 쏘아 대는지도 몰랐다. 어쩌면 또 다른 공격이 시작되었는지도 모를 일이었다. 나는 그것이 공격이기를 바랐는데 — 다른 곳에서 또 공격이 벌어지면 그만큼 우리들이 무사할 공산은 더 커지기 때문이었다.

"두려운가요, 토머스?"

"물론이죠. 난 모든 신경이 곤두섰어요. 하지만 냉정하게 따지자면 난 이런 식으로 죽는 게 더 낫다고 생각해요. 그것이 내가 동양으로 온 이유니까요. 죽음이 우리 곁을 떠나지 않는 곳이어서요." 나는 시간을 확인했다. 11시가 다 되었다. 여덟 시간만 더 밤을 버티면 우리는 마음을 놓아도 되리라. 내가 말했다. "우린 신에 대한 문제 말고는 할 얘기가 거의 다 바닥났군요. 신의 존재에 관한 얘긴 자정 너머의 화제로 남겨 두죠."

"당신은 하나님을 믿지 않죠?"

"그래요."

"하나님이 존재하지 않는다면 나로서는 세상만사를 아무것도 설명할 수 없어요."

"신이 존재한다고 가정하면 난 세상만사를 아무것도 이해할 수 없어요."

"언젠가 책에서 읽은 건데……."

이제 나는 파일이 무슨 책을 읽었는지 전혀 알 수 없게 되었다. (짐작하건대 요크 하딩이나 셰익스피어나 현대시를 수록한 선집 혹은 『결혼 생활의 심리학』은 아니었겠고 — 어쩌면 『인생의 승리』였을지도 모르겠다.) 마침 호통을 치는 어떤 목소리가 우리들이 들어앉은 망루로 곧장 날아들어 왔다. 뚜껑 문의 그림자가 드리운 곳에서 누군가 고함을 지르는 것 같았는데 — 확성기를 통해 울리는 베트남어 외침은 속이 빈 듯 공허하게 들렸다. "우리가 목표로군요." 내가 말했다. 겁에 질려 입이 벌어진 두 경비병은 얼굴을 총안 쪽으로 돌리고 귀를 기울였다.

"무슨 상황인가요?" 파일이 물었다.

총안 쪽으로 걸어가려니까 확성기 소리를 헤치고 거슬러 나아가는 기분이었다. 나는 재빨리 바깥을 내다보았다. 아무것도 눈에 띄지 않았고 — 도로조차 분간하기 어려웠다. 망루 안으로 시선을 돌리니 소총은 내가 서 있는 쪽을 겨누고 있었다. 총이 나를 아니면 총안을 겨냥하고 있는지조차 도통 알 수가 없었다. 하지만 내가 벽을 따라 이동하자 소총은 불안하게 떨리고 머뭇거리면서 연신 나를 따라왔고, 바깥에서는 아까의 목소리가 똑같은 말을 되풀이했다. 내가 자리에 앉자 소총의 총구도 낮아졌다.

"저기서 뭐라는 거예요?" 파일이 물었다.

"모르겠어요. 보아하니 놈들이 자동차를 발견하고는 이 친구들에게 우리를 넘겨주지 않으면 죽을 각오를 하라고 경고하는가 봐요. 저 친구들이 결정을 내리기 전에 경기관총을 집어 들어요."

"그러면 저 병사가 총을 쏠 텐데요."

"경비병은 아직 결정을 내리지 못했어요. 결정을 내리면 어쨌든 쏠 거예요."

파일이 다리를 움직이자 소총의 총구가 올라왔다.

"내가 벽을 따라 이동할게요." 내가 말했다. "저 친구의 시선이 갈팡질팡하는 순간에 얼른 총으로 제압해요."

내가 몸을 일으키는 순간 목소리가 잠잠해졌다. 정적은 나를 섬뜩하게 했다. 파일이 "소총 내려놔."라고 험악하게 소리쳤다. 경기관총이 과연 장전된 상태인지 잠깐 궁금했지만 — 나로서는 확인할 겨를이 없었고—어느 틈엔가 병사가 소총을 바닥으로 던졌다.

나는 망루 바닥을 가로질러 소총을 집어 들었다. 그때 목소리가 다시 들려왔고—경고하는 내용이 토씨 하나 달라지지 않았음을 알았다. 어쩌면 녹음된 소리를 사용하는지도 모를 노릇이었다. 나는 그들이 언제 최후통첩을 끝내고 행동을 개시할지 궁금했다.

"이제 어떻게 되는 건가요?" 파일은 실험실에서 시범을 선보이는 선생을 얌전히 관찰하는 초등학생처럼 물었다. 그는 마음속으로 전혀 걱정하는 눈치가 아니었다.

"혹시 바주카포를 쏘거나 월맹군이 들이닥칠지 몰라요."

파일이 경기관총을 살펴보았다. "이건 다루기가 별로 어려워 보이진 않네요." 그가 말했다. "한바탕 긁어 댈까요?"

"아네요. 놈들이 머뭇거리게 잠시 내버려 둬요. 그들은 총격을 가하지 않고 망루를 접수하려 들 테니까 우린 시간이 좀 있어요. 여기서 얼른 빠져나가는 게 좋겠어요."

"놈들이 밑에서 기다릴지 모르잖아요."

"그래요."

두 남자가 우리를 지켜보았는데—그들을 어른 취급하느라 남자라는 표현을 쓰기는 했지만, 나는 두 사람의 나이를 합쳐 봤자 마흔이 못 되리라고 판단했다. "그럼 이 친구들은 어쩌죠?" 파일이 물었고, 놀랍게도 그는 직설적으로 이렇게 덧붙여 말했다. "쏴 버릴까요?" 그는 경기관총을 시험해 보고 싶은 눈치였다.

"저 친구들은 아무 잘못이 없어요."

"우릴 넘겨주려고 했잖아요."

"당연하잖아요?" 내가 말했다. "우린 이곳과 아무 관계가 없는 존재들이니까요. 여긴 그들 나라예요."

나는 소총의 실탄을 뽑아 버리고 빈 소총을 바닥에 내려놓았다. "설마 총을 두고 갈 생각은 아니겠죠." 그가 말했다.

"소총을 들고 뛰기엔 내가 너무 늙었어요. 그리고 이건 내 전쟁도 아니고요. 갑시다."

이것은 내 전쟁이 아니었다. 나는 어둠 속에서 기다리는 다른 사람들도 그 사실을 알아주기를 바랐다. 나는 석유 등잔의 불을 끈 뒤, 두 다리를 뚜껑 문 아래로 내려서 사다리를 찾으려고 휘휘 저었다. 나는 경비병들이 저음으로 노래 부르는 가수들처럼 서로 속삭이는 소리를 들었고, 그들의 언어는 그야말로 노랫소리 같았다. "곧장 직진을 해야 합니다." 내가 파일에게 말했다. "논바닥을 향해서요. 얼마나 깊은지는 모르겠지만 — 물이 있다는 걸 잊지 말아요. 준비됐어요?"

"네."

"동행해 줘서 고마워요."

"언제라도 기꺼이." 파일이 말했다.

나는 우리 등 뒤에서 경비병들이 움직이는 소리를 들었고, 그들이 칼을 가지고 있는지 궁금했다. 확성기 소리가 마지막 기회를 준다는 듯 단호하게 외쳤다. 우리들 아래쪽 어둠 속에서 무언가 살금살금 지나갔지만 쥐였으리라고 나는 판단했다. "술 한잔이 간절하네요." 내가 속삭였다.

"갑시다."

무엇인가 사다리를 타고 올라왔다. 나는 아무 소리도 듣지 못했지만 사다리가 내 발밑에서 흔들거렸다.

"뭘 꾸물거려요?" 파일이 말했다.

내가 왜 무엇인가가 숨을 죽이고 몰래 사다리를 타고 올라온다고 생각했는지 모르겠다. 사람이 아니고서는 무엇도 사다리를 올라올 리가 없을 텐데, 나는 그 가해자가 나하고 같은 인간이리라 생각하지 못했다. — 마치 그것이 나를 죽이려고 접근하는 동물, 연민이나 자비심 따위는 느끼지 않고 가차 없이 죽이기 위해 아주 조용히, 확고한 목적의식에 따라 다가오는 어떤 다른 종류의 생명체이리라고 믿었다. 사다리가 흔들리고 또 흔들렸으며, 나는 밑에서 위를 올려다보는 두 눈이 이글거리고 있다고 상상했다. 갑자기 더 이상 견딜 수가 없어서 밑으로 뛰어내리니 푹신한 흙바닥에는 아무것도 없었다. 그러나 지면에 닿는 순간 누군가의 손이 나를 낚아채서 비틀기라도 한 듯 발목이 꺾였다. 나는 파일이 사다리를 딛고 내려오는 소리를 들었다. 그제야 내가 겁에 질려 벌벌 떨고 있다는 사실조차 의식하지 못하는 바보였음을 깨달았는데, 그러면서도 모든 진실한 관찰자와 취재 기자가 마땅히 그래야 하듯이 나는 상상력의 농간을 용납하지 않는 강인한 남자라고 자부했다. 나는 일어서려다가 고통 때문에 하마터면 다시 고꾸라질 뻔했다. 나는 한쪽 다리를 질질 끌면서 들판을 향해 나아갔고 파일이 뒤따라오는 소리를 들었다. 그때 바주카포의 포탄이 망루를 박살 냈고 나는 다시 땅바닥에 엎어졌다.

4

"다쳤어요?" 파일이 말했다.

"다리가 무엇엔가 걸렸어요. 심각한 건 아녜요."

"어서 갑시다." 파일이 나를 재촉했다. 내가 그의 형체를 그나마 겨우 알아볼 수 있었던 까닭은 그가 곱고 하얀 먼지를 온몸에 뒤집어쓴 듯했기 때문이다. 그러더니 영사기의 전구가 끊겨 영사막 위에서 그림이 지워지듯 그는 시야에서 홀연히 사라졌고, 녹음된 음향만이 계속 들려왔다. 나는 삐어 버린 왼쪽 발목에 체중을 싣지 않고 온전한 한쪽 무릎으로 지탱하며 겨우 몸을 일으켜 보려고 애썼지만 숨을 쉬지 못할 만큼 심한 고통 때문에 다시 주저앉았다. 발목을 다친 정도가 아니라 왼쪽 다리가 크게 잘못되었음이 분명했다. 나는 얼마나 심하게 다쳤는지 걱정할 겨를조차 없었고—걱정보다는 고통이 훨씬 심했다. 나는 전혀 꼼짝하지 않고 땅바닥에 누운 채 고통이 다시 찾아오지 않기만을 바랐다. 치통이 심할 때 그러듯이 나는 호흡까지 멈춰 보았다. 나는 박살이 난 망루로 진입하여 곧 수색을 개시할 월맹군을 신경 쓸 여유마저 없었다. 포탄이 다시 한 번 망루에 명중했는데—그들은 진입하기 전에 확실하게 마무리를 지으려는 속셈이 분명했다. 고통이 조금 가라앉은 사이에, 나는 겨우 몇 명의 인간을 죽이기 위해 얼마나 많은 돈이 들어가는지—그리고 말을 도살하는 데 들어가는 비용이 훨씬 저렴하리라고 생각했다. 그 순간 나는 의식이 온전하지 않았던 모양이다. 급기야 정신이 갈팡질팡 제멋대로 흘러가더니, 어린 시절 내가 태어난 작은 마을에서 공포의 대상이었던 폐마 도살장으로 길을 잃고 잘못 들어갔던 때를 회상하기 시작했다. 어린 우리들은 죽어 가는 말들이 공포에 질려서 힝힝거리는 비명과, 고통 없이 생명을 앗아 가는 도구의 굉음을 자주 들었다.

고통이 다시 찾아온 다음 얼마간 시간이 지나자 나는 꼼짝 못 하고 누운 채로 숨을 가다듬어야 했다.—이제는 호흡을 조절하는 일마저 나한테는 중요하게 여겨졌다. 나는 논바닥을 향해서 기어가야 하지 않을까, 하고 지극히 맑은 정신으로 따져 보았다. 월맹군은 이 멀리까지 나와서 넓은 지역을 수색할 시간이 없을지도 모른다. 지금쯤 첫 번째 전차를 몰고 온 병력을 찾으려고 또 다른 정찰대가 출동했으리라. 하지만 나는 유격대보다 고통이 훨씬 더 두려웠고, 그래서 꼼짝 않고 누운 채 그냥 기다렸다. 파일은 들판에 다다랐는지 어디에서도 그의 기척은 들려오지 않았다. 그때 나는 누군가 흐느껴 우는 소리를 들었다. 그 소리는 망루 쪽에서, 박살 난 망루가 무너진 폐허 더미 방향에서 들려왔다. 그것은 어른이 흐느끼는 소리 같지 않았고, 어둠이 두렵기는 하지만 너무 무서워서 결코 비명을 지르지 못하는 아이의 소리 같았다. 나는 두 소년병 가운데 한 명이리라고 짐작했는데 — 필시 동료는 죽어 버린 모양이었다. 나는 월맹군이 그의 목을 베지 않기만을 바랐다. 사람이라면 마땅히 아이들과 전쟁을 벌이지 말아야 한다. 마침 내 머릿속에서는 도랑에 빠져 웅크린 자세로 굳어 버린 사내아이의 시체가 떠올랐다. 나는 두 눈을 감았고 — 그랬더니 고통을 견디는 데도 도움이 되었다. 나는 계속 기다렸다. 무슨 말인지 알아듣지 못할 목소리가 나를 불렀다. 나는 이 어둠과 외로움 속에서 고통을 느끼지 않으며 잠에 빠져드는 느낌이었다.

그 순간 나는 파일이 속삭이는 소리를 들었다. "토머스. 토머스." 어느새 그는 발소리를 죽이는 요령을 터득한 모양이었다. 나는 그가 다가오는 낌새를 알아채지 못했다.

"그냥 도망쳐요." 내가 마주 속삭였다.

그는 나를 발견하자 옆에 납작 엎드렸다. "왜 안 오는 거예요? 다쳤어요?"

"다리가 잘못되었어요. 부러졌나 봐요."

"총알이 박혔어요?"

"아뇨, 아녜요. 통나무나 널빤지 같아요, 돌멩이거나. 망루에서 떨어져 나온 무엇이었어요. 피는 나지 않고요."

"그래도 가야죠."

"혼자 도망쳐요, 파일. 너무 아파서 난 움직이고 싶지 않아요."

"어느 쪽 다리죠?"

"왼쪽요."

그는 기어서 옆쪽으로 돌아오더니 내 팔을 자기 어깨에 얹었다. 나는 망루의 아이처럼 흐느껴 울고 싶었다. 그런 다음에는 화가 났지만, 나지막이 속삭이는 목소리로 분노를 표현하기란 쉽지 않았다. "짜증 나게 이러지 말아요, 파일. 날 그냥 내버려 둬요. 난 여기 있을래요."

"그건 안 돼요."

파일이 자기 어깨로 나를 반쯤 끌어 올리자 고통은 당최 견디기 어려울 지경이었다. "공연히 영웅 노릇을 하지 말아요. 난 가고 싶지 않아요."

"당신이 협조를 해야 돼요." 그가 말했다. "그러지 않으면 우리 둘 다 잡혀요."

"당신은……."

"입 다물지 않으면 놈들이 들어요." 나는 울분이 넘쳐서 흐느끼고 싶은 심정이었지만 — 그보다 더 강력한 표현을 찾아낼 수 없었다. 나는 그에게 몸을 기대고 일어선 다음, 왼쪽 다리를 들고 따라가다 보니 — 우리는 이인삼각 경주에 참가한 서투른 선수들 꼴이었다. 우리에게는 성공 가능성이 전혀 없었지만, 출발하는 순간에 다행히 경기관총이 짧게 몇 차례 사격하는 소리가 도로 아래쪽 다음 망루 부근에서 들려오기 시작했다. 어쩌면 정찰대가 밀고 올라오는 중이거나, 유격대가 목표로 삼은 초소 세 곳을 전부 박살 내는 단계인지도 몰랐다. 우리들이 허우적거리며 천천히 도망치는 소리는 총성 덕택에 완전히 덮여 버렸다.

그러는 동안 내가 줄곧 의식이 말짱했는지는 확실하지 않다. 마지막 십여 미터는 파일이 나를 거의 업고 가다시피 했다. 그가 말했다. "여기선 조심해야 됩니다. 물로 들어가야 하니까요." 주변에서 바싹 마른 벼 이삭들이 부스럭거렸고 진흙이 질퍽거리며 차올랐다. 허리까지 물에 잠기자 파일이 멈춰 섰다. 파일은 심하게 헐떡거렸으며, 호흡을 가다듬으려고 내쉬는 숨소리가 황소개구리의 울음처럼 요란했다.

"미안해요." 내가 말했다.

"당신을 두고 그냥 갈 수가 없었어요." 파일이 말했다.

첫 느낌은 안도감이었다. 물과 진흙은 부드럽고 단단하게 내 다리를 붕대처럼 감싸 주었는데, 곧 우리들은 추워서 이를 덜덜 떨어야 했다. 나는 혹시 자정이 지나지 않았을까 문득 궁금했다. 월맹군에게 들키지만 않는다면 여섯 시간 동안 그런 식으로 버텨야 했다.

"몸의 중심을 조금 옮겨 줄 수 있겠어요?" 파일이 말했다. "잠깐 동안만요." 느닷없이 가당치 않은 내 짜증이 다시 머리를 들었는데 — 그러는 이유로 나는 고통밖에 들이밀 핑계가 없었다. 나는 구해 달라고 아무한테도 부탁하지 않았고, 죽음을 그토록 고통스럽게 연장시켜 달라는 요구도 하지 않았다. 단단한 마른땅에 놓인 내 편안한 의자가 그리웠다. 체중이 파일에게 얹히지 않도록 나는 두루미처럼 한 다리로 버티고 섰으며, 내가 몸을 움직이자 벼의 줄기가 간지럽게 찔러 대며 꺾였다.

"당신은 저기서 날 구했어요." 내가 말했고, 파일은 판에 박힌 대답을 하려고 목청을 가다듬었다. "기껏 여기서 죽게 해 주려고요. 난 차라리 마른땅에서 죽고 싶어요."

"말을 하지 않는 편이 좋겠어요." 운신 못 하는 환자를 타이르듯 파일이 말했다.

"도대체 누가 당신더러 내 생명을 구하라고 했나요? 난 죽으려고 동양으로 왔어요. 그 망할 놈의 건방을 떠느라고 당신은……." 내가 진흙 속에서 비틀거리자 파일은 내 팔을 잡더니 자기 어깨에 감았다. "조심해요." 그가 말했다.

"당신은 전쟁 영화를 너무 많이 봤어요. 우린 해병대가 아니니까 당신은 훈장을 받지 못할 거예요."

"조용, 조용히 해요." 발소리가 들판 가장자리를 따라 내려왔다. 길 위쪽의 경기관총이 사격을 멈추었고, 사람들이 걸어오는 소리와 우리가 숨을 쉴 때 벼가 살짝 바스락거리는 소리 말고는 천지가 적막하기 짝이 없었다. 그러더니 발소리가 멈췄다. 그들은 겨우 방 하나를 사이에 둔 거리까지 다가왔다. 나는 다치지 않은 쪽의 내 허리를 파일의 손이 천천히 누르는 감촉을 느꼈고, 우리는 벼가 쓸려 소리를 내지 않도록 한껏 조심하면서 함께, 아주 천천히 흙탕물 속으로 주저앉았다. 한쪽 무릎을 꿇은 자세로 입만 물 밖에 내놓으려고 나는 머리를 잔뜩 뒤로 젖혔다. 다리에 통증이 돌아오자 '여기서 정신을 잃었다가는 익사하고 말겠구나.' 하는 생각이 들었는데 — 나는 물에 빠져 죽는다는 생각만 하면 항상 두렵고 언짢았다. 왜 우리에게는 자신이 죽는 방식을 마음대로 선택할 권리가 주어지지 않는 것일까? 이제는 아무 소리도 나지 않았다. 어쩌면 그들은 겨우 한두 걸음 떨어진 곳에서 무엇이 바스락거리거나 기침 혹은 재채기 소리가 나기를 기다리는지도 몰랐다. ― '아 맙소사.' 나는 생각했다. '재채기가 나려고 하는구나.' 파일이 나를 혼자 내버려 두기만 했더라면 나는 그의 목숨이 아니라 내 생명만을 책임지면 될 일이었고, 그는 죽고 싶어 하지 않는 사람이었다. 어릴 때 숨바꼭질을 하느라고 배운 방법을 써서 나는 파일을 붙잡지 않은 쪽 손가락으로 윗입술을 꼭 눌렀으나 재채기는 제멋대로 터져 나오려고 들먹거렸으며, 놈들은 어둠 속에서 무슨 소리든 들려오기를 조용히 기다렸다. 재채기가 나오려나, 나오려나 하다가 드디어 터졌고…….

내 재채기가 터져 나오는 그 순간 월맹군이 경기관총으로 사격을 가했고, 논바닥을 가로질러 불꽃이 한 가닥 선을 그었다. ― 철판에 구멍을 줄지어 뚫는 기계처럼 날카롭게 드르륵거리는 총성이 재채기를 삼켜 버렸다. 나는 숨을 들이켜고는 물속으로 들어갔는데 ― 그것은 사랑하는 남자를 일부러 요리조리 피하면서도 갈망하는 여인처럼 죽음과 희롱을 벌이는 너무나 본능적인 행동이었다. 벼들이 잘려 우리 머리 위로 쏟아지며 한차례 폭풍우가 지나갔다. 우리는 숨을 쉬려고 동시에 고개를 들었으며 망루를 향해 돌아가느라고 멀어지는 발걸음 소리를 들었다.

"이젠 무사히 돌아가겠네요." 파일이 말했고, 고통이 심했음에도 나는 도대체 우리들이 무사히 어디로, 무엇을 하러 돌아간다는 말인지 의아한 생각이 들었다. 내 경우에는 노년의 삶과 외신부장의 자리와 외로움으로 돌아간다는 의미였겠고, 파일의 경우에는 경솔하게 너무 앞질러서 기대감을 표현했으리라고 나는 판단했다. 그렇게 우리는 차가운 물속에서 버티며 기다렸다. 떠이닝으로 가는 도로에서 모닥불처럼 불길이 치솟더니 축제를 벌이듯 신나게 타올랐다.

"저건 내 자동차잖아요." 내가 말했다.

파일이 말했다. "안됐어요, 토머스. 아깝네요."

"그나마 불을 지르기에 충분할 만큼 연료가 남았었나 봐요. 당신도 나만큼 추운가요, 파일?"

"엄청 추워요."

"밖으로 나가서 길바닥에 납작 엎드려 있으면 어떨까요?"

"놈들이 어떻게 하려는지 삼십 분만 더 상황을 지켜보기로 해요."

"내가 짐이 되어 당신이 힘들 텐데요."

"난 젊으니까 이 정도는 버틸 만해요." 그는 이 자랑을 우스갯소리로 했겠지만 나는 진흙으로 뺨을 얻어맞기라도 한 듯 기분이 싸늘했다. 나는 고통 때문에 성질부린 일을 사과하려는 뜻으로 건넨 말이었는데, 이제 다시 성질을 부리고 말았다. "당신이 젊다는 건 분명해요. 당신이야 물론 기다릴 여유가 넉넉하겠죠."

"왜 그런 말을 하는지 모르겠네요, 토머스."

일주일처럼 길게 느껴지는 밤을 함께 보냈건만 그는 프랑스어를 알아듣지 못하는 것만큼이나 나를 이해하는 능력이 부족했다. 내가 말했다. "당신은 차라리 날 그냥 내버려 뒀어야 해요."

"그랬다간 후엉을 볼 면목이 없어지잖아요." 그가 말했고, 후엉의 이름은 은행 독촉장처럼 내 마음에 걸렸다. 나는 발끈했다.

"그러니까 이게 다 후엉을 위해서 하는 일이었군요." 내가 말했다. 내 질투심이 더욱 터무니없고 굴욕스럽게 느껴진 까닭은 그 감정이 지극히 나지막하게 속삭이는 목소리로 전해졌기 때문인데 — 질투는 극적인 효과를 드러내야 마땅하건만 우리 대화에는 아무런 음정조차 담겨 있지 않았다. "당신은 이런 영웅적인 행동으로 그녀를 쟁취하게 되리라고 생각하는군요. 크게 잘못 생각했어요. 오히려 죽게 내버려 뒀더라면 당신은 그냥 그녀를 차지하게 되었을 텐데 말예요."

"그런 뜻으로 한 말이 아녜요." 파일이 말했다. "사람들은 사랑을 할 때면 무엇인가 승부를 내고 싶어 하잖아요." 그 말이 맞았지만 내가 생각하던 바는 그가 순진하게 이해하는 그런 의미하고는 달랐다. 사랑에 빠진 사람의 심리는 누군가 다른 사람이 자신을 보는 시각을 반영하고, 그것은 고상하게 왜곡된 스스로의 모습을 사랑하게 되는 셈이었다. 사랑을 하면 우리는 명예의 속성을 상실하고 — 용감한 행위는 겨우 두 명의 관객을 위한 연기일 뿐이었다. 어쩌면 나는 더 이상 사랑을 하지 않고 그냥 추억에만 매달리는지도 몰랐다.

“입장이 바뀌었더라면 난 당신을 버려두고 갔을 거예요.” 내가 말했다.

“아, 아네요, 그랬을 리 없어요, 토머스.” 그는 역겨울 정도로 자만심을 드러내며 덧붙여 말했다. “당신에 대해서는 당신 자신보다 내가 더 잘 알아요.” 화가 치민 나는 그를 뿌리치고 혼자 일어서 보려 했지만 고통이 터널을 달리는 기차처럼 요란하게 달려들었다. 결국 나는 더욱 무기력하게 그에게로 몸을 기대려다가 물속으로 가라앉아 버렸다. 그는 두 팔로 나를 끌어안아서 일으켜 세우더니 조금씩 도로변의 물가로 밀고 가기 시작했다. 물가에 다다르자 그는 나를 들판 가장자리 아래쪽의 얕은 흙탕물에 길게 눕혔다. 서서히 고통이 가라앉으면서 나는 눈을 뜨고 다시 숨을 쉬기 시작했지만 내 눈에는 암호판처럼 복잡한 성좌들 말고는 아무것도 보이지 않았고 — 고향의 별들이 아니었던 까닭에 식별할 길 없는 타향 땅의 별자리는 낯설기만 했다. 파일의 얼굴이 빙그르르 돌면서 별들을 지워 버렸다. “내가 길을 내려가서 정찰대를 찾아보겠어요, 토머스.”

“바보 같은 짓 하지 말아요.” 내가 말했다. “정찰대는 신원을 파악하기도 전에 당신을 쏴 죽일 거예요. 혹시 월맹군한테 당하지 않는다고 해도 말예요."

"그것밖에 달리 어쩔 도리가 없어요. 당신은 물속에 누워서 여섯 시간을 버틸 수 없어요."

"그럼 날 도로 바닥에 눕혀 줘요."

"경기관총은 당신한테 주고 가 봤자 아무 소용이 없겠죠?" 그가 미심쩍은 표정으로 물었다.

"물론이죠. 이왕 영웅 노릇을 하기로 작정했다면 어쨌든 논바닥을 건너갈 때는 천천히 이동하라고요."

"내가 신호를 보내기 전에 정찰대가 지나가 버릴지도 몰라요."

"당신은 프랑스어를 모르잖아요."

"그야 'Je suis Frongçais.(나 프롱스 싸람이다.)'라고 소리치면 되겠죠. 걱정하지 말아요, 토머스. 나 아주 조심할 테니까요." 내가 미처 대답하기도 전에 그는 어느새 속삭이는 소리가 들리지 않을 만큼 멀리 가 버렸고 — 자기 딴에는 최대한 조용히 이동하면서 자주 주변 동태를 살폈다. 불타는 자동차의 화염 덕분에 나는 그를 볼 수 있었고, 총성은 울리지 않았다. 곧 그는 불길 너머로 사라졌고 발걸음 소리는 더 이상 들려오지 않았다. 하기야 그는 배를 타고 강을 따라 팟지엠으로 내려왔을 때만큼이나 지금도 몸조심을 할 터였다. 아동 모험 소설의 주인공처럼 경계를 게을리하지 않는 그의 정신 상태는 필시 스스로 벌이는 모험의 엉뚱함과 비현실성을 별로 의식하지 않고 행동함으로써 얻어 낸 소년단 휘장을 자랑스러워하는 수준의 그런 조심성이었다.

나는 흙탕물 바닥에 누워 월맹군이나 외인부대 정찰대로부터 총성이 들려오기를 기다렸지만 그런 일은 끝내 벌어지지 않았고 — 혹시 무사히 성공한다고 할지라도 파일이 어딘가 초소까지 다다르려면 한 시간이나 그 이상은 걸릴 듯싶었다. 나는 우리들이 머물렀던 망루가 부서지고 남은 폐허가 겨우 눈에 들어올 만큼 가까스로 머리를 돌렸다. 진흙과 대나무와 버팀목 무더기가 자동차의 불길과 보조를 맞추듯 함께 조금씩 주저앉았다. 고통이 사라지며 평화가 찾아왔고 — 신경 계통에서 휴전이 이루어지면서 돌연 나는 노래를 부르고 싶었다. 나와 같은 종류의 직업에 종사하는 사람들이 이런 밤에 겪는 온갖 상황이 기껏해야 두 줄짜리 기사로밖에 신문에 실리지 못하리라는 사실이 정말로 이상하게 느껴졌지만 — 하기야 이런 밤은 흔해 빠진 상황이었으니, 여기에 어울리지 않는 이상한 존재는 오직 나뿐이었다. 그때 무너진 망루 더미에서 나지막하게 우는 소리가 다시 들려오기 시작했다. 경비병 한 사람이 아직 살아 있는 모양이었다.

나는 생각했다. '불쌍한 친구 같으니라고. 하필 그가 경계를 서던 초소 근처에서 우리가 발이 묶이지만 않았더라면 확성기가 처음 경고하는 순간에 두 사람은 거의 누구나 다 그러듯이 냉큼 항복하거나 도망쳤으리라. 하지만 우리 두 백인이 그들과 함께 거기 있었고 — 심지어 우리가 경기관총을 빼앗았기 때문에 그들은 옴짝달싹 못 하게 되었겠지. 우리들이 사라졌을 땐 도망치기에 너무 늦어 버렸을 테고.' 어둠 속에서 울고 있는 저 목소리는 내 탓에 울부짖고 있었다. 나는 이 전쟁에 끼어들지 않았다고 큰소리를 치며 늘 초연한 척 자만심에 빠져 지냈는데, 파일은 내가 그러기를 바랐을지 모르겠으나, 비록 내 손으로 직접 경기관총을 발사하지 않았을지라도 저 병사의 상처는 내가 입힌 셈이었다.

나는 논둑을 넘어 길로 나가려고 시도해 보았다. 나는 병사와 함께 있고 싶었다. 그의 고통을 함께 나누어 주는 것, 나로서는 그것밖에 할 수가 없었다. 하지만 나 자신을 괴롭히는 육체적 고통이 내 몸을 꼼짝 못 하게 했다. 그에게서는 더 이상 아무 소리도 들려오지 않았다. 나는 가만히 누워서 스스로의 고통이 거대한 심장처럼 지끈거리며 뛰는 소리밖에 듣지 못했고, 급기야 숨을 멈추고서 내가 믿지도 않는 신에게 "내가 죽거나 기절하게 해 주소서. 내가 죽거나 기절하게 해 주소서."라고 기도를 드렸다. 그런 다음에 정신을 잃은 듯싶다. 아무것도 의식하지 못하다가 내 양쪽 눈꺼풀이 다 얼어붙는 꿈을 꾸었고, 서로 달라붙은 위쪽과 아래쪽 눈꺼풀을 누군가 끌 따위를 이용해서 억지로 떼어 내려고 애쓰는 느낌을 받았다. 눈꺼풀 밑에 붙은 눈알이 다치면 안 된다고 그들에게 주의를 주고 싶었지만 입은 좀처럼 벌어지지 않았고, 끌이 뚫고 들어오면서 손전등이 내 얼굴을 환히 비추었다.

"우리가 해냈어요, 토머스." 파일이 말했다. 나는 그 한마디를 기억하지만 파일이 나중에 들려준 이야기는 기억하지 못하는데, 내가 엉뚱한 방향을 가리키며 망루에 누군가 있다고 알려 줘서 다들 그 사람을 찾아보러 갔다고 했다. 어쨌든 나는 파일이 해석한 방식으로 감상적인 행동을 취했을 리 없었다. 나는 스스로를 잘 알고, 내가 얼마나 속속들이 이기적인 인간인지를 분명히 안다. (내 가장 큰 소망은 마음 편한 삶이며) 다른 사람이 겪는 고통을 눈으로 보거나 귀로 듣거나 감촉으로 느낄 때면 나는 그저 불안하고 속이 몹시 메스꺼워져서 견디기가 어렵다. 때때로 순진한 사람들은 이런 반응을 박애주의 정신이라고 착각하지만, 내 행동은 — 가령 내 아픈 상처를 치료하는 일보다 소년병을 먼저 챙긴 선택은 기껏해야 훨씬 더 큰 어떤 선을 위해 작은 선 하나를 희생했던 데에 불과했으니, 오직 나 자신만을 생각해야 할 때에 조금이나마 마음의 평화를 얻고자 행한 선심의 시늉에 지나지 않았다.

그들이 돌아와서 소년병은 죽었다고 나에게 알려 주었고,

나는 마음이 홀가분했다. — 모르핀 피하 주사가 따끔하게 내 다리를 찌르고 들어온 다음부터 나는 그다지 고통에 시달리지 않았다.

3

1

나는 까띠나 거리의 아파트먼트로 천천히 층계를 올라가다가 첫 층계참에서 걸음을 멈추고 잠깐 숨을 돌렸다. 소변을 보려는 남자들만 사용하는 공동 화장실 앞에는 언제나 그렇듯이 늙은 여자들이 바닥에 쪼그리고 모여 앉아서 수다를 떨며 다른 사람들이 손금에 운명을 담고 다니듯이 얼굴의 주름살로 그동안 살아온 인생의 기록을 보여 주었다. 내가 지나가는 동안 그들은 잠시 입을 다물었는데, 만일 내가 그들의 언어를 알았더라면 그들은 나에게 떠이닝으로 돌아가는 도로변의 외인부대 야전 병원에서 치료받는 동안 여기서 어떤 사연들이 흘러갔는지 무슨 이야기를 들려주었을지도 모른다. 망루와 들판 사이 어딘가에서 나는 열쇠를 잃어버렸는데, 만약 후엉이 아직 내 집에 머물고 있다면 그녀는 틀림없이 내 전갈을 받았으리라. '만약'은 내가 느낀 불확실성의 척도를 나타내는 어휘다. 병원에서 나는 그녀로부터 아무런 소식을 듣지 못했지만, 하기야 그녀는 프랑스어로 편지를 쓰는 데 서툴렀고, 베트남어로 편지를 써서 보냈다면 내가 읽지 못할 터였다. 내가 문을 두드렸고, 재빨리 문이 열렸으며, 모두 변함없어 보였다. 그녀가 몸은 괜찮으냐고 물으면서 뼈가 부러진 내 다리를 만져 보았다. 그러고는 자기한테 몸을 기대라며 그리 든든해 보이지 않는 어린 화초 같은 어깨를 내밀었고, 그동안 나는 후엉을 자세히 살펴보았다. 내가 말했다. "집으로 돌아오니 정말 좋아요."

그녀는 내가 보고 싶었다는 말을 했고, 물론 그것은 내가 듣고 싶어 했던 말이었는데, 무엇을 물어볼 때마다 아무렇게나 동문서답을 하지만 가끔이나마 우연히 질문과 맞아떨어지는 살가운 대답을 건네는 중국인 노무자들처럼, 그녀는 언제나 내가 듣고 싶어 하는 말만을 했다. 이제 나는 그런 우발적인 소통이 이루어지기를 은근히 기대했다.

"심심했을 텐데 뭘 하고 지냈어요?" 내가 물었다.

"그냥 언니 자주 만났어요. 언니 미국 사람들한테 일자리 구했어요."

"그래요? 파일이 도와주던가요?"

"파일 아니고 조가 도왔어요."

"조가 누군데요?"

"당신 아는 사람요. 상무관."

"아, 그렇지, 조, 그 사람."

조는 누구나 쉽게 잊어버릴 만한 그런 남자였다. 오늘날까지도 나로서는 그가 뚱뚱하고, 말끔하게 면도한 뺨에 분을 바르고, 웃음소리가 유별나게 크다는 사실 말고는, 그리고 그의 이름이 조라는 점 말고는 좀처럼 누군가에게 그를 설명하기가 쉽지 않다. 이름을 항상 줄여서 부르는 사람들은 어디에나 있기 마련[84]이다.

후엉의 부축을 받으며 나는 침대에 길게 누웠다. "영화 구경은 안 가고요?" 내가 물었다.

"까띠나 극장에서 아주 우스운 영화 해요." 그리고 거침없이 그녀는 줄거리를 굉장히 자세하게 늘어놓기 시작했고, 그러는 사이에 나는 전보가 담긴 하얀 봉투가 없는지 방 안을 이리저리 둘러보았다. 그때까지 아직 물어보지 않았으므로 그녀가

---

84 '조'는 '조지프'를 줄여서 부르는 애칭이다. 중요한 위치나 공직에 있는 인물임에도 주변 사람들이 제대로 격을 갖춰 이름을 부르지 않고 늘 줄임꼴 애칭으로 부르면 그 사람은 흔히 두리뭉실 무골호인이어서 허물은 없지만 품위나 개성 또한 없는 경우가 많다.

깜빡 잊고 말을 하지 않았으리라고 나는 믿기로 했다. 봉투는 책상 위 타자기 옆이나 옷장 위에 놓아두었을지도 모르고, 어쩌면 그녀가 수집한 스카프들을 보관하는 찬장 서랍 속에 안전하게 치워 두었는지도 모를 일이었다.

"우체국장님 말예요. — 내 생각에 우체국장 같은데 시장님일지도 모르고 — 어쨌거나 그들을 집까지 따라갔고, 빵집 주인한테 사다리 빌려 달라 해서 코린느의 방 창문으로 올라갔지만, 있잖아요, 그 여자 프랑수아하고 함께 옆방으로 들어갔는데 봉피에르 부인이 오는 소리 못 들었어요. 부인이 방으로 들어와서 사다리 꼭대기 올라온 그 남자 보자마자 부인은 생각하기를……."

"봉피에르 부인이 누군가요?"라고 물으면서 나는 그녀가 가끔 잊어버리면 안 될 사항을 적어 놓은 쪽지를 꽂아 놓는, 세면대의 화장품 병들 사이로 시선을 돌렸다.

"말했잖아요. 코린느 엄마인데 과부여서 남편감 찾던 중이라고……."

그녀는 침대 위에 올라앉아서 내 셔츠 속으로 손을 집어넣었다. "정말 우스운 영화였어요." 그녀가 말했다.

"키스해 줘요, 후엉." 그녀는 남자의 애를 태우느라고 이리저리 빼는 짓 따위는 전혀 모르는 여자였다. 그녀는 내가 원하는 대로 당장 입을 맞추고는 영화 이야기를 이어 갔다. 잠자리를 청했더라면 곧장 내가 원하는 대로 아무런 질문도 없이 일단 바지를 벗었으리라. 그런 다음에 봉피에르 부인과 우체국장의 곤혹스러운 위기를 계속 이야기했을 터다.

"나한테 온 연락은 없었나요?"

"있어요."

"왜 그 얘긴 안 했어요?"

"당신 일하기 너무 빨라서요. 당신 누워 한참 휴식해야 옳아요."

"일에 관한 연락이 아닐지도 몰라요."

그녀가 봉투를 가져다주었는데 뜯어 본 흔적이 역력했다. 이런 내용의 전보였다. "드 라트르 장군 사망 시 군사적 및 정치적 영향 배경 기사 사백 단어로 송고 바람."

"맞네요." 내가 말했다. "일거리예요. 어떻게 알았어요? 왜 봉투를 뜯어 봤나요?"

"당신 부인 보낸 전보라고 생각했어요. 좋은 소식 바랐고요."

"이 내용을 누가 당신한테 번역해 주었나요?"

"내가 언니한테 가져갔어요."

"나쁜 소식이었다면 당신은 나한테서 떠나려고 했나요, 후엉?"

나를 안심시키려는 듯 그녀는 손으로 내 가슴을 쓸어 주었는데, 이번에 내가 바란 대답은 아무리 거짓말일지언정 손길이 아니고 말이었음을 그녀는 깨닫지 못했다. "담뱃대 피울래요? 편지가 있어요. 내 생각에 아마 부인한테 온 거 같아요."

"그것도 뜯어 봤나요?"

"당신 편지 나 안 열어 봐요. 전보는 공개적이잖아요. 배달원이 읽어 주는 거니까요."

이 봉투는 스카프들 사이에 끼어 있었다. 그녀는 머뭇거리며 편지를 꺼내서 침대 위에 놓았다. 나는 봉투의 손 글씨를 알아보았다. "만일 이 편지가 나쁜 소식이라면 당신은 어떻게 할……." 틀림없이 나쁜 소식이리라는 사실을 나는 잘 알았다. 전보는 너그러움을 보여 주는 갑작스러운 행동을 의미했다. 하지만 편지는 설명과 핑계를 열거하는 수단이었고…… 그래서 어느 누구도 지키지 못할 약속을 요구하는 짓은 전혀 정직한 행위가 아니었으므로 나는 질문을 마무리 짓지 못했다.

"뭐가 무서워서 그래요?" 후엉이 물었고, 나는 생각했다. '나는 외로움이 두렵고, 단칸방과 언론 회관을 오가는 쳇바퀴 생활이 두렵고, 그리고 파일이 두렵다.'

"브랜디에 소다수 타서 한 잔 갖다줘요." 내가 말했다. 나는 편지에서 시작하는 말 "토머스에게"와, 끝맺는 말 "헬렌으로부터"만 얼른 훑어보고는 후엉이 술을 가져다주기를 기다렸다.

"부인한테 왔나요?"

"그래요." 편지를 읽기 전에 나는 나중에 후엉에게 거짓말을 해야 할지 사실대로 이야기해야 할지 마음을 종잡을 수 없었다.

토머스에게

편지 받고는 당신이 혼자 지내지 않는다는 걸 알고 난 그리 놀라지 않았어요. 당신은 오래 혼자 지낼 만한 남자가 못 되잖아요. 툭하면 여자를 갈아 치우는 사람이니까요. 당신이 런던으로 돌아왔을 때 아주 쉽게 위안을 받을 만한 여건이 마련되어 있지 않았더라면 아마도 나는 당신 사정에 좀 더 공감하기가 쉬웠을지 모르겠군요. 이런 소리를 당신이 믿어 줄 리야 없겠지만, 내가 잠시 생각해 보고 간단하게 "싫다."라는 전보를 보내지 않았던 까닭은 거기 가엾은 아가씨에 대한 배려 때문이었어요. 당신보다는 우리들이 훨씬 더 부담스러워질 가능성이 크니까요.

나는 브랜디를 마셨다. 치정 문제로 생긴 마음의 상처가 얼마나 오랫동안 아물지 않는지를 나는 미처 깨닫지 못했었다. 내가 고심해 가며 신경 써서 편지의 어휘들을 선택하지 않았기 때문에 — 별다른 책임감조차 없이 — 결국 그녀의 상처에서 다시 피가 흘러나오게 한 셈이었다. 그에 대한 보복으로 나에게 상처 입힐 길을 모색하는 그녀를 누가 탓하겠는가? 사람들은 불행할 때면 남들에게 상처를 준다.

"나쁜 소식인가요?" 후엉이 물었다.

"좀 부담스러운 내용이에요." 내가 말했다. "하지만 그녀에겐 이런 소리를 할 만한 권리가 충분히……." 나는 계속해서 읽어 내려갔다.

나는 당신이 짐을 싸서 떠날 때까지만 해도 우리 가운데 어느 누구보다도 앤을 더 사랑하는 모양이라고 믿었어요. 그런데 난 편지의 행간에서 당신이 진심으로 '자비심'을 기대하지 않는다는 사실을 읽어 냈고, 보아하니 이제 당신은 또 다른 여자를 버릴 속셈이로군요. '난 나름대로 최선을 다했다.' — 당신은 혹시 그렇게 자신을 기만하고 있지는 않나요? 내가 "이혼하자."라는 전보를 보냈더라면 당신은 어떻게 하겠어요? 당신이 정말로 그 여자와 결혼식을 올릴까요? (난 '그 여자'한테 이런 질문을 해야 하는데 — 당신은 그녀의 이름마저 알려 주지 않는군요.) 어쩌면 그 여자하고 진짜로 결혼을 할지도 모르죠. 다른 사람들이나 마찬가지로 당신도 늙어 가는 몸이고, 언제까지나 혼자 살고 싶지는 않을 테니까요. 나는 가끔 심한 외로움을 느껴요. 앤은 이제 새로운 짝을 찾았겠죠. 당신이 때맞춰 그녀를 버렸으니까요.

그녀는 상처의 피가 말라붙은 자리를 정확하게 찾아냈다. 나는 술을 한 잔 더 마셨다. 흘러내리는 피[85] — 그 표현이 내 머릿속에 떠올랐다.

"담뱃대 만들어 줄게요." 후엉이 말했다.

"좋을 대로 해요." 내가 말했다. "좋을 대로."

그것이 내가 필연코 이혼은 안 된다고 해야 할 한 가지 이유예요. (종교적인 이유를 입에 올릴 필요조차 없는 까닭은 지금까지 당신은 그런 거 믿지도 않고 이해하지도 않았으니까요.) 당신은 결혼했다고 해서 여자를 안 버리는 남자가 아니잖아요? 결혼은 그 과정을 조금 늦춰 줄 뿐이고, 이 경우에는 나하고 같이 산 기간만큼 그녀와 같이 산다고 해 봤자 여자한테 더 많은 불이익만 돌아가겠죠. 혹시 그 여자를 데리고 영국으로 돌아온다고 한들 그녀는 길 잃은 이방인 신세가 될 테고, 당신한테 버림받기까지 하면 얼마나 괴롭고 황망할까요. 보아하니 그녀는 식사를 할 때 젓가락과 숟가락만 쓰지 않나요? 내가 이렇게 가혹한 소리를 하는 이유는 내가 당신보다 그 여자의 앞날을 더 걱정하기 때문이에요. 하지만 토머스, 난 당신 걱정도 해요.

---

85 an issue of blood. 십이 년 동안 하혈하던 여인이 예수의 옷자락을 만지자 치유되었다는 내용의 기적이다. 「루가복음」 8장 43~48절.

나는 병에 걸린 듯 몸이 아파 왔다. 정말 오래간만에 아내한테서 받은 편지였다. 그녀에게 억지로 편지를 쓰도록 내가 강요한 셈이었고, 나는 모든 구절에서 그녀의 고통을 느꼈다. 그녀의 고통은 내게서도 고통을 촉발했고, 우리는 서로 상처를 주던 지난날의 일상적 습성을 부활시켰다. 상처를 주고받지 않고 사랑하려면 남녀 사이의 신의만으로는 부족하다. 나는 앤에게만큼은 윤리적으로 성실했건만, 그래도 나는 그녀에게 상처를 주고 말았다. 상처는 소유하려는 행위에서 비롯한다. 우리 두 사람은 자만심을 느끼지 않으면서, 또 상대방을 소유하거나 굴욕감을 느끼지 않으면서 소유당하기에는 몸과 마음이 너무나 초라했다. 어떤 면에서 나는 아내가 다시 나를 후려쳐 주었음에 감사했다. — 나는 그녀의 고통을 너무나 오랫동안 망각했었고, 이것만이 내가 그녀에게 해 줄 수 있는 유일한 보상이었다. 불행하게도 순진한 사람들은 항상 온갖 갈등에 휘말리기 마련이다. 항상, 어디에서나, 망루에서 울부짖는 어떤 목소리가 들려온다.

후엉이 아편 등잔에 불을 붙였다. "나하고 당신 결혼하게 부인이 허락한대요?"

"아직 모르겠어요."

"그런 얘기 없어요?"

"아내는 무슨 말이든 아주 천천히 하는 성격이어서요."

나는 생각했다. '논설위원보다 현장을 뛰는 취재 기자로서 데가제[86]의 경지에 이르렀다고 그토록 잘난 체하며 너는 뒷구멍으로 도대체 얼마나 지저분한 짓들을 벌여 왔던가. 이보다는 다른 종류의 전쟁이 훨씬 순수하다. 박격포가 오히려 피해를 덜 준다.'

만일 내가 이혼에 동의한다면 내 가장 깊은 신념과 어긋날뿐더러 당신에게조차 과연 좋은 일이기나 한지 의문이 들어요. 당신은 영국으로 복귀하라는 통고를 받았다고 그랬는데, 그 조처를 당신이 얼마나 싫어하겠으며 그 상황을 벗어나기 위해 무슨 수를 쓰려고 할지 난 쉽게 짐작할 수 있어요. 나는 당신이 술을 잔뜩 마신 다음 만취한 상태에서 결혼을 감행하리라고 상상해 봤어요. 처음에 우린 — 당신이나 마찬가지로 나까지도 — 정말로 열심히 노력했고, 그러고는 실패했어요. 무슨 일이건 두 번째가 되면 사람들은 그렇게까지 열심히 노력하려고 들지 않아요. 당신은 이 아가씨를 잃으면 인생이 끝나는 것이나 마찬가지라고 그랬죠. 언젠가 당신은 나한테 글자 하나 틀리지 않게 똑같은 말을 했고 — 아직까지 간직해 온 그 편지를 당신한테 보여 줄 수도 있는데 — 틀림없이 당신은 앤한테도 언젠가 똑같

86 dégagé. '초탈'을 의미하는 프랑스어로 '앙가제(engagé)'의 반의어.

은 편지를 보냈을 거예요. 우린 서로 항상 진실을 말하기 위해 노력했노라고 당신은 말하지만, 토머스, 당신의 진실은 오래가는 법이 없었어요. 당신과 따지고 싸워 봤자 무슨 소용이 있겠으며, 당신으로 하여금 이성을 찾게 하려고 노력해 봤자 그 또한 무슨 소용이겠어요? 당신이 생각하기에는 내가 비이성적일지 모르겠지만—내 신앙이 시키는 대로 행동하는 편이 나로서는 훨씬 쉽겠고—그래서 간단히 밝히겠는데 나는 이혼이 옳지 않다고 믿으며, 그것은 내 신앙이 허락하지 않는 바이고, 그래서 내 대답은, 토머스, 안 된다는 것이고—단호히 거부합니다.

편지는 "헬렌으로부터"라는 마지막 줄까지 반 페이지 정도 더 이어졌지만 나는 읽지 않았다. 그 나머지 부분에는 내가 사랑하는 늙은 고모와, 날씨에 관한 소식이 담겨 있으리라고 나는 짐작했다.

나는 불평을 늘어놓아도 될 만한 입장이 아니었고, 이것은 내가 이미 예상한 응답이었다. 이 편지에는 굉장히 많은 진실이 담겼다. 아내의 머리에 떠오른 생각들이 나 못지않게 그녀에게도 분명히 괴로움을 주었을 테니, 나는 아내가 그토록 장황하게 큰 소리로 탄식하지 않았기만을 바랐다.

"안 된다 그래요?"

나는 별로 머뭇거리지 않고 말했다. "아직 결정을 못 내렸다고 하네요. 그러니 아직 희망은 있어요."

후엉이 웃었다. "당신 희망은 있다 그러면서 얼굴 표정은 많이 슬픈데요." 그녀는 세상을 떠난 주인의 무덤 위에 올라앉은 개처럼 내 발치에 엎드린 채 아편을 준비했고, 나는 파일에게 뭐라고 설명해야 좋을지 마음이 답답해졌다. 아편 네 대를 피우고 난 다음에야 비로소 나는 미래에 대처할 수 있는 마음의 준비가 되었노라고 생각했다. 얄궂게도 난 후엉에게 전망이 퍽 좋아졌다고, 아내가 변호사와 면담을 하는 중이라고 말했다. 내가 자유의 몸이 될 전보를 내일이라도 당장 받게 되리라면서.

"난 저축해 놓은 돈이 없어요." 내가 말했다. "파일하고 경쟁을 벌일 처지가 아니죠."

"걱정하는 거 말아요. 어떻게 되겠죠. 언제나 길이 있어요." 그녀가 말했다. "언니가 그러는데 당신 생명 보험 들면 괜찮다 그랬어요." 나는 그 말을 듣고 돈의 중요성을 무시해 가면서 거창하고 확실하게 사랑하노라고 섣부르게 선언하지 않는 그녀가 참으로 현실적이라고 생각했다. 나는 낭만주의자인 파일이 오랜 세월에 걸쳐 만들어진 그녀의 단단한 응어리를 어떻게 견딜지 궁금했다. 그러나 그에겐 상당히 안정된 자산이 마련되어 있었고, 마치 불필요한 근육을 오랫동안 사용하지 않으면 저절로 사라지듯, 후엉 또한 풍요 속에서 현실적인 속셈의 단단함을 잃을지도 모를 일이었다. 부유한 사람들은 어느 쪽으로건 여유가 넉넉하기 마련이니까.

그날 저녁 까띠나 거리의 상점들이 문을 닫기 전에 후엉은 비단 스카프 석 장을 더 사들였다. 그녀는 침대에 앉아서 그것들을 늘어놓고 나한테 보여 주며 노래를 부르듯 활기 넘치고 공허함이 사라진 목소리로 밝은 빛깔이 참 마음에 든다고 한참 감탄하더니, 정성스럽게 하나씩 접어서 여남은 장의 다른 스카프들과 함께 서랍에 넣었다. 그 모습은 마치 변변치 못하나마 정착을 위한 기초를 준비하는 듯한 인상을 주었다. 그리고 같은 날 밤에 나는 아편 기운에 젖은 채 몽롱한 정신으로 파일에게 앞날을 예측하는 편지를 쓰며 내 나름대로 한심한 기초를 닦았다. 그때 써 보낸 편지를 나는 훗날 요크 하딩의 저서 『서양의 역할』 갈피에서 다시 찾아냈다. 내 편지가 도착했을 때 그 책을 읽고 있었던 모양이다. 어쩌면 그는 내 편지를 제대로 훑어보지도 않은 채 그냥 읽고 있던 부분을 표시하려고 책 속에 끼워 두었는지도 모른다.

"친애하는 파일에게." 나는 오직 이때 한 번만큼은 "친애하는 올든에게"라는 표현을 쓰고 싶은 충동을 느꼈는데, 굳이 따지자면 감사의 마음을 전하는 편지인 만큼 이것이 조금이나마 중요한 의미를 담은 듯 보였으며, 한편 다른 감사 편지와 달리 거짓을 담고 있었기 때문이다.

"친애하는 파일에게, 지난밤에 벌어진 일에 대하여 당신에게 고맙다는 뜻을 전하고자 병원에서 편지를 꼭 쓰려고 했었습니다. 당신은 분명히 위험한 상황에서 나를 구해 냈습니다. 나는 이제 지팡이를 짚고 돌아다닐 정도로 건강이 좋아졌는데 — 다행스럽게도 치명적인 부위가 부러지지 않았던 데다 아직은 몸의 뼈들이 부스러질 만큼 늙지 않았던 덕택입니다. 언제 한번 만나서 함께 축배라도 들어야 되겠어요." (이 대목에서 내 만년필이 멈추었고, 다음 순간 글의 흐름은 장애물을 만난 개미가 난관을 피해서 돌아가듯 우회로를 찾아냈다.) "나에게는 축하를 받을 만한 다른 경사도 겹쳤는데, 후엉의 안녕을 우리 두 사람의 바람이라고 늘 입버릇처럼 말하던 당신이었으니 이 얘기를 듣고서 기뻐하리라 생각합니다. 집으로 돌아왔을 때 아내에게서 온 편지가 나를 기다리고 있었습니다. 아내는 어느 정도 이혼에 동의하는 쪽으로 마음이 기운 것 같아요. 그러니 당신은 더 이상 후엉에 대하여 걱정할 필요가 없겠고." — 잔인한 표현이었지만 나는 그 대목을 나중에 다시 읽어 보게 될 때까지 얼마나 잔인한 말이었는지를 깨닫지 못했으며, 그때는 이미 내용을 다시 고쳐쓰기에는 너무 늦어 버린 다음이었다. 이왕 그 대목을 지울 기회가 주어졌다면 나는 차라리 편지를 갈기갈기 찢어 버리고 말았으리라.

"당신 어떤 스카프 제일 좋아요?" 후엉이 물었다. "나 노란 거 마음에 들어요."

"그래요. 노란 거. 호텔로 가서 나 대신 이 편지 좀 부치고 와요."

그녀는 주소를 살펴보았다. "나 공사관 직접 가도 되는데요. 우푯값 아끼잖아요."

"그냥 부치는 편이 더 좋겠어요."

그런 다음 나는 자리에 누워서 아편 기운에 긴장이 풀린 채 생각에 잠겼다. '적어도 이제 내가 떠나기 전까지 그녀는 나를 버리지 않을 터다. 어쩌면 내일쯤, 아편을 몇 대 더 피우고 나면 내가 여기를 떠나지 않아도 될 만한 무슨 묘안이 생각나겠지.'

2

평범한 삶은 계속 이어지고 — 그래서 많은 사람의 이성이 구제받는다. 독일군 공습이 벌써 증명한 바이기는 하지만 사람이란 항상 겁에 질린 상태로 살아갈 순 없으므로 일상적인 직장 생활과 우연한 만남과 막연한 불안감이 폭격처럼 이어지는 와중에도 누구나 개인적인 두려움을 잠깐이나마 잊고는 한다. 4월이 되어 인도차이나를 떠난 뒤 후엉이 없는 난감한 미래를 어떻게 맞이해야 할지, 따위의 온갖 걱정거리는 날마다 오가는 전보와 베트남 관영 통신의 속보와 내 취재 활동을 돕는 보조원의 병환에 신경 쓰는 사이에 흐려졌다. (가족과 함께 봄베이[87]를 떠나 고아를 거쳐 입국한) 인도인 보조원 도밍게스는 나를 대신하여 별로 중요하지 않은 기자 회견에 참석하고, 소문과 풍문의 행간을 민감하게 읽어 내어 나에게 전해 주고, 내가 송고할 자료를 우체국과 검열 당국을 오가며 처리하는 업무를 담당했다. 인도 상인들의 도움을 받아서 그는 나를 위해, 특히 북부의 하이퐁과 남딩과 하노이 지역을 중심으로 자신만의 첩보망을 구축했는데, 내가 보기에 그는 통킹 삼각주 내의 베트밍 병력 배치 상황에 대해서라면 프랑스군 총사령부보다 훨씬 정확하게 파악하고 있었다.

그리고 우리들이 입수한 정보는 기삿거리가 되기 전까지 절대로 다른 곳에 써먹지도, 프랑스 정보 당국에 넘겨주지도 않았기 때문에 그는 사이공과 쫄롱 지역에 숨어서 활동하는 몇몇 베트밍 첩자들로부터 신임을 얻고 줄곧 우호적인 관계를 유지할 수 있었다. 이름은 그렇지 않았을지언정 그가 아시아 사람이라는 사실은 의심할 나위 없이 큰 도움이 되었다.

나는 도밍게스를 좋아했다. 다른 남자들은 자존심을 마치 피부병처럼 표면에 내걸고 다녀서 조금만 건드려도 민감하게

---

87 지금의 인도 뭄바이.

반응했지만, 그의 자존심은 어떤 인간과 비교하더라도 가장 작았으므로 내면 깊숙이 숨기기가 어렵지 않았으리라고 나는 짐작했다. 날마다 그를 대하며 사람들이 그에게서 접하게 되는 면모들이란 상냥함과 겸손함, 진실에 대한 절대적인 사랑이었으니, 진정한 자존심이 무엇인지 알고 싶다면 도밍게스와 결혼하는 것이 가장 확실한 방법이리라. 어쩌면 진실과 겸손은 서로 함께하는 속성일지도 모른다. 그리하여 너무나 많은 거짓이 자존심에서 연유하니 — 가령 내가 종사하는 직업에서 기자의 자존심은 다른 어느 누구보다도 더 좋은 기사를 써내려는 욕망의 형태로 나타난다. 그런데 그 같은 욕구로부터 벗어나도록 나를 도와준 사람이 바로 도밍게스였고 — 그래서 나는 스스로 사실이 아니라고 판단한 정보를 어째서 취재하지 않았느냐고, 어떤 특정한 인물에 얽힌 기사를 왜 나 홀로 빼먹었느냐고 질책하는 본사의 숱한 전문을 무시하며 버틸 수 있었다.

도밍게스가 병석에 누운 다음에야 나는 그에게서 얼마나 많은 도움을 받아 왔는지 실감하게 되었으니 — 그렇다, 심지어 그는 내 자동차에 연료가 가득한지 늘 확인할 정도로 일일이 나에게 신경을 썼으면서도 단 한 번이나마 표정으로든 말로든 내 사생활을 엿보려고 하지 않았다. 나는 그가 천주교 신자라고 믿었지만 그 사실을 뒷받침할 만한 근거라고는 그가 태어난 곳과 그의 이름[88]뿐이었으니 — 우리들이 나눈 대화들로 미루어

볼 때 그는 크리슈나를 숭배했거나 고행을 하며 해마다 바투 동굴로 순례를 다녀왔을지도 모른다. 그가 병이 나는 바람에 훨씬 바빠진 나는 엉겁결에 개인적인 불안감의 고뇌로부터 유예의 은총을 받았다. 지극히 따분한 기자 회견들조차 내가 직접 참석해야 하는 처지가 되었으니까. 또 나는 콘티넨털의 단골집으로 터벅거리며 찾아가서 동료 기자들과 잡담을 나눠야 했지만, 헛소문과 진실을 가려내는 능력은 도밍게스의 수준에 한참 미치지 못했고, 그래서 저녁마다 그를 만나 내가 주워들은 이야기들을 놓고 토론을 벌이는 일이 새로운 일과가 되었다. 갈리에니 대로에서 좀 벗어난 누추한 지역에서 도밍게스가 거처하는 합숙소로 찾아가면 그의 좁다란 철제 침대 곁에 앉아 있는 인도인 친구 한 사람을 가끔 우연히 마주치기도 했다. 내가 방으로 들어서면 도밍게스는 굳이 무릎을 꿇고 침대에서 똑바로 일어나 앉고는 했다. 그래서 환자를 만나러 갔다기보다 무슨 영주나 성직자의 영접을 받는 듯한 느낌이었다. 열이 심하면 때때로 그의 얼굴에서 땀이 줄줄 흘러내렸지만 생각만큼은 전혀 흐트러질 줄 몰랐다. 마치 그가 앓는 병을 다른 누군가가 대신 겪어 내고 있다는 착각마저 일었다. 집주인 아주머니는 그의 옆에 늘 시원

---

88 프란시스코 아타나시오 도밍게스는 18세기 멕시코 태생의 프란체스코 수도회 선교사로 에스파냐의 북아메리카 탐험에서 주도적인 역할을 했다.

한 라임주스를 한 병 준비해 놓았는데, 나는 도밍게스가 그것을 마시는 모습을 한 번도 목격한 적이 없고—혹시 마셨다가는 갈증을 느끼고 고통받는 몸이 바로 자신임을 인정하게 될까 봐 한 모금의 음료조차 거부하고 있다는 의심이 들 정도였다.

그를 찾아간 모든 나날 가운데 내가 각별히 기억하는 하루가 있다. 나는 그에게 건강 상태를 물어보면 혹시 결근에 대해 추궁당한다고 부담감을 느낄까 봐 감히 어떤지 확인해 볼 엄두조차 좀처럼 내지 못했고, 내 불편한 몸을 굉장히 걱정하는 쪽은 오히려 도밍게스였다. 층계를 걸어 올라오게 해서 미안하다고 그는 자꾸 사과했다. 그러다가 그가 말했다. "제가 아는 친구 한 사람을 선생님이 만나 보면 좋겠는데요. 선생님이 꼭 알아야 할 정보를 그가 제공해 줄 겁니다."

"그런가요."

"선생님은 중국 이름을 기억하기 어려우리라 생각해서 제가 이름을 적어 놓았어요. 물론 우린 그 이름을 입 밖에 꺼내면 안 됩니다. 미토[89] 부두에서 고철을 취급하는 창고의 주인입니다."

"중요한 내용인가요?"

"그럴지도 몰라요."

---

89 베트남 남부 메콩 삼각주에 있는 도시.

"대충 귀띔이라도 해 줄래요?"

"그 사람한테서 선생님이 직접 들으셨으면 하는데요. 뭔가 수상한 구석이 있는데 저로선 이해가 가질 않아요." 얼굴은 땀으로 흥건히 젖었지만 그는 땀방울이 마치 살아 움직이는 성스러운 생명체이기라도 한 듯 그냥 흘러내리도록 내버려 두었다. ― 그의 마음속엔 힌두교 정신이 그만큼 충일하였으니, 파리 한 마리의 목숨도 소중히 여겨서 차마 해치지 못할 성품이었다. 그가 말했다. "선생님의 친구 파일에 대해서 얼마나 잘 알고 계신가요?"

"별로 잘 알지 못해요. 업무 관계로만 접촉하는 사이니까요. 떠이닝에서 돌아온 다음엔 통 만나지 못했어요."

"그 사람이 하는 일이 뭔가요?"

"경제 지원단 소속이긴 하지만 손을 대는 분야가 워낙 많아서요. 내 생각에 그 친구는 가정용품 산업에 관심이 많은 것 같던데 ― 필시 미국 기업과 손을 잡지 않았나 싶어요. 전쟁은 프랑스에 맡겨 두고 뒷구멍으로 사업에만 눈독을 들이는 미국인들의 행태가 난 마음에 안 들어요."

"저는 지난번에 사이공을 방문한 미국의 하원 의원들을 위해 공사관이 마련한 모임에서 그가 하는 얘기를 들었어요. 공사관 사람들은 방문객들에게 이곳 상황을 설명하는 자리를 그에게 맡겼더군요."

"한심한 의원님들이군요." 내가 말했다. "파일이 이 나라에서 보낸 기간은 고작 육 개월도 안 되는데 말예요."

"파일은 과거의 식민지 강국, 그러니까 영국과 프랑스를 거론하면서 그들 두 나라가 왜 아시아인들의 신뢰를 얻어 낼 수 없는지 열변을 토했어요. 여러 지역에서 지금 아메리카가 성공적으로 벌이는 전략을 강조하면서요."

"하와이와 푸에르토리코 얘기로군요." 내가 말했다. "뉴멕시코도 그렇고요."

"그러자 어떤 의원이 이곳 정부가 베트밍을 물리칠 가능성이 조금이나마 보이느냐는 판에 박힌 질문을 했고, 파일은 제3의 세력이라면 그 일을 해내리라고 그랬습니다. 식민 통치의 오점과 공산주의로부터 자유로운 제3의 세력은 항상 존재해 왔다면서 그는 — 그것을 민족적 민주주의라고 정의하더니 적당한 지도자를 한 사람 찾아내서 옛 식민지 강국들로부터 안전하게 지켜 주기만 하면 모든 문제가 해결되리라고 전망하더군요."

"그건 다 요크 하딩의 책에 나오는 주장인데요." 내가 말했다. "파일은 이곳으로 오기 전에 그 책을 읽었어요. 그는 이곳에 온 첫 주부터 그런 얘기를 했고, 그 이후에 아무것도 새로 배우지 못했어요."

"파일은 자신이 원하는 적당한 지도자를 발견한 눈치입니다." 도밍게스가 말했다.

"그게 문제가 되나요?"

"전 모르겠습니다. 그 사람이 뭘 하려는지 전 몰라요. 하지만 선생님은 미토 부두로 가서 제 친구 얘기를 들어 봐야 합니다."

나는 까띠나 거리의 집으로 돌아가서 후엉에게 쪽지 한 장을 남기고는 해 질 녘에 차를 몰고 항구를 지나 남쪽으로 내려갔다. 증기선들과 잿빛의 해군 함정들이 정박한 부둣가를 따라 길거리 음식을 파는 사람들이 탁자와 의자를 줄줄이 늘어놓았고, 불을 지핀 작은 풍로마다 음식이 보글보글 끓었다. 드 라 솜므 대로의 가로수 밑에선 미용사들의 일손이 바빴고, 점쟁이들은 지저분한 딱지 꾸러미를 들고 담벼락 앞에 쪼그리고 앉아서 하염없이 손님을 기다렸다. 쫄롱으로 들어서자 아예 다른 도시에 오기라도 한 듯 분위기가 싹 바뀌어서, 사람들은 일몰을 맞아 고된 하루에 지치기는커녕 드디어 하루가 시작되는 양 활기가 넘쳤다. 나는 마치 무언극이 벌어지는 무대 위로 차를 몰고 들어가는 느낌이었다. 수직으로 매단 길쭉한 한자 간판들과 반짝거리는 불빛들과 수많은 단역 배우들을 지나쳐 옆쪽 샛길로 들어갔는데, 그곳은 훨씬 어둡고 조용했다. 그런 샛길 하나를 따라 내려간 뒤 다시 부두로 나가니 지붕을 얹은 쪽배들이 옹기종기 모여 있었고, 어둑어둑한 곳마다 창고들이 하품을 하듯 문을 열어 놓았는데, 주변에 인적이라곤 아무도 없었다.

내가 찾아가기로 한 장소는 좀체 눈에 띄지 않아서 처음에 상당히 애를 먹었다. 그러다가 거의 장난스러울 만큼 느닷없이 불쑥 눈앞에 나타났는데, 고물들이 얼기설기 뒤엉킨 무더기가 피카소의 기묘한 추상화처럼 유난히 눈길을 끌었다. 아무렇게나 쌓아 올린 침대 받침들과 욕조와 재받이 쓰레기통과 자동차 엔진 덮개 따위가 낡은 가로등의 불빛을 받아서 알록달록하지만 빛바랜 줄무늬를 이루었다. 나는 고철 더미들 사이로 뚫린 좁은 통로를 따라 걸어 내려가면서 저우 씨의 이름을 소리쳐 불렀지만 아무 대답이 없었다. 창고 끝에 이르자 저우 씨의 집처럼 보이는 건물로 이어진 층계가 나타났는데 — 보아하니 나는 뒷문으로 들어가게끔 안내받은 듯싶었고, 도밍게스에게는 그런 조처를 취했어야 할 만한 이유가 충분히 있으리라고 나는 짐작했다. 갈까마귀 둥지 같은 이 집 층계엔 언젠가 쓸모를 찾아낼 듯 보이는 고철 쪼가리와 고물이 잔뜩 널려 있었다. 층계참에는 넓은 방 하나가 자리를 잡았고, 그곳에 온 가족이 앉거나 누워 있어서 임시로 뚝딱 조립한 야영 시설처럼 보였다. 사방에 작은 찻잔들이 흩어져 있었고, 벽을 따라 정체를 알 수 없는 물건들을 잔뜩 담아 놓은 골판지 상자와 끈으로 묶을 준비를 마친 듯 보이는 인피 섬유 재질의 여행 가방들이 쌓여 있었다. 커다란 침대에는 늙은 여인이 앉았고, 어린 계집아이 두 명과 사내아이 두 명, 기어 돌아다니는 아기가 방바닥을 차지하고 있었다. 그리고 낡은 갈색 일 바지와 저고리를 걸친 중년 여인도 세 명 끼어 있었으며, 한쪽 구석에서는 푸른색 비단으로 지은 만다린 코트 차림의 늙은 남자 두 명이 마작을 벌이고 있었다. 두 늙은이는 내가 들어오건 말건 신경을 쓰지 않았으며, 손끝의 감각만으로 패를 읽고는 어찌나 빨리 패쪽들을 굴리는지 바닷가에서 파도가 밀려 나갈 때 자갈밭에서 나는 꼬르륵 소리처럼 짤그락거렸다. 그들이나 마찬가지로 다른 사람들 또한 나한테 아무런 신경을 쓰지 않았다. 고양이 한 마리만 골판지 상자 위로 뛰어 올라가서 자리를 피했고, 비쩍 마른 개가 킁킁거리며 내 몸의 냄새를 맡아 보더니 물러갔다.

"저우 선생 계신가요?" 내가 물었더니 두 여자가 머리를 설레설레 저었고, 나에게 눈길을 주는 사람은 여전히 아무도 없었지만 그나마 중년 여인 한 명이 찻잔을 깨끗하게 닦더니 비단으로 테를 두른 통 안에 식지 않도록 보관해 둔 따뜻한 주전자에서 차를 따랐다. 나는 침대의 한쪽 끝, 노부인 옆에 앉았고 어느 소녀가 찻잔을 가져다주었는데 마치 나는 고양이와 개나 마찬가지로 그들 집단에 이끌려 들어간 기분이었다. — 아마도 그들 두 마리 손님은 나만큼이나 예고 없이 불쑥 나타난 불청객들이었는지도 모를 노릇이었다. 아기가 방바닥을 가로질러 건너와서 내 구두끈을 잡아당겼지만 아무도 야단을 치지 않았는데 — 동양에서는 웬만하면 아이들을 꾸짖는 법이 없었다. 벽에는 저마다 화려한 중국 옷차림에 뺨이 발갛게 빛나는 처녀의 사진이 담긴 달력을 석 장이나 붙여 놓았다. 달력과 나란히 걸린 커다란 거울에는 신기하게도 '평화의 찻집'[90]이라는 글자가 박혀 있었는데 — 아마도 고물들에 우연히 섞여 들어온 물건인 듯싶었고, 나는 그 거울 속에 갇혀 버린 느낌이었다.

나는 손가락을 델 만큼 뜨거운, 손잡이가 달리지 않은 찻잔을 이쪽 손바닥에서 저쪽 손바닥으로 자꾸 옮겨 가며 씁쓰름한 녹차를 천천히 마셨다. 그러면서 도대체 얼마나 오래 기다려야 할지 헤아려 보았다. 그들 가족에게 저우 선생이 언제쯤 들어오느냐고 프랑스어로 한 차례 물어보았지만 아무도 대답해 주지 않았다. 그들은 내 말을 전혀 알아듣지 못한 눈치였다. 내가 잔을 비우자 그들은 다시 차를 따라 주고는 저마다 하던 일을 계속했다. 여자는 다리미질을 하고, 소녀는 바느질을 하고, 두 사내아이는 숙제를 했으며, 노부인은 중국의 옛 풍습을 따르느라 불구가 된 두 발[91]을 물끄러미 쳐다보았고, 개는 골판지 상자에서 내려오려 하지 않는 고양이를 빤히 노려보았다.

나는 도밍게스가 궁핍한 삶을 꾸려 나가느라고 얼마나 고생이 많을지를 실감하게 되었다.

---

90 Café de la Paix. 유명인들이 자주 드나드는 파리의 명소다.

91 전족을 했다는 뜻이다.

몹시 야윈 중국인이 방으로 들어왔다. 그는 방 안의 공간을 전혀 점유하지 못하는 듯했다. 양철통에 담긴 파삭거리는 과자들이 서로 달라붙지 못하도록 그 사이사이에 끼워 둔 기름종이 같은 인상이었다. 그에게서 부피감이 느껴지는 부분이라고는 줄무늬가 진 면바지뿐이었다. "저우 선생이신가요?" 내가 물었다.

그는 아편쟁이의 몽롱한 시선으로 나를 쳐다보았는데, 푹 꺼진 두 뺨과 아기처럼 가느다란 손목과 어린 계집아이처럼 연약한 팔을 보니 — 그렇게까지 살이 빠지려면 여러 해 동안 담뱃대를 수없이 빨았음이 분명했다. 내가 말했다. "내 친구 도밍게스 씨가 그러던데 당신이 나한테 무언가 보여 줄 게 있다면서요. 당신 저우 선생 맞죠?"

아, 그럼요, 그는 저우 선생이 맞다면서 나더러 다시 자리에 가서 앉으라고 정중하게 손짓을 했다. 내가 찾아온 목적은 어쩌면 아편 연기가 자욱한 그의 머릿속 어디쯤에서 샛길로 자취를 감추었을지도 몰랐다. 차 한잔 드시겠습니까? 이렇게 방문해 주셔서 대단한 영광입니다. 그는 찻잔 하나를 더 씻어서 방바닥에 내려놓았다가 벌겋게 타오르는 숯덩이를 내 손에 건네주었다. — 그것은 가히 차 한잔의 화형식이나 마찬가지였다. 나는 그가 거느린 식솔의 규모에 대하여 한마디 했다.

그는 지금까지 그런 식으로 가족의 크기를 생각해 본 적이 단 한 번도 없다는 듯 무척 의아해하면서 주변을 둘러보았다. "우리 어머니입니다." 그가 말했다. "내 아내에, 여긴 누이동생이고, 내 삼촌, 남동생, 내 아이들, 그리고 고모님 아이들입니다." 아기가 내 발치에서 몸을 굴려 떨어져 나가더니 발랑 누운 채 발길질을 하며 까르륵거리고 웃었다. 나는 아기가 누구의 자식일까 궁금했다. 그 아이를 낳았을 만큼 젊거나 충분히 나이를 먹었음 직한 사람은 없었다.

내가 말했다. "중요한 내용이라고 도밍게스 씨가 그러던데요."

"아, 도밍게스 선생요. 도밍게스 선생은 안녕하신가요?"

"열병에 걸렸어요."

"해마다 이맘때면 건강을 조심해야 합니다." 나는 그가 도밍게스라는 사람을 기억이나 하는지 의심스러웠다. 그는 기침을 하기 시작했고, 단추가 두 개나 떨어져 나간 저고리 속에서 바싹 마른 그의 피부가 북에 씌운 팽팽한 가죽처럼 파르르 떨렸다.

"당신부터 의사에게 가 봐야 할 것 같은데요." 내가 말했다. 새로 등장한 인물이 어느새 우리와 자리를 같이했는데 — 나는 그가 들어오는 소리를 듣지 못했다. 말끔한 양복 차림의 젊은 남자였다. 그가 영어로 말했다. "저우 씨는 폐가 하나뿐입니다."

"내가 정말 큰 실례를……."

"하루에 백오십 대씩 아편을 피우시거든요."

"그건 정말 심한데요."

"의사 선생님은 그러면 몸에 좋지 않다고 말씀하시지만 저우 씨는 담뱃대를 피워야 기분이 좋아집니다."

나는 이해가 간다는 의미로 신음 소리를 냈다.

"실례지만 소개를 하자면 저는 저우 씨의 관리인입니다."

"난 파울러입니다. 도밍게스 씨가 찾아뵈라고 해서 왔습니다. 저우 씨가 나한테 할 얘기가 있다던데요."

"저우 씨는 기억력이 무척 떨어졌어요. 차 한잔 드시겠어요?"

"고맙지만 벌써 세 잔이나 마셨어요." 마치 외국어 회화책에나 나올 법한 문답 같은 대화였다.

저우 씨의 관리인이 내 손에서 찻잔을 받아 소녀에게 내밀었고, 소녀는 찌꺼기를 바닥에 쏟아 버린 다음 다시 차를 가득 채웠다.

"그건 제맛이 안 날 텐데요." 그가 말했다. 그러고는 찻잔을 받아 맛을 보더니 정성스럽게 잔을 비우고 헹궈 낸 다음 두 번째 주전자에서 차를 따랐다. "맛이 좀 나아졌나요?" 그가 물었다.

"훨씬 좋아요."

저우 씨가 목청을 가다듬는가 싶더니 분홍 꽃무늬로 장식한 양철 타구에 엄청난 양의 가래침을 요란하게 쏟아 냈다. 아기는 녹차 찌꺼기들이 흩어진 바닥에서 이리저리 굴러다녔고, 고양이가 골판지 상자 위에서 옷 가방 쪽으로 뛰어내렸다.

"보아하니 선생께서는 나하고 얘기를 하는 게 더 좋을 듯싶은데요." 젊은이가 말했다. "내 이름은 헹입니다."

"혹시 아신다면……."

"창고로 내려가시죠." 헹 씨가 말했다. "거기가 훨씬 조용하니까요."

나는 저우 씨에게 손을 내밀었고 그는 어리둥절한 표정으로 내 손을 꼭 감싸 쥐더니 내가 끼어들 만한 자리가 어디인지를 찾아보려는 듯 옹색한 방 안을 멍하니 둘러보았다. 우리 두 사람이 층계를 내려가는 동안 자갈밭에서 바닷물이 빠져나가듯 짜르륵거리던 마작 소리가 점점 멀어졌다. 헹 씨가 말했다. "조심하세요. 마지막 계단이 빠져서 달아나고 없으니까요." 그리고 그는 손전등을 비춰 내가 가야 할 길을 안내해 주었다.

우리는 침대 받침대와 욕조가 잔뜩 쌓인 곳으로 다시 나왔고 헹 씨는 옆 통로로 앞장서서 내려갔다. 그는 스무 걸음쯤 나아가서 멈춰 서더니 작은 드럼통을 손전등으로 가리켰다. 그가 말했다. "저거 보이시죠?"

"그게 뭔데요?"

그는 드럼통을 뒤집어서 거기에 적힌 '다이올락톤'이라는 상표를 보여 주었다.

"난 아직 무슨 뜻인지 모르겠는데요."

그가 말했다. "난 이곳에서 저런 드럼통을 두 개나 발견했어요. 판반무오이 씨의 차고에서 다른 고물들과 함께 수거한 거예요. 혹시 그 사람을 아시나요?"

"아뇨, 모르는데요."

"그 사람 부인이 테 장군과 친척 사이입니다."

"그래도 이해가 잘……."

"이게 뭔지 아시겠어요?" 헹 씨가 허리를 굽혀 손전등 불빛을 비추자 셀러리 토막같이 길고 오목한 물건이 크롬처럼 반짝거렸다. 그는 그것을 집어 올리며 물었다.

"욕실에 부착하는 물품 같은데요."

"무엇인가를 찍어 내는 틀입니다." 헹 씨가 말했다. 그는 남들을 지겹도록 가르치면서 한없는 즐거움을 맛보는 인물임이 분명했다. 그는 내가 다시 무지를 드러내길 기다리느라고 잠시 설명을 멈추었다. "내가 말씀드린 틀이라는 게 무엇인지 이해하셨나요?"

"아, 네, 물론이죠. 하지만 난 아직 무슨 얘긴지……."

"이 틀은 미국에서 제조한 물건입니다. 다이올락톤은 미국 상표거든요. 이제는 이해가 되나요?"

"솔직히 얘기하자면 모르겠는데요."

"이 틀에는 결함이 있어요. 그래서 폐기 처분을 했던 거예요. 하지만 폐품과 함께 버릴 물건은 아니고 — 이 드럼통도 마찬가지입니다. 실수였죠. 무오이[92] 씨의 관리인이 직접 이곳을 찾아왔어요. 난 틀을 찾지 못했지만 그가 다른 드럼통을 회수해 가도록 내버려 두었어요. 나는 드럼통이 그것 하나뿐이라고 말했고, 그 사람은 무슨 화학 제품을 보관하기 위해 그 통이 필요하다고 그랬어요. 물론 무오이 씨가 틀을 내놓으라고는 하지 않았는데 — 그렇게 설쳤다가는 뭔가 들통이 날까 봐 신경 쓰였던 모양입니다. — 어쨌든 이곳을 샅샅이 뒤졌어요. 무오이 씨는 나중에 미국 공사관으로 전화를 걸어서 파일 씨를 바꿔 달라고 하더군요."

"당신은 상당한 정보망을 확보하고 있군요." 내가 말했다. 나는 여전히 그가 제공한 정보의 의미가 무엇인지 가늠하기 어려웠다.

"나는 저우 씨에게 도밍게스 씨와 연락을 취해 보라고 권했어요."

"그러니까 당신은 파일과 테 장군 사이에 무슨 연관이 있다는 결론을 내렸다는 말이군요." 내가 말했다. "아주 빈약한 연관성이기는 하겠지만요. 어쨌든 기삿거리가 되지 않겠어요. 이

---

92 판반무오이의 끝 글자 '邁'으로 호칭하고 있다. 각주 12번의 '불사조'에 관한 이름 풀이 참고.

곳에서는 모든 사람이 비밀 정보의 대상이 되니까요."

헹 씨가 발뒤꿈치로 검은 드럼통을 찼고 그 소리가 침대 받침대들 사이에서 반향을 일으켰다. 그가 말했다. "파울러 선생, 당신은 영국인입니다. 당신은 중립이죠. 당신은 지금까지 우리 모두에게 공평했어요. 만일 우리 가운데 일부가 어느 편에 대해서건 무슨 강한 감정을 느낀다면 당신은 그 반발에 대해서도 공감해 줄 수 있겠죠."

내가 말했다. "혹시 당신이 공산주의자이거나 베트밍이라고 암시하고 싶다면 그런 건 걱정할 필요 없습니다. 난 놀라지 않을 테니까요. 난 정치하고 거리가 먼 사람입니다."

"혹시 이곳 사이공에서 무슨 언짢은 상황이 벌어지면 사람들이 우리한테 그 탓을 돌릴 겁니다. 우리 위원회는 당신이 공정한 시각을 가져 주길 바랍니다. 그래서 이것하고 이걸 선생한테 보여 준 겁니다."

"다이올락톤이 뭔가요?" 내가 말했다. "얼핏 듣기에 연유라는 말 같은데요."

"어떤 점에서는 우유하고 속성이 비슷해요." 헹 씨가 드럼통 안을 손전등으로 비추었다. 바닥에 먼지처럼 하얀 가루가 조금 깔려 있었다. "미국에서 생산한 플라스틱의 한 종류입니다." 그가 말했다.

"파일이 장난감용 플라스틱을 수입한다는 소문을 들었어

요." 나는 틀을 집어서 살펴보았다. 나는 그 물건의 정체가 무엇인지를 파악하려고 머리를 굴려 보았다. 그것은 어떤 물체의 정상적인 모양이라기보다 가령 거울에 거꾸로 비친 형태였다.

"장난감을 만드는 틀은 아닙니다." 헹 씨가 말했다.

"무슨 대롱을 반으로 쪼개 놓은 토막 같은데요."

"희귀한 모양이죠."

"어디에 쓰는 물건인지 상상이 가질 않는데요."

헹 씨가 돌아섰다. "당신이 무엇을 봤는지 그것만 기억하기 바랍니다." 그는 고물 더미의 그림자 속으로 다시 걸어 들어가며 말했다. "어쩌면 나중에 이것에 관해서 선생이 기사를 써야 할 계기가 생길지도 모릅니다. 하지만 이곳에서 드럼통을 봤다는 사실은 절대 밝히면 안 됩니다."

"틀도 마찬가지겠죠?"

"특히 틀에 관해선 언급하지 마세요."

3

이른바 생명의 은인이라는 사람과 처음으로 다시 만날 때는 마음이 편치 않기 마련이다. 나는 공사관 병원에서 치료를 받는 동안 파일을 보지 못했고, 그가 침묵을 지키며 나타나지 않았다는 사실은 (어색한 상황에 대하여 그가 나보다 훨씬 민감한 사람이었기 때문에) 쉽게 납득이 갔건만, 때로는 그의 침묵이 가당치 않을 정도로 나를 불안하게 했다. 그래서 밤에 수면제 기운으로 신경이 안정되기 전까지, 나는 그가 내 숙소의 층계를 올라와 문을 두드리고는 내 침대에서 잠드는 상상을 하기도 했다. 그런 불온한 의심은 내가 그에게 부당한 짓을 저지르는 셈이므로, 나는 보다 형식적인 예절에 얽매인 다른 의무감뿐 아니라 부담스러운 죄의식까지 덤으로 떠안게 되었다. 그런가 하면 내가 그에게 보낸 편지 역시 문제였다. (어떤 까마득한 선조들이 나에게 이런 한심한 양심을 물려주었을까? 그들이 살던 구석기 시대에는 온갖 죄악을 저지르고도 양심의 가책 따위는 느끼지 않았을 텐데 말이다.)

나를 살려 낸 생명의 은인을 저녁 식사에 초대할지, 아니면 콘티넨털 바에서 같이 술이나 한잔하자고 해야 할지 나는 궁리해 보았다. 그것은 흔치 않은 사교적 문제였고, 어쩌면 자기 목숨에 부여하는 가치에 따라 판단해야 하는 일처럼 여겨지기도 했다. 내 목숨의 가치는 한 끼 식사였을까, 아니면 한 병의 포도주나 위스키 한 잔이었나? — 얼마 동안 내가 그런 걱정을 하던 참에 파일이 몸소 문제를 해결해 주었으니, 그는 집으로 찾아와서 닫힌 문을 통해 나를 소리쳐 불렀다. 나는 아침 내내 다리 운동을 하느라고 지친 몸으로 무더운 한낮의 더위를 피해 잠들어 버렸고, 그가 문을 두드리는 소리를 듣지 못했다.

"토머스, 토머스." 그의 외침은 내 꿈속에 잠겨 버렸고, 나는 꿈속에서 인적이 끊긴 기나긴 길을 따라 걸어가면서 방향이 꺾이는 모퉁이를 찾으려 했지만 갈림길은 통 나타나지 않았다. 길은 마치 얼레에서 일정한 폭으로 끝없이 풀려 나오는 끈처럼 영원히 이어지다가 문밖에서 들려오는 목소리 때문에 끊기고 말았다. — 처음에는 망루에서 고통스럽게 울어 대는 소리였다가, 갑자기 나에게 개인적으로 말을 걸어 오는 목소리로 바뀌었다. "토머스, 토머스."

나는 숨을 몰아쉬며 말했다. "저리 가요, 파일. 가까이 오지 말아요. 난 구원받고 싶지 않아요."

"토머스." 그가 문을 두드렸지만 나는 다시 논바닥으로 돌아가서 적병을 맞닥뜨린 듯 죽은 체하며 누워 있었다. 돌연 나는 문을 두드리는 소리가 멈추었고, 바깥에서 누군가 낮은 목소리로 대화하고 있다는 사실을 깨달았다. 속삭임은 위험을 뜻했다. 나는 이야기를 나누는 사람들이 누구인지 알 수 없었다. 나는 조심스럽게 침대에서 내려와 지팡이에 의지한 채 다른 방의 문으로 다가갔다. 아마도 내가 지나치게 서둘러 움직이는 소리를 들었는지 바깥은 조용해졌다. 정적은 식물처럼 덩굴을 뻗었고, 덩굴은 점점 자라나서 문 밑으로, 내가 서 있는 방 안으로까지 잎사귀들을 펼쳤다. 그것은 전혀 유쾌하지 않은 고요함이었고, 그래서 나는 문을 벌컥 열어서 정적을 깨트렸다. 후엉이 복도에 서 있었고, 파일의 두 손은 그녀의 어깨에 얹혀 있었다. 두 사람의 자세로 미루어 보아 그들은 입을 맞추다가 방금 떨어진 모양이었다.

"이런, 들어와요." 내가 말했다. "들어오라고요."

"내가 부르는 소리를 듣지 못한 모양이군요." 파일이 말했다.

"처음엔 자고 있었고, 그런 다음엔 방해받고 싶지 않았어요." 나는 후엉에게 프랑스어로 말했다. "저 친구 어디서 만났나요?"

"여기요. 복도에서요." 그녀가 말했다. "문 두드리는 소리를 듣고는 그를 들어오게 해 주려고 층계를 달려 올라왔어요."

"앉아요." 내가 파일에게 말했다. "커피 마시겠어요?"

"아뇨. 난 앉고 싶지도 않아요, 토머스."

"난 앉아야 되겠어요. 다리에 기운이 없어서요. 내 편지 받았나요?"

"그래요. 그 편지는 보내지 말았어야 한다고 생각해요."

"왜요?"

"거짓말만 잔뜩 늘어놓았기 때문입니다. 난 당신을 믿었어요, 토머스."

"여자가 얽힌 경우에는 아무도 믿으면 안 돼요."

"그렇다면 당신은 이제부터 날 믿을 필요가 없겠군요. 난 당신이 외출한 다음 몰래 찾아와서 공문서처럼 타자로 요점만 정리한 편지를 봉투에 넣은 뒤 두고 가면 그만일 테니까요. 어쩌면 난 이제야 철이 드는 모양이에요, 토머스." 하지만 울먹이는 목소리 때문인지 그는 어느 때보다도 훨씬 젊어 보였다. "당신은 거짓말을 하지 않고는 이길 방법이 없던가요?"

"없었어요. 이런 게 유럽식 이중성이라는 거예요, 파일. 밑천이 모자랄 때 우리가 문제를 해결해 나가는 방법이죠. 그런데 내 솜씨가 서툴렀나 봐요. 거짓말을 어떻게 알아챘나요?"

"후엉의 언니 덕분이었어요." 그가 말했다. "하이는 지금 조의 부처에서 근무해요. 방금 그녀를 만나고 오는 길입니다. 당신이 귀국 지시를 받았다는 걸 하이가 알아냈더군요."

"아, 그거요." 안도감을 느끼며 내가 말했다. "그건 후엉도 아는 사실인데요."

"그럼 당신 부인한테서 온 편지는 어떻고요? 후엉이 그 내용도 아나요? 하이가 그 편지를 봤어요."

"어떻게요?"

"어제 당신이 외출한 다음 하이가 후엉을 만나러 여길 왔었고, 후엉이 편지를 언니에게 보여 줬어요. 언니는 영어를 읽을 줄 알거든요."

"그랬군요." 누구에게든 화를 내 봤자 아무 소용이 없었으니 — 잘못을 저지른 장본인이 나 자신이라는 사실은 너무나 빤했으므로 — 아마도 후엉은 자랑하고 싶은 마음에서 편지를 보여 주었을 듯싶었다. — 그것은 불신에서 비롯한 행동이 아니었다.

"당신은 어젯밤에 이걸 다 알고 있었나요?" 내가 후엉에게 물었다.

"네."

"어쩐지 당신이 조용하다 싶었어요." 나는 그녀의 팔을 쓰다듬었다. "얼마나 화가 치밀었을지 알겠지만 당신은 후엉이고 — 후엉은 분노할 줄 모르죠."

"나 생각 좀 해야 했어요." 그녀가 말했고, 이제야 기억이 났다. 밤중에 잠에서 깨어난 나는 그녀의 숨소리가 고르지 않다는 사실을 눈치챘고 후엉이 잠을 이루지 못하고 있음을 깨달았다. 나는 그녀에게로 팔을 내밀고 물었다. "Le cauchemar?(나쁜 꿈을 꾸었나요?)" 그녀는 까띠나 거리로 처음 거처를 옮겨 왔을 때 자주 악몽에 시달리고는 했지만 어젯밤에 그녀는 그렇지 않다고 머리를 저었다. 그녀가 나에게 등을 돌리고 있었으므로 나는 그녀의 몸에 내 다리를 얹었는데 — 그것은 잠자리를 위한 첫 동작이었다. 그때까지만 해도 나는 무엇이 잘못되었는지 전혀 짐작하지 못했다.

"도대체 왜 그랬는지, 토머스, 설명이나 좀 해……."

"그야 빤한 일이잖아요. 난 후엉을 붙잡고 싶었어요."

"여자가 어떤 대가를 치르더라도 말인가요?"

"물론이죠."

"그건 사랑이 아녜요."

"당신 방식의 사랑은 아니겠죠, 파일."

"난 후엉을 보호하고 싶어요."

"난 그렇지 않아요. 후엉은 보호받아야 할 존재가 아녜요. 나는 그녀를 곁에, 내 침대에 잡아 두고 싶어요."

"그녀의 의지하고 상관없이요?"

"그럴 의지가 없다면 후엉은 내 곁에 머물지 않을 거예요, 파일."

"이러고 나서도 후엉이 당신을 사랑할 순 없어요." 파일의 생각은 그렇게 단순했다. 나는 그녀에게로 눈길을 돌렸다. 후엉은 그사이 침실로 가서는 내가 누웠던 침대의 이부자리를 잡아 당겨 치우더니, 그녀가 아끼는 사진 잡지 한 권을 선반에서 꺼내 들었다. 그러고는 우리 대화에 별로 관심이 없다는 듯 침대에 올라앉았다. 나는 그것이 무슨 잡지인지 짐작할 수 있었는데 — 여왕의 삶을 수록한 화보집이었다. 웨스트민스터 사원으로 행차하는 왕실 마차가 거꾸로 보였다.

"사랑은 서양의 개념이죠." 내가 말했다. "우린 한 여자에 대한 집념을 감추기 위해서, 혹은 감상적인 이유로 그 단어를 사용해요. 이곳 사람들은 집념 따위에 시달리지 않아요. 조심하지 않았다가는, 파일, 당신은 상처를 입을 거예요."

"그 다리만 멀쩡했다면 당신을 죽도록 두들겨 패 주고 싶어요."

"당신은 나를 — 그리고 물론 후엉의 언니를 고마워해야 합니다. 당신은 지금 양심의 가책 따위는 아랑곳하지 않고 무슨 짓이나 저지르려고 하는데 — 그러면서도 한편으로는, 플라스틱과 무관한 일이라면, 아주 심한 죄책감을 느끼기도 하잖아요, 파일, 안 그래요?"

"플라스틱요?"

"그 방면에서 당신이 무슨 짓을 저지르고 있는지 깨닫기를 하느님께 빌겠어요. 아, 당신의 온갖 동기가 항상 그렇듯이 훌륭하다는 건 나도 알아요." 그는 어리둥절하고 미심쩍은 표정을 지었다. "난 당신이 몇 가지나마 가끔 나쁜 목적에도 신경을 써서 인간성에 대한 이해의 폭을 좀 더 넓히면 좋겠어요. 그리고 그건 말이죠, 파일, 당신 나라에도 똑같이 권하고 싶은 사항이랍니다."

"난 후엉에게 남부럽지 않은 삶을 마련해 주고 싶어요. 이 집은 — 냄새가 나요."

"우린 향불로 악취를 가라앉혀요. 내 생각에 당신은 그녀에게 고성능 냉장고하고, 그녀가 혼자 타고 다닐 자동차와 최신형 텔레비전 수상기를 마련해 주려고……."

"그리고 아이들도 갖게 하고요."

"무엇인가 기꺼이 증언해 줄 똑똑하고 어린 시민들 말이군요."

"그러는 당신은 후엉에게 무얼 해 줄 수 있나요? 당신은 그녀를 데리고 귀국할 생각 따윈 없잖아요."

"그래요. 난 그렇게까지 잔인한 짓을 할 사람이 아네요. 그녀에게 돌아올 여건까지 마련해 줄 입장이라면 몰라도요."

"당신은 여길 떠날 때까지 편안하게 잠자리를 같이할 여자로서만 그녀를 데리고 살려는 속셈이잖아요."

"후엉은 인간이에요, 파일. 그녀에게는 판단할 능력이 있다고요."

"조작된 증거에 의존해서 말이죠. 그나마도 어린애의 시각으로요."

"후엉은 어린애가 아녜요. 당신이 평생 따라가지 못할 정도의 강인함을 지닌 여자라고요. 흠집이 생기지 않는 종류의 광택을 당신은 아나요? 후엉이 바로 그런 존재예요. 그녀는 우리 같은 사람들 여남은 명은 견뎌 낼 능력이 있어요. 세월 따라 그냥 나이만 먹을 뿐이고요. 그녀는 물론 출산과 굶주림과 추위와 관절염에 시달리겠지만 우리처럼 온갖 잡념이나 집념 때문에 고통받지는 않겠죠. ─ 삭아 버릴지언정 흠집은 나지 않는 광택이라고요." 하지만 그렇게 일장 연설을 늘어놓으면서도 나는

(앤 공주와 그녀의 가족이 함께 찍은) 화보집의 책장을 넘기는 그녀를 지켜보았고, 파일이나 마찬가지로 나 또한 관념뿐인 존재를 만들어 내고 있음을 의식했다. 한 인간이 다른 인간을 제대로 파악하기란 결코 불가능하고, 내가 알기로 그녀는 우리들 못지않게 겁에 질려 있으며, 다만 스스로를 표현할 기술이 없을 따름이었다. 그리고 나는 그녀를 이해하려고 그토록 치열하고 고통스럽게 노력했던 첫해 내내 그녀에게 무슨 생각을 하는지 알려 달라고 간절히 요구하면서 그녀의 침묵에 대하여 터무니없이 심하게 화를 냈고, 결국 그녀로 하여금 겁에 질리게 했던 때가 기억났다. 아랫배에 칼을 찔러 넣으면 그녀가 통제력을 잃고 입을 열리라고 믿었던 내 욕망 또한 누군가를 해치는 무기였다.

"당신은 말이 너무 많아요." 내가 파일에게 말했다. "당신이 알고 싶은 건 다 알았잖아요. 그러니 어서 나가요."

"후엉." 그가 그녀를 불렀다.

"파일 선생님?" 그녀가 윈저궁을 열심히 살펴보던 눈길을 들어 그를 쳐다보면서 물었고, 그녀의 깍듯하고 예절 바른 태도가 그 순간에는 우스꽝스러우면서도 나를 안심하게 했다.

"저 사람이 당신을 속였어요."

"Je ne comprends pas.(무슨 말인지 모르겠어요.)"

"어서 나가라니까요." 내가 말했다. "가서 당신이 좋아하는 제3의 세력과 요크 하딩과 『민주주의의 역할』하고 어울려 놀기나 해요. 얼른 가서 플라스틱이나 가지고 놀란 말이에요."

훗날 나는 그가 내 지시를 지나치게 고지식한 방식으로 실천하지 않았나, 하고 통감하게 되었다.

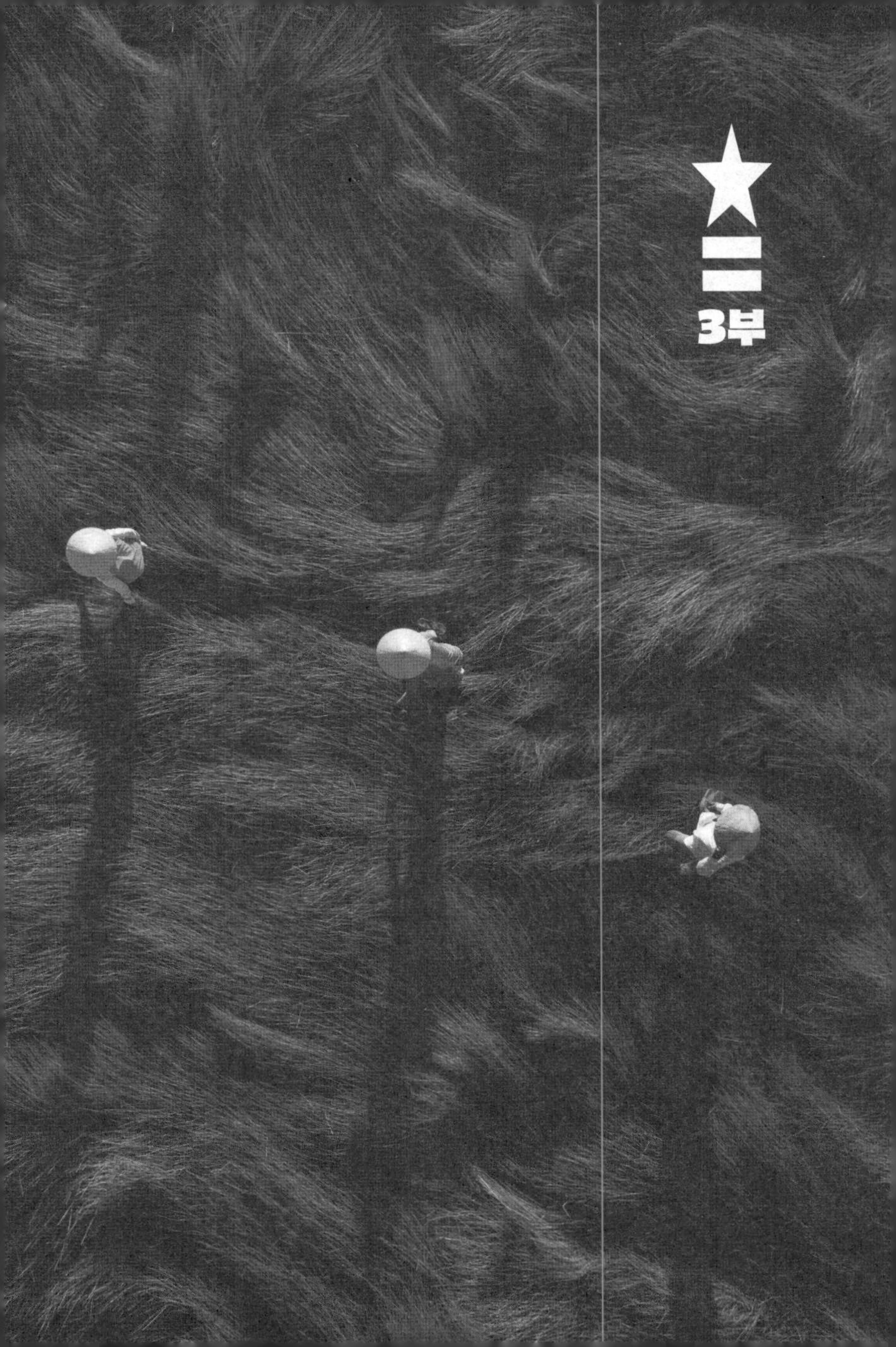

3부

1

1

파일이 죽고 거의 두 주일이 지난 다음에야 나는 비고를 다시 만났다. 샤르네 대로를 걸어 올라가려니까 그의 목소리가 르 클뢰브에서 나를 불렀다. 르 클뢰브는 당시에 공안 요원들이 가장 애용하던 식당이었는데, 요원들은 그들을 미워하는 사람들에게 배짱을 과시하고자 일부러 그곳 1층에 자리를 잡고 앉아서 점심을 먹고 술을 마셨다. 그러는 동안 일반 손님들은 수류탄을 든 빨치산들을 피해 2층에서 식사를 했다. 나는 그와 자리를 같이했고, 그는 나를 위해 베르무트 카시스를 한 잔 주문했다. "술값 걸고 한판 굴릴까요?"

"원하신다면요."라고 대꾸하면서 나는 421 놀이용 주사위를 꺼냈다. 그 숫자와 주사위만 보면 나는 저절로 전시의 인도차이나가 떠오른다. 이 세상 어디를 가든 나는 주사위를 굴리는 두 사람을 볼 때마다 하노이나 사이공, 또는 폭파된 건물들이 즐비하던 팟지엠의 거리로 돌아간 기분을 느끼고, 송충이처럼 기묘한 색깔로 위장한 낙하산병들이 정찰 임무를 수행하기 위해 수로를 따라 이동하는 광경이 눈앞에 어른거리고, 점점 가까워지는 박격포 소리가 귀에 들려오고, 어떤 때는 죽은 아이의 시체가 선하게 나타난다.

"Sans vaseline.(바셀린 바르면 반칙입니다.)"[93] 421 주사위를 던지며 비고가 말했다. 그는 마지막 성냥개비를 나에게 밀었다. 421 놀이와 연관된 성적 은어는 모든 공안 사이에 널리 퍼져 있었다. 어쩌면 비고가 지어냈을지도 모르는 그런 표현을 그의 하급 장교들은 파스칼을 따라 하지 않았을지언정 걸핏하면 써먹었다. "Sous-lieutenant.(소위가 되셨군요.)" 한 판을 질 때마다 계급이 하나씩 올라갔고 — 어느 한쪽이 대위나 대장이 될 때까지 시합은 계속되었다. 그가 두 번째 판도 이긴 뒤에 성냥개비[94]

---

93 한때 바셀린은 성행위를 할 때 삽입을 돕는 윤활제로 널리 사용되었으나, 가끔 바셀린의 특정 성분이 콘돔을 뚫어서 심각한 부작용을 야기하기도 했다. 비고가 한 말은 '꼼수를 쓰면 안 된다.'라는 뜻의 속어다.

94 한꺼번에 던지는 세 개의 주사위가 만드는 조합에 따라 미리 배분받은 패를

를 헤아려 내주면서 말했다. "파일의 개를 우리가 찾아냈어요."

"그래요?"

"개가 시체에서 떨어지려고 하지 않았던 모양입니다. 어쨌든 목이 잘리고 말았죠. 이십 미터쯤 떨어진 진흙탕에서 발견했어요. 아마도 거기까지 몸을 질질 끌고 갔던 것 같아요."

"아직 조사 중이신가요?"

"미국 공사관이 우리를 괴롭히며 자꾸 재촉해서요. 천만다행으로 우린 프랑스인이 살해당했다고 해서 그렇게 법석을 떨지는 않아요. 물론 파일의 사건이 희귀하기는 하죠."

우리는 성냥개비를 분배하기 위해 주사위를 던졌고, 그러고는 본격적인 대결을 시작했다. 비고가 4-2-1을 얼마나 빨리 던지는지 그 솜씨를 보면 신기할 지경이었다. 그에게는 성냥개비가 세 개밖에 남지 않았고, 나는 가장 낮은 끗수를 냈다. "나가십니다." 하면서 비고는 성냥개비 두 개를 나한테로 밀어 놓았다. 마지막 성냥개비를 털어 버리며 그가 "Capitaine.(대장 되셨습니다.)"이라 말했고, 나는 술을 주문하려고 웨이터를 불렀다. "누군가 당신을 이긴 사람이 한 명이라도 있기는 한가요?" 내가 물었다.

내주다가 손을 털게 되면 이기는 놀이로, 최고의 배합은 4와 2와 1이다. 두 사람은 패 대신 성냥개비를 사용하고 있다.

"많지는 않아요. 복수전을 원하시나요?"

"다음에 하죠. 도박사가 되었더라면 크게 성공하셨겠어요, 비고. 승부가 걸린 다른 놀이 좋아하는 거 또 있나요?"

그가 비참한 표정으로 미소를 지었는데, 무슨 이유에서인지 나는 그의 하급 장교들과 몰래 놀아난다고 소문이 자자한 비고의 노랑머리 아내가 떠올랐다.

"글쎄요, 뭐랄까요." 그가 말했다. "어딜 가나 최고의 승부사는 따로 있기 마련입니다."

"최고의 승부사요?"

"신의 존재를 놓고 내기를 걸 때 무엇을 잃거나 무엇을 따는지, 그 두 가지 끗발의 가치를 따져 보기로 하자." 그가 파스칼을 인용했다. "따는 사람은 모든 것을 따고, 잃는 사람은 아무것도 잃지 않는다."

나는 파스칼을 인용해서 반박했는데 — 그것은 내가 기억하는 유일한 구절이었다. "동전의 앞면을 선택한 자와 뒷면을 선택한 자는 똑같이 실수를 저지른 셈이다. 둘 다 틀렸다. 참된 길은 아예 내기를 걸지 않는 것이다."

"'그렇기는 하나 우리는 승부에 임해야만 한다. 그것은 선택 사항이 아니다. 그대는 이미 배를 탔기 때문이다.' 당신은 자신이 선택한 원칙을 따르지 않고 있어요, 파울러. 당신은 어느 누구하고나 마찬가지로 앙가제 했잖아요."

"종교 문제는 안 그래요."

"난 종교를 얘기한 게 아녜요. 사실은 말이죠." 그가 말했다. "난 파일의 개를 염두에 두고 한 말이었어요."

"그렇군요."

"당신이 나한테 했던 말 생각나요? 개의 발에 묻은 흙을 분석해 보면 단서를 찾을 수도 있겠다고요."

"그리고 당신은 르콕도 아니요, 메그레는 더더구나 아니라고 그랬죠."

"생각해 보니 난 그렇게 무능한 사람이 아니었나 봐요." 그가 말했다. "파일은 외출할 때면 늘 개를 데리고 나갔어요, 안 그런가요?"

"그랬을 겁니다."

"개가 혼자 돌아다니게 내버려 두었다가 잃어버리기라도 하면 안 될 정도로 소중했기 때문은 아니었을까요?"

"잃어버렸다간 안전하지 않았겠죠. 이 나라에서는 사람들이 개를 잡아먹지 않던가요?" 그는 주사위를 집어서 호주머니에 넣으려고 했다. "그거 내 주사위인데요, 비고."

"아, 미안해요. 내가 그만 다른 데 정신이 팔려서……."

"왜 나더러 앙가제 했다고 하셨나요?"

"당신이 파일의 개를 마지막으로 본 건 언제였나요, 파울러?"

"그걸 내가 어떻게 기억해요? 난 개들과 만나는 날을 방명록에 적어 두진 않아요."

"집엔 언제 돌아가실 건가요?"

"잘 모르겠어요." 나는 경찰에 정보를 제공하는 짓을 전혀 좋아하지 않았다. 그래 봤자 그들만 편해진다.

"당신을 만나러 가고 싶은데 — 오늘 밤이면 좋겠어요. 10시가 어떤가요? 혹시 혼자 계신다면요."

"후엉은 영화나 보라고 내보내죠."

"후엉하고의 문제는 — 이제 다시 괜찮아졌나요?"

"그래요."

"신기하네요. 난 당신들 두 사람이 — 뭐랄까요 — 다정한 사이가 아니라는 인상을 받았거든요."

"그럴 만한 이유가 분명히 많았으니까요, 비고." 내가 퉁명스럽게 덧붙여 말했다. "그런 처지를 잘 아실 텐데요."

"내가요?"

"당신도 뭐 꼭 아주 행복한 사람은 아니잖아요."

"아, 난 불만 없어요. '무너진 집은 비참한 줄 모른다.'"

"그게 무슨 소린가요?"

"역시 파스칼이 한 말입니다. 비참한 삶을 자랑으로 삼는 시각에 대한 반박이죠. '나무는 무엇이 비참한지를 알지 못한다.'"

"도대체 당신은 어쩌다 경찰관이 되었나요, 비고?"

"이유는 많답니다. 먹고살기도 해야 했고, 사람에 대한 호기심도 생겼고, 그리고 — 아, 그래요, 가보리오의 애독자이기도 했고요."

"당신은 신부가 되었어야 해요."

"성직자가 되기에는 난 — 그 시절 기준으로 적절하지 못한 작가들만 골라서 읽었으니까요."

"당신은 내가 연루되었다고 여전히 의심하는군요, 안 그래요?"

그는 자리에서 일어나더니 잔에 남은 베르무트 카시스를 마저 마셨다.

"난 그저 당신과 얘기를 나누고 싶을 따름입니다."

그가 돌아서서 가 버린 다음 나는 그의 마지막 시선에 연민이 담겼다고 생각했다. 마치 자신이 잡아넣은 죄수를 볼 때마다 죄의식을 느끼기 때문에 제 나름대로 종신형을 치러야 하는 사람의 고통스러운 표정이었다.

2

고통스러운 벌이라면 나도 받을 만큼 받았다. 파일은 내 집을 나가면서 나에게 불확실성의 기나긴 시간을 형벌로 남겨 두고 떠난 듯했다. 집으로 돌아올 때마다 나는 재앙을 예상했다. 때때로 후엉이 집을 비우는 날이면 혹시 다시는 돌아오지 않을지도 모른다는 걱정 때문에 후엉이 나타날 때까지 무슨 일이든 전혀 손에 잡히지 않았다. 마침내 돌아온 그녀에게 나는 (내 목소리에서 불안감과 의심이 드러나지 않도록 한껏 조심하며) 어디에 갔었는지 물었고, 그러면 그녀는 시장이나 가게를 다녀왔다면서 증거 자료를 내놓고는 했다. (그 무렵에는 자신의 행적을 적극적으로 확인해 주려는 그녀의 태도까지 부자연스럽게 여겨졌는데) 때로는 영화관에 갔었다며 입장권을 보여 주었고, 때로는 언니네 집을 다녀왔다고 했지만 — 나는 그곳에서 후엉이 파일을 만났으리라고 의심했다. 당시에 잠자리를 같이할 때마다 나는 그녀를 증오하듯 사납게 행동했는데 실상 내가 증오한 대상은 미래였다. 내 침대에는 외로움이 누워서 나를 기다렸고 나는 밤이면 고독을 두 팔로 끌어안았다. 그녀는 변함없이 나를 위해 밥을 지었고, 내 담뱃대를 준비했고, 내 쾌락을 위해 부드럽고 다정하게 몸뚱어리를 내놓았고, (그러나 그것은 더 이상 쾌락이 아니었으며) 처음 얼마 동안 나는 그녀의 생각을 읽어 내려고 애썼지만 이제 그 마음은 내가 알지 못하는 언어 속으로 멀리 숨어 버렸다. 나는 그녀에게 질문을 하고 싶지 않았다. (노골적으로 거짓말을 하지 않는 한 우리 두 사람의 관계는 항상 그랬듯이 서로에게 똑같은 마음이리라고 천연하게 연극을 이어 가면 그만이었기에) 나는 그녀로 하여금 거짓말을 하도록 몰아 대고 싶지 않았으나 갑자기 불안감이 나 대신 말문을 열었고, 그래서 나는 말했다. "마지막으로 파일을 만난 게 언제였어요?"

그녀가 머뭇거렸는데 — 기억을 더듬느라고 그랬던 것은 아니었을까? "우리가 여기 왔을 때요." 그녀가 말했다.

거의 무의식적으로 나는 미국과 관련된 모든 것을 기회만 생기면 헐뜯기 시작했다. 대화에서 내가 늘어놓은 이야기라고는 대개 미국 문학의 빈곤함과 미국 정치에 얽힌 온갖 추문과 미국 아이들의 짐승 같은 면모에 관한 내용뿐이었다. 나에게서 그녀를 빼앗아 가려는 악당은 한 남자가 아니라 하나의 민족처럼 여겨졌다. 아메리카가 하는 짓 가운데 옳은 것이라고는 하나도 없었다. 미국이라는 주제로 이야기를 나눌 때면 나는 따분하기 짝이 없는 말 상대가 되어 버렸고, 내가 느끼는 반감에 당장 공감할 듯싶었던 프랑스인 친구들까지도 나를 꺼릴 지경에 이르렀다. 나는 마치 배반당한 듯 행동했지만 사람이란 적에게 배반당하지 않는 법이다.

자전거 폭탄 사건이 발생한 것은 바로 그 무렵이었다. (후엉은 영화를 보러 갔을까 아니면 언니를 만나러 갔을까?) 이런저런 궁리를 하며 북적거리는 주점을 나와서 텅 빈 집에 돌아와 보니 누군가 문 밑으로 밀어 넣은 쪽지 한 장이 나를 기다리고 있었다. 도밍게스가 보낸 편지였다. 그는 아직 몸이 아파서 미안하다고 사과하고는 나더러 이튿날 아침 10시 30분쯤에 샤르네 대로 모퉁이의 대형 상점 앞에서 기다리라고 했다. 그는 저우 씨의 부탁을 전한다고 했지만 내가 그곳에 나타나기를 요구한 장본인은 헹 씨일 가능성이 크다고 나는 짐작했다.

나중에 생각해 보니 그것은 단신 기삿거리밖에 되지 않는, 그나마 유머 넘치는 화법으로 다루어야만 겨우 독자의 시선을 끌 수 있는 사건이었다. 며칠 동안 부패하여 허여스름해진 시체들이 잔뜩 뒤엉킨 팟지엠의 수로, 사방에서 쏟아지는 박격포의 포탄, 새하얗게 빛나는 소이탄 불꽃처럼 북쪽에서 벌어지는 슬프고 심각한 전쟁의 양상들과는 거리가 멀었다. 내가 꽃 가게 옆에서 십오 분가량 기다리고 있을 때 경찰관들을 잔뜩 태운 트럭 한 대가 공안 본부 방향으로부터 달려오다 갑자기 브레이크를 밟았다. 바퀴가 미끄러지는 끼익 소리를 내며 까띠나 거리에 멈춰 섰고, 폭도를 진압하려는 듯 경찰관들이 우르르 내리더니 상점으로 달려갔다. 폭력배라고는 어디를 둘러봐도 눈에 띄지 않았다. — 그들이 진격한 지점에는 자전거를 줄지어 세워 놓은 방책밖에 없었다. — 서양의 어떤 대학 도시에도 자전거를 소유한 사람이 이토록 많지는 않아서 — 사이공의 모든 대형 건물은 거의 자전거에 포위당하다시피 둘러싸였다. 내가 미처 사진기의 초점을 맞추기도 전에 우스꽝스럽고 당최 영문을 모르겠는

작전은 금세 끝나 버렸다. 경찰 병력은 자전거들 사이로 돌진해 들어가서 자전거 세 대를 머리 위로 들고 나오더니 멋지게 장식한 분수대 속에 집어 던졌다. 무슨 일인지 물으려고 한 사람을 붙잡아 세울 틈조차 없이 경찰관들은 다시 트럭으로 몰려가서 올라타더니 보나르 대로를 냅다 달려 내려갔다.

"Operation Bicyclette.(자전거 작전입니다.)" 누군가의 목소리가 말했다. 헹 씨였다.

"그게 뭔데요?" 내가 물었다. "훈련인가요? 무슨 목적으로 하는 작전이죠?"

"조금만 더 기다려 보세요." 헹 씨가 말했다.

한가하게 산책을 하던 몇몇 사람이 분수대로 다가갔다. 물 속에 위험한 물체들이 잠겨 있으니 선박들더러 멀리 피해서 지나가라고 경고하는 부표처럼 자전거의 바퀴 하나가 솟아올랐다. 그러자 경찰관 한 명이 소리를 지르고 두 손을 휘저으며 길을 가로질렀다.

"가서 살펴봅시다." 내가 말했다.

"그러지 않는 편이 좋을 텐데요." 헹 씨가 대꾸하고는 시계를 확인했다. 시곗바늘이 11시 4분을 가리켰다.

"당신 시계가 빠르군요." 내가 말했다.

"자꾸 더 가네요." 그리고 그 순간 분수대가 폭발하여 도로 위로 물벼락이 쏟아졌다. 복잡하게 장식한 갓돌 조각 하나가 어느 창문으로 날아갔고, 깨진 유리들이 소나기의 투명한 물방울처럼 반짝거리며 쏟아졌다. 다친 사람은 없었다. 우리 두 사람은 물방울과 유리 파편을 옷에서 털어 냈다. 도로 위에서 자전거 바퀴 하나가 팽이처럼 윙윙거리며 혼자 돌다가 곧 비틀거리더니 힘없이 쓰러졌다. "11시 정각이었을 거예요." 헹 씨가 말했다.

"도대체 무슨 일이……?"

"선생이 관심을 보이리라고 전 생각했어요." 헹 씨가 말했다. "관심이 생기셨기를 바랍니다."

"어디 가서 뭘 좀 마실까요?"

"미안하지만 안 되겠습니다. 난 저우 씨한테 돌아가야 하는데, 그 전에 선생한테 무얼 보여 드리고 싶군요." 그는 자전거 보관소로 나를 데려가서 자기 자전거를 끌어냈다. "자세히 보세요."

"롤리[95]로군요." 내가 말했다.

"그게 아니고요, 펌프를 보시라고요. 뭔가 생각나는 거 없어요?" 그는 갈피를 못 잡는 나를 얕잡아 보듯 미소를 짓고는 자전거를 밀어 출발했다. 그는 한 번 뒤를 돌아보며 손을 흔들어 주고는 쫄롱과 고물 창고를 향해 달려갔다. 정보를 구하려고 찾

---

95 Raleigh. 영국의 유명한 자전거 제조 회사.

아간 공안 본부에 도착해서야 나는 그가 한 말이 무슨 의미였는지를 깨달았다. 저우의 창고에서 내가 보았던 틀은 자전거 바퀴에 바람을 넣는 펌프를 반으로 쪼갠 형태와 제법 흡사했다. 그날 사이공 각처에서 멀쩡해 보이던 자전거 펌프들이 11시 정각을 기해 동시에 터지도록 설계한 폭탄을 탑재하고 있었다는 사실이 밝혀졌고, 내 짐작으로는 헹 씨를 통해 정보가 미리 흘러들어간 곳만큼은 경찰이 미리 적절하게 대처했던 듯싶었다. 열 곳에서 폭발하여 여섯 명이 가벼운 부상을 입고 엄청나게 많은 자전거가 망가졌지만 하나같이 별로 대단치 않은 사건이었다. 이 사건을 "충격적인 폭력 사태"라고 평가한 《엑스트렘 오리앙》 특파원을 제외한 우리 동료 기자들은 이런 사건이라면 조롱거리로 회자되기 전에는 기사 지면을 확보하기 어렵다고 판단했다. 물론 "자전거 폭탄"은 기사 제목으로 호기심을 불러일으킬 만한 표현이었다. 그들은 모두 이 사고의 배후로 공산주의자를 지목했다. 나 혼자만 그 폭탄들이 테 장군 쪽에서 세를 과시하기 위해 준비한 수단이었다고 기사를 썼지만 본사는 그 내용을 수정해 버렸다. 테 장군은 기삿감이 안 되기 때문이었다. 그들은 굳이 그의 이름을 밝히고자 지면을 낭비하고 싶어 하지 않았다. 나는 도밍게스를 통해 헹 씨에게 기사가 제대로 먹히지 않아서 미안하다고 뜻을 전했는데 — 그래도 어쨌든 나로서는 최선을 다한 셈이었다. 헹 씨는 인편을 보내 점잖은 회답을 말로 전해 왔다. 내 개인적인 판단으로는 헹 씨가, 또는 베트밍 위원회가 지나치게 민감하게 반응했다는 생각이 들었다. 이 사건의 책임 소재를 두고 공산주의자들을 심각하게 추궁하며 몰아붙이려는 사람은 아무도 없었다. 솔직히 말해서 만약 사건의 배후를 캐내고 싶어 하는 기자가 있었다면 분명 주모자의 장난기가 대단하다고 놀리려는 의도에서였으리라. "다음엔 또 무슨 짓을 벌이려고 할까?" 사람들이 모이면 그런 말이 오갔고, 도로 한복판에서 팽이처럼 신나게 빙글빙글 돌아가던 자전거 바퀴가 나에게는 모든 해괴한 상황을 상징하는 한 폭의 그림이었다. 테 장군과 파일의 연관성에 대하여 내가 들었던 이야기조차 나는 파일에게 전혀 언급할 필요성을 느끼지 않았다. 그가 플라스틱 틀을 가지고 심심풀이 장난을 하도록 내버려 두면 후엉에 대한 관심 역시 시들려니 하는 생각에서였다. 아무리 그렇더라도 나는 어느 날 저녁 무오이 씨의 차고 부근을 우연히 지나가다가 따로 할 일도 없고 해서 그곳을 둘러보기로 했다.

드 라 솜므 대로의 고물 창고와 달리 그곳은 협소하고 지저분했다. 바닥 한가운데는 엔진 덮개가 열린 자동차 한 대를 받침틀로 들어 올려놓았는데, 그 모양은 흡사 아무도 찾아가지 않는 시골 박물관에 입을 쩍 벌린 선사 시대의 동물 모형을 세워 둔 꼴이었다. 바닥에 쇳조각과 낡은 궤짝들이 흩어져 있었는데 — 베트남 사람들은 오리 한 마리를 토막 내어 발톱 정도만 버리고 일곱 가지 음식을 마련해 내는 중국 요리사들이나 마찬가지로 무엇이건 함부로 버리는 일이 없었다. 도대체 누가 빈 드럼통이나 망가진 틀을 제멋대로 내버렸는지 나는 의아했고 — 아마도 어떤 직원이 몇 피아스타의 푼돈을 손에 넣으려고 도둑질을 했거나, 어쩌면 교활한 헹 씨에게 매수당한 누군가가 농간을 부리지 않았나 싶었다.

주변에 아무도 없는 듯해서 나는 안으로 들어갔다. 경찰이 들이닥치기라도 할까 봐 이곳 사람들이 잠시 자리를 피했는지도 모르겠다고 나는 생각했다. 헹 씨에게 공안과 내통하는 무슨 연줄이 있을지 모르는 일이었지만 그래도 경찰이 선불리 행동에 나설 가능성은 적었다. 그들의 관점에서는 폭탄 사건을 공산주의자들의 소행이라고 사람들이 추측하게끔 내버려 두는 편이 더 나았다.

자동차와 콘크리트 바닥에 흩어진 쓰레기 말고는 눈길을 끌 만한 물건이 전혀 없었다. 무오이의 차고에서 어떻게 폭탄이 제조되었는지를 상상하기란 어려운 일이었다. 드럼통에서 보았던 하얀 가루로 어떻게 플라스틱을 만들어 내는지 나로서는 추측하기 힘들었다. 하지만 그 제조 과정은 길가의 급유 펌프 두 대도 제대로 관리하지 않아 잘 작동하지 않을 듯싶은 이곳에서 이루어지기에는 분명히 너무나 복잡할 터였다. 나는 입구에 서서 길거리를 내다보았다. 대로 중앙의 나무들 밑에는 이발사들이 자리를 잡고 늘어앉았으며 가로수의 허리춤에 못으로 박아 고정한 낡은 거울 조각이 햇빛을 받아 반짝였다. 고깔모자를 쓴 소녀가 양쪽 끝에 바구니가 달린 장대를 메고 총총걸음으로 지나갔다. 시몽 프레르 점포의 담벼락 앞에 쪼그리고 앉은 점쟁이가 옛날 점괘 딱지를 섞어서 뒤집어 늘어놓는 동안 호치밍처럼 염소수염을 기른 손님이 무감각하게 지켜보았다. 일 피아스타를 낸 늙은 남자가 무슨 대단한 미래를 기대하겠는가? 드 라 솜므 대로에서 얼굴을 팔고 살았을 정도면 이곳의 모든 사람이 무오이에 대해서는 속속들이 알아야 마땅했지만 경찰은 그의 비밀을 풀 열쇠를 전혀 찾지 못했다. 이런 차원의 삶은 모든 사실이 빤히 드러나기 마련이지만 그냥 길거리로 나가 사람들과 어울렸다고 해서 저절로 그들의 속마음까지 알아낼 수 있는 건 아니었다. 나는 공동 화장실 옆 층계참에 모여 앉아서 수다를 떠는 늙은 여자들이 머리에 떠올랐는데, 그들 역시 모든 소문을 들었겠지만 무엇을 얼마만큼 아는지 나로서는 알 길이 없었다.

나는 차고로 돌아가서 뒤쪽 작은 사무실로 들어갔다. 흔해빠진 중국 달력이 눈에 들어왔고 지저분하게 흐트러진 책상에는—가격표들과 껌 한 통과 계산기, 몇 개의 서류 집게, 찻주전자와 세 개의 잔, 깎지 않은 연필 한 무더기, 그리고 무슨 사연으로 그곳에 나타났는지 모르지만 아직 사용하지 않은 에펠탑 그림엽서 한 장. 요크 하딩이 제3의 세력에 대해 추상적이고 세밀하게 서술했다면 아마 이런 광경으로 요약되었겠으니 — 바로 이곳에 수수께끼의 정답이 숨어 있었다. 뒤쪽 벽에 문이 하나 달렸는데 잠그기는 했지만 누군가 책상 위 연필들 사이에 열쇠를 놓아두었다. 나는 문을 열고 안으로 들어갔다.

차고와 비슷한 크기의 헛간이었다. 그곳에는 기계 설비 하나가 들어앉아 있었는데, 한눈에 보니 무슨 날지 못하는 다 자란 새들을 가두는 닭장 같았다. 수많은 횃대를 철사와 작대기들로 엮어서 그네처럼 매달았고 — 낡은 헝겊으로 기계를 묶어 놓은 양 보였지만, 걸레는 아마도 무오이와 부하들이 어디론가 불려 가기 전에 무언가를 닦아 내는 데 사용한 듯싶었다. 나는 기계를 제조한 사람의 이름을 찾아냈는데 — 리옹에 거주하는 어떤 사람이었고 특허 번호가 나란히 적혀 있었지만 — 무슨 특허인지는 확인할 길 없었다. 전기 스위치를 올리니 낡은 기계가 살아났는데 — 마침내 막대기들의 용도가 밝혀졌으니 — 그 기묘한 장치는 늙은 남자가 마지막 남은 기운을 모아서 주먹으로 내려치고, 또 내려치듯 두들겨 대고…… 그러니까 이 물건의 정체는 여전히 작동하는 압착기였는데, 5센트 극장[96] 시대에나 당당하게 존재감을 자랑했을 유물인 듯싶었다. — 나는 남딩 뒷골목에서 철마가 영사막을 가로질러 질주하며 관객을 즐겁게 해

---

96 nickelodeon. 20세기 초 미국의 시골 동네에 있던 싸구려 영화관.

주던 옛날 영화「대열차 강도」[97]를 본 기억이 났고—무엇 하나 낭비하지 않는 사람들의 나라에서도 모든 물건이 언젠가는 활동을 멈추기 마련이었으니, 이 압착기는 여기서 마지막 활동의 종지부를 찍을 운명이었다.

압착기를 좀 더 자세히 살펴보니 하얀 가루의 흔적이 남아 있었다. 우유하고 어떤 공통된 속성을 지녔다는 다이올락톤이리라고 나는 생각했다. 드럼통이나 틀은 눈에 띄지 않았다. 나는 사무실을 거쳐 차고로 다시 나갔다. 나는 낡은 차를 쓰다듬듯 흙받기를 만져 보았다. 아마 한참 기다려야 하겠지만 언젠가는 이것도 출동할 날이 오겠지……. 무오이와 그 부하들은 지금쯤 어딘가 논바닥을 가로질러서 테 장군의 본부가 위치한 성스러운 산으로 향하고 있으리라. 결국 나는 목소리를 높여 "무오이 선생!" 하고 소리쳐 불렀다. 나는 차고와 대로와 이발사들이 없는 머나먼 곳, 내가 떠이닝으로 가는 도로에서 몸을 피했던 논바닥으로 돌아가 있다고 상상했다. "무오이 선생!" 볏단 사이에서 머리를 돌려 뒤를 바라보는 남자의 얼굴이 내 눈앞에 어른거렸다.

나는 집으로 걸어가서 층계참을 올라갔다. 늙은 여자들이 갑자기 시끄럽게 재잘거리는 소리를 들었는데, 덤불 속에서 새

---

97 「The Great Train Robbery」. 1903년 에디슨 영화사에서 제작한 무성 영화.

들이 수다를 떠는 듯한 그들의 이야기를 전혀 알아듣지 못했다. 후엉은 집에 없었고 — 언니에게 간다는 쪽지밖에 없었다. 나는 침대에 누웠고 — 여느 때나 마찬가지로 쉽게 지쳤기 때문에 — 곧 잠이 들었다. 잠에서 깨어 보니 괘종시계의 야광 숫자판이 새벽 1시 25분을 가리켰고, 나는 옆에 후엉이 잠들어 있으려니 생각하며 머리를 돌렸다. 하지만 베개에는 눌린 자국이 없었다. 후엉은 그날 이부자리를 갈았던 모양이어서 — 새로 세탁한 듯 차가운 느낌이었다. 몸을 일으켜 그녀가 소중한 물건들을 넣어 두는 서랍을 열어 보았는데 스카프가 없었다. 책장으로 가서 살펴보니 — 여왕님의 삶을 수록한 화보집 역시 사라졌다. 그녀는 전 재산을 챙겨 떠나 버렸다.

충격의 순간에는 고통이 거의 느껴지지 않았고, 나는 새벽 3시쯤 되어서야 어떻게든 계속 살아가야 할 나날을 걱정하기 시작했다. 그리고 어떻게든 추억을 지워 버리기 위해 추억을 새김질하기 시작할 무렵에야 고통이 찾아왔다. 행복했던 추억이 가장 고통스러웠기 때문에 나는 불행했던 기억을 떠올리려고 노력했다. 나는 그런 일이라면 훈련이 잘되어 있었다. 이런 모든 경험을 나는 이미 살아 보았다. 나는 극복하는 데 필요한 모든 요령을 알았지만 이젠 훨씬 나이가 들었고 — 나에게는 회복할 힘이 별로 남아 있지 않다는 사실을 잘 알았다.

3

나는 미국 공사관으로 가서 파일을 만나겠다고 면회를 요청했다. 입구에서 신청서를 작성하여 헌병에게 제출하는 과정을 거쳐야 했다. 헌병이 말했다. "방문 목적을 기입하지 않으셨는데요."

"내가 왜 왔는지 그 사람이 잘 알 거예요." 내가 말했다.

"그럼 미리 약속을 하신 건가요?"

"필요하다면 그렇게 적어 넣어도 됩니다."

"선생님한테는 한심하게 여겨질지 모르겠지만 우린 조심해야 하거든요. 좀 이상한 인물들이 찾아오기도 하니까요."

"그렇다고 들었어요." 그는 씹던 껌을 다른 쪽 뺨으로 옮기고는 승강기를 타고 올라갔다. 나는 기다렸다. 파일에게 무슨 말을 해야 좋을지 알 수 없었다. 나는 이런 장면을 한 번도 연출해 본 적이 없었다. 헌병이 돌아왔다. 그가 퉁명스럽게 말했다. "올라가셔도 될 것 같습니다. 12A 방입니다. 2층요."

방으로 올라가 보니 파일이 없었다. 책상에는 조가 앉아 있었는데, 나는 상무관 조의 이름을 여전히 제대로 기억해 낼 수 없었다. 후엉의 언니가 타자기 책상 앞에 앉아서 나를 지켜보았다. 궁금해하는 그녀의 갈색 눈에서 내가 읽어 낸 표정은 개선장군의 의기양양함이었을까?

"들어와요, 톰, 들어와요." 조가 야단스럽게 불렀다. "오래간만이군요. 다리는 어때요? 우리 지원단은 규모가 작다 보니 기자들이 별로 찾아오질 않아요. 이리 가까이 앉아요. 새로 시작된 공세의 전황이 어떻게 진행되고 있는지 얘기해 주시죠. 어젯밤에 콘티넨털에서 그레인저를 만났어요. 다시 북쪽으로 취재를 간다더군요. 그 친구 감각이 대단해요. 기삿거리가 있다 싶은 곳엔 그레인저가 꼭 나타나니까요. 담배 한 대 피우세요. 내 것 피우셔도 됩니다. 하이 양, 아시죠? 나처럼 나이가 들면 여기 사람들 이름을 제대로 외우기가 어려워요. 난 그래서 '하이, 안녕!'[98] 그러는데—그렇게 하니까 좋아하더군요. 케케묵은 식민지 격식하고는 영 달라서죠. 장바닥에서는 어떤 소문이 나돌던가요, 톰? 당신네 언론인들은 세상 돌아가는 거 정말 냄새를 잘 맡더군요. 당신 다리 얘기 듣고 많이 걱정했어요. 올든이 그러던데……."

"파일 어디 있어요?"

"아, 올든은 오늘 아침에 출근하지 않았어요. 아마 집에 있을 겁니다. 집에서 일할 때가 많거든요."

"그 친구가 집에서 뭘 하는진 나도 알아요."

"똑똑한 친구거든요. 어, 방금 뭐라고 하셨나요?"

---

98 하이(Hei) 양의 이름을 인사말(Hi)로 기억한다는 뜻이다.

"그 사람이 집에서 뭘 하는지 적어도 한 가지는 내가 확실히 안다고요."

"무슨 소린지 모르겠네요, 톰. 뒷북치는 조—그게 나거든요. 항상 그랬어요. 앞으로도 계속 더듬거리겠죠."

"그 사람이 내 여자와 살아요. 당신 타자수의 여동생 말예요."

"무슨 얘기인지 모르겠네요."

"저 여자한테 물어봐요. 저 여자가 짝을 지어 줬으니까요. 파일이 내 여자를 빼앗아 갔다고요."

"이것 봐요, 파울러, 난 당신이 공무로 찾아왔다고 생각했는데요. 잘 아시겠지만 우리 사무실에선 행패를 부리면 안 됩니다."

"난 파일을 만나러 왔어요. 보나 마나 그 자식은 어딘가에 숨어 버렸겠죠."

"이봐요, 당신은 그런 말을 함부로 할 사람이 절대 아네요. 더구나 올든이 당신한테 해 준 일을 생각하면요."

"아, 그래요, 그럼요. 그놈이 내 생명을 구했어요, 안 그런가요? 하지만 난 그에게 목숨을 살려 달라고 부탁한 적이 없어요."

"그는 자신을 큰 위험에 빠트리기까지 했어요. 그 친구는 용기가 대단하다고요."

"그 자식 배짱에 대해서는 관심 없어요. 그보다 심보가 어떤지 더 궁금하니까요."

"숙녀분이 계신 방에서 말입니다, 파울러, 그런 속된 말은 그만하시죠."

"저 숙녀분하고 나하고는 서로 잘 아는 사이예요. 저 여자는 나한테서 한몫 단단히 챙기려다 실패하고, 이제 파일한테서 본전을 뽑으려고 혈안이 되었죠. 좋습니다. 내가 못된 짓을 벌이고 있다는 걸 알지만 난 앞으로도 계속 이 짓을 할 겁니다. 이런 상황을 맞으면 온전한 사람들도 못된 짓을 벌이는 게 당연하니까요."

"우린 할 일이 굉장히 많아요. 고무 생산에 관한 보고서도 작성해야 하고……."

"갈 테니까 걱정 말아요. 하지만 혹시 파일한테서 전화가 오면 내가 다녀갔다고 전해 주세요. 내가 답방을 했으니 참 예의 바른 남자라고, 그 자식이 생각할지도 모르니까요." 나는 후엉의 언니에게 말했다. "여사께서는 동거 조건에 대한 합의서를 공증인 사무소와 미국 영사님과 정신 치유 교회[99]로부터 제대로 인증받아 두셨기 바랍니다."

---

99 Church of Christ Scientist. 1879년 보스턴에서 설립되었으며, 원시 기독교를 복원하여 정신 치유를 도모한다고 주장했다.

나는 복도로 나갔다. 맞은편에 '남성용'이라는 팻말이 붙은 문이 있었다. 나는 안으로 들어가서 문을 잠그고 변기에 앉아 차가운 벽에 머리를 기대고 울었다. 그때까지 나는 울어 본 적이 없었다. 그들은 화장실에까지 냉방 시설을 완벽하게 갖추어서 선선한 온도를 유지하였으므로 입속의 침과 체내의 정액과 내 눈물마저 곧 함께 말라 버렸다.

4

나는 업무를 도밍게스에게 맡기고 북쪽으로 떠났다. 하이퐁의 가스코뉴 비행대에 친구가 여럿 있기 때문에 공항 주점에서 술을 마시거나 바깥 자갈길에서 공 굴리기를 하며 몇 시간쯤 보내기가 그리 어렵지 않았다. 공식적으로는 전방에 나가 있었으니 그레인저 못지않게 취재 촉각에 충실한 셈이었지만 소속 신문사에서 보기에는 팟지엠 유람이나 마찬가지로 이곳에서 내가 체류한 나날은 아무런 가치 없는 시간 낭비일 따름이었다. 그러나 전쟁에 관한 글을 써서 먹고사는 사람이라면 자부심을 지키기 위해서라도 가끔이나마 전장의 위험을 공유해야 했다.

나에게는 수평 공습 때에만 종군을 허락한다는 명령이 하노이로부터 떨어졌기 때문에 — 대공 기관포의 사정권보다 높은 고도로만 비행하는 우리로서는 조종사의 실수나 엔진 고장 말고는 걱정거리가 없었으므로 이 전쟁에서는 그런 출격조차 버스 여행만큼이나 안전했다. 아무리 극도로 제한된 기간일지언정 위험 부담을 감수하는 일은 나에게 쉽지 않았다. 우리는 시간표에 따라 출격하고 시간표에 따라 귀대했으며, 싣고 간 폭탄들을 교량이나 도로 접합 지점에 대각선으로 쏟아 내면 나선형 연기가 솟구쳐 올랐고, 그런 다음 우리는 여유 만만하게 순항하여 돌아왔다. 그러고는 술 한잔에 식욕을 채우고 나서 자갈 바닥 위로 쇠공을 굴려 댔다.

어느 날 아침 읍내 식당에서 사우스엔드 포구[100]를 무척이나 가 보고 싶어 하는 젊은 장교와 브랜디를 몇 잔 마시던 중에 출격 명령이 떨어졌다. "같이 가 볼래요?" 나는 좋다고 했다. 수평 공습만 해도 나에게는 따분한 시간을 물리치고 잡념을 몰아내는 데 특효약이었다. 공항으로 차를 몰고 가던 길에 그가 한마디 던졌다. "이건 수직 공습입니다."

"그건 내게 허락되지 않은 걸로 알았는데……."

"기사를 쓰지만 않으면 문제가 되지 않아요. 거길 가면 당신이 아직까지 본 적 없을 중국 국경 인근 지대의 시골 풍경을 보게 될 겁니다. 라이저우 근처거든요."

---

100 템스강 하구의 관광 명소.

"그곳은 프랑스군이 장악한 지역이라 — 조용할 줄 알았는데요."

"전에는 그랬죠. 적군이 이틀 전에 그곳을 장악했어요. 그래서 아군 낙하산병들이 그곳으로부터 몇 시간 떨어진 지점에 투입되었고요. 우린 아군이 거점을 다시 탈환할 때까지 월맹군이 머리를 들지 못하도록 제압해야 합니다. 그러려면 저공 급강하 비행과 기총 소사가 필요하죠. 우린 항공기 두 대밖에 출격시킬 여유가 없고 — 한 대는 이미 그곳에서 작전을 수행하고 있습니다. 급강하 폭격 본 적 있어요?"

"아뇨."

"경험이 없으면 좀 불편할 거예요."

가스코뉴 비행대가 보유한 폭격기는 소형 B-26뿐이었고 — 그들이 이 항공기에 '창녀'라는 별명을 붙인 까닭은 날개의 길이가 짧아서 눈에 보이는 생존 수단이 전혀 없었기 때문이다. 나는 자전거 안장만 한 크기밖에 되지 않는 작은 금속 깔판 위로 비집고 올라가서 항행사의 등에 두 무릎을 대고 쪼그려 앉았다. 우리는 서서히 상승하면서 붉은 강을 따라 올라갔는데, 이 시간에는 붉은 강이 정말로 붉은 빛깔이었다. 바로 그 시간이면 저녁노을이 양쪽 강둑 사이를 온통 가득 채우므로, 마치 시간을 까마득히 거슬러 올라가서 먼 옛날의 지리학자가 이곳을 보고 이름을 붙여 주었을 그 순간이 생생하게 느껴졌다. 폭격기는 3000미터 고도로 올라가 방향을 꺾어 검은 강으로 향했는데, 햇빛이 비치는 각도를 벗어나 그림자들만 가득한 강은 글자 그대로 검은 빛깔이었고, 골짜기와 절벽과 밀림이 함께 어울린 거대하고 웅장한 풍경은 우리 아래에 꼿꼿하게 일어선 채로 서서히 회전했다. 비행대 전체가 초록이거나 회색인 그곳 들판 어디쯤에 처박히더라도 광활한 가을 논바닥에 떨어진 몇 개의 동전만큼이나 흔적을 찾기 어려울 듯싶었다. 전방 저 멀리서 작은 비행기 한 대가 한 마리 각다귀처럼 날아다녔다. 우리가 임무를 교대해 줄 시간이었다.

우리는 초록빛으로 둘러싸인 마을과 망루 상공에서 두 바퀴를 선회한 다음 빙글빙글 돌며 눈부신 하늘로 솟아올랐다. 이름이 트루앵인 조종사는 나를 돌아보더니 — 빙그레 웃었다. 그가 잡은 조종간에는 기관총과 폭탄 탑재실을 관리하는 단추들이 달려 있었다. 급강하를 개시할 각도로 비행기가 물구나무를 서자 — 첫 무도회, 첫 만찬, 첫사랑을 경험할 때와 마찬가지로 어떤 새로운 경험이건 수반하기 마련인 울렁증 때문에 나는 설사가 날 듯 배 속이 불편해졌다. 나는 웸블리 박람회[101]에 등장했던 대형 놀이 기구를 타고 맨 꼭대기로 올라갔을 때가 생각났는데 — 나는 탈출할 길 없는 상황 속에 새롭고 낯선 경험과 함

101 1924~1925년에 열린 박람회로, 영국 박람회라고도 한다.

께 갇혀 버린 몸이었다. 내가 얼핏 곁눈으로 고도가 1000미터에 도달했다고 알리는 계기반을 확인하자마자 우리는 곧장 밑으로 내리꽂혔다. 단지 느낌만 남았고 눈에는 아무것도 보이지 않았다. 엄청난 무게가 내 가슴을 짓누르는 듯싶었고, 나는 항행사의 등을 밀며 간신히 버텼다. 나는 폭탄이 투하된 순간을 감지하지도 못했는데 벌써 기관포가 드르륵거렸고, 조종실은 매캐한 화약 냄새로 가득 찼다. 비행기가 다시 솟아오르면서 가슴을 짓누르던 무게가 사라졌고, 그러면서 배 속의 창자가 자살을 하려고 쏟아져 내리듯 빙글빙글 돌면서 우리가 뒤에 남겨 두고 온 땅으로 떨어지는 느낌이었다. 사십 초 동안 파일은 존재하지 않았고, 고독감조차 존재하지 않았다. 우리가 거대한 반원을 그리며 상승하는 동안 나는 나를 손가락질하며 따라 올라오는 연기를 보았다. 두 번째 급강하를 하기 전에 나는 공포감을 느꼈는데 — 그것은 항행사의 등에 토할지 모르겠다는 두려움, 창피함의 공포, 늙어 가는 내 폐가 압력을 견뎌 내지 못하리라는 공포감이었다. 열 번째 급강하 이후에는 짜증밖에 남지 않았으며 — 똑같은 일이 너무 오래 계속되다 보니 이제 집으로 돌아가고 싶은 마음뿐이었다. 그리고 다시 우리는 기관포의 사정거리를 벗어나기 위해 치솟아 오르며 옆으로 방향을 틀어 비켜났고, 연기가 따라 올라왔다. 마을은 사방이 산으로 둘러싸였다. 매번 우리는 똑같은 협곡을 통과하여 똑같은 통로로 접근해야 했다. 우리가 공격 방식에 변화를 줄 여지는 전혀 없었다. 열네 번째 급강하가 진행되는 동안 나는 이제야 굴욕의 공포로부터 해방되었고, '적군은 기관포 한 대만 저곳에 적절히 배치하면 되겠구나.' 하는 생각마저 들었다. 우리는 기수를 다시 안전한 상공으로 들어 올렸고 — 문득 어쩌면 적군은 총 한 자루조차 없는지도 모르겠다고 나는 생각했다. 사십 분의 초계 임무가 한없이 길게 느껴졌지만 개인적인 잡념의 불편으로부터 해방된 시간이기도 했다. 해가 기울면서 우리는 기지로 향했다. 지리학자의 시간은 그사이에 지나갔고, 검은 강은 더 이상 검지 않았고, 붉은 강은 그저 황금빛뿐이었다.

울퉁불퉁 굽이지고 여기저기 갈라진 숲을 벗어나 멀리 강을 향해 가다가 비행기가 다시 하강했다. 그러더니 농사를 짓지 않고 내버려 둔 논바닥 위로 낮게 날면서 노란 물이 흐르는 개울에 떠가는 작은 집배[102] 하나를 겨냥하듯 목표로 삼아 총격을 가했다. 기관포가 한 줄기 예광탄을 뿜자 쪽배는 불꽃의 소나기처럼 사방으로 터져 나갔다. 우리는 공격받은 희생자들이 살려고 발버둥 치는 모습을 확인하고자 구태여 기다리지 않고 곧장 하늘로 솟아오른 뒤 기지로 향했다. 나는 팟지엠에서 죽은 아이

---

102 베트남에서 바가지배와 더불어 가장 쉽게 찾아볼 수 있는 작은 배 '삼판'은 두꺼비 집 같은 둥근 지붕을 얹어 월맹군과 베트콩이 무기 따위를 숨겨 이동하는 데 자주 사용했다.

를 보았을 때처럼 '전쟁이 싫다.'라고 다시금 생각했다. 인간이 순간적으로 아무렇게나 사냥 대상을 선택하는 심리의 그늘에는 무엇인가 너무나 충격적인 힘이 작용하여 — 우리는 우연히 지나가는 길에 한바탕 쏘아 갈기면 그만이었고, 반격을 가해 오는 적은 아무도 없었으며, 우리는 태연히 자취를 감추면서 세상의 사망자 통계 수치에 우리의 작은 할당량을 추가했을 따름이었다.

나는 트루앵 대위의 설명을 들으려고 수신기를 썼다. 그가 말했다. "우린 약간 우회 비행을 할 예정입니다. 석회암에 쏟아지는 석양이 장관이거든요. 선생님은 그걸 꼭 보셔야 합니다." 자기 영토의 아름다움을 보여 주려는 영주처럼 그가 친절하게 해설을 덧붙였고, 우리는 백오십 킬로미터에 걸쳐 펼쳐진 알롱만의 석양 위를 날았다. 투구를 쓴 화성인 같은 얼굴이 감회에 젖은 듯 구멍이 숭숭 뚫린 바위가 빚어낸 거대한 언덕과 반달문들 사이에 흩어진 황금빛 숲을 내려다보았고, 살인의 상처에서 흘러내리던 피는 거기서 멈추었다.

5

트루앵 대위는 그날 밤 자신은 피우지 않는다고 하면서도 나를 아편굴로 초대했다. 그는 아편 냄새를 좋아하고, 하루를 마감하는 고요한 분위기도 좋아하지만, 직업 때문에 그 이상 선을 넘지 않는다고 말했다. 아편을 피우는 장교들이 있기는 하지만 그들은 육군이었고 — 트루앵은 충분한 수면이 필요했다. 우리는 학교 기숙사처럼 줄지은 칸막이를 두른 작은 방들 가운데 하나를 찾아 들어가서 자리에 누웠고, 중국인 주인이 내 담뱃대를 준비해 주었다. 후엉이 나를 떠난 이후 나는 아편을 한 대도 피우지 않았다. 복도 반대편에는 멋지고 긴 다리를 가진 메티스[103]가 아편을 다 피운 뒤 몸을 비틀고 누워서 광택지에 야하게 인쇄한 여성 잡지를 뒤적이고 있었다. 그다음 칸에서는 중년의 중국 여인 두 명이 담뱃대를 옆으로 치워 놓고 차를 마시며 무엇인가 흥정을 벌였다.

내가 말했다. "아까 저녁에 본 그 쪽배 — 그 집배가 무슨 적대 행위라도 하려고 그랬나요?"

트루앵이 말했다. "그야 모를 일이죠. 우린 그곳 강 유역에서는 눈에 띄는 건 모조리 사격하라는 명령을 받았어요."

나는 첫 번째 담뱃대를 빨았다. 집에서 피운 수많은 담뱃대는 생각하지 않으려고 애썼다. 트루앵이 말했다. "오늘 발생한 사건은 — 그 정도는 나 같은 사람에겐 최악의 사태도 아니죠.

---

103 métisse. 프랑스어로 '혼혈 여인'을 뜻함.

마을 상공에선 그들이 우릴 공격해서 격추하기도 해요. 우린 그들 못지않은 위험을 감수해야 합니다. 내가 혐오하는 건 소이탄 폭격이죠. 1000미터 상공에서 안전하게 쏘는 거요." 그는 한심하다는 시늉을 했다. "우린 숲에 불이 붙는 광경을 보죠.[104] 땅에서 도대체 어떤 광경이 실제로 벌어지는지는 하느님이나 알 노릇이고요. 불쌍한 인간들이 산 채로 불에 타 죽고 불길이 강물처럼 그들을 뒤덮어 버립니다. 불로 목욕을 하는 셈이죠." 그는 현실을 이해하지 못하는 온 세상에 화를 내며 말했다. "난 식민지 전쟁에서 싸우는 게 아닙니다. 당신 생각엔 내가 테르 루주[105]의 농장주들을 위해 이런 짓을 하는 것 같은가요? 난 차라리 군사 재판을 받고 싶어요. 우린 당신들의 모든 전쟁을 대신 싸워 주는데 당신들은 우리에게 죄의식만 남겨 준다고, 그들에게 말해 주고 싶군요."

"그 집배 말인데요." 내가 말했다.

"예, 그 쪽배도 마찬가지예요." 그는 두 번째 담뱃대를 집으려고 손을 뻗는 나를 지켜보았다. "빠져나갈 구멍이 있는 당신들이 난 부럽습니다."

---

104 소이탄은 폭발하는 순간 목표 지점을 화염 방사기로 갈기듯 불길로 사방을 뒤덮으며 타오른다.

105 Terre Rouge. '붉은 땅'이라는 의미. 프랑스 영토였다가 영국 식민지가 된 아프리카 모리셔스의 한 지역이다.

"당신은 내가 무엇으로부터 진짜 벗어나고 싶어 하는지 잘 몰라요. 난 전쟁을 회피하려는 게 아닙니다. 그건 나하고 상관이 없는 일이니까요. 난 어디에도 끼어들지 않아요."

"당신들도 모두 다 끼어들게 될 겁니다. 나중에 언젠가는요."

"난 아녜요."

"당신은 아직도 다리를 절룩거리잖아요."

"그들은 나에게 총을 쏠 권리가 있었지만 그 권리마저 제대로 행사하지 않았어요. 그들은 망루도 모조리 잃었죠. 철거반이 동원되면 어디서나 항상 피해야 합니다. 피커딜리[106]에서도 마찬가지죠."

"언젠가는 무슨 일이 터지기 마련이죠. 그러면 당신도 어딘가 편을 들어야 할 거예요."

"아녜요. 난 영국으로 돌아갈 테니까요."

"전에 당신이 보여 준 사진은……."

"아, 찢어 버렸어요. 그 여자가 나를 떠났거든요."

"저런."

"세상만사가 그렇죠. 남을 버리기만 하던 사람이 거꾸로

---

106 런던 웨스트민스터의 도로. 피커딜리는 차량 소음 때문에 주민들이 떠나자 1920년대에 공공시설만 남기고 대부분의 낡은 건물을 철거해 버렸다. 그 결과 1940년대부터 영국 최악의 마약 거래 중심지로 몰락했다.

버림받기도 하고요. 그래서 정의가 실현된다는 생각이 들기도 합니다만."

"난 정의를 믿어요. 처음 소이탄 폭격을 하면서 나는 내가 태어난 마을을 불태운다고 생각했어요. 거긴 아버지의 오랜 친구 뒤부아 씨가 사는 곳이었어요. 빵집 주인이 — 내가 어릴 때 아주 좋아했던 빵집 주인이 — 저 아래서 내가 퍼부은 불길을 피해 도망쳐야 했으니까요. 비시 정부 사람들도 자기 나라를 폭격하진 않았어요. 난 그들보다 내가 훨씬 나쁜 사람이라고 생각했어요."

"그러면서도 계속 임무를 수행하잖아요."

"그런 갈등은 일시적인 기분일 뿐이죠. 소이탄을 생각할 때만 치밀어 오르는 느낌 말입니다. 그렇지 않을 땐 스스로 유럽을 수호하는 사람이라고 자처해요. 그리고 당신도 잘 알겠지만 저쪽의 다른 사람들 — 그들 역시 갖가지 흉악무도한 짓을 저지릅니다. 1946년 그들은 하노이에서 퇴각할 때 동족들을 상대로 저지른 끔찍한 보복을 전시하고 떠났어요. — 그들이 우리를 도왔다고 의심한 사람들에게 자행한 만행이었죠. 시체 안치소에서 발견된 한 젊은 여성은 — 그들은 양쪽 젖가슴을 도려내는 데서 그치지 않고 그녀 애인을 잡아다가 팔다리를 절단하고는 그 음경을 그녀의 입에 처박아……."

"그래서 난 관여하지 않겠다는 겁니다."

"이건 이성이나 정의의 문제가 아네요. 감정이 북받치는 순간에 우리는 누구나 얽혀 들기 마련이고, 그런 다음에는 결코 빠져나오지를 못하죠. 전쟁과 사랑, 그 두 가지는 항상 비교 대상이었어요." 그는 건너편 방에서 일시적인 깊은 평온에 젖어 축 늘어져 있는 혼혈 여인을 슬픈 표정으로 쳐다보았다. 그가 말했다. "난 달리 이해할 방법이 없어요. 저기 저 여자는 부모 때문에 얽혀 들었다고 하겠는데 — 이 항구가 함락되면 저 여자의 미래는 어떻게 될까요? 그녀에게는 프랑스가 절반의 조국일 따름이고……."

"이곳이 함락될까요?"

"당신은 언론인이잖아요. 우리가 이기지 못하리라는 건 나보다 당신이 더 잘 알겠죠. 아시다시피 하노이로 가는 길은 매일 밤 막히고 지뢰가 매설됩니다. 매년 우린 생시르 사관 학교 한 학급에 해당하는 장교를 잃어요. 1950년에 우린 거의 패전하다시피 했어요. 드 라트르는 우리에게 이 년의 유예 기간을 주었고 — 그게 전부입니다. 하지만 우리는 직업 군인이어서 정치가들이 그만하라는 지시를 내릴 때까지 계속 싸워야만 합니다. 아마도 그들은 애초에 양측이 만나서 맺었을 법한 수준의 평화 협정에 동의할 테고, 그러면 지금의 이 모든 세월은 헛짓거리가 되겠죠." 급강하 전에 나를 향해 잠깐 미소 지었던 그의 추악한 얼굴은, 아이가 종이에 두 구멍을 뚫어 만든 성탄절 가면과 닮은, 어떤 의도된 잔혹성의 표정을 담고 있었다. "그런 허망함을 당신은 이해하지 못할 거예요, 파울러. 당신은 우리와 다른 세상에서 사니까요."

"살다 보면 우리의 기나긴 삶을 허망하게 하는 다른 일도 많아요."

그는 자기가 더 어른이라는 듯 보호해 주겠다는 묘한 몸짓으로 내 무릎에 손을 얹었다. "저 여자를 숙소로 데려가요." 그가 말했다. "아편보다는 그게 좋을 거예요."

"따라오려고 할지 당신이 어떻게 알아요?"

"내가 데리고 자 봤거든요. 페랭 중위도 그랬고요. 오백 피아스타 주고요."

"비싼데요."

"삼백 피아스타만 줘도 될 것 같긴 하지만 사정에 따라선 흥정 따윈 접어 두는 편이 좋아요."

하지만 그의 충고는 탐탁한 결과를 보여 주지 못했다. 남자의 몸은 감당할 수 있는 행위들의 한계로부터 지배를 받기에, 내 몸은 이미 기억에 의해 얼어붙은 상태였다. 그날 밤 내 손길이 닿았던 여자는 내 손길에 익숙한 후엉보다 훨씬 아름다웠는지 모르겠지만 인간은 아름다움에 의해서만 육체의 포로가 되지 않는다. 그녀는 후엉과 똑같은 향수를 사용했건만 삽입의 순간이 닥치자 내가 상실한 대상의 유령은 갑자기 나에게 몸을 내

맡기고 누워서 기다리는 여자보다 훨씬 강한 힘을 발휘했다. 나는 몸을 돌려 자리에 누웠고 욕정이 나에게서 빠져나갔다.

"미안해요." 나는 말했고, 거기에 거짓말을 한마디 보탰다. "내가 왜 이러는지 모르겠네요."

내 마음을 이해할 리 없는 그녀가 무척 다정하게 말했다. "걱정하지 말아요. 이런 일 자주 있어요. 아편 때문이죠."

"그래요." 내가 말했다. "아편 때문이에요." 그리고 나는 정말로 아편 때문이었기를 하늘에 빌었다.

2

1

난생처음 나를 반갑게 맞아 줄 사람이 아무도 없는 사이공으로 돌아온 기분은 이상했다. 공항에서 택시를 탄 나는 까띠나 거리가 아닌 다른 곳 아무 데로나 가자고 운전사에게 목적지를 알려 줄 수 있는 처지가 아니라서 아쉬웠다. 나는 마음속으로 '이곳을 떠났을 때보다 이제 조금이나마 고통을 덜 느끼는가?' 라고 자문하며, 그렇다고 스스로를 설득해 보려고 애썼다. 층계참에 이르자 나는 열려 있는 문을 보고 가당치도 않은 희망으로 숨이 막힐 지경이었다. 나는 문을 향해서 아주 천천히 걸어갔다. 문에 다다르기 전까지는 희망이 살아 있으리라. 나는 의자가 삐걱거리는 소리를 들었고, 문간에 다다른 내 눈에 한 켤레의 신발이 들어왔지만, 그것은 여자의 신발이 아니었다. 나는 얼른 안으로 들어갔고, 후엉이 늘 앉아 있던 의자에서 어색하게 몸을 일으킨 사람은 파일이었다.

그가 말했다. "안녕하십니까, 토머스."

"안녕하신가요, 파일. 어떻게 들어왔어요?"

"도밍게스를 만났어요. 당신 우편물을 가지고 오던 길이라더군요. 여기서 기다려도 되겠느냐고 내가 부탁했죠."

"후엉이 뭐 남겨 두고 간 것이라도 있다고 하던가요?"

"아, 그건 아니고, 당신이 공사관을 다녀갔다는 얘기를 조가 해 주더군요. 난 여기서 얘기를 나누는 편이 좋겠다고 판단했고요."

"무슨 얘기요?"

그는 학교 행사에서 연설을 떠맡았지만 어른스러운 어휘들이 머리에 떠오르지 않아서 불안해진 아이처럼 애매한 몸짓을 해 보였다. "어디 멀리 다녀오는 길인가요?"

"그래요. 당신은요?"

"뭐 좀 여기저기 돌아다녔죠."

"여전히 플라스틱으로 장난을 치면서요?"

그는 거북한 표정으로 히죽 웃었다. 그가 말했다. "당신 편지들 저기 있어요."

나는 지금 내가 관심을 가질 만큼 중요한 우편물은 없으리라고 한눈에 판단했는데, 런던 본사에서 온 편지 한 통과 요금 청구서처럼 보이는 몇 장의 공문과 은행에서 보낸 통지서가 전부였다. 내가 말했다. "후엉은 어떻게 지내요?"

그의 얼굴이 특별한 소리에 반응하는 전동 장난감처럼 순식간에 자동적으로 환하게 밝아졌다. "예, 잘 지내요." 하더니, 그는 뒤늦게나마 스스로 좀 지나쳤다고 깨달았는지 입을 꽉 다물었다.

"앉아요, 파일." 내가 말했다. "이거 읽어 볼 동안 잠깐만 기다려 줘요. 본사에서 온 편지여서요."

나는 봉투를 뜯었다. 예기치 않은 상황들이 얼마나 엉뚱한 시기에 벌어지고는 했던가. 편집국장은 내가 최근에 보낸 편지의 내용을 검토한 뒤, 드 라트르 장군의 죽음과 호아빙 사태에 따른 인도차이나의 혼란스러운 상황을 고려하여 내 제안을 받아들이기로 했다고 알려 왔다. 그는 임시로 다른 사람을 외신부장으로 발령하고, 나더러 적어도 일 년은 더 인도차이나에서 근무하기를 바란다고 했다. "당신 자리는 안전하게 보존해 두겠다."라며 국장은 전혀 내 입장을 이해하지 못한 채로 나를 안심시켰다. 그는 내가 보직과 신문사에 미련이 많으리라고 믿는 눈치였다.

나는 파일을 마주 보고 앉아서 너무 늦게 도착한 편지를 다시 읽어 보았다. 잠이 깨기는 했지만 아직 정신이 멍할 때처럼 잠깐 동안 나는 의기양양한 기분을 느꼈다.

“나쁜 소식인가요?” 파일이 물었다.

“아뇨.” 그래 봤자 무슨 소용이 있겠느냐고, 나는 자신을 설득했다. 일 년의 유예 기간은 약혼에 맞설 여건으로는 턱없이 부족했다.

“결혼식은 올렸나요?” 내가 물었다.

“아뇨.” 그가 낯을 붉혔는데 — 그는 얼굴을 붉히는 능력만큼은 대단히 탁월했다. “사실 난 특별 휴가를 받고 싶어요. 그러면 우린 고향에 가서 — 정식으로 결혼을 하고 싶어서요.”

“고향에 가서 해야만 조금이라도 더 정식이 되나요?”

“그야 뭐 내 생각으로는 — 이런 얘기를 당신하고 주고받기 어려운 까닭은 당신이 지나칠 정도로 냉소적이기 때문이에요, 토머스. 어쨌든 그렇게 하면 훨씬 배려하는 셈이라고나 할까요. 우리 아버지와 어머니가 참석하실 테고 — 그러면 그녀가 제대로 격식에 맞게 가족의 일원으로 합류하게 되겠죠. 그건 과거를 고려할 때 중요한 의미를 갖습니다.”

“과거요?”

“내 말이 무슨 뜻인지 아시잖아요. 난 그녀를 혹시 어떤 치욕을 느끼는 상태로 그곳에 남겨 두고 싶지 않아서…….”

“후영을 고향에 두고 오려고요?”

"그래야 할 것 같아요. 어머니는 훌륭한 분이니까 — 후엉을 데리고 돌아다니며 두루 인사를 시키고, 뭐랄까요, 함께 어울리도록 이끌어 주시겠죠. 어머니는 후엉이 내 대신 집을 꾸미도록 도와주실 거예요."

나는 후엉을 불쌍하게 여겨야 할지 어떨지 알 길이 없었는데 — 그녀는 마천루와 자유의 여신상을 보고 싶은 기대감에 마음이 잔뜩 부풀었을 뿐, 반면 파일 교수 내외와 여자들의 오찬 모임에 어울리기 위해 겪어야 할 온갖 어려운 상황에 대해서는 거의 아무것도 알지 못했다. 나는 그들이 그녀를 바구니 놀이[107]에도 끼워 줄지 궁금했다. 나는 그랑 몽드 무도장에서 우리가 처음 만난 밤에 하얀 야회복 차림을 하고서 너무나 귀엽고 작은 두 발로 돌아다니던 열여덟 살의 그녀 모습을 떠올렸고, 한 달 전 드 라 솜므 대로의 정육점에서 가격을 깎느라고 주인과 아옹다옹하던 그녀의 모습을 생각했다. 그녀는 셀러리까지 셀로판종이로 포장한 뉴잉글랜드의 눈부시도록 깨끗하고 아담한 식료품점을 과연 좋아하게 될까? 어쩌면 그럴지도 모른다. 나로서는 알 길이 없었다. 이상하게도 나는 한 달 전에 파일이 했음 직한 말을 나도 모르게 내뱉고 말았다. "후엉한테 심하게 굴지 말아요, 파일. 이것저것 억지로 강요하지 말고요. 당신

---

107 Canasta. 두 사람씩 두 편으로 나누어 즐기는 카드놀이.

이나 나처럼 그녀도 쉽게 상처를 받아요."

"물론이죠, 토머스, 물론이죠."

"서양 여자하고 달라서 너무나 작고 부서지기 쉬운 물건처럼 보이지만—그렇다고 해서 무슨 장식품처럼 여겨선 안 돼요."

"예상했던 바와 다르게 상황이 돌아가는 걸 보니 참 신기하네요, 토머스. 난 오늘 우리 두 사람이 만나서 나눌 대화에 대해 많이 걱정했어요. 당신이 험악하게 나오리라고 예상했기 때문이죠."

"북쪽에 가 있는 동안 생각할 시간을 좀 가졌어요. 그곳에서 한 여자를 만났는데……. 당신이 그 매음굴에서 보았던 걸 나도 느꼈던 것 같아요. 후엉이 당신을 선택해서 다행이에요. 언젠가 난 그녀를 그레인저 같은 인간에게 맡겨 두고 여길 떠나게 되겠죠. 그 거지 같은 자식에게 말예요."

"그럼 우린 계속 친구로 지낼 수 있는 건가요, 토머스?"

"그래요, 물론이죠. 다만 난 후엉을 만나지 않는 게 좋겠어요. 지금 이 집만 해도 그녀를 생각나게 하는 자취가 너무 많이 남아 있어요. 시간이 나면—다른 데서 거처를 구해야겠어요."

그는 꼬았던 다리를 풀고 일어섰다. "너무 기뻐요, 토머스. 내가 얼마나 기쁜지 말로 다 할 수가 없을 정도예요. 전에도 이런 말을 했던 거 알지만, 상대가 당신이 아니었더라면 정말 좋왔으리라고 생각해요."

"난 당신이어서 다행이라고 생각하는데요, 파일." 우리 만남은 내가 예상했던 방식하고는 크게 달랐다. 겉으로 분노를 해소하려는 잔꾀를 부리면서도 보다 깊은 차원에서 진지하고 구체적인 대책을 모색해 온 듯싶었다. 그의 순수함이 나를 짜증스럽게 했던 모든 순간에 내 내면의 어떤 심판자는 그의 편을 들 만한 근거들을 차곡차곡 수집하여 요크 하딩의 저서에 기초를 둔 그의 설익은 이상주의가 오히려 내 냉소적인 관념들보다 낫다는 결론을 내리기에 이르렀다. 아, 사실이나 진실 들에 관해서야 내가 백번 옳았겠지만 파일 또한 젊음과 어리숙함의 미덕으로 당당했으니, 어쩌면 젊은 여자가 평생을 함께할 상대로는 나보다 그가 훌륭하지 않겠는가?

우리는 어정쩡한 기분으로 악수를 나누었고, 나는 그를 따라 밖으로 나와 층계 꼭대기에 선 채 반쯤 형태를 이룬 어떤 두려움에 떠밀려 파일을 불러 세웠다. 어쩌면 사람들로 하여금 참된 판단을 내리게 하는 내면의 법정에는 심판자뿐 아니라 예언자 또한 존재하는 모양이었다. "파일, 요크 하딩을 너무 믿으면 안 돼요."

"요크 말인가요!" 그는 첫 번째 층계참에서 나를 올려다보았다.

"우린 옛 식민주의 시대 사람들이지만, 파일, 우린 현실로부터 무엇인가 조금이나마 배운 바가 있고, 불장난을 해서는 안 된다는 사실도 깨우쳤어요. 제3의 세력이라는 거 — 그건 책에나 나오는 관념에 지나지 않아요. 테 장군은 몇천 명의 부하를 거느린 산적 두목에 불과하고, 민족적 민주주의의 화신은 아녜요."

그는 우편물 투입구를 통해 바깥을 내다보다가 불청객을 발견하고 쫓아 버리려는 사람처럼 나를 빤히 쳐다보았다. 그의 두 눈이 사라졌다. "당신이 무슨 소리를 하는지 모르겠어요, 토머스."

"그 자전거 폭탄 말예요. 한 남자의 발이 잘려 나가긴 했어도 대단한 장난이었어요. 하지만 파일, 테 같은 사람들을 믿으면 안 됩니다. 그들은 공산주의로부터 동양을 구할 생각 따윈 없어요. 그런 족속을 우린 잘 알잖아요."

"우리라고요?"

"옛 식민주의 시대의 사람들 말예요."

"난 당신이 누구의 편도 들지 않는다고 생각했는데요."

"그렇긴 하지만, 파일, 누군가 당신이 소속한 집단에서 개판을 쳐야만 한다면 그런 일은 조에게 맡겨요. 당신은 후엉을 데리고 어서 고향으로 돌아가요. 제3의 세력은 잊고요."

"물론 난 당신의 충고를 항상 소중하게 생각할 거예요, 토머스." 그가 정중하게 말했다. "자, 그럼 또 만나기로 해요."

"그랬으면 좋겠군요."

2

몇 주일이 흘러갔지만 웬일인지 나는 새집을 구하기가 어려웠다. 시간이 없어서가 아니었다. 북부에 무덥고 습한 안개비[108]가 찾아오고, 프랑스군이 호아빙에서 철수하고, 통킹에서는 쌀을, 그리고 라오스에서는 아편을 둘러싸고 전투가 벌어지는 사이에, 연례행사처럼 찾아오는 전쟁의 위기가 다시 한바탕 지나갔다. 남부에서 필요한 모든 취재 활동은 도밍게스[109]가 알아서 쉽게 처리했다. 마침내 나는 불편한 몸을 이끌고 콘티넨털 호텔을 지나 까띠나 거리의 반대편 끝에 위치한, 이른바 현대식 고층 건물이라고 하는 (이름이 '1934년 파리 박람회'였던가?) 어느 아파트먼트를 보러 갔다. 고무나무 농장주가 귀국하면서 사이공의 임시 거처를 처분한다고 했다. 그는 싼값에 집을 통째로

---

108 원문의 프랑스어 crachin은 '이슬비'라는 본디 의미보다 베트남에서 해마다 되풀이되는 장마철(우기)을 뜻한다.

109 우리나라에 주재하는 외신 매체도 마찬가지이지만 해외 특파원의 수가 제한되어서 큰 사건이 발생하여 많은 취재가 필요할 경우에는 현지인을 고용하여 대신 취재를 맡긴다.

팔아 치우고 싶어 했다. 나는 집에 따라올 자산이 무엇일까 궁금했는데, 목록에는 1880년부터 1900년까지 파리 화랑을 통해 구입한 굉장히 많은 판화가 포함되어 있었다. 그 그림들에서 가장 두드러지게 공통된 주제는 해괴한 머리 모양에 젖가슴이 풍만한 여자였으니, 하늘하늘한 옷자락 사이로 갈라진 엉덩이를 하나같이 교묘하게 노출시키면서도 정작 전투가 벌어지는 중요한 부분은 가려 놓은 모습이었다. 욕실에는 롭스[110]의 화풍을 농장주가 훨씬 대담하게 모작한 그림들이 걸려 있었다.

"미술품을 좋아하시나요?" 내가 묻자 그는 공범자를 만나서 반갑다는 듯 나를 보고 벌쭉 웃었다. 그는 새까만 콧수염을 조그맣게 기르고 머리숱이 적은 뚱보였다.

"내가 수집한 가장 훌륭한 그림들은 파리에 있어요." 그가 말했다.

거실에서는 유별나게 높다란 재떨이가 눈길을 끌었는데, 그릇을 머리에 인 나체 여인의 형상이었으며, 발가벗고 호랑이를 끌어안은 여자들의 도자기 장식품도 여럿이었다. 그 가운데 아주 기묘한 조각품 하나는 상반신을 벗은 젊은 여자가 자전거에 올라탄 모습이었다. 침실에 들어가 보니 서로 끌어안고 애무

---

110 Félicien Victor Joseph Rops. 오묘하고 음란한 삽화를 많이 남긴 19세기 벨기에의 판화가.

하는 두 여자를 그린 큼직하고 번들거리는 유화가 그의 거대한 침대 맞은편에 자리 잡고 있었다. 나는 그가 수집한 미술품들을 덤으로 얹지 않으면 집값이 얼마가 되겠느냐고 물었지만 그는 두 가지를 따로 떼어서 계약할 생각은 없다고 했다.

"당신은 미술품 수집에 관심이 없는 모양이죠?" 그가 물었다.

"글쎄요, 그런 셈이죠."

"난 책도 좀 가지고 있어요." 그가 말했다. "원래는 프랑스로 다시 가져가려고 했지만 집을 산다면 덤으로 얹어 줄 의향도 있어요." 그는 유리문이 달린 책장의 자물쇠를 열고 장서를 보여 주었는데 — 삽화를 곁들인 호화판 『아프로디테』[111]와 『나나』[112]가 눈에 띄었고, 『바람둥이 아가씨』[113]뿐 아니라 폴 드 콕[114]의 소설도 몇 권 있었다. 나는 아예 당신도 장서에 끼워 팔지 않겠느냐고 질문하고 싶은 충동을 느꼈는데, 그는 자신이 수집한 책들과 한 몸이나 마찬가지로 골동품이었다. 그가 말했다.

---

111 『Aphrodite: mœurs antiques』. 조각가와 고급 창녀가 주인공인 피에르 루이의 소설.

112 『Nana』. 역시 창녀가 주인공인 에밀 졸라의 소설.

113 『La Garçonne』. 약혼자가 바람을 피우자 독신으로 살기로 작정한 여자가 남자들을 섭렵하며 엽색 행각을 벌인다. 빅토르 마르게리트의 1920년대 소설로 네 차례나 영화화되었다.

114 Charles Paul de Kock. 100권이 넘는 통속 소설을 남긴 19세기 프랑스 작가.

"열대 지방에서 혼자 지내려면 이런 수집품들이 좋은 동무가 됩니다."

나는 내 세상에서 완전히 사라진 존재, 후엉을 생각했다. 항상 그렇듯이 사막으로 도피하고 나면 그곳의 정적이 고막을 찢어 놓을 정도로 고함을 친다.

"내 생각에 우리 신문사에선 내가 예술품을 사들이도록 허락하지 않을 것 같군요."

그가 말했다. "그 사항은 물론 영수증에 명시하지 않을 텐데요."

파일이 그 농장주를 만날 일 없어서 다행이라고, 나는 생각했다. 그 까닭은 파일이 상상하는 "옛 식민주의 시대 사람들"은 실체 없이도 충분히 역겨운 개념이었는데, 이 남자는 그 추상적인 관념에 구체적인 양상을 제공해 줄 표본이나 마찬가지였기 때문이다. 내가 밖으로 나섰을 때는 이제 11시 30분에 가까웠고, 나는 얼음 맥주[115]를 마시고자 파빌리언까지 걸어 내려갔다. 파빌리언은 유럽과 미국 여자 들이 커피를 마시러 자주 드나드는 단골집이므로 그곳에서 후엉을 우연히 마주칠 확률은 없으리라고 확신했다. 사실 나는 하루 가운데 이 시간이면 그녀가 정확히 어디에 있을지 잘 알았으며 — 그녀는 쉽게 습관을 바

---

115 베트남 사람들은 곧잘 맥주에 얼음을 넣어 마신다.

꾸는 성격이 아니었고, 그래서 농장주의 집을 나선 나는 이때쯤 그녀가 초콜릿 음료를 마시러 가는 밀크 바를 피하기 위해 일부러 길을 건너갔다. 옆자리에 앉아 아이스크림을 먹던 젊은 미국 여자 두 명은 그 더위에도 말끔하고 깨끗한 모습이었다. 그들의 외양은 왼쪽 어깨에 하나씩 둘러멘 가방의 놋쇠로 만들어 붙인 독수리[116] 장식에 이르기까지 완전히 똑같았다. 길고 날씬한 두 다리도 똑같았고, 약간 비뚤어진 코도 똑같았으며, 마치 대학 연구실에서 실험을 하듯 정신을 잔뜩 집중한 채 아이스크림을 먹는 모습마저 닮아 있었다. 나는 혹시 파일과 같이 일하는 동료 직원들이 아닐까 궁금했고, 매력적인 그들 역시 고향으로 돌려보내고 싶었다. 그들은 아이스크림을 다 먹은 뒤, 한 여자가 시간을 확인하고는 말했다. "가는 게 좋겠어." 나는 그들이 누구와 무슨 약속을 했을까 궁금했다.

"11시 25분까지는 여길 떠나야 한다고 워렌이 그랬지."

"시간이 지났네."

"그냥 있으면 재미있을 거 같아. 도대체 왜 그러는지 혹시 그 이유 알아?"

"잘은 모르지만 자리를 피하는 편이 좋겠다고 워렌이 그랬어."

---

116 미국을 상징하는 흰머리수리.

“시위가 벌어질 것 같아?”

“시위는 워낙 자주 일어나잖아.” 성당 건물들만 너무 많이 구경하느라고 신물이 난 관광객처럼 다른 여자가 따분하다는 듯 말했다. 그녀가 일어나더니 아이스크림값을 탁자 위에 놓았다. 자리를 뜨기 전에 그녀가 카페를 둘러보았고, 사방에 걸린 거울들이 주근깨 내려앉은 그녀의 얼굴을 여러 각도에서 비추었다. 이제 자리에는 나와 초라한 차림의 프랑스 중년 여인만이 남았고, 그녀는 그래 봐야 아무 도움도 되지 않겠지만 꼼꼼히 화장을 했다. 젊은 두 여자는 굳이 화장할 필요 없이 립스틱을 살짝 바르고, 빗으로 머리를 빗기만 하면 그만이었다. 한 여자의 눈길이 잠깐 나에게 머물렀는데—여느 여자가 아니라 무슨 짓이든 저지르고 싶어 하는 남자처럼 아주 노골적인 시선이었다. 그러더니 얼른 친구에게로 몸을 돌리며 말했다. “어서 가는 게 좋겠어.” 땡볕이 내리쬐는 거리로 나란히 나서는 그들의 뒷모습을 나는 한가하게 지켜보았다. 그중 어느 한쪽도 지저분한 욕정의 먹이가 되는 상황을 상상하기란 불가능한 일이었으니, 구겨진 이부자리나 땀을 질질 흘리는 성행위하고는 아무 연관이 없는 존재들이었다. 그들은 체취 제거제를 몸에 뿌리기 전까지 잠자리에 들지 않으려고 할까? 잠깐 동안 나는 내가 살아가는 이 세상과 너무도 다른, 완벽히 살균된 그들의 세상이 부러웠지만—갑자기 아무런 예고도 없이 그들의 세상은 산산조각 났다. 벽에 걸려 있던 두 장의 거울이 나를 향해 날아오다가 도중에 바닥으로 떨어졌다. 초라한 프랑스 여자는 의자와 탁자가 부서진 더미 속에 무릎을 꿇고 엎어졌다. 그녀의 콤팩트는 뚜껑이 열린 채 깨지지 않고 온전하게 내 무르팍에 떨어졌다. 그리고 내가 앉아 있던 탁자가 박살 나면서 프랑스 여자 주변의 파편 위로 함께 쏟아져 쌓였고, 이상하게도 나는 변함없이 같은 자리에 그대로 앉아 있었다. 정원에서 흔히 들려오는 신기한 소리들이 카페 안을 가득 채웠고, 똑똑 떨어지는 분수대의 물방울 소리가 들리기에 눈을 돌려 살펴보니 주점에 줄지어 늘어놓은 병 속의 액체가 온갖 빛깔로 흘러내리고 있었다. — 포르투갈산 포도주의 빨강과 오렌지 술의 주황과 카르투지오 증류주의 탁한 노랑이 카페 바닥을 가로질러 흘러갔다. 프랑스 여자가 일어나 앉더니 콤팩트를 찾아 두리번거렸다. 내가 콤팩트를 건네주자 바닥에 앉은 채로 나한테 공손하게 고맙다고 말했다. 나는 그녀의 목소리가 잘 들리지 않는다는 사실을 깨달았다. 폭발이 너무 가까운 곳에서 일어난 탓에 고막이 아직 강한 충격으로부터 회복되지 않은 모양이었다.

나는 왈칵 짜증이 나서 '또 플라스틱으로 장난을 친 모양인데 이제 헹 씨는 내가 무슨 기사를 쓰길 기대할까?'라는 생각마저 들었다. 그러나 가르니에 광장으로 내려가서 자욱한 연기구름을 보고난 뒤에야 장난이 아니라는 사실을 깨달았다. 연기는 국립 극장 앞 자동차 주차장의 불타는 차량들에서 치솟아 올랐고, 폭파된 차의 조각들이 광장 여기저기 흩어져 있었다. 그리고 두 다리가 잘려 나간 남자는 예쁘게 장식한 꽃밭 가장자리에서 온몸에 경련을 일으키며 누워 있었다. 까띠나 거리와 보나르 대로에서 사람들이 떼를 지어 몰려왔다. 경찰차들의 사이렌 소리와, 구급차와 불자동차의 종소리가 한꺼번에 울리면서 먹먹했던 내 귀가 갑자기 뚫렸다. 잠깐 동안 나는 광장 건너편 밀크 바에 틀림없이 와 있을 후엉에 대해 완전히 잊었다. 연기가 우리 사이를 가로막았다. 밀크 바가 보이지를 않았다.

내가 광장으로 나가자 경찰관이 붙잡아 세웠다. 그들은 몰려드는 군중을 막기 위해 도로변을 따라 저지선을 쳤고 어느새 들것들이 모습을 보이기 시작했다. 나는 앞을 가로막은 경찰관에게 애원했다. "건너가게 해 줘요. 내가 아는 사람이 저기……."

"물러서요." 그가 말했다. "여기 있는 사람들 모두 아는 사람들이 많으니까요."

그는 어느 신부가 지나가도록 옆으로 물러서더니, 내가 신부의 뒤를 따라가려고 하자 붙잡아서 뒤로 밀어냈다. "난 기자예요." 하며 신분증을 넣어 둔 지갑을 찾아서 여기저기 더듬었지만 당최 어디로 갔는지 찾을 수 없었다. 그날 나는 지갑을 집에 두고 나왔던 것일까? "밀크 바에 혹시 무슨 일이 있었는지 그것만이라도 알려 줘요."라고 내가 말했고, 차차 연기가 걷히자 빵집을 유심히 살펴보았다. 하지만 그사이에 사람들이 잔뜩 몰려들었다. 경찰관이 뭐라고 말했지만 나는 알아듣지 못했다.

"뭐라고 했나요?"

그가 다시 말했다. "모르겠다고요. 물러서요. 당신이 길을 막아서 들것들이 지나가질 못하잖아요."

혹시 내가 지갑을 파빌리언에서 빠트리지는 않았을까? 파빌리언으로 가려고 돌아섰더니 내 앞에 파일이 있었다. 그가 소리쳤다. "토머스."

"파일." 내가 말했다. "천만다행이네요. 당신 공사관 통행증을 보여 줘요. 우린 저쪽으로 건너가야 해요. 후엉이 밀크 바에 있어요."

"아뇨, 아닙니다." 그가 말했다.

"파일, 후엉이 저기 있다고요. 늘 저길 가거든요. 11시 30분에요. 후엉을 찾으러 가야 해요."

"후엉은 거기 없어요, 토머스."

"당신이 어떻게 알아요? 당신 통행증 어디 있어요?"

"가지 말라고 내가 경고했거든요."

나는 경찰관을 옆으로 밀치고 광장을 가로질러 달려갈 작정으로 돌아섰다. 경찰관이 총을 쏠지도 모르지만 나는 개의치 않았고 — 그러고는 "경고했다."라는 말에 정신이 퍼뜩 들었다.

나는 파일의 팔을 움켜잡았다. "경고했다고요?" 내가 말했다. "'경고'했다니 무슨 소린가요?"

"그곳에 가지 말라고, 오늘 아침에 내가 후엉에게 일러두었어요."

내 머릿속에서 수수께끼가 풀렸다. "그럼 워렌은요?" 내가 말했다. "워렌이 누군가요? 그 사람도 어떤 여자들한테 경고를 했어요."

"무슨 소린지 모르겠는데요."

"미국인 사상자는 한 명이라도 나오면 안 된다, 그 얘기죠?" 구급차 한 대가 까띠나 거리를 비집고 올라와서 광장으로 진입하자 나를 막아섰던 경찰관이 옆으로 비키며 길을 내주었다. 내 옆에 있던 다른 경찰관은 언쟁을 벌이는 중이었다. 그렇게 혼란스러운 틈을 타서, 나는 미처 누가 막아서기 전에 파일을 광장으로 밀며 앞장을 세웠다.

우리는 죽음을 애도하는 사람들 가운데로 들어섰다. 경찰은 다른 사람들이 광장에 들어오지 못하게 막는 데 별다른 어려움이 없었지만 생존자들과 처음 도착한 연고자들을 밖으로 내보내기에는 역부족이었다. 의사들은 너무 바쁜 나머지 이왕 죽은 사람들을 돌볼 겨를이 없어서 사망자는 주인들이 알아서 처리하도록 내버려 두었다. 의자마다 임자가 있듯이 이곳에서는 망자들 역시 주인이 따로 있었다. 한 여자가 찢긴 아기 시신의 남은 토막을 무릎에 얹어 놓고 땅바닥에 앉아 있었는데, 그나마 예의를 갖추려는 듯 농부의 밀짚모자[117]로 어린 시신을 가렸다. 여자는 꼼짝하지 않은 채 작은 소리조차 내지 않았다. 나는 바로 광장의 적막함 때문에 가장 큰 충격을 받았다. 언젠가 미사가 진행되는 동안 찾아갔던 성당의 정적을 연상시켰는데 — 집전하듯 뒤처리를 맡은 사람들 말고는 아무도 소리를 내지 않았으며, 그나마 유럽인들이 여기저기서 흐느껴 울고 탄식했지만 예의범절과 인내심과 겸양을 잃지 않는 동양의 모습을 목도한 뒤 부끄럽다는 듯 그들 또한 다시 조용해졌다. 다리를 잃은 상반신은 여전히 꽃밭 언저리에서 머리가 잘린 닭처럼 발작적으로 계속 경련하고 있었다. 몸에 걸친 상의를 보니 남자는 딸딸이 운전사인 듯싶었다.

파일이 말했다. "끔찍하네요." 그는 신발에 묻은 것을 보고 역겨워하는 목소리로 말했다. "이게 뭔가요?"

"피가 나네요." 내가 말했다. "당신은 지금까지 피를 본 적이 한 번도 없단 말인가요?"

그가 말했다. "공사를 만나기 전에 구두를 닦아야겠네요." 나는 그가 주변에서 도대체 무슨 일이 벌어지고 있는지 전혀 이해하지 못하고 있다는 인상을 받았다. 너벅선을 타고 팟지엠으

117 '농라' 또는 '농'이라고 부르는 삿갓 모자.

로 내려왔던 행동은 어린 학생의 몽상 같은 모험이나 마찬가지였고, 어쨌든 병사들은 안중에도 없던 그로서는 지금 난생처음으로 진짜 전쟁을 구경하는 셈이었다.

나는 손으로 그의 어깨를 움켜잡고 억지로 여기저기 둘러보도록 그를 밀어붙였다. 내가 말했다. "지금은 장을 보거나 나들이 나올 시간이어서 — 이곳은 항상 여자와 아이 들로 붐빈다고요. 도대체 왜 하필이면 이 시간을 선택했나요?"

그가 힘 빠진 목소리로 말했다. "여기서 시가행진이 벌어질 예정이었는데요."

"그래서 영관급 장교 몇 마리쯤 잡아 보겠다는 심산이었군요. 하지만 시가행진은 어제 취소되었어요, 파일."

"난 몰랐어요."

"몰랐다고요!" 나는 들것을 내려놓았던 자리에 흥건히 고인 피 웅덩이로 그를 밀어 넣었다. "당신은 정보를 좀 더 잘 파악했어야 한다고요."

"난 어제 출장을 나갔었어요." 신발을 내려다보면서 그가 말했다. "그 사람들이 계획을 연기했어야 하는데."

"이런 절호의 기회를 놓치면서요?" 내가 물었다. "당신은 테 장군이 자기 존재감을 과시할 이런 기회를 그냥 넘길 줄 알았나요? 이건 시가행진보다 훨씬 효과적인 목표라고요. 전쟁에서는 군인이 무얼 했다는 건 별로 신통치 않은 기삿거리지만 여자와 아이 들이 몰살당하면 아주 특종감이죠. 이제 이 소식은 전 세계로 퍼져 나갈 거예요. 당신은 테 장군을 세계적인 인물로 만들어 놓았어요, 파일. 당신이 좋아하는 제3의 세력과 민족적 민주주의가 당신의 오른쪽 신발을 화려하게 물들였고요. 집으로 가서 후엉에게 당신이 감행한 영웅적 쾌거를 자랑하고 — 그녀가 걱정해야 할 동족이 수십 명 줄어들었노라고 알려 주라고요."

몸집이 작고 통통한 신부가 수건을 덮은 접시에 무엇인가를 담아 들고 허겁지겁 달려갔다. 파일은 한참 동안 침묵을 지켰고, 나는 더 이상 할 말이 없었다. 사실 나는 이미 말을 너무 많이 해 버렸다. 그는 좌절감에 빠져서 얼굴이 새하얗게 질렸고, 당장이라도 쓰러질 듯했다. 나는 이런 생각을 했다. '그래 봤자 무슨 소용이겠는가? 그는 영원히 순진한 사람으로 남을 테고, 순진한 사람은 항상 죄가 없으니 순진함을 탓할 수야 없는 노릇이다. 그런 사람들을 저지하려면 통제하거나 제거하는 길 말고는 대책이 없다. 순진함은 일종의 광기다.'

그가 말했다. "이런 짓을 테가 저질렀을 리 없어요. 그럴 리가 없다고 확신해요. 누군가 그를 속였을 겁니다. 공산주의자들이……."

그는 좋게만 생각하려는 무지함으로 확고부동하게 무장한

사람이었다. 나는 그를 광장에 남겨 두고 흉측한 분홍빛 성당[118]이 길을 가로막아 선 곳까지 까띠나 거리를 걸어 올라갔다. 사람들은 벌써 성당으로 몰려 들어가고 있었는데, 죽은 자들을 위한 기도를 벌써 죽은 자에게 드리는 기회가 그들에게는 위안이 되는 모양이었다.

그들과 달리 나에게는 감사해야 할 이유가 분명했으니, 후엉은 살아남지 않았던가? 후엉에게는 '경고'의 기회가 주어지지 않았던가? 하지만 내 기억에 가장 생생히 남은 장면이라고는 광장에 버려진 상반신과 엄마의 무릎에 놓인 처참한 상태의 아기뿐이었다. 충분히 중요한 존재가 아니었던 그들에게는 아무도 조심하라고 경고해 주지 않았다. 그리고 혹시 군대의 시가행진이 벌어졌다고 한들 그들은 호기심에서 군인들을 구경하고, 확성기 소리를 듣고, 꽃을 던지기 위해 여전히 그곳에 모이지 않았을까? 백 킬로그램짜리 폭탄은 사람을 가려 가면서 터지지 않는다. 민족적 민주주의 전선을 구축하기 위해 과연 몇 명의 영관급 장교를 죽여야 어린아이나 딸딸이 운전사의 죽음을 정당화할 수 있을까? 나는 발동기가 달린 딸딸이를 잡아타고는 운전사에게 미토 부두로 데려다 달라고 했다.

---

118 1880년에 건립된 사이공 노트르담 성당.

4부

1

나는 후엉이 안전하게 자리를 피하도록 언니를 데리고 영화 구경이나 가라면서 돈을 주어 내보냈다. 그사이에 나는 도밍게스와 저녁 식사를 하러 나갔다가 방으로 돌아와서 기다렸고, 비고는 정확히 10시에 찾아왔다. 그는 술을 못 마시겠다고 사과했는데 — 너무 피곤하기 때문에 술이 들어갔다가는 분명 졸게 되리라고 설명했다. 정말로 피곤한 하루를 보낸 탓이었다.

"살인이나 변사 사건 때문인가요?"

"아뇨. 좀도둑들 덕분이죠. 자살도 몇 건 있었고요. 이곳 사람들은 워낙 도박을 좋아하다 보니 가진 걸 다 잃으면 스스로 목숨을 끊는 일이 허다해요. 시체 안치소에서 얼마나 많은 시간을 보내야 할지 알았더라면 난 경찰관이 되지 않았을 거예요.

난 암모니아 냄새를 좋아하지 않아요. 생각해 보니 난 맥주나 한잔하는 게 좋겠네요."

"미안하지만 우리 집엔 냉장고가 없어서요."

"시체 안치소하곤 다르군요. 그렇다면 영국 위스키나 조금 맛볼까요?"

나는 그와 함께 시체 안치소로 내려가서 경찰관들이 얼음 덩어리들을 담아 둔 커다란 쟁반처럼 생긴 깔판에 눕혀 놓은 파일의 시신을 끌어냈던 밤을 떠올렸다.

"듣자 하니 귀국하지 않게 되었다고요?" 그가 물었다.

"뒷조사를 하셨나요?"

"그럼요."

내 신경이 얼마나 차분하게 가라앉아 있는지를 눈으로 확인하게 하려고 나는 전혀 떨리지 않는 손으로 위스키를 내밀었다. "비고, 당신은 왜 자꾸 내가 파일의 죽음과 관련되어 있다고 생각하는지 얘기해 주면 좋겠어요. 동기가 문제인가요? 내가 후엉을 되찾고 싶어 했으리라는 동기 말예요. 아니면 그녀를 잃었다는 데 대한 복수였다고 상상하시나요?"

"아뇨. 난 그렇게 어리석지 않아요. 사람들은 원수의 책을 기념품으로 소중하게 보관하진 않으니까요. 저기 당신 책장에 있잖아요. 『서양의 역할』 말입니다. 이 요크 하딩이라는 사람은 어떤 인물인가요?"

"그 사람이야말로 당신이 찾는 범인입니다, 비고. 큰 관점에서 보자면 — 그 사람이 파일을 죽였으니까요."

"무슨 소린지 모르겠네요."

"그 사람은 고고한 차원의 언론인이어서 — 세간은 그런 부류를 외교적 수완이 있는 특파원이라고 부르죠. 그는 무엇인가 한 가지 생각이 떠올랐다 하면 모든 상황을 그 개념에 맞도록 뜯어고칩니다. 이 나라에 왔을 때 파일은 요크 하딩의 사상에 중독된 상태였어요. 하딩은 언젠가 방콕에서 도쿄로 가는 길에 겨우 한 번 이곳에 들러 일주일을 보냈죠. 파일은 그의 사상을 몸소 실현하겠다는 실수를 저질렀어요. 하딩은 제3의 세력에 관한 글을 썼습니다. 파일은 그런 세력을 실제로 규합하려고 — 2000명의 병력과 잘 길들인 두 마리의 호랑이를 거느린 천박하고 비열한 조무래기 산적 두목과 손을 잡았어요. 정신 나간 짓이었죠."

"당신은 정신 나간 적이 전혀 없죠. 안 그래요?"

"난 이성을 잃지 않으려고 늘 노력해 왔습니다."

"하지만 당신의 노력은 실패했어요, 파울러." 무슨 이유에서인지 나는 몇 년 전처럼 아득하게 여겨지는 어느 날 밤 트루앵 대위와 하이퐁 아편굴에서 나눈 대화가 머리에 떠올랐다. 그가 무슨 말을 했던가? 감정이 북받치는 순간에 우리는 누구나 얽혀 들기 마련이라고 하지 않았던가? 내가 말했다. "당신은 다른 직업을 선택했더라면 훌륭한 신부가 되었겠어요, 비고. 혹시 자백받아야 할 게 있다고 하면 — 그 사람으로 하여금 쉬이 고백하게 만들 수 있다고 믿는 이유는 뭔가요?"

"난 고백을 듣고 싶어 한 적이 전혀 없어요."

"하지만 고백을 받아 내긴 했을 거 아녜요?"

"가끔은요."

"당신 직업은 성격상 신부나 마찬가지로 충격을 받기 위해서가 아니라 공감을 나누기 위해 고백을 듣는 것이 아니던가요? '경찰관 나으리, 내가 왜 그 노파의 머리통을 박살 냈는지 솔직하게 말씀을 드려야 되겠는데요.' '그러시죠, 귀스타브, 왜 그런 짓을 저질렀는지 서두르지 말고 천천히 나한테 말씀해 보시죠.' 이런 식으로 말입니다."

"당신은 참 상상력이 자유분방하군요. 술은 안 드시겠어요, 파울러?"

"범죄자가 경찰관과 마주 앉아서 술을 마시는 건 분명 현명한 짓이 아니죠."

"난 당신더러 범죄자라고 말한 적이 없는데요."

"하지만 술기운이 내 머릿속에까지 미쳐서 고백하고 싶은 욕망을 자극하면 어쩌겠어요? 당신 같은 경찰의 고해 성사는 비밀을 보장해 주지 않을 텐데 말입니다."

"고백하는 사람에게 비밀 보장이 필요한 경우는 별로 없고, 신부님에게 하는 고해 역시 마찬가지입니다. 그런 사람에게는 다른 동기가 작용하죠."

"자신의 양심으로부터 부담을 덜기 위해서 말입니까?"

"항상 그렇지는 않아요. 때로는 자기 존재를 확실하게 파악하고 싶어서 고백하는 경우도 적지 않아요. 때로는 남들을 기만하는 짓에 그냥 지쳤기 때문이기도 하고요. 당신은 범죄자가 아니지만, 파울러, 난 당신이 왜 나한테 거짓말을 했는지 그 이유를 알고 싶어요. 파일이 죽던 날 밤에 당신은 그를 봤잖아요."

"왜 그런 생각이 들었나요?"

"난 당신이 그를 죽였다고는 단 한 순간도 의심한 적이 없어요. 당신은 녹슨 총검을 사용하는 그런 사람하고 거리가 머니까요."

"녹이 슬어요?"

"검시를 하면 그런 종류의 세부적인 정보를 얻게 되죠. 하지만 이미 말씀드렸다시피 그건 죽음의 직접적인 원인이 아니었어요. 다카오의 진흙 때문에 질식해서 사망했으니까요." 그는 위스키를 한 잔 더 달라고 잔을 내밀었다. "어디 한번 따져 봅시다. 당신은 6시 10분에 콘티넨털에서 술을 한잔하셨죠?"

"그래요."

"그리고 6시 45분에 다른 기자분하고 마제스틱 입구에서 얘기를 나누셨고요?"

"그래요. 윌킨스하고요. 이 얘긴 전에 했잖아요, 비고. 그날 밤에요."

"그래요. 그다음에 내가 사실 확인을 했죠. 그런 사소한 사항들을 기억하고 계시다니 참 대단하십니다."

"나는 기자예요, 비고."

"어쩌면 시간대가 별로 정확하지 않을지 모르지만 여기서 십오 분쯤 착오가 나고 저기서 십 분쯤 틀린다고 해서 누가 당신을 탓할 수야 없겠죠. 당신에겐 그런 시간들을 중요하게 기억해야 할 이유가 전혀 없었을 테니까요. 솔직히 말해서 당신이 정확한 시간들을 완벽하게 기억하고 있다면 그것이 오히려 수상한 노릇이죠."

"내 기억이 정확하지 않았나요?"

"별로요. 당신이 윌킨스와 얘기를 나눈 시각은 7시 오 분 전이었어요."

"또 십 분의 차이가 나는군요."

"물론이죠. 내가 지적했다시피 말입니다. 그리고 당신이 마제스틱에 도착했을 때는 6시 시보가 울린 직후였어요."

"내 시계는 항상 조금 빨리 갑니다." 내가 말했다. "당신 시계로 지금 몇 시 몇 분인가요?"

"10시 8분요."

"내 시계로는 10시 18분이군요. 보세요."

그는 구태여 내 시계를 확인하고 싶지는 않은 눈치였다. 그가 말했다. "그렇다면 당신이 윌킨스와 얘기를 나누었다고 한 시각은—당신 시계로 따지면 이십오 분의 차이가 납니다. 그만하면 상당한 착오가 아닐까요?"

"어쩌면 내가 머릿속에서 시간을 다시 계산하고 조정했는지도 모르죠. 어쩌면 그날 내가 시계를 다시 맞췄는지도 모르고요. 가끔 그러거든요."

"내가 신기하게 생각하는 점은 말입니다." 비고가 말했다. "(소다수를 조금만 더 주시겠어요? 당신이 준 술이 조금 독해서요.)—당신이 나한테 전혀 화를 내지 않는다는 사실이죠. 내가 지금 당신을 심문하듯 누군가에게 심문당한다는 건 별로 기분 좋은 일이 아닐 텐데요."

"탐정 소설을 읽는 것 같아서 흥미진진한걸요. 그리고 당신 입으로 인정했듯이—어쨌든 당신은 내가 파일을 죽이지 않았다는 걸 알잖아요."

비고가 말했다. "당신이 살인 현장에 없었다는 건 알죠."

"내 일정을 확인하고 여기서 십 분, 저기서 오 분 차이가 난다는 사실을 제시함으로써 당신이 과연 무엇을 증명하려는지 모르겠네요."

"그러면 약간의 공백이 생기거든요." 비고가 말했다. "시간상의 공백 말입니다."

"무엇을 위한 공백요?"

"파일이 찾아와서 당신을 만나는 시간요."

"왜 그걸 증명하려고 당신은 이토록 열심인가요?"

"개 때문입니다." 비고가 말했다.

"그리고 발바닥에 묻은 진흙 때문이기도 하고요?"

"진흙이 아니었어요. 시멘트였습니다. 그러니까 그날 밤 어디선가 파일을 따라다니던 개가 아직 굳지 않은 시멘트를 밟았다는 뜻이죠. 지금 생각났는데 이 공동 주택 1층에서 인부들이 바닥 공사를 하더군요. 그 사람들 지금도 일하고 있던데요. 오늘 들어오다가 만났어요. 이 나라에서는 인부들이 밤늦도록 일을 하니까요."

"지금 얼마나 많은 집에서 인부들이 작업을 하고 — 얼마나 여러 곳에 아직 마르지 않은 시멘트가 있는지 알 길 없잖아요. 여기 인부들 가운데 개를 보았다고 기억하는 사람이 있던가요?"

"물론 그것도 사람들한테 물어봤어요. 하지만 개를 봤더라도 나한테 바른대로 얘기하려고 들지 않겠죠. 난 경찰관이니까요." 그는 말을 멈추고 의자에 기대앉아 술잔을 물끄러미 쳐다보았다. 나는 그가 무엇인지 불현듯 깨닫고 엉뚱한 생각에 젖어들었으리라 추측했다. 파리 한 마리가 그의 손등을 기어갔지만 그는 쫓아 버릴 생각조차 없는 듯했고 — 도밍게스도 파리쯤은 신경 쓰지 않았으리라. 나는 심오하고 요지부동하는 어떤 힘을 느꼈다. 내가 짐작하기로 그는 기도를 드리고 있는 것 같았다.

나는 자리에서 일어나 커튼을 헤치고 침실로 들어갔다. 내가 그래야 했던 이유는 따로 없었지만 그저 의자에 앉아서 침묵을 지키는 그를 잠깐 동안이나마 피하고 싶었다. 후엉의 사진첩들은 책장에 다시 꽂혀 있었다. 그녀는 화장품들 사이에 나한테 온 전보 한 장을 끼워 두었는데, 런던 본사에서 온 전갈 같았다. 나는 그것을 뜯어 볼 기분이 아니었다. 지금은 모든 것이 처음으로, 파일이 등장하기 전으로 돌아간 상태였다. 방들은 변할 줄 몰랐고, 장식들은 놓아둔 자리를 지켰고, 오직 마음만이 썩어 버렸을 따름이다.

나는 거실로 돌아갔고 비고는 술잔을 입으로 가져갔다. 내가 말했다. "나는 당신한테 해 줄 얘기가 없어요. 전혀 없다고요."

"그렇다면 가 봐야 되겠군요." 그가 말했다. "내가 다시 당신을 귀찮게 할 일은 없을 겁니다."

그의 희망인지 나의 희망인지는 모르겠으나 — 그는 희망을 버리기가 좀처럼 내키지 않는 듯 문간에서 잠깐 걸음을 멈추고 돌아섰다. "그 영화는 그날 밤 당신이 보러 가기엔 그리 어울리지 않았던 것 같은데요. 난 당신이 시대극에 관심이 있으리라고는 생각하지 않았어요. 무슨 영화였죠? 「로빈 후드」였나요?"

"「혈투」[119]였을 텐데요. 시간을 때우려고요. 기분 전환도 필요했고요."

"기분 전환이라고요?"

"누구나 남모르는 걱정거리가 있기 마련이잖아요, 비고." 내가 조심스럽게 설명했다.

비고가 떠난 뒤, 나는 살아 있는 동반자 후엉이 돌아올 때까지 아직 한 시간이나 더 기다려야 했다. 비고의 방문으로 내 마음이 얼마나 크게 동요했던지 이상할 지경이었다. 마치 어느 시인이 비평을 부탁하면서 맡기고 간 작품을 내 부주의한 행동으로 폐기해 버린 듯한 죄의식이었다. 언론인이라는 직업이 진지한 소명 의식을 추구한다고 하기는 어려우므로 — 나는 소명 의식이 없는 인간이었건만, 그래도 다른 사람의 소명 의식을 인정할 줄은 알았다. 비고가 완결하지 못한 보고서를 마무리하러 돌아간 다음에야 나는 그를 다시 불러 세우고 용기 있게 진실을 털어놓지 못한 스스로를 못마땅해했다. "당신 말이 맞아요. 그가 죽던 날 밤에 난 분명히 파일을 보았어요."

---

119 「Scaramouche」. 이탈리아 태생의 영국 작가 라파엘 사바티니의 대표작을 영상화한 오락물. 이 영화는 광대 노릇을 하며 유랑하는 검객이 주인공인 복수극이다.

2

1

미토 부두로 가는 길에 나는 쫄롱에서 출동하여 가르니에 광장으로 향하는 여러 대의 구급차를 지나쳤다. 길거리 시민들의 표정을 보면 소문이 퍼지는 속도를 파악하기가 어렵지 않았는데, 처음에 그들은 나처럼 광장 쪽에서 나타나는 사람을 기대와 추측이 어린 눈으로 살펴보고는 했다. 쫄롱으로 들어갈 무렵에는 내가 소문을 훨씬 앞질러 갔고, 무슨 일이 벌어졌는지 아무도 모르는 그곳의 삶은 부산하고, 정상적이고, 변함이 없었다.

나는 저우 씨네 창고를 찾아가서 그의 집으로 올라갔다. 지난번에 왔을 때하고 아무것도 달라진 게 없었다. 고양이와 개가 마룻바닥과 골판지 상자와 옷 가방 사이를 제멋대로 돌아다녔다. 아기는 마룻바닥에서 기어 다녔고 두 늙은이는 여전히 마작을 즐기고 있었다. 젊은 사람들만이 눈에 띄지 않았다. 내가 문간에 나타나자마자 여자 중 한 명이 차를 따르기 시작했다. 노부인은 침대에 앉아 자기 발을 멍하니 쳐다보았다.

"헹 씨요." 내가 물었다. 나는 씁쓸하고 맛도 없는 찻물을 또다시 마셔야 하는 번거로운 예식을 치를 기분이 아니었기 때문에 사양의 의미로 머리를 설레설레 저었다. "Il faut absolument que je voie Monsieur Heng.(난 헹 씨를 꼭 만나야 합니다.)" 내 요구가 얼마나 절실하고 다급한지를 전하기란 불가능해 보였지만, 아마도 차를 단호하게 거절한 내 태도가 그들에게 조금은 부담을 준 눈치였다. 아니면 혹시 파일처럼 나도 신발에 피가 묻어 있었는지도 모른다. 어쨌든 잠시 머뭇거리던 끝에 한 여자가 나를 밖으로 데리고 나와서 층계를 내려가더니 깃발들이 내걸리고 사람들이 붐비는 거리를 두 구간 지나 파일의 나라에서 '장례방'이라고 불리는 납골당 앞에 나를 혼자 남겨두고 가 버렸다. 그곳은 중국인들이 시신에서 추려 낸 뼈를 돌항아리에 담아서 잔뜩 비치해 놓은 시설이었다. "헹 씨요." 문간에 앉아 있던 중국 노인에게 내가 말했다. "헹 씨요." 영묘원이라면 농장주의 음란한 소장품들로 시작하여 광장에서 살해된 시체들로 이어진 하루를 마감하기에 아주 적절한 장소 같았다.

안쪽 방에서 누가 소리치자 중국인이 옆으로 물러나며 나를 안으로 들여보냈다.

헹 씨가 몸소 예우를 갖추며 나왔고, 중국인 집에 온 손님이라면 으레 거쳐야 하는 입구 안쪽의 손님용 접견실로 나를 맞아들였다. 그 작은 방에는 무늬를 새겨 넣은 검은색의 불편한 의자를 줄지어 놓았는데, 별로 사용하지도 않고 사람을 반기는 듯싶지도 않은 의자들이었지만 이번만큼은 달랐다. 방금까지 의자에 누가 앉아 있었던 느낌을 받았고, 탁자 위에는 다섯 개의 찻잔이 놓여 있었으며, 그나마 두 개는 입을 대지도 않았기에 “내가 모임을 방해한 모양이로군요.”라고 나는 말했다.

“별로 중요하지 않은 업무 얘기를 하던 중이었어요.” 헹 씨가 얼버무렸다. “당신은 우리 집에서 언제나 환영받는 손님입니다, 파울러 씨.”

“난 가르니에 광장에서 오는 길이에요.”

“그런 줄 알았어요.”

“그렇다면 혹시 무슨…….”

“누가 전화를 걸어 알려 주더군요. 난 당분간 저우 선생 근처에 얼씬거리지 말아야겠다고 생각했고요. 경찰은 오늘 대단히 분주할 겁니다.”

“하지만 당신하고는 아무 관계가 없는 사건이잖아요.”

“범인을 밝혀내는 건 경찰이 해야 할 일입니다.”

"이번에도 파일의 소행이겠죠." 내가 말했다.

"맞아요."

"한심한 짓이었어요."

"테 장군은 통제하기가 상당히 어려운 인물입니다."

"그리고 폭탄은 보스턴 아이들이 가지고 놀 만한 장난감이 아니고요. 파일의 상관이 누구인가요, 헹?"

"내 짐작으로는 파일 씨가 독단적으로 취한 행동일 가능성이 큽니다."

"그 사람 정체가 뭔가요? OSS요?"

"약칭은 별로 중요한 사항이 아닙니다. 내가 알기로 지금은 명칭[120]이 바뀌었을 테니까요."

"내가 뭘 할 수 있을까요? 파일을 막아야 합니다."

"선생은 사실을 그대로 보도하면 됩니다. 하지만 쉬운 일이 아니죠?"

"우리 신문사는 테 장군에 대해서라면 아무런 관심이 없어요. 당신네 집단에만 신경을 쓰니까요, 헹."

"정말로 파일 씨를 막고 싶으신가요, 파울러 선생?"

"그 사람을 만나 봤다면 당신도 막고 싶어질 거예요, 헹. 그

---

120 1941년에 태동한 OSS(Office of Strategic Services, 전략 사무국)는 1947년에 CIA(Central Intelligence Agency, 중앙 정보국)로 확대 개편되었다.

는 현장에 버티고 서서 그것이 모두 애석한 실수였을 뿐이라고, 시가행진이 열렸더라면 괜찮았을 거라고 말하더군요. 공사를 만나기 전에 구두를 깨끗하게 닦아야 되겠다는 걱정만 하더라고요."

"물론 선생은 아는 그대로를 경찰에 가서 밝히면 그만입니다."

"경찰 역시 테 장군에게 관심이 없어요. 그리고 그들이 감히 미국 관리를 건드릴까요? 그에게는 외교관으로서의 특권이 있어요. 그는 하버드 졸업생입니다. 공사는 파일을 아주 좋아하고요. 헹, 광장에서 어떤 여자의 아기가 무참히 변을 당했는데 — 그녀는 농 모자로 아기를 계속 가렸어요. 그 장면이 내 머릿속에서 떠나질 않아요. 그리고 팟지엠에서도 비슷한 장면을 목격했어요."

"냉정을 찾으려고 노력해야 합니다, 파울러 선생."

"그 친구가 다음엔 무슨 짓을 저지를까요, 헹?"

"우릴 도울 마음의 준비가 되었나요, 파울러 선생?"

"그 친구가 서투른 짓을 벌이면 그의 실수 때문에 애꿎은 사람들만 죽어 나갈 테죠. 난 당신네 사람들이 그를 남딩의 강에서 처치했더라면 좋았으리라고 생각합니다. 그랬다면 많은 사람들의 삶이 상당히 달라졌겠죠."

"나도 동감입니다, 파울러 선생. 그 사람은 어떻게든 막아야 합니다. 그래서 제안하고 싶은 게 있는데요." 문 뒤에서 누군가 조심스럽게 기침을 하더니 요란하게 침을 뱉었다. 그가 말했다. "만일 당신이 오늘 밤 낡은 풍차에서 저녁 식사를 하자고 그를 불러낸다면 말입니다. 8시 30분에서 9시 30분 사이에요."

"그래서 어쩌자는……."

"우린 중간에서 기다리다가 그와 얘기를 나누겠어요." 헹이 말했다.

"그 친구는 다른 약속이 있을지도 모르잖아요."

"혹시 6시 30분쯤에 — 파일 씨더러 선생 댁에서 만나자고 약속을 하시면 더 좋겠어요. 그러면 그는 다른 약속을 하지 않겠고, 틀림없이 댁에서 낡은 풍차로 곧장 갈 겁니다. 댁으로 찾아온 그가 선생과 식사를 같이 하겠다고 약속해 주면 선생은 기회를 봐서 불빛이 필요한 체하며 책을 들고 창가로 가서 펼쳐 보세요."

"왜 하필이면 낡은 풍차인가요?"

"거긴 다카오 다리에서 가까운데 — 내 생각에 우린 그곳에서 적당한 장소를 찾아 사람들의 방해 없이 그 사람과 얘기를 나눌 수 있을 거예요."

"무슨 얘길 하려고요?"

"그건 모르는 게 편하실 겁니다, 파울러 선생. 하지만 사정이 허락하는 한 온건하게 행동하겠다고 내가 약속드리겠습니다."

모습을 드러내지 않는 헹의 친구들이 벽 뒤편에서 쥐 떼처럼 부산히 움직였다. "우리를 위해서 그렇게 해 주시겠습니까, 파울러 선생?"

"모르겠어요." 내가 말했다. "잘 모르겠어요."

"결국 언젠가는 알게 되겠죠. 언젠가는 당신도 누군가의 편을 들어야 할 겁니다." 헹이 말했고, 나는 아편굴에서 트루앵이 했던 말을 다시금 떠올렸다. "인간답게 살아가기 위해서는요."

2

나는 공사관으로 찾아가서 파일더러 내 집으로 와 달라는 쪽지를 남긴 다음에, 술을 한잔 마시려고 콘티넨털로 올라갔다. 폭발 현장은 말끔히 정리되어 있었고, 심지어 소방대가 물청소까지 마친 다음이었다. 그때만 해도 나는 그 시각과 장소가 얼마나 중요한 의미를 갖게 될지 전혀 짐작하지 못했다. 나는 파일과의 약속을 어기고 저녁 내내 그곳에 앉아서 시간을 보낼 생각도 해 보았다. 그러다가 나는 그에게 닥쳐올 위험이 무엇인지 모르겠지만 — 파일에게 위험한 일이 생기리라고 겁을 줘서 앞으로 그가 허튼짓을 못하도록 저지하면 어떨까, 하고 생각해 보았다. 그래서 맥주를 마신 다음 집으로 갔으며, 막상 집에 도착한 뒤에는 차라리 파일이 나타나지 않기를 바랐다. 나는 독서를 할까 했지만 책장에는 내 관심을 끌 만한 책이 하나도 없었다. 어쩌면 아편을 피워도 좋았겠지만 담뱃대를 준비해 줄 사람이 아무도 없었다. 나는 그가 나타나지 않기를 은근히 바라면서도 발걸음 소리에 귀를 기울였고, 마침내 소리가 들려왔다. 누군가 문을 두드렸다. 내가 문을 열었고, 찾아온 사람은 도밍게스였다.

내가 말했다. "뭣 하러 왔어요, 도밍게스?"

그는 놀란 표정으로 나를 쳐다보았다. "뭣 하러라뇨?" 그는 시계를 확인했다. "제가 늘 찾아오는 시간인데요. 발송할 전보는 없나요?"

"내가 깜빡했군요. — 미안해요. 전보는 없어요."

"하지만 폭탄에 관한 후속 기사는 어쩌고요? 송고할 기사 없나요?"

"아, 나 대신 기사를 작성해 줘요, 도밍게스. 난 상황 파악이 잘 안 되는데 — 마침 현장에서 당하고 보니 충격이 제법 심했던 듯싶어요. 어떻게 전문을 작성해야 좋을지 막막해요." 나는 귓전에 날아와서 앵앵거리는 모기를 손바닥으로 후려쳤고 도밍게스는 철썩 소리에 본능적으로 몸을 움찔했다. "걱정하지 말아요, 도밍게스. 놓쳤어요." 그는 비참한 미소를 지었고, 생명을 빼앗는 행위를 왜 꺼리는지 해명할 처지가 아니었으니 — 어쨌든 그는 기독교인이었으므로 인간의 육신을 불사르는 행태를 네로 황제로부터 터득한 사람들 가운데 하나였다.

"뭐 시키실 일은 혹시 없나요?" 그가 말했다. 그는 술을 마시지 않았고, 육류를 먹지 않았고, 살생을 하지 않았으며 — 나는 그의 온화한 마음을 부러워했다.

"없어요, 도밍게스. 오늘 밤엔 그냥 나 혼자 있게 해 줘요." 나는 까띠나 거리를 건너는 그의 뒷모습을 창가에서 지켜보았다. 어느 딸딸이 운전사가 내 창문이 마주 보이는 길 건너편에 멈춰 서더니 자리를 잡았고, 도밍게스는 그 딸딸이를 타려고 했지만 운전사가 머리를 저으며 거부했다. 이곳은 딸딸이들이 손님을 잡으려고 기다리기에 좋은 장소가 아니었으므로 보아하니 그는 근처의 어느 상점에서 나올 예약 손님을 기다리는 눈치였다. 시계를 확인해 보니 이상하게도 어느새 약속 시간보다 십 분 이상 지나 있었다. 마침 그때 파일이 문을 두드렸는데, 나는 그가 올라오는 발소리를 듣지 못했다.

"들어와요." 하지만 이번에도 사람보다 개가 먼저 들어왔다.

"연락받고 반가웠어요, 토머스. 오늘 아침엔 당신이 나 때문에 화가 많이 났다고 생각했었거든요."

"그랬는지도 몰라요. 유쾌한 광경은 아니었으니까요."

"이제 당신도 알 만큼 알게 되었으니 좀 더 얘기해도 언짢아하지 않겠죠. 오늘 오후에 테 장군을 만났어요."

"만났다고요? 그 사람이 사이공에 왔나요? 아마도 폭탄이 얼마나 위력적인지 확인하려고 나타났겠군요."

"그건 기밀 사항입니다, 토머스. 내가 그를 아주 호되게 야단쳤어요." 그는 훈련을 빼먹은 학생 한 명을 적발해 낸 운동부 주장처럼 말했다. 어쨌거나 나는 조금 희망을 가지고 물었다. "그 사람을 배제하기로 했나요?"

"만일 한 번만 더 제멋대로 실력을 행사했다가는 관계를 끊어 버리겠다고 일러두었어요."

"하지만 그 사람하고는 이미 관계를 청산했어야 하는 거 아닌가요, 파일?" 나는 킁킁거리며 내 발목의 냄새를 맡는 개를 짜증스럽게 밀어냈다.

"그렇게는 못 해요. (앉아, 듀크.) 긴 안목으로 보면 우리에겐 그가 유일한 희망입니다. 우리 도움으로 그가 권력을 잡는다면 우린 그를 믿고……."

"도대체 얼마나 더 많은 사람이 죽어야 정신을 차리려는지……." 그러나 나는 우리의 논쟁이 전혀 희망 없는 헛수고임을 깨달았다.

"무슨 정신을 차리라는 건가요, 토머스?"

"정치에서는 보은의 법칙 따윈 없다는 진리요."

"적어도 그들은 프랑스 사람을 미워하는 만큼 우릴 미워하지는 않아요."

"그걸 어떻게 알아요? 때때로 인간은 적에 대해 어느 정도 우애를 느끼고, 또 때로는 친구를 미워하기도 해요."

"당신 말투가 딱 유럽인 같군요, 토머스. 이곳 사람들은 그렇게 심리가 복잡하지 않아요."

"그게 몇 달 동안 여기서 당신이 깨우친 바인가요? 이러다가 다음에는 그들더러 아이들 같다고 하겠군요."

"글쎄요. — 어떤 면에서는 그래요."

"심리가 복잡하지 않은 아이가 하나라도 있다면 내 앞에 데리고 와 봐요, 파일. 어릴 때 우리 머리는 복잡하기가 밀림 속 같았어요. 나이를 먹으면서 그런 사실을 잊어버렸을 뿐이라고요." 하지만 파일과의 대화에서 무엇을 기대하겠는가? 우리 두 사람의 논리는 똑같이 비현실적 맥락에 놓여 있었다. 나 또한 설익은 논설위원 노릇을 하고 있었으니 말이다. 나는 일어나서 책장으로 다가갔다.

"뭘 찾아요, 토머스?"

"내가 좋아하던 구절을 찾아보려고요. 나하고 저녁 식사를 할 시간은 되나요, 파일?"

"좋죠, 토머스. 당신이 더 이상 화를 내지 않으니까 정말 좋아요. 당신하고 나의 견해가 다르다는 건 알지만 견해가 달라도 친하게 지낼 수 있는 거잖아요?"

"모르겠어요. 그건 어려울 것 같아요."

"어쨌든 후엉은 이런 문제들보다 훨씬 중요했지요."

"당신 정말 그렇게 믿어요, 파일?"

"그야 그녀가 가장 중요한 존재이니까요, 나한테는요. 그리고 당신한테도요, 토머스."

"이제 나한테는 그렇지 않아요."

"오늘 사건은 대단히 충격적이었지만, 토머스, 두고 보라고요. 일주일 뒤엔 우리 모두 그런 건 잊어버릴 테니까요. 우린 희생자의 유족을 돌봐 주기로 했어요."

"우리라뇨?"

"공사관에서 워싱턴으로 급전을 쳤어요. 우리한테 배당된 자금의 일부를 지금 사용할 수 있도록 승인받기 위해서요."

내가 그의 말을 가로막았다. "낡은 풍차에서 만나는 게 어때요? 9시에서 9시 30분 사이에요."

"당신이 좋다면 어디라도 괜찮아요, 토머스." 나는 창가로 갔다. 태양은 지붕들 너머로 가라앉았다. 딸딸이 운전사는 여전히 손님을 기다렸다. 내가 내려다보자 그가 얼굴을 들고 나를 바라보았다.

"누구 기다리시나요, 토머스?"

"아뇨. 그냥 시구절을 찾고 있었어요." 내 행동을 감추려고 나는 마지막 햇살을 향해 책을 펼쳐 든 뒤 소리 내어 시구절을 읽었다.

거리에서 차를 몰고 가며 난 아무 걱정도 없어,
사람들이 노려보며 내가 누구인지 묻는다 한들
어쩌다 미친한 인간 하나 치었다 해도
얼마이건 손해 배상을 해 주면 그만이지.
돈이 많으니 그래서 좋다, 야!
부자는 그래서 좋다.[121]

"거참 묘한 시군요." 못마땅한 억양으로 파일이 말했다.

"19세기의 진보적인 시인이었어요. 그런 사람이 많지 않았죠." 나는 다시 거리를 내려다보았다. 운전사는 어디론가 사라지고 없었다.

"술이 다 떨어졌나요?"

"아뇨. 하지만 난 당신이 술을 별로……."

"내가 긴장이 좀 풀리기 시작했나 봐요." 파일이 말했다. "당신 영향을 받아서겠죠. 당신은 나한테 좋은 사람입니다, 토머스."

---

121 19세기 영국 시인 아서 휴 클러프의 미완성 장편 풍자 시극 「양숙의 대화(Dipsychus)」에서 인용.

나는 술병과 두 개의 잔을 가져왔는데 — 처음에 모두 챙기지 못해서 다시 움직여야 했고, 그런 다음에는 물을 가지러 또 한 번 걸음을 했다. 그날 저녁에는 내가 무엇을 하건 시간이 오래 걸렸다. 그가 말했다. "있잖아요, 난 아주 훌륭한 집안에서 태어났지만 어쩌면 우리 가족은 약간 엄격한 쪽이었나 봐요. 체스넛 거리[122]의 유서 깊은 집에서 살았어요. 언덕을 올라가면 오른쪽에 있는 저택이었죠. 어머니는 유리잔을 수집했고, 아버지는 — 오랜 세월 침식된 절벽을 탐사하러 가지 않을 땐 — 다윈의 온갖 원고와 관련 자료를 찾아다녔답니다. 뭡니까, 그들은 과거에 파묻혀 사는 그런 사람들이라고요. 아마 그래서 내가 요크에게 그토록 깊은 감명을 받았는지도 모릅니다. 그는 현대의 조건들에 대하여 개방된 시각을 가진 사람 같았어요. 우리 아버진 고립주의자[123]였거든요."

"어쩌면 난 당신 아버지를 좋아할지도 모르겠군요." 내가 말했다. "나도 고립주의자니까요."

조용한 남자치고는 그날 밤의 파일은 무척 말이 많았다. 나는 다른 데 정신이 팔려서 그가 늘어놓은 모든 이야기를 귀담아 듣지 않았다. 나는 헹 씨가 노골적이고 험악한 수단을 동원하지

122 보스턴에서 아주 고풍스럽고 역사적인 지역.

123 국제 분쟁에서 중립적인 입장을 취하며 혼자만의 길을 가겠다고 자의적인 고립 정책을 고수하는 사람.

않으리라고 스스로를 납득시키고자 애썼다. 하지만 이런 전쟁에서는 주저할 시간적 여유가 없으므로 어떤 무기든 닥치는 대로 — 프랑스군은 소이탄을, 그리고 헹 씨는 총탄이나 칼을 사용하리라는 사실을 나는 알고 있었다. 나는 또한 나에게 심판자가 될 소질이 없음을 너무 뒤늦게야 깨달았다. — 그래서 잠시 파일이 혼자 떠들도록 내버려 둔 다음에 꼭 경고해 주리라고 나는 다짐했다. 아예 그가 내 집에서 밤을 보내도 괜찮으리라고 생각했다. 그들이 이곳으로 쳐들어올 가능성은 거의 없었다. 아마도 그는 어릴 적에 같이 살았던 보모에 관해 계속 이야기하던 중이었는데 — "그녀는 정말 나한테 어머니보다 훨씬 소중한 사람이었고, 기가 막히게 맛있는 월귤 파이를 만들어 주셨죠!"라고 얘기할 즈음에 내가 그의 말을 가로막았다. "그날 밤 그런 일을 겪고 난 이후에 — 요즈음 총을 갖고 다니지 않나요?"

"아뇨. 우리 공사관에서 내린 지침은……."

"하지만 당신은 특수 임무를 수행하고 있잖아요."

"무기를 휴대해 봤자 아무 도움이 안 되어서요. — 놈들이 나를 해치고 싶다면 언제라도 그럴 수 있을 거예요. 난 밤눈이 굉장히 어두워요. 깜깜절벽 앞의 맹인이라니까요. 언젠가 우리가 장난을 치느라고……." 그는 다시 횡설수설 떠들기 시작했다. 나는 창가로 돌아갔다.

딸딸이 운전사 한 명이 건너편에서 기다렸다. 두 사람이 너무나 비슷해 보여서 확실히 분간할 수 없었지만—나는 다른 사람이리라고 생각했다. 이번 운전사는 정말로 예약 손님을 기다리는지도 모를 일이었다. 얼핏 내 머릿속에 파일은 공사관으로 피신해 있어야 가장 안전하리라는 생각이 떠올랐다. 내가 신호를 보낸 뒤 그들은 틀림없이 깊은 밤중에 저지를 모종의 계획을 준비했을 테고, 그 계획은 이제 다카오 다리에서 벌어질 상황이었다. 나는 그들이 무슨 이유로 어떤 행동을 감행할지 종잡을 수 없었지만 파일은 분명 해가 지고 난 뒤에 무장 경찰이 늘 경계를 서야 하는 다리 건너편으로 차를 몰고 갈 만큼 어리석지 않으리라. 나는 그렇게 믿었다.

"나 혼자만 말이 많아졌군요." 파일이 말했다. "어떻게 된 노릇인지 모르지만 공연히 오늘 저녁에는……."

"얘기 계속해요." 내가 말했다. "난 그냥 조용히 있고 싶으니까요. 어쩌면 저녁 식사 약속을 취소하는 편이 나을 것 같아요."

"아녜요. 그러지 마세요. 난 뭐랄까요…… 당신과의 관계가 언제부터인가 단절된 기분이라……."

"당신이 내 목숨을 구해 준 다음부터겠죠." 그렇게 말해 버린 나는 스스로에게 입힌 상처의 아픔을 감추기 어려웠다.

"아녜요, 내 말은 그런 뜻이 아니었어요. 하기야 그날 밤 우리가 나눈 대화는 참 거북했죠. 마치 우리의 마지막 대화처럼 여겨지지 않았던가요? 난 당신에 대해서 많은 걸 알게 되었어요, 토머스. 솔직히 얘기해서 나는 참여하지 않겠다는 당신 입장에 동의하지 못하겠지만, 아마 당신에겐 그것이 옳은지도 모르죠. 당신은 꿋꿋하게 자기 입장을 견지하며, 다리가 부러진 다음에도 계속 중립을 지켰어요."

"입장이란 언제라도 달라질 수 있어요." 내가 말했다. "감정이 격해지는 순간엔……."

"당신은 아직 그런 순간에 봉착한 적이 없잖아요. 내 생각에 앞으로도 당신은 영원히 달라지지 않을 것 같고요. 그리고 나 역시 — 죽음을 맞기 전에는 달라질 수 없을 겁니다." 그는 유쾌하게 마지막 말을 덧붙였다.

"오늘 아침에 그런 일을 겪고도요? 그 정도 사건이면 사람의 관점이 달라지는 게 당연하지 않을까요?"

"그들은 전쟁의 희생자입니다." 그가 말했다. "안타까운 일이지만 항상 목표물만 명중하기는 어렵잖아요? 어쨌든 그들은 의로운 대의를 위해서 죽은 거예요."

"월귤 파이를 만들어 줬다는 옛 보모가 그렇게 당했더라도 당신은 같은 얘기를 할 수 있을까요?"

그는 알아듣기 쉬운 내 지적을 못 들은 체했다. "어떤 면에서 그들은 민주주의를 위해 목숨을 바쳤다고 할 수 있어요." 그가 말했다.

"그 말을 어떻게 베트남어로 번역해서 이곳 사람들에게 들려주면 좋을지 난 도통 모르겠어요." 나는 돌연 몹시 피곤해졌다. 나는 그가 얼른 나가서 죽어 버리기를 바랐다. 그러면 나는 그가 나타나기 이전의 시점에서 — 다시 삶을 시작하게 되리라.

"당신은 내 얘길 한마디도 진지하게 들으려고 하질 않아요, 안 그런가요, 토머스?" 하고많은 밤 가운데 하필이면 오늘 밤 그는 어딘가에 꼭꼭 숨겨 두었던 소년다운 쾌활함을 드러내며 불평을 늘어놓았다. "이러면 어떨까요. — 후엉이 영화 구경을 간 김에 — 당신하고 나하고 둘이서 저녁 내내 같이 지내기로 하죠. 난 이제 오늘 할 일이 아무것도 없어요." 나에게 어떤 변명의 여지가 남지 않도록 마치 누군가가 바깥에 서서 그가 해야 할 말들을 대신 불러 주는 듯했다. 그가 말을 이어 갔다. "샬레 무도장에 가면 어떨까요? 그날 밤 이후로 난 그곳에 가 본 적이 없어요. 그곳 음식은 낡은 풍차 못지않게 맛있고, 게다가 음악까지 있잖아요."

내가 말했다. "그날 밤은 생각하고 싶지 않은데요."

"미안합니다. 난 가끔 멍청한 소리를 잘해요, 토머스. 그럼 쫄롱의 중국집은 어때요?"

"좋은 요리를 먹고 싶으면 거긴 미리 주문해야 하잖아요. 낡은 풍차에 가기가 두려워졌나요, 파일? 그곳엔 철조망이 잘 설치되어 있고 다리에서 항상 경찰이 순시를 돌아요. 그리고 당신은 다카오 다리를 차로 통과할 만큼 바보가 아니잖아요, 그렇죠?"

"그런 얘기가 아니고요. 난 그저 오늘 저녁엔 당신과 오래 오래 같이 있고 싶다고 생각했을 뿐예요."

그가 몸을 움직이면서 술잔을 넘어뜨렸고 마룻바닥 위에서 산산이 조각났다. "당신 집에 행운[124]이 찾아오겠군요." 그가 건성으로 말했다. "미안해요, 토머스." 나는 유리 조각들을 집어서 재떨이에 담기 시작했다. "어때요, 토머스?" 박살이 난 유리 조각들을 보고 나는 파빌리언의 바에서 깨진 술병들로부터 쏟아져 내리던 여러 빛깔의 광채가 머리에 떠올랐다. "내가 당신과 외출하게 될지도 모른다고 후엉한테 경고해 두었어요." '경고'라니, 얼마나 잘못 선택한 어휘였던가. 나는 마지막 유리 조각을 치웠다. "난 마제스틱에서 누굴 만나기로 약속했어요." 내가 말했다. "그래서 9시 전에는 시간이 나질 않아요."

"그렇다면 난 사무실로 돌아가야겠군요. 갑작스러운 일이 생겨서 누군가에게 붙들리게 될까 봐 걱정이 되긴 하지만요."

운명을 피해 갈 한 번뿐인 기회를 그에게 허락해 줘도 나쁠 일은 없을 터였다. "시간이 늦어진다고 걱정할 필요는 없어요." 내가 말했다. "혹시 도중에 누군가에게 잡혀서 늦어지면 나중에

---

124 서양의 여러 나라에서는 실수로 유리잔을 깨트리면 악의 기운이 사라지고 길운이 온다고 믿는다. 일부러 깨트린 경우는 해당되지 않는다. 한편 유대인 결혼식에서는 신랑이 술잔을 밟아 깨트리면 밝은 미래가 온다고 한다.

이리로 찾아오면 되니까요. 또 당신이 저녁 식사 시간에 맞춰 풍차로 오지 못하면 10시에 집으로 돌아와서 기다릴게요."

"그럴 경우엔 내가 연락을……."

"신경 쓰지 말아요. 그냥 낡은 풍차로 오고 — 안 되면 여기서 만나요." 나는 내가 믿지 않는 어떤 존재에게 결정권을 돌려주었으며, 그 존재가 원한다면 그의 책상에서 기다리고 있는 한 통의 전보나 공사가 보낸 전갈 따위로 얼마든지 훼방 놓기를 바랐다. 미래를 바꿀 능력이 없다면 그런 신은 존재할 자격이 없었다. "이제 가 봐요, 파일. 나도 처리할 일이 있으니까요." 그가 멀어져 가고 개가 타박거리는 발걸음 소리를 들으며 나는 이상한 피로감에 휩싸였다.

3

내가 밖으로 나갔을 때는 도르메 거리에 이르기까지 딸딸이 운전사가 한 명도 눈에 띄지 않았다. 나는 마제스틱 호텔로 걸어 내려가서 걸음을 멈추고 미국 폭격기의 하역 작업을 잠시 지켜보았다. 해가 저물었기 때문에 그들은 아크등 불빛에 의지해 일했다. 나는 어느 현장에 내가 없었다는 증거를 남기려고 의도하지는 않았지만 파일에게 마제스틱으로 누군가를 만나러 가리라는 말을 해 두었고, 필요 이상으로 거짓말을 했다는 데 대하여 도가 넘을 정도로 불쾌감을 느꼈다.

"안녕, 파울러." 윌킨스였다.

"안녕하세요."

"다리는 어때요?"

"이제 괜찮아요."

"기사 송고는 했나요?"

"그건 도밍게스한테 맡겼어요."

"당신이 현장에 있었다는 얘길 들었는데."

"그래요, 거기 있었어요. 하지만 요즘엔 지면이 넉넉하질 않아요. 본사에서 별로 긴 기사를 원하지 않을 거예요."

"요즘엔 지면에 대해 다들 인색하게 굴어요, 안 그런가요?" 윌킨스가 말했다. "우린 러셀이 활동하던 옛《더 타임스》시절[125]에 살았어야 해요. 풍선으로 기사를 날려 보내던 시절 말예요. 그땐 기자들도 환상적인 글을 쓸 여유가 있었죠. 그래요, 그 사람이라면 이 풍경도 고정란에 멋지게 서술했겠죠. 화려한 호텔,

---

125 런던《더 타임스》에서 활동한 아일랜드 언론인 윌리엄 하워드 러셀은 최초의 현대 종군 기자 중 한 사람이다. 크리미아 전쟁을 22개월 동안 취재하면서 전사자들 가운데 전투로 죽은 병사는 2퍼센트인 반면에 질병으로 죽은 병사는 40퍼센트라는 사실을 밝혀낸 플로렌스 나이팅게일의 존재를 세상에 널리 알렸다. 러셀은 1857년 인도의 반란, 미국 남북 전쟁, 오스트리아와 프로이센 전쟁, 프랑스와 프로이센 전쟁에도 종군했다.

폭파범, 밤의 어둠이 내리다……. 요즘이라면 밤의 어둠에 대한 기사쯤은 전혀 돈이 안 되잖아요." 하늘 높은 곳에서 시끄럽게 웃는 소리가 희미하게 들려왔고, 파일이 그랬듯이 누군가 술잔을 떨어트려 깨트렸다. 그 소리가 부러진 고드름처럼 우리에게로 쏟아져 내렸다. "아름다운 여인과 용감한 사나이들 머리 위에서 등불이 빛나는도다."[126] 윌킨스가 짓궂게 인용했다. "오늘 밤 바빠요, 파울러? 어디 가서 저녁 식사라도 할까요?

"저녁 약속이 있어요. 낡은 풍차에서요."

"즐거운 시간이 되길 바라요. 그레인저가 그곳에 나타날 테니까요. 낡은 풍차에서는 그레인저가 특별 출연하는 밤을 선전이라도 해야 할 거예요. 뒤에서 들려오는 시끄러운 잡소리를 좋아하는 사람들을 위해서요."

나는 그에게 작별 인사를 건네고 옆에 있는 영화관으로 들어갔는데 — 에롤 플린이었는지, 아니면 혹시 타이론 파워[127]였는지 모르겠지만(홀태바지 차림의 두 사람은 전혀 분간이 되지 않았다.) 주인공은 밧줄에 매달린 채 그네를 타듯 발코니에서 발코니로 날아다니다가 말을 타고 총천연색 새벽 속으로 사라졌

---

126 바이런 경의 시 「워털루의 저녁(The Eve of Waterloo)」에서 인용.

127 에롤 플린은 1950년대 최고의 검객 영화 배우였으며, 영화 촬영 현장에서 솔로몬왕의 의상을 걸친 채 심장 마비로 사망한 타이론 파워도 활극 분야에서 최고의 인기를 누렸다.

다. 그는 한 아가씨를 구하고 적을 죽인 다음, 황홀한 인생을 살았다. 그것은 이른바 청소년 영화였지만 두 눈에 피를 줄줄 흘리며 테베의 궁전에서 걸어 나오는 오이디푸스의 몰골[128]을 보니 오늘날이라면 살아가기 위해 틀림없이 호된 재활 훈련을 받아야 할 듯싶었다. 황홀한 인생이란 존재하지 않는다. 팟지엠과 떠이닝의 도로에서는 행운이 파일의 편이었지만, 그런 운은 영원히 지속되지 않는다. 이제 두 시간만 지나면 운명이 더 이상 그를 지켜 주지 않았다는 사실을 사람들은 알게 되리라. 내 옆자리에 앉은 프랑스 병사 한 명이 아가씨의 허벅지에 손을 얹었다. 그가 행복과 비참한 고뇌 중 어느 쪽을 느끼는지 알 수 없었지만 나는 그의 단순한 감정이 부러웠다. 나는 영화가 끝나기 전에 극장을 나와서 딸딸이를 잡아타고 낡은 풍차로 향했다.

식당은 수류탄이 날아들지 못하도록 철망을 설치해 두었고, 무장한 경찰관 두 명이 다리 끝에서 경계를 섰다. 자신이 만든 기름진 부르고뉴 요리 덕택에 살이 투실투실하게 찐 주인장이 직접 나와서 철조망 문으로 나를 맞아들였다. 식당에서는 저녁 무더위에 녹아내린 버터와 닭고기 냄새가 진동했다.

---

128 그린이 혼동한 듯싶은데 발코니 결투는 스튜어트 그레인저의 「혈투」에 나오는 장면이고, '두 눈의 피'는 「왕자의 검(Prince of Foxes)」에 등장하는 극적인 장면이다. 「왕자의 검」은 예술가이며 검객인 귀족 오르시니 역을 맡은 타이론 파워와 체사레 보르자 역을 맡은 오슨 웰스가 주연한 작품이다.

"그레인제르[129] 선생과 일행이신가요?" 그가 나에게 물었다.

"아뇨."

"식사는 혼자 하실 건가요?" 그제야 나는 나중에 대답해야 할지 모르는 질문들과 뒷일을 처음으로 따져 봐야 했다. "혼자 왔어요." 내가 말했다. 그것은 파일의 죽음을 큰 소리로 단호하게 알리는 선언이나 마찬가지였다.

식당에는 방이 하나뿐이었고 그레인저 일행은 뒤쪽 큰 식탁을 차지하고 있었다. 주인은 나에게 철조망과 가장 가까이 자리한 작은 식탁을 내주었다. 만일의 사태에 대비하여 창문에는 날카로운 파편이 생길 만한 유리를 끼우지 않았다. 그레인저가 접대하는 사람들 가운데 몇 명은 내가 아는 얼굴들이었으므로 나는 자리에 앉기 전에 그들에게 목례를 보냈지만 그레인저는 눈길을 피했다. 나는 파일이 사랑에 빠진 날 밤에 겨우 한 번 그레인저를 만났을 뿐 그 뒤로 몇 달 동안 그를 본 적이 없었다. 아마도 그날 저녁에 내가 했던 무슨 불쾌한 말이 술에 취해 몽롱해진 기분 속에서도 그의 폐부를 찔렀는지, 오늘 식탁의 상석을 차지한 그레인저는 얼굴을 찌푸렸고, 공보관의 아내 데프레 부인과 언론 연락 사무소의 뒤파르크 대위는 머리를 끄덕이며 손을 흔들어 보였다. 몸집이 큰 남자는 내 짐작에 프놈펜의 호텔

---

129 '그레인저'의 프랑스식 발음.

사장이었고, 내가 한 번도 본 적 없는 프랑스 아가씨와 늘 술집에서만 얼굴을 보았던 두세 사람이 그들과 합석해 있었다. 그레인저가 참석한 자리치고는 드물게 조용한 모임 같았다.

나는 파일이 올 때까지 시간을 붙잡아 두고자 식사를 미루고 감초술 한 잔을 주문했다. —어쩌다 헹의 계획이 틀어질지도 모르므로, 내가 식사를 시작하지 않는 한 아직 희망의 여지가 있으리라고 믿었다. 그러자 나는 도대체 스스로 무엇을 희망하고 있는지 의아한 생각이 들었다. OSS나 헹 씨 일당이 다른 이름으로 부르는 어떤 기관이 요행히 첩보를 포착하고 선수를 치지 않았을까? 플라스틱 폭탄과 테 장군이 계속 승승장구하지는 않을까? 아니면 혹시 내가 —하고많은 사람 가운데 하필이면 내가 —어떤 종류의 기적을 바라면서 가당치도 않은 희망에 매달리고 있는 것은 아닐까? 헹 씨가 단순히 파일의 죽음을 선택하지 않고 어떤 대화의 방법을 모색하지는 않았을까? 떠이닝에서 돌아오는 길에 차라리 우리 두 사람이 죽어 버렸다면 문제는 얼마나 간단히 해결되었을까? 나는 술 한 잔을 앞에 놓고 이십 분을 보낸 다음에야 식사를 주문했다. 곧 9시 30분이 될 테고, 이제 그가 나타날 희망은 완전히 사라졌다.

나도 모르게 귀를 기울이면서 얼핏 생각했다. 도대체 무슨 소리를 들으려고 하는가? 비명 소리? 한 방의 총성? 바깥에서 경찰이 출동하는 소란스러운 움직임? 하지만 그레인저 일행이

점점 시끄러워지는 바람에 어쨌든 나는 바깥에서 나는 소리를 아무것도 듣지 못할 지경이었다. 따로 성악을 훈련한 적 없어 보이는 호텔 사장이 타고난 목청으로 힘껏 노래를 부르기 시작했고, 샴페인 뚜껑이 뽑히는 소리와 함께 다른 사람들 역시 노래를 따라 불렀지만, 그레인저만은 예외였다. 그는 제자리에 버티고 앉아서 성난 눈초리로 방을 가로질러 나를 노려보았다. 나는 혹시 싸움판이 벌어질까 걱정했는데 — 나는 그레인저에게 도저히 상대가 안 되었다.

그들은 감상적인 노래를 불렀고, 나는 고급 닭고기 요리를 앞에 놓고도 도저히 입맛이 돌지 않아서 그냥 후엉을 생각했다. 그녀가 안전하다는 사실을 알게 된 뒤로 후엉을 머릿속에 떠올리기는 이때가 거의 처음이었다. 망루 바닥에 앉아서 월맹군이 들이닥치기를 기다리다가 파일이 "후엉은 한 송이 꽃처럼 신선해요."라고 했던 말이 생각났다. 그때 나는 "불쌍한 꽃이죠."라고 한심하기 짝이 없는 반박을 했었다. 이제 그녀는 뉴잉글랜드를 영원히 보지 못하고 바구니 놀이의 비밀도 배우지 못하리라. 어쩌면 영원히 안정된 삶을 누리지 못할 텐데, 무슨 권리로 나는 그녀의 가치를 광장의 시신들보다 가볍다고 판단했을까? 고통은 숫자에 따라 정비례해서 늘어나지 않으며, 한 구의 시체는 전 세계가 느끼는 모든 고통을 담아내기도 한다. 나는 숫자 문제라면 항상 언론인다운 시각으로 판단해 왔는데, 결국 스스로의 원칙을 거역했으니 나는 파일만큼이나 편들기에 깊숙이 관여하게 되었다. 그래서 이제 어떤 결정도 더 이상 간단한 문제로 여겨지지 않으리라고 느꼈다. 시계를 보니 거의 10시 십오 분 전이 다 되었다. 파일은 혹시 누군가에게 붙잡혀 사무실을 빠져나오지 못했을지도, 어쩌면 그가 신임하는 누군가를 위해 지금 공사관 책상 앞에 앉아서 전보에 담긴 암호를 풀어내고 있을지도 모른다. 그러고는 머지않아 까띠나 거리에 있는 나의 집 층계를 허겁지겁 달려 올라오리라. 나는 생각했다. '그렇게만 된다면 나는 그에게 모든 사실을 알려 줄 것이다.'

그레인저가 갑자기 자리에서 일어나더니 나에게로 다가왔다. 그는 중간에 놓인 의자도 못 보고 부딪쳐 비틀거리다가 내 탁자의 가장자리를 손으로 잡았다. "파울러." 그가 말했다. "밖으로 나갑시다." 나는 식탁에 음식값을 충분히 올려놓고 그를 따라나섰다. 그와 싸울 기분은 아니었지만 그 순간 그에게 얻어맞아서 의식을 잃는다면 그것도 괜찮겠다고 생각했다. 우리에게는 죄의식을 삭일 수 있는 방법이 별로 넉넉하지 않았다.

그레인저는 다리 난간에 몸을 기대었고 경찰관 두 명이 멀리서 그를 지켜보았다. 그가 말했다. "당신한테 꼭 해야 할 얘기가 있어요, 파울러."

나는 그가 주먹을 휘두르면 정통으로 얻어맞을 만큼 가까이 다가가서 기다렸다. 그는 꼼짝도 하지 않았다. 그는 아메리카에 대하여 내가 싫어한다고 여기는 속성들을 종합해 놓은 상징적인 초상이어서 — 무의미하고 설계조차 조잡한 자유의 여신상을 연상시켰다. 그는 몸을 전혀 움직이지 않으면서 말했다. "당신은 내가 핏대라도 오른 줄 알겠죠. 아네요."

"무슨 일인가요, 그레인저?"

"당신하고 얘길 나누고 싶어요. 오늘 밤은 저기서 저 개구리 족속들과 마주 앉아서 시간을 보내고 싶지 않아요. 당신을 좋아하진 않지만, 파울러, 당신은 영어로 말하잖아요. 좀 다른 종류의 영어이긴 하지만요." 그는 희미한 불빛 속에서 마치 형체를 가늠할 수 없는 미지의 대륙처럼 우람하고 뒤룩뒤룩한 몸을 구부정하게 난간에 기대었다.

"무슨 일인가요, 그레인저?"

"난 영국 샌님들을 좋아하지 않아요." 그레인저가 말했다. "파일이 왜 당신을 받아 주는지 납득이 안 가요. 아마도 보스턴 사람[130]이기 때문이겠죠. 난 피츠버그 출신[131]이고, 그런 나 자신이 자랑스러워요."

"자랑스럽지 않을 이유가 없잖아요?"

---

130 '새로운 영국'을 뜻하는 뉴잉글랜드에서도 보스턴은 유럽 귀족풍을 고수하는 대표적인 보수층 사회다.

131 미국의 대표적인 공업 도시. 우리말로 속되게 표현하자면 '공돌이' 계층이라고 자신의 출신을 비하하는 암시가 담겼다.

"또 그런 소리." 그는 내 억양을 조롱하려고 서툴게 영국 영어 흉내를 냈다. "당신네들은 하나같이 비역질 하는 인간처럼 말을 해요. 너무나 더럽게 잘난 체들을 하면서요. 세상에 나만큼 잘난 사람 있으면 어디 나와 보라면서요."

"잘 있어요, 그레인저. 난 약속이 있어서 가 봐야 해요."

"가지 말아요, 파울러. 당신은 인정머리도 없나요? 난 저 개구리 족속들하고는 말이 안 통한다니까요."

"당신 취했어요."

"난 겨우 샴페인 두 잔밖에 안 마셨어요. 그러니 내 숙소로 가서 진탕 마시지 않을래요? 난 북부로 가야 하거든요."

"그게 무슨 상관인가요?"

"아, 내가 얘기하지 않았던가요? 난 자꾸 모든 사람이 다 알고 있겠거니 하는 착각이 들어요. 오늘 아침에 아내한테서 전보를 받았어요."

"그런데요?"

"아들이 소아마비[132]에 걸렸어요. 심각하대요."

"안됐군요."

"동정할 필요 없어요. 당신 아이가 아니니까요."

---

132 1950년경에는 천연두, 폐결핵과 더불어 소아마비가 공포의 대상이었다. 1952년 아메리카에서 소아마비가 창궐했는데, 당시 미국인들은 원자 폭탄 다음으로 소아마비를 가장 무서워했다고 한다.

"항공편으로 서둘러 귀국하면 안 되나요?"

"그럴 수가 없어요. 본사는 자꾸 하노이 근처에서 벌어질 무슨 망할 놈의 토벌 작전을 취재하라는데, 코널리가 병이 났거든요." (코널리는 그의 취재를 돕는 보조원이었다.)

"미안하군요, 그레인저. 내가 도울 수 있다면 좋을 텐데."

"오늘 밤이 아들의 생일이라고요. 이곳 시간으로 10시 30분이면 여덟 살이 되죠. 그래서 나는 별생각 없이 엉겁결에 샴페인을 곁들인 파티를 열기로 했어요. 누군가에게 속마음을 털어놓고 싶었는데, 파울러, 저 개구리들한테는 차마 그러지 못하겠더라고요."

"요즈음엔 소아마비를 치료하는 의술이 크게 발달했다더군요."

"난 아이에게 장애가 생겨도 개의치 않아요, 파울러. 죽지만 않는다면요. 나로 말할 것 같으면, 난 불구의 몸으로는 아무 쓸모 없는 인간이 되겠지만, 아들은 두뇌가 명석해요. 저 미친 자식이 노래를 부르는 동안 내가 뭘 하고 있었는지 알아요? 기도를 드렸어요. 만일 하나님이 목숨을 하나 거두어 가려 한다면 내 목숨을 대신 빼앗아 가도 좋겠다고 생각했어요."

"그럼 당신은 신의 존재를 믿는단 말인가요?"

"그렇다면 얼마나 좋았을까요." 그레인저가 말했다. 그는 머리가 아픈 듯 손을 펴서 이마를 쓸었는데, 사실은 눈물을 닦는 모습을 감추기 위한 몸짓이었다.

"내가 당신이라면 아예 곯아떨어지도록 술에 취하고 싶겠어요." 내가 말했다.

"아, 그건 안 돼요. 난 절대로 취하면 안 됩니다. 난 아들이 죽은 날 밤에 코가 비뚤어지도록 술을 마셨다는 사실을 나중에 후회하고 싶지 않거든요. 내 아내는 술을 못 마셔요, 그렇겠죠?"

"혹시 본사에 연락해서……."

"코널리는 진짜로 병이 난 게 아녜요. 싱가포르에서 계집을 만나 어디선가 딴짓을 하고 있어요. 그 빈자리를 내가 채워줘야 합니다. 본사에서 알았다간 그 친구 목이 날아갈 테니까요." 그는 흐물흐물한 몸을 추슬러 세웠다. "시간을 빼앗아 미안해요, 파울러. 누군가에게 하소연을 하고 싶었어요. 이제는 들어가서 축배를 들어야겠군요. 하필이면 나를 독선적이라고 싫어하는 당신한테 이런 소리를 늘어놓다니 참 한심하네요."

"당신 대신에 내가 취재를 가도 괜찮아요. 내가 코널리 행세를 하면서요."

"억양이 달라서 당장에 들통이 날 거예요."

"난 당신을 싫어하는 게 아니에요, 그레인저. 난 지금까지 상당히 많은 것을 제대로 보지 못하는 바람에……."

"아, 헛소리 말아요. 당신하고 나는 견원지간이 맞아요. 하지만 신경 써 줘서 고마워요."

내가 과연 파일하고 무엇이 그토록 크게 다를까, 의문이 들었다. 나 역시 삶의 수렁에 발이 빠지기 전에는 고통을 인식하지 못하는 존재가 아니었던가? 그레인저가 다시 안으로 들어갔고 나는 그를 반갑게 맞이하는 목소리들을 들었다. 나는 딸딸이를 잡아타고 집으로 갔다. 집에는 아무도 없었고, 나는 자정까지 앉아서 기다렸다. 그런 다음에 나는 희망을 버리고 길거리를 따라 내려갔으며, 그곳에서 후엉을 발견했다.

3

"비고 씨 당신 만난다고 왔었어요?" 후엉이 물었다.

"그래요. 십오 분 전에 돌아갔어요. 영화는 재미있던가요?" 그녀는 침실에 이미 쟁반을 차려 놓았고, 이제는 등잔에 불을 붙였다.

"영화 많이 슬펐어요." 그녀가 말했다. "하지만 색깔 예뻤어요. 비고 씨 무엇 알고 싶다 하던가요?"

"몇 가지 질문을 했어요."

"무슨 질문요?"

"이런 거 저런 거요. 내 생각에 그 사람, 다시는 나를 귀찮게 하지 않을 것 같아요."

"나 행복하게 끝나는 영화 제일 좋아해요." 후엉이 말했다.

"담뱃대 피울 준비 됐어요?"

"그래요." 나는 침대에 누웠고 후엉이 바늘에 아편을 말기 시작했다. 그녀가 말했다. "사람들이 여자 목 잘랐어요."

"정말 이상한 짓을 했군요."

"프랑스 혁명 때였거든요."

"아. 역사물이었네요. 알았어요."

"어쨌든 많이 슬펐어요."

"난 역사에 나오는 사람들에 대해서는 별로 신경을 쓰지 않아요."

"그리고 그 여자가 사랑한 사람 — 그 남자 자기 다락방으로 갔는데 — 그 남자 비참해서 노래를 작곡했고 — 그러니까 그 사람 시인이었는데, 여자 목 잘라 버린 사람 모두 얼마 후 그 남자가 작곡한 노래 불렀어요. 그 노래 프랑스 국가였어요."

"역사적 사실이 별로 정확한 영화는 아닌 것 같네요." 내가 말했다.

"모인 사람들 노래 부르는 동안 남자 주인공 저만치 떨어져 서서 아주 괴로운 표정이었고, 그 사람 미소 지으니까 여자를 생각하는구나 했고, 그래서 더 괴로워하는구나 알겠더군요. 나 굉장히 울었고 언니도 굉장히 울었어요."

"언니가요? 믿기질 않네요."

"언니 아주 예민해요. 그 끔찍한 남자 그레인저도 거기 왔었어요. 술 취해서 그 사람 자꾸 웃었어요. 하지만 영화 하나도 웃기지 않았어요. 슬픈 영화였어요."

"그레인저한테는 그럴 이유가 있었어요." 내가 말했다. "그 친구 축배를 들 만한 일이 생겼거든요. 아들이 위기를 넘겼대요. 내가 오늘 콘티넨털에서 들은 얘기로는요. 나도 행복한 결말을 좋아해요."

아편 두 대를 피운 다음에 나는 가죽 베개에 머리를 얹고 누워서 손으로 후엉의 허벅지를 만졌다. "행복해요?"

"물론 행복해요." 그녀가 건성으로 대답했다. 나는 그보다 진지한 대답을 후엉에게서 기대할 자격이 없었다.

"지난날들하고 똑같아졌어요." 내가 거짓말을 했다. "일 년 전하고요."

"그래요."

"당신 스카프를 새로 산 게 아주 오래전이었잖아요. 내일은 상점에 나가 둘러보기라도 하지 그래요?"

"내일 축제일이라고 가게 문 닫아요."

"아, 그렇군요. 내가 잊고 있었어요."

"당신한테 온 전보 아직 뜯어 보지 않았어요." 후엉이 말했다.

"그래요. 그것도 잊어버렸었네요. 오늘 밤엔 일 생각은 하고 싶지 않아요. 그리고 이젠 무슨 기사이건 송고를 하기엔 시간이 늦었고요. 영화 얘기나 더 해 봐요."

"있잖아요, 애인이 여자를 감옥에서 구출하겠다 그랬어요. 애인이 몰래 남자아이 옷하고 어른 남자의 모자하고 들여보냈는데, 간수가 입는 그런 옷차림이었고, 하지만 여자가 정문을 빠져나오다가 머리카락이 몽땅 흘러내려 사람들이 소리쳤어요. 'Une aristocrate, une aristocrate.(귀족 여자다. 귀족 여자다.)' 줄거리가 거기 잘못되었다 난 생각해요. 여자가 그냥 탈출하게 해 줬어야 좋아요. 그랬다면 두 사람 다 남자가 만든 노래 가지고 돈 많이 벌어서 미국이나 — 영국 같은 외국으로 탈출했을 거예요." 그녀는 나름대로 기발하다고 생각한 결말을 덧붙였다.

"전보를 뜯어 보는 게 좋겠네요." 내가 말했다. "내일 북쪽으로 가라는 내용이 아니기만을 진심으로 바라면서요. 난 당신과 함께 조용한 시간을 보내고 싶어요."

그녀는 화장품 병들 사이에 꽂아 둔 봉투를 뽑아서 가져다주었다. 나는 봉투를 뜯고 전문을 읽어 보았다. "당신 편지 다시 생각해 보았음. 당신이 바라는 대로 비이성적인 행동을 저질렀음. 변호사에게 처자식 유기를 근거로 이혼 수속 밟도록 의뢰했음. 하느님의 가호를 바라며 헬렌."

"북쪽에 가야 해요?"

"아녜요." 내가 말했다. "가지 않아도 돼요. 전보를 읽어 줄게요. 이게 당신이 좋아하는 행복한 결말이겠죠."

그녀는 침대에서 벌떡 일어났다. "놀라운 소식이네요. 나 언니한테 가서 얘기해야 되겠어요. 언니 너무나 기뻐할 거예요. 나 언니한테 이렇게 말해야 되겠어요. '나 누구인지 언니 알아요? 나 두 번째 파울레어 부인 되었다.'라고요."

내 맞은편 책장에서 마치 표구한 초상화처럼 『서양의 역할』이 유난히 두드러져 보였다. ― 머리를 짧게 깎은 청년이 시커먼 개를 데리고 어디론가 향하는 모습이 내 눈앞에서 어른거렸다. 그는 이제 어느 누구도 해칠 수 없었다. 내가 후엉에게 물었다. "그 사람 많이 그리워요?"

"누구요?"

"파일요." 지금까지도 참으로 이상하게 여겨지는 사실이지만 그녀 앞에서조차 나는 파일을 올든이라는 이름으로 부르는 일이 끝내 내키지 않았다.

"나 가도 되는지 부탁해요. 언니 너무나 신난다 말할 거예요."

"언젠가 잠꼬대를 하면서 그 사람 이름을 부르더군요."

"나 꿈꾸면 하나도 기억 못 해요."

"둘이서 하고 싶은 거 참 많았을 텐데요. 그 사람 젊었잖아요."

"당신 안 늙었어요."

"마천루도 보고요. 엠파이어 스테이트 빌딩하고요."

약간 주저하는 듯싶더니 그녀가 말했다. "난 체다 계곡[133] 보고 싶어요."

"그랜드 캐니언하고는 비교가 안 되는데요." 나는 그녀를 끌어당겨 침대에 앉혔다. "미안해요, 후엉."

"무엇 때문에 미안하다고 그래요? 반가운 전보였어요. 우리 언니가……."

"그래요. 가서 언니한테 말해요. 우선 나한테 키스부터 하고요." 홍분한 그녀의 입술이 미끄러지듯 내 얼굴을 스쳐 지나갔고, 후엉은 순식간에 사라졌다.

나는 첫날 콘티넨털에서 내 옆에 앉아 길 건너편 밀크 바를 소다수 가게라고 생각하며 유심히 쳐다보던 파일의 모습이 떠올랐다. 그가 죽은 다음에 나에게는 모든 것이 정상으로 돌아왔지만, 내가 미안하다고 말해 주고 싶은 누군가가 살아 있기만 하다면 얼마나 좋을까 하는 마음이 간절했다.

1952년 3월~1955년 6월

---

133 원시 동굴과 유적이 많은 영국의 명승지.

작품 해설

회색 그린의 정체

안정효

1. 그린의 색깔

영국 BBC 방송에서는 1975년 9월 9일부터 1976년 2월 10일까지 18회에 걸쳐 「The Shades of Greene」이라는 한 시간짜리 문예 기획물을 방영했다. 우리나라에서도 미군 방송 AFKN-TV를 통해 소개된 덕택에 옮긴이는 매 주일 손꼽아 기다렸다가 참으로 황홀하고 사치스러운 문화적 경험을 했던 기억이 아직도 생생하다. 솔직히 고백하자면 나는 기발하고 오묘한 제목 자체에 담긴 환상적인 빛깔에 매료되어 이 기획물에 빠져들었다. 우리말로 번역하면 이 기획물의 제목은 '그린의 농담(濃淡)'쯤 되겠다. 녹색인 그린은 물론 그레이엄 그린(Henry Graham Greene, 1904~1991)을 의미하는 곁말이었다.

그린이 희망의 빛깔이라지만 제한적 동류인 초록의 분광(Spectrum)은 연두에서 암록에 이르기까지 진하고 엷은 정도에 따라 우울한 절망과 뭉개진 행복까지도 포괄한다. 「그린의 농담」은 비록 단편들만 다루기는 했으나 그레이엄 그린의 작품 세계에서 두드러지게 돌출하는 집요한 죄의식과 천주교 신앙과 일상적인 삶에 대한 갖가지 주제를 넘나들며 여러 단층을 두루 고찰했다. BBC가 조명한 그린은 단색이 아니었고, 농담의 여러 층과 결을 오르내리면서 단지 빛깔만 바꾸는, 특색이나 개성을 결핍한 카멜레온이기를 거부했으며, 분야의 경계 따위는 아랑곳하지 않고 다채로운 현란함에 무게를 싣는 작가였다.

처음 우리나라에 알려진 그린의 빛깔은 추리 작가였다. 그것도 소설이 아니라 영화로 먼저 알려졌던 탓에 마치 뒷문으로 문학의 영역을 침범한 무슨 틈입자 같은 존재로 인식되었다. 그래서 1966년과 1967년에 노벨 문학상의 유력한 후보로 그린이 거론되었을 때 의아해했던 사람들이 적지 않았고, 옮긴이 또한 그런 선입견의 지배를 받은 사람들 가운데 하나였다.

그린의 이름이 우리나라에 알려진 시기는 전쟁 직후인 1954년 캐럴 리드의 걸작 영화 「제3의 사나이(The Third Man)」(1949)가 수입되었을 때였다. 당시에는 대한민국의 출판업이 열악하여 무슨 책이건 오백 부만 팔려도 베스트셀러라며 화제작이 되고는 했으니 영세 단행본 출판사들이 감히 그린의 책을 출판할 엄두를 내기 어려운 실정이었다. 더구나 「제3의 사나이」는 엘리아 카잔 감독에 말론 브란도가 주연하고 존 스타인벡이 각본을 쓴 「혁명아 자파타(Viva Zapata!)」(1952)처럼 원작 소설이 아예 없기로 유명했다.

2. 회색 오락물

남들이 자신을 어떻게 분류하든 눈치를 보지 않으면서 하고 싶은 이야기를 자기가 좋아하는 방식으로 펼친 그레이엄 그린은 대중적 호소력에 의존하기를 전혀 주저하지 않았다. 그린은 그런 화법의 추리 소설들을 스스로 오락물(entertainment)이라고 불렀다. 그가 생산한 여러 '오락물'의 대중적 인기는 얼마나 많은 그린의 작품이 영화로 제작되었는지를 점검해 보면 분명히 가늠할 수 있다.

훗날 「위대한 개츠비(The Great Gatsby)」(1947)와 고전 서부극 「셰인(Shane)」(1953)으로 인기 정상에 오른 앨런 래드의 출세작은 그린의 소설을 원작으로 하는 「백주의 탈출(This Gun for Hire)」(1942)(영국 소설과 영화 제목은 A Gun for Sale)이었다. 주인공인 살인 전문가 '까마귀'는 암살 음모에 잘못 끼어들어 수사관들에게 쫓기면서 동시에 배반자를 찾아 복수를 해야 하는 회색 지대에 위치한다. 이렇게 악인과 선인의 경계선에서 아무도 믿지 못하고 아무도 사랑하지 않는 탓에 외롭고 과묵해진 냉혈한 역을 "말이 적을수록 남자는 강하다."라는 원칙에 따라 연기해 낸 래드는 곧 "진짜 조용한 사나이(The True Quiet Man)"라는 별명을 얻었다.

소설과 영화 「브라이턴 록(Brighton Rock)」(1947, 2010)은 이 작품의 등장인물과 배경을 재활용하여 범죄 조직들의 대결을 다룬 파생물이다.

「나는 영국인(England Made Me)」(1973)은 정치적 기회주의와 부패의 와중에서 순진한 사업가가 느끼는 혼란을 그리며, 「위험한 여로(The Comedians)」(1967)는 아이티를 무대로 벌어지는 정치 음모극이다. 정치의 밑바닥에 뒤엉킨 역학 또한 그린의 단골 양념이다.

「애종(愛終, The End of the Affair)」(1955, 1999)은 2차 세계대전 시대를 배경으로 런던에서 전개되는 불안한 애정의 삼각관계를 통해 집착과 질투와 양심의 심리를 추적한다.

「다리 건너편(Across the Bridge)」(1953)의 주인공인 영국 기업가는 회사에서 돈을 훔쳐 멕시코로 도망치다가 타인의 신분을 훔치지만, 알고 보니 탈취한 신분의 남자가 오히려 더 나쁜 범죄자여서 공권력으로부터 훨씬 맹렬한 추격을 받는다. 선과 악의 대결이 아니라 악과 더 나쁜 악의 쌍방향 추격이 벌어지는 '다리 건너편'의 이야기는 「뒤죽박죽(Double Take)」(2001)이라는 제목으로 다시 영상화되었다.

「이모님과의 여행(Travels with My Aunt)」(1972)은 평생 고지식하게 살면서 은행 지점장으로 은퇴한 매력 빵점의 주인공이 어머니의 장례식에서 오십 년 만에 만난 괴짜 이모를 따라 세계 각처로 돌아다니며 벌이는 기괴한 모험을 그린 일종의 웃기는 악당 소설이다. 고모의 정체가 양파처럼 계속 껍질을 벗다가 황당한 지경에 이르는데, 웃지도 못하고 울지도 못할 이런 반전 또한 그린이 즐겨 구사하는 장치다.

도박에서 돈을 다 잃어도 사랑만 찾으면 된다는 「패자 독식(Loser Takes All)」(1956)도 비슷한 반전 영화이며, 이 중편 소설은 1990년 「노다지(Strike It Rich)」(1990)라는 제목을 달고 다시 영화로 제작되었다.

그린의 많은 '오락물'은 이처럼 흑과 백을 좀처럼 선명하게 선을 그어 밝히지 않는 회색 빛깔과 구조를 가지는데, 선과 악의 두 날개로 저공비행을 하며 양심의 갈등을 겪는 인물상 또한 그린 소설의 한 가지 전형이다. 『조용한 미국인』의 파울러가 이에 속한다.

「제3의 사나이」, 「심야의 탈주(Odd Man Out)」(1947)와 더불어 캐럴 리드 감독의 3대 걸작으로 꼽히는 「몰락한 우상(The Fallen Idol 또는 The Lost Illusion)」(1948)(원작 제목은 The Basement Room)은 어른의 허풍과 거짓 때문에 진실을 식별하기 힘들어

하는 어린아이가 주인공이다.

외국이라고는 한 번도 나가 본 적이 없는 대사관 집사가 아프리카에서 '정당방위로' 사람을 여럿 죽였다며 늘어놓는 영웅담을 그대로 믿고 우상처럼 섬기던 런던 주재 프랑스 대사의 어린 아들은 살인범으로 몰린 집사를 돕는답시고 그가 아는 불완전한 진실을 총동원하여 수사관들에게 제공한다. 어른들의 세상을 잘 모르는 데다 제한된 이해력 때문에 당연히 통제가 안 되는 아이의 단순한 논리 전개는 수사관들로 하여금 오히려 집사를 진범으로 단정하게 한다. 그러자 진실로 승부가 나지 않으니까 필사적으로 아이가 거짓말을 줄줄이 읊어 대는 마지막 희극적 장면은 앨프리드 히치콕이 후기에 즐기던 화법의 표본처럼 보인다. 그뿐만 아니라 자기들만의 가짜 증거를 찾아내어 진실을 밝혀냈다고 쾌거를 부르는 경찰 또한 개구리처럼 어느 방향으로 튈지 모르는 진실과 신념의 허구를 명랑 소설처럼 채색한다.

이렇게 악과 거짓의 본질을 이해하지 못하는 어린 순진함은 훗날 『조용한 미국인』에서 파일이라는 (악역) 인물로 재구성된다.

그린의 오락물 목록은 이 정도로 짧게 끝나지 않는다. 그리고 그 선두 주자는 물론 세계적인 고전이며 20세기 최고의 영국 영화로 손꼽히는 「제3의 사나이」다.

3. 제3의 사나이

그레이엄 그린은 「제3의 사나이」 각본을 집필하기에 앞서 입체적인 인물 구성과 분위기 설정을 위한 참고 자료를 마련하느라 습작 삼아 중편 소설의 형태로 먼저 작품을 쓰기는 했지만 책으로 출판할 생각이 전혀 없었다고 한다. 그러나 오락물 영화로 머물면 안 된다는 대중의 요구에 떠밀리듯 영화의 치솟는 인기에 힘입어 결국 뒤늦게나마 소설이 출간되었다.

그린으로 하여금 대중 작가의 범주를 넘어서게 한 복합적 정체성은 선명하지 않고 차가운 파충류적 보호색으로 덮여 있는 탓에 그의 작품들을 건성으로만 보거나 읽고 바삐 지나가려는 독자나 관객의 눈엔 잘 띄지 않는다. 그린의 농담 속에 깃든 회색은 바닥에 깔린 채로 다른 모든 색을 흡수하며, 유일무이한 개성을 절대로 상실하지 않는 혼자만의 고유색이다. 그린이 어렴풋하게만 보여 주는 심오함의 본색을 대중이 찾아내고 음미하기는 어려울지 모르지만 그린 문학에서 줄거리는 구조일 따름이고, 그 구조 속에서 작가가 탐구하는 주제의 깊이는 피상적으로 흐르는 이야기 밑에서 묵묵히 저류의 힘을 발휘한다.

그린의 오락물은 범인만 잡으면 끝나는 숨바꼭질 놀이나 복수만 하면 끝나는 단세포적 범죄물의 경지를 아득히 넘어선다. 또 단순한 깡패 논리의 싸구려 활극처럼 말초적인 흥분감을 자극하는 데에 그치지 않고 인간 본질의 문제를 불쾌할 만큼 끈적거리도록 집요하게 물고 늘어지는 성향을 보인다. 그래서 무슨 내용과 소재와 주제를 다루더라도 그린의 글은 어디에서나 독특한 예술적 품격을 발산한다. 자신의 일부 작품을 두고 오락물이라고 표현한 까닭은 그저 편의상 만든 분류일 뿐이다.

범죄 오락물의 구조로 「제3의 사나이」의 얼개를 추려 보면 해리 라임(오슨 웰스)은 군 병원에서 훔친 페니실린에 물을 타서 팔아 떼돈을 버는 전쟁 모리배다. 가짜 페니실린 주사를 맞고 수많은 사람이 죽어 나가도 그는 '목숨 하나에 2만 파운드를 번다면' 양심의 가책을 전혀 받지 않는다.

어릴 적부터 평생 라임의 친구였던 싸구려 서부 소설 작가 홀리 마틴스(조지프 코튼)는 우정을 지키기 위해 처음에는 친구를 배반하지 않으려고 당국의 수사에 협조하기를 거부한다. 하지만 어린이 병원에서 희생자들을 둘러보고 양심의 갈등을 멈춘다. 『조용한 미국인』에서 파울러가 광장의 폭발 현장을 목격한 순간 "민주주의를 수호할 제3의 세력을 키운다."라는 미명 아래 무고한 민간인들을 죽이는 테 장군을 앞세운 파일을 제거하기로 동의하는 결단과 비슷한 결론이다.

우리나라에서 「제3의 사나이」가 극장에 내걸렸던 당시에 악당 라임을 끝까지 버리지 않는 애나 슈미트(알리다 발리)의 사랑이 큰 화제였다. 그래서 "우정보다 정의감이 우위를 차지하지만 사랑은 우정보다 질겨서 배반을 모른다."라는 다분히 낭만적인 공식까지 등장했다. 그러나 사랑은 본디 맹목적이고 무분별하기 마련이고, 그래서 많은 흉악범의 애인이나 배우자가 "그이는 파리 한 마리 못 죽이는 착한 사람"이라고 증언하기를 서슴지 않는다.

「제3의 사나이」에서 냉철한 수사관으로 분해 인상적인 연기를 펼쳤던 개성파 조연 배우 트레버 하워드가 주연을 맡은 「사건의 핵심(The Heart of the Matter)」(1953)에서도 논리적 정의와 인간적 정의 사이에서 벌어지는 양심의 집요한 갈등이 기둥 줄거리를 이룬다. 영국 식민지에서 근무하는 주인공 스코비는 청렴하고 유능한 고위 경찰관이고, 시와 문학을 사랑하는 독실한 천주교도인 아내는 내성적 여성인 탓에 머나먼 타향에서 친구를 사귈 줄 몰라 외톨이로 지내며 고독감에 시달린다. 스코비는 아내의 비참한 삶에 대한 책임감을 느끼면서도 도저히 그녀를 사랑할 수 없기에 고뇌한다.

그러던 스코비는 사건을 처리하다가 난파당한 배에서 구조된 열아홉 살 독일 여자 헬렌 롤트(마리아 셸)를 만난다. 그녀는 여러모로 『조용한 미국인』의 후엉을 연상시킨다. 신혼여행에서 남편을 잃은 그녀는 "결혼반지가 가느다란 손가락에 비해 너무 커 보이고" 영양실조와 탈수증에 시달리면서도 우표책을 생명보다 더 소중하게 꼭 껴안고 다닌다. 그런 가련한 모습을 보고 스코비는 연민이 깊어지면서 롤트와 열정적인 사랑에 빠진다. 불륜의 도덕적 위기를 맞아 종교적 양심에 시달리던 그는 죄의식을 못 이겨 결국 천주교에서 죄악시하는 자살로 생을 마감한다.

1948년에 영국에서만 초판을 30만 부나 찍을 만큼 인기가 대단했던 소설 『사건의 핵심』은 《타임》이 1923년부터 현재에 이르기까지 영어로 출판된 100대 소설 가운데 하나로 꼽았다.

4. MI6

그레이엄 그린의 여러 소설이 가끔 자기 복제의 인상을 주는 까닭은 몇 가닥 굵은 주제의 흐름이 집요하게 이어지기 때문이다. 어딘가 중요한 자리에 늘 배치되는 수사관들의 존재가 그러하다. 그린이 수사관들의 인물 구성에 각별히 공을 들인 이유는 체험의 추억에 대한 애정의 발로가 아니었을까 싶다.

『사건의 핵심』에서 주인공 스코비는 2차 세계 대전 중에 영국 식민지이던 아프리카의 시에라리온에서 활동하는 수사관이다. 1980년에 출간한 자서전 『도피의 방법(Ways of Escape)』에 의하면 그린은 소설의 시간적 배경이 된 그 무렵 시에라리온에서 MI6 소속 정보 요원으로 활동했다. 통칭 MI6(Military Intelligence, Section 6)이라고 알려진 영국 비밀정보부(Secret Intelligence Service, SIS)는 이언 플레밍의 소설에서 007 제임스

본드가 소속된 바로 그 기관이다.

MI6에서 근무하던 누이는 평생 세계 각처의 험악한 오지를 기꺼이 여행하던 그린의 역마살을 보고 그를 기관에 소개한다. 결국 그린은 1941년부터 1944년까지 첩보원 생활을 했으며, 그의 상관은 나중에 이중 첩자로 정체가 밝혀진 유명한 킴 필비였다. 이런 경험에 힘입어 그는 MI6의 내부 첩자 '두더지'를 색출해 내는 추리극 『인간적 요소(The Human Factor)』(1979)를 써냈다.

국제 정치와 음모를 다룬 그린의 다른 소설로는 첩보원이 된 진공청소기 판매원의 이야기를 다룬 『아바나의 사나이(Our Man in Havana)』(1958)와 혁명의 기운이 감도는 라틴 아메리카의 작은 나라(사실은 아르헨티나)에서 벌어지는 『명예 영사(The Honorary Consul)』(1973)(영화 제목은 Beyond the Limit)가 있다. 흑색 수사극의 귀재 프리츠 랑이 영화로 만든 『공포의 첩보부(Ministry of Fear)』(1943)는 정신 병원에서 퇴원한 남자가 국제 정보기관의 요원으로 오해를 받아 나치들에게 쫓기는 내용이다.

『스탐불 특급(Stamboul Train)』(1932)(영화 제목은 Orient Express)은 그린이 아예 '오락물'을 쓰리라고 작정했던 대표적 사례다. 그는 "난생처음으로 그리고 마지막으로 나는 독자의 비위를 맞춰서, 운이 좋으면 영화로 제작되기를 노골적으로 바라는 마음으로 집필에 임했었다."라고 고백했다. 『스탐불 특급』은 장거리 여행 중에 갖가지 인물의 정체가 조금씩 드러나는 일종의 「어릿광대들의 배」 우화다. 15세기부터 유럽 문학과 미술을 통하여 전해 내려온 이 우화는 어리석은 인간 군상이 키잡이가 없는 배에 함께 타고서 자신들이 어디로 가는지조차 알지 못한 채 온갖 해괴한 짓을 벌이는 풍자적 상황을 다룬다.

에스파냐 내전을 배경으로 한 『비밀 첩보원(The Confidential Agent)』(1939) 또한 그가 노골적으로 "돈이 필요해서 썼다." 라고 밝힌 작품이다. 소설을 완성한 뒤 마음에 안 들어 가명으로 출판하려고 했지만 막상 발표하고 나니 뜻밖에도 반응이 좋아서 그의 주요 작품들 가운데 하나가 되었다.

5. 위스키 신부의 순교

『조용한 미국인』과 『사건의 핵심』을 비롯하여 그의 주요 작품들에서 수사관과 더불어 주인공을 괴롭히고, 도처에 절벽처럼 버티고 서서 가로막는 담벼락은 종교다. "천주교 작가"라는 명칭을 싫어한 그레이엄 그린은 "신의 존재를 인지하기가 불가능하다."라면서 스스로를 천주교 불가지론자라고 밝혔다. 회의적인 유신론자인 그는 불완전한 종교인이었다.

1926년에 결혼하면서 그는 이혼은 물론 다른 종교를 믿는 사람과의 결혼을 달가워하지 않는 천주교 전통에 따라 개종했는데, 종교적 삶이 그에게는 평생 멍에가 된 듯싶다. 그린에게 하느님의 존재와 종교란 삼위일체나 천국과 지옥, 그리고 구원의 수단과는 거리가 먼 추상 개념이었으므로, 온갖 양심의 문제로 끈질기게 그를 물고 늘어지는 갈등의 원천이 되었다. 그래서인지 주제의 흐름에서 여과기 역할을 하는 종교가 그의 소설에서는 흔히 등장인물을 압박하는 요소로 작용한다. 그린의 주인공들에게 종교는 해방이나 구원이라기보다 단절된 고독감을 수반하는 부담스러운 속박 쪽으로 기운다.

그린의 작품들 가운데 오락물이 아닌 분야에서 가장 큰 비중을 차지하는 주제는 종교인데, 그의 헝클어진 종교관을 입체적으로 반영한 인물이 바로 『권력과 영광(The Power and the Glory)』(1940)의 주인공 위스키 신부다. 줄거리를 따라 흐르는 상황 소설과 달리 무엇보다도 주인공의 개성과 인간성이 가장 큰 흥미를 유발하는 인물 소설인 『권력과 영광』에서 그린이 주인공에게 이름을 지어 주지 않고 그냥 "위스키 신부"라고 부른 까닭은 (미사에 사용하는 포도주가 아니라) 독주와 성직자의 영혼이 이루는 특이한 조합의 상징성을 살리기 위해서였으리라고 추측할 수 있다.

중동 지역의 중세 연금술사들은 납으로 황금을 만들기보다 여러 물질에서 불로장생과 만병통치를 가져다주는 영약을 추출하는 데 더 관심이 많았고, 그런 실험 과정에서 채취한 기체로 구성된 알코올을 기초 물질의 혼이라고 생각했다. 하지만 위스키의 혼은 무식한 농민의 아내와 관계를 맺어서 사생아를 낳기까지 한 퇴폐 성직자에게 그리스도의 피(포도주) 역할을 하기에는 역부족이다.

죄악의 씨앗으로 태어난 딸에게 내릴 저주 때문에 한없이 고달픈 양심에 시달리는 불완전한 성직자의 (흑도 아니고 백도 아닌) '인간적 요소'는 영적 신성함보다 더러운 속세에 더 깊이 처박힌 채 자신조차 구원하지 못하면서 세상을 구제해야 한다는 숙명의 고뇌에 시달린다. 비참할 지경으로 소심한 파계 성직자는 존엄성을 되찾으려는 스스로의 처절한 갈망을 죽음으로 속죄하는 길 말고는 달리 풀어내기가 불가능하다.

소설의 무대는 1930년대 공산 혁명이 천주교를 박해하던 멕시코다. 기독교 박해로 종교가 지하 카타콤 교회로 숨어 버렸던 고대 로마의 분위기를 방불하게 하는 곳이다. 위스키 신부는 종교 박멸의 폭력에 쫓기는 몸이 되어 멕시코를 탈출하려고 국경에 도착하지만, 죽음을 앞둔 살인자의 고해 성사를 들어 주기 위해 발길을 돌려 공산주의 로마로 돌아가고 결국 체포되어 총살을 당한다. 그러나 그가 선택한 순교의 길은 천주교가 죄악시하는 자살의 위장술일 따름이다.

미국 CBS 방송은 1961년 50만 달러의 제작비를 들여 『권력과 영광』을 영화로 만들었다. 미국에서 출판될 때는 제목이 '미망의 길(The Labyrinthine Ways)'로 바뀌었던 소설 『권력과 영광』은 '권력'이나 정치하고 별로 연관이 없으며, 원제는 "주님께 나라와 권능과 영광이 영원히 있나이다."라는 기도문을 인용한 것이므로 '권능과 영광'이나 '권세와 영광'이 보다 정확한 우리말 번역이겠다.

로런스 올리비에, 조지 C. 스콧, 로디 맥다월, 줄리 해리스, 키넌 윈, 밀드러드 던녹, 패티 듀크, 시릴 큐색 등이 출연한 대작 텔레비전극 「권력과 영광」은 이례적으로 해외에서는 극장 상영이 이루어졌다.

서부극의 명장 존 포드가 헨리 폰다에게 주연을 맡긴 「도망자(The Fugitive)」(1947) 역시 『권력과 영광』을 원작으로 삼아 약간은 독일 표현주의 분위기로 신비하게 엮어 낸 걸작 흑백 영화다.

그린의 종교 소설 계열에서 필자가 『권력과 영광』 못지않게 감명을 받고, 1978년에 번역해서 펴낸 『말기 환자(A Burnt-Out Case)』(1960)의 주인공 퀘리는 세계적으로 유명한 건축가다. 성당을 전문으로 건축하던 그는 명성에 회의를 느끼면서 예술의 의미와 인생의 기쁨을 상실한다. 그는 의사로부터 정신적 '말기 환자'라는 진단을 받고 잠적한다.

퀘리는 아프리카 콩고강 부근, 천주교 선교사들이 관리하는 나환자촌에 나타나서 신분을 감추고 육체적 말기 환자들을 돌보며 괴로운 자신의 영혼을 서서히 치유한다. 그가 병원을 설계하고 건축하며 오지에서 구세주 같은 존재로 숭배받게 될 무렵에 돌연 영국 기자가 쿼리의 거룩한 업적을 취재하겠다며 나타나더니, 그의 지저분하고 어두운 과거를 폭로한다. 복잡한 여성 편력 끝에 애인이 자살하기에 이르자 이곳 오지로 도피해 왔음이 밝혀진 쿼리는 얼마 뒤에 그와 정신적으로 함께 잠자리했다고 주장하는 여자 때문에 엉뚱한 간통 혐의를 뒤집어쓰고 살해당한다.

그렇게 머나먼 타향 시골 마을에 묻히며, 쿼리는 과거의 삶으로 결단코 돌아가지 않으리라던 슬픈 소원을 성취한다.

6. 런던 《더 타임스》의 기자 파울러

『말기 환자』의 주인공 건축가 쿼리, 『권력과 영광』의 위스키 신부, 『사건의 핵심』의 수사관 스코비, 『조용한 미국인』의 종군 기자 토머스 파울러는 하나같이 자신의 삶에 대하여 연신 죄의식과 회의를 느끼며 낯선 타향에서 괴로워하고 헤매는 대영제국의 방랑자들이다. 죄악의 숙취에 시달리는 그들은 과거의 흠결을 지워 버리기가 불가능한 인간 조건에 얽매여 탁하게 흐린 희뿌연 인생의 거대한 강을 따라 흐르며 황량한 삶을 살아

간다.

파울러는 스코비 수사관처럼 자기가 상처를 준 사람과 살아가는 나날의 부채감과 죄의식, 그리고 속죄의 욕망에 기진맥진하도록 쫓긴다. 그래서 그는 순교의 자살을 선택한 위스키 신부나 마찬가지로 아내가 사는 런던을 떠나 속죄의 순교를 찾아 베트남 전쟁터로 왔고, 누군가 자신을 죽여 주기를 끊임없이 바란다.

오십 대의 종군 기자인 그에게 남은 유일한 양심의 도피처이며 인생의 마지막 안식처는 나이가 서른 살이나 어린 베트남 여인 후엉이다. 하지만 젊은 여자가 아편을 준비해 주는 곳, 그 불안한 마지막 영토를 그는 곧 싱싱한 미국 청년 파일에게 빼앗긴다. 파울러와 파일이 조우하는 시점에 파울러의 나라는 세계 대전을 거치며 사실상 식민 제국의 위상을 잃어 가고 있었지만, 파일의 나라는 식민지 지위에서 독립하여 경제 대공황을 극복하고 세계 최대의 강국으로 비약하는 중이었다. 1953년 11월 디엔비엔푸 전투로 프랑스의 식민 통치가 끝나자 영국은 프랑스로부터 베트남을 넘겨받을 엄두조차 내지 못한 반면에, 미국은 진영 확대를 위한 작업에 착수했다. 그런 상황을 상징하는 구도가 파울러-파일-후엉의 삼각관계다.

인생의 황혼과 청춘을 계속 대비시키며 파울러는 파일에 대한 열등감에서 좀처럼 헤어나지 못하는 탓에, 여건이 불리하여 초라하고 비참해진 자신의 사랑마저 한때 포기한다. 그리고 어지러운 상황을 거쳐 다시 찾은 두 사람의 누더기 행복은 슬픈 여운을 남기고, 파울러는 다시 죄의식에 빠져들며 독백한다. "그가 죽은 다음에 나에게는 모든 것이 정상으로 돌아왔지만, 내가 미안하다고 말해 주고 싶은 누군가가 살아 있기만 하다면 얼마나 좋을까 하는 마음이 간절했다."

7. 1952년의 파일

소설 『조용한 미국인』의 시간적 배경인 1952년에 프랑스는 실존주의 전성기를 맞이하고 있었다. 이때 알베르 카뮈와 장 폴 사르트르 두 지성인이 《현대(Les Temps Modernes)》 지면을 통해 세계의 이목을 집중시킬 논쟁을 벌였다. 우리나라 지식층 사이에서도 큰 관심거리였던 이 논쟁은 '반공을 국시'로 삼은 자유당 시절이어서 사람들이 제대로 거론하지 못했었지만, 공산주의 이념이 한 가지 중요한 골자였다.

'프롤레타리아 천국' 소련을 지지한 사르트르는 독일 유대인 기독교 가정에서 태어난 카를 마르크스나 마찬가지로 부르주아 출신이었다. 사르트르는 소련의 전체주의적 폭력 정치를 사회 정의의 개념을 구축하는 필수적인 과정으로 이해하고 두둔했지만, '공산주의는 미래가 없다.'라고 생각한 카뮈는 폭력 자체를 반대했다. 1956년 소련의 침공으로 헝가리에서 민주주의가 일 년 만에 무너지자 사르트르는 결국 소련 지지를 철회했다.

카뮈-사르트르 논쟁 당시에 프랑스 지식층 일부는 한국에서 이 년째 진행 중인 전쟁을 지켜보며 냉전 초기 미국과 소련의 대결 현상을 감지하고, 좌우가 아닌 '제3의 세력'에 대한 환상에 불을 지폈다. 그러나 '조용한 미국인' 파일이 숭배하는 요크 하딩의 '제3의 세력'은 프랑스의 중립성 개념과 성격이 전혀 다르다. 하딩 사상의 꼭두각시 파일은 논리로 현실을 능가하려는 지식인의 참여가 정치에 끼치는 해악의 본보기다. 그런 까닭에 이 작품에서 이론을 주축으로 삼은 '제3'의 정체에 관한 비소설적 논쟁은 비문학적 서술처럼 여겨지고, 파일 역시 실존하는 인간이라기보다 요크 하딩이 태엽을 감아 주는 인형처럼 보인다. 파일의 사고방식이 지나치게 도식적으로 느껴지기는 하지만, 우리 주변에도 그렇게 개념으로서만 존재하는 인간형이 적지 않다.

『조용한 미국인』에서 그린은 프랑스가 물러간 이후에 권력을 집결하는 데 혈안이 된 베트남의 소규모 종교 및 폭력 집단이 우후죽순 창설한 사설 군대의 작태를 자세히 지적하면서 하딩의 정신적 꼭두각시인 파일이 군사적 꼭두각시로 부리는 테 장군을 토호 세력으로 등장시킨다. 민족주의자였던 찡밍테 장군은 사이비 불교 무장 집단인 까오다이에서 세력을 쌓아 오다가 "프랑스군뿐만 아니라 월맹군과도 싸우겠다."라며 1951년에 2000명의 병력을 이끌고 이탈한다. 그러고는 1954년 미국과의 협상을 통해 응오딘지엠의 정부군(ARVN)에 합류한 뒤 베트밍과의 전투에서 사망한 실존 인물이다.

민주주의를 수호하는 앞잡이 용병으로 삼고자 파일이 포섭한 테 장군은 돈만 쥐여 주면 어디에나 머리를 조아리는 폭력 청부업자였으며, 이런 세력들과 군부가 어지럽히는 베트남 군웅할거 시대의 혼돈은 1960년대까지 이어졌다. 1963년 군사 쿠데타가 지엠 정권을 전복시킨 이후 1964년에만도 쿠데타가 무려 세 번이나 일어났는데, 그들의 반복되는 폭력은 혁명이 아니라 식민 통치로 쇠약해진 약소국가가 끊임없이 앓아야 하는 잔병이나 마찬가지였다.

테 장군이 자행하는 군사 폭력은 금주 시대 시카고의 조직 폭력 집단들이 벌이던 '영토 전쟁'과 흡사하며, 보다 확대해서 보자면 이념 전쟁, 그리고 좀 더 확대해서 해석해 보자면 식민지 전쟁과 본질이 같다. 베트남 전쟁은 영국, 프랑스, 네덜란드, 에스파냐, 포르투갈 같은 유럽 열강의 식민지 쟁탈전과 같은 연장선상에 위치하며, 여기에 미국이 뒤늦게 뛰어든 형국이다. '이념 전쟁'이라는 시각 또한 색깔만 그렇게 보일 뿐 본질을 따지면 단지 패권을 다투는 진영들의 영토 전쟁에 지나지 않는다. 베트남 분쟁은 테 장군의 무정치적 성향에서 잘 드러나듯이 사상적 가치의 서열이나 순서, 원칙과 이론하고는 그리 큰 관계가 없다.

현대사에서 이념은 선동의 논리를 뒷받침하는 정치적 무기로 자주 활용되었는데, 사르트르가 공산 독재의 폭력을 필요악으로 옹호할 당시만 해도 논리 위주로 인간 현실을 해부한 사회주의는 20세기 중반의 전 세계 지식인들을 매료시킨 환상의 이론이었다. 그러나 마르크스의 경제 이론을 권력 창출의 선동 수단으로 활용한 독점적 추진 세력은 20세기 후반으로 넘어가면서 수그러들었다.

민주주의와 사회주의 이념이 추구하는 평등과 자유의 본질은 사실상 같다. 그러나 현실에서는 양쪽 다 권력으로부터 지배와 억압을 받는 집단이 따로, 영원히 존재한다. 민주주의의 발상지라는 고대 그리스에서도 노예들은 약자로서 인권을 옹호받지 못했고, 약자를 무산 노동자와 농민이라고 좀 더 구체적으로 규정한 사회주의 국가도 프롤레타리아의 천국보다 집권 세력과 독재자의 천국으로 전락하기 일쑤였다. 모든 인간은 평등하게 태어났다고 우기는 민주주의 국가에서도 경제 권력의 횡포는 마찬가지다. 사람들은 천차만별 다른 능력과 여건과 지능과 정서적 성향을 타고나므로 하물며 부모와 형제조차도, 그 어느 누구도 다른 사람들과 평등하지 않다. 이렇게 어긋난 가설 위에 조립한 이념은 전혀 현실이 아니다.

8. 참여의 언저리

『조용한 미국인』에서 CIA 요원 올든 파일은 요크 하딩 이론의 실현을 위해 열정적으로 국제 정치 현실에 개입하다가 목숨마저 바치는 반면, 정감이 너무나 부족하고 냉소적인 언론인 토머스 파울러는 앙가제(engagé, 참여)를 끊임없이 거부한다. 이런 대비는 그레이엄 그린의 직업 정신과 소명 의식을 반영한다. 그린은 지방 신문을 거쳐 1951년부터 1954년에 이르기까지 프랑스령 인도차이나에서 런던《더 타임스》와 프랑스의《르 피가로(Le Figaro)》특파원을 지냈다. 그는 수사관이었고 언론인이었고 작가였는데, 이 세 가지 직업은 모두 주관적 편견을 벗어나 객관적이고 냉정한 사실과 진실과 진리를 추구한다.

소설에서 파울러는 "논설위원보다 현장을 뛰는 취재 기자로서"의 긍지를 천명한다. 이상적인 언론인과 작가는 '설명'을 하지 않아야 하기 때문이다. 우리나라에서는 언론조차 좌우로 기울어 편들기가 심한 까닭에 제대로 지켜지지 않는 현실이지만, 취재 기자는 현장에서 확인한 사실과 상황을 첨삭하지 않고 오로지 육하원칙에 따라 뼈만 추려서 보도해야 한다. 그러나 대부분의 경우 현장에 있지 않았던 논설위원은 '객관적' 시각으로 피와 살을 붙여 가며 장식하는 해석에 임한다. 그린은 그런 논설위원들의 해석을 진실이라고 믿지 않는다.

『조용한 미국인』 여러 곳에서 그린은 그레인저라는 인물을 통해 작전 지역의 공보 장교가 나눠 주는 보도 자료를 그대로 베껴서 본사로 송고하는 통신원 수준의 종군 기자의 위상을 비판한다. 상황실에서 취재를 끝내는 특파원과 진짜로 전투 현장을 종군하는 기자의 차이를 지적하기 위해서다. 전쟁터에서는 아군의 사기를 진작하기 위한 선무 공작 차원에서 일방적 홍보를 전술의 일부로 동원한다. 물론 자국의 언론인들은 불가피하게 그런 애국적 작업에 가담한다.

창작 이론가 루돌프 플레시는 "눈에 보이지 않는" 작가의 투명성을 주문한다. 희극인은 농담을 하고서 그 말이 왜 우스운지를, 눈물을 흘리는 사람은 왜 우는지를 구차하게 설명하지 않아야 감성적 자극이 더욱 깊어진다는 이유에서다. 기자나 마찬가지로 작가는 독자들로 하여금 타인의 해석을 거치지 않고 직접 진실을 접하여 현실적 의미를 스스로 판단하게끔 물러서야 한다.

그래서 기자이며 작가인 그린은 결국 이념이란 좌우 모두에게 영토와 권력을 추구하려는 빌미에 지나지 않으므로, 참된 정의는 이념이나 논리로부터 벗어나 제삼자들이 편을 들지 않아야 비로소 구현된다고 믿었다. 파울러가 파일의 제거에 동의한 까닭은 이미 포기한 여인 후엉 때문도 아니요 이념의 성향 때문도 아니었다. 외려 광장에서 벌어진 비양심적 위선과 독선의 폭력이라는 인간의 만행에 분노했기 때문이다. 베트남의 진정한 평화는 삼십 년 동안 이어진 기나긴 폭력의 종식에 의해서만 이루어지리라는 진실을 파울러는 안다. 그래서 이 소설은 미국의 베트남 참전과 그 이후를 예언했다고 해석된다.

관념화한 정치 논리적 현상과 달리 그린의 시각은 역사상 최고의 종군 기자였던 어니 파일(Ernest Taylor Pyle, 1900~1945)의 감성으로 기운다. 2차 세계 대전 당시 미국의 사백여 개 일간지와 삼백여 개 주간지에 동시에 연재되었던 파일의 고정란은 "장군들의 브리핑 전쟁"보다 "졸병들의 일상"을 추적했다. 디데이 노르망디 상륙 작전 때도 다른 특파원들은 전황을 보도하기에 바빴지만 파일은 쑥대밭이 된 바닷가를 거닐며 "전쟁의 낭비"에 대해 명상했다. 파일은 기자라기보다 허구가 아닌 소설을 쓰는 문인이었다.

『조용한 미국인』에는 이런 서술이 나온다.

> 농가들로부터 이십 미터쯤 떨어진 좁다란 도랑 속에서 우리들이 찾아낸 적은 여자 한 명과 어린 사내아이였다. 한눈에 봐도 그들이 죽었다는 사실은 분명했다. 여자의 이마에는 피가 작은 덩어리처럼 이미 말라붙어 있었고, 아이는 잠든 듯 보였다. 아이는 여섯 살쯤 되었는데, 뼈만 앙상한 두 무릎을 끌어안고 자궁 속의 태아처럼 웅크린 자세로 엎어져 있었다. "한심한 실수"라고 중위가 말했다. 그는 허리를 굽혀 아이의 몸을 뒤집었다. 그

의 목에 걸린 성스러운 장신구가 주르륵 아래로 흘러내렸고, 나는 마음속으로 생각했다. '부적의 마력은 아무 소용이 없구나.' 아이의 시체 밑으로 한입 물어뜯었지만 미처 먹지 못한 빵 한 조각이 눈에 들어왔다. 나는 생각했다. '난 전쟁이 정말 싫어.'

이것은 종군 기자 그린이 진정으로 쓰고 싶어 했을 파일식 서술이다.

그린과 마찬가지로 어니 파일 또한 정서가 불안한 아내 때문에 결혼 생활이 불행했다. 이혼했다가 재결합한 아내와 함께 지내기보다 오히려 전쟁터에서 마음의 평화를 찾았던 파일은 결국 오키나와에서 '전사'했다.

진실을 추구하는 수사관-작가-언론인의 삼위일체이자 그린이 필시 존경해 마지않았을 파일의 이름을 소설에서 종군 기자에게 주지 않고 '조용한 미국인'한테 양보한 까닭은 소설 속 파일을 죽음으로 몰고 가야 했던 '보복'에 대한 일종의 속죄 행위가 아니었을까 하는 억지 추측도 가능하다.

9. 불사조의 누더기 깃발

찰스 디킨스의 올리버 트위스트(Twist)나 김홍신의 장총찬처럼 소설에 등장하는 인명은 상징적인 의미를 갖는 경우가 많다. 파울러는 "파일이라고 하면 연상되는 게 있으니까요."라며 '조용한 미국인'의 이름을 두고 고집불통 벽창호 같은 '말뚝'의 의미를 강조한다. 어니 파일과도 이어지는 파일이라는 이름은 일단 그렇다 치고, 본디 '새잡이 사냥꾼'을 뜻하는 파울러(Fowler)라는 이름 역시 '나쁜 짓을 하는 사람(foul-er)'을 연상시킨다. 특히 전반부에서 잔뜩 욕구 불만인 데다, 정감은 부족하여 인간적으로 그리 떳떳하거나 호감이 가지 않는 인상 때문에 더욱 그러하다.

헌사에서 아무리 그린이 '실명'이라고 밝혔을지언정 제국주의 줄다리기를 벌이는 열강의 두 세력 사이에 끼어 시달리는 베트남을 상징하는 여자 주인공의 이름을 후엉(凰, 불사조)이라고 설정했음은 역설적일 정도로 절묘하다. 후엉은 부활을 원하고 좋아하기 때문이 아니라 세파에 밀려 억지로 불사조가 된다. 사실 그것은 아무도 되고 싶지 않은 신화적 존재다. 후엉은 끈질기게 부활하는 생명력이라기보다 절박한 생존의 언저리에 겨우 매달려 버텨 내야 하는 서글픈 생존술의 종신형을 타고난 인물이다.

후엉과 비슷한 불사조의 표본은 카바레 가수 마를레네 디트리히와 외인부대 병사 게리 쿠퍼의 사랑을 그린 고전 영화 「모로코(Morocco)」(1930)에 등장한다. 외인부대가 출정하는 장면에서 보따리를 싸 들고 염소를 끌며 병사들을 따라가는 한 무리의 원주민 여자들을 보고 아돌프 망주는 디트리히에게 농담 삼아 "후방 부대"라고 설명한다. 사랑하는 남자가 소속한 부대가 이동할 때마다 그 뒤를 따라 떼를 지어 쫓아다니는 여자들을 지칭한 말이다.

옮긴이는 베트남 전쟁 당시인 1966년 가을, 백마 부대가 주둔했던 닝화 지역에서 이동하는 ARVN 정부군 부대를 따라 수레를 끌고 가는 슬픈 여자들을 처음 목격한 오후에 야속하도록 찬란하게 황금빛이 휘황했던 햇살을 아직도 선하게 기억한다. 그리고 한국군 파월 병사들이 "이동 주보(酒保, PX)"라고 부르던 성매매 여성들도 있었다. 외국군 부대를 따라 떠돌다가 주둔지 주변 노천에 담요를 펴 놓고서 손님을 받았다고 한다. 후엉이 먹고살기 위해 선택한 무도장의 '택시 댄서'라는 직업은 물론 '후방 부대'나 '이동 주보'보다야 훨씬 품격이 높지만 「댄서의 순정」이라는 우리 가요가 암시하듯 고상하고 바람직한 신분은 아니었다.

지금도 세계 각처 분쟁 지역의 여성들은 후엉보다 훨씬 비참한 인생을 살아간다. 전쟁을 겪는 여성들의 고난을 두고 "남자는 전쟁터에서 죽으면 그만이지만 여자는 살아서 죽도록 끝없이 고생한다."라고 하는데, 이 같은 현실은 삼십 년 동안 전쟁을 이어 온 베트남에서 대단히 심각했었다. 정부군과 베트콩 양쪽으로 갈려 남자들이 서로 죽이기를 멈추지 않은 까닭에, 베트남에서는 결혼 상대는커녕 남자 자체가 턱없이 부족하여 배우자를 제대로 구하기란 꿈꾸기조차 어려운 상황이었다. 그래서 20세기 중반까지 베트남에서는 밥줄을 보장하는 지방 경찰관 정도만 되어도 첩을 두세 명씩 거느렸다는데, 당시 베트남 여성에게는 참담한 현실이 아닐 수 없었다.

후엉은 불가능한 인간의 생존 조건 속에서 속수무책인 여성들의 삶을 신화로 발현한다. 후엉은 당장 승리하지는 못할지언정 영원히 견뎌 내는 베트남의 생명력을 상징하는 불사조다. 그녀는 여건이 허락하는 한계 안에서 부활하고 승리하지만 불사조는 단지 죽음을 이겨 내는 상징일 뿐 삶 자체의 승리를 뜻하지는 않는다.

외세에 얽혀서 생존 기회를 마련하려면 서양 남자들을 상대해야 했으므로, 후엉에게 프랑스어와 영어는 중요한 무기였다. 후엉은 식민 통치를 하던 프랑스 언어에 능하지만, 뒤늦게 인도차이나로 진출한 미국 영어에는 미숙하다. (옮긴이가 소설의 대화체에서 후엉의 말투를 어눌하게 설정한 까닭은 무성의한 번역 때문이 아니라 여성 주인공의 서툰 영어 구사력을 반영한 배려임을 독자들이 부디 이해해 주기 바란다.)

도입부에서 파일의 죽음을 접한 뒤 미국 보스턴의 상류 사회로 진입하려는 아메리칸드림이 무너지는 순간에 돌부처처럼 담담한 반응을 보이며 파울러와 동침하는 후엉을 냉담하고 이

기적인 인물이라고 독자로서는 오해하기 쉽다. 하지만 절박하기 짝이 없는 후엉의 비극적 윤리관을 객관적으로 냉정하게 따지기엔 무리가 있다. 그녀의 무감각한 반응은 기억을 닫아 버리는 방식으로 고통을 부인하는 심리적 방어 기제일 따름이다.

슬픔을 감추려는 비극적 침묵은 마지막 장면으로 연결된다. 파울러가 "언젠가 잠꼬대를 하면서 그 사람 이름을 부르더군요."라고 하자 그녀는 "나 꿈꾸면 하나도 기억 못 해요."라고 속이 빤히 보이는 거짓말을 한다. 스카프를 사러 가는 행복을 되찾은 불사조의 비참한 누더기 부활은 후엉이 목에 두르게 될 깃발처럼 측은하기 짝이 없다.

10. 표기법

사람들은 외래어 표기에서 남아메리카 지역은 에스파냐어, 그리고 나머지는 거의 모두 영어식으로 통일하여 적는 경향이 심하지만 식민지였던 국가의 경우에는 그리 간단하게 분류할 일이 아니다. 예컨대 브라질은 에스파냐가 아니라 포르투갈의 식민지였으므로 포르투갈어 발음을 따라야 하고, 네덜란드의 식민지였던 인도네시아의 철자는 네덜란드어 방식으로 읽어야 한다.

베트남어 표기는 17세기 프랑스 천주교 신부들이 한자를 라틴 문자로 옮기며 자리 잡았다고 하지만 프랑스어에 훨씬 가깝게 발음한다. Saigon(柴棍)을 영어처럼 '사이곤'이라 하지 않고 n을 프랑스어식으로 ng로 읽어 '사이공'이라고 발음하는 이유가 그것이다. 베트남 확전의 빌미가 되었던 통킹(Tonkin)도 그렇다. 어미의 nh 역시 대부분 ng로 발음하여 백마 부대가 주둔했던 Ninh Hoa를 우리나라에서는 '닌호아'라고 표기하지만 실제 발음은 '닝화'다.

특히 유의해야 할 점은 'ㅉ'로 발음되는 tr이다. 십자성 부대(100군수사령부)가 주둔했던 Nha Trang은 미국 발음을 따라 아직까지도 '나트랑'이라고 표기하는 사례가 많지만 '냐짱'이라 해야 옳다. 그리고 냐짱을 우리나라 표기법에 따라 순화하여 '나창'이라고 발음하는 사람은 아무도 없다. 그것은 '짬밥'을 '참밥'이라고 하는 격이기 때문이다.

한글로 '냐짱'이라고 분명히 표기가 가능함에도 불구하고 우리나라의 외국어 표기법에서 강음을 금지하는 원칙은 좀 억지스럽다는 생각이다. 에스파냐, 이탈리아, 러시아, 프랑스, 하다못해 이웃 중국과 일본까지, 그리고 우리나라도 '깡패'나 '꼬치' 같은 강음을 일상적으로 쓰는데 지나치게 도식적이고 간편한 공식으로 치우친 감이 적지 않아서다. 그래서 옮긴이는 인명과 지명의 표기를 베트남 현지에서 실제로 사용하는 발음에 최대한 충실하려고 노력했다.

옮긴이 **안정효**

1941년 12월 2일 서울에서 태어났고, 서강대학교 영어영문과를 졸업했다. 1964년부터《코리아 헤럴드》문화부 기자로 일하다가 군에 입대하여 백마부대 소속으로 파월 복무를 하며《코리아 타임스》에 「베트남 삽화(Viet Vignette)」를 연재, 베트남과 미국 신문, 잡지에도 기고했다. 가브리엘 가르시아 마르케스의 『백년 동안의 고독』을《문학사상》에 번역, 연재한 뒤로 지금까지 128권의 번역서를 펴냈다. 1982년 존 업다이크의 『토끼는 부자다』로 1회 한국 번역 문학상을 수상했고, 1999년부터 2002년까지 이화여대 통번역 대학원에서 문학 번역을 가르쳤다. 1985년 계간《실천 문학》에 『전쟁과 도시』(『하얀 전쟁』)를 발표하면서 등단, 『은마는 오지 않는다』, 『헐리우드 키드의 생애』, 『미늘』 등 24권의 소설과 다양한 수필을 발표했다.

조용한 미국인

1판 1쇄 찍음 2023년 4월 7일
1판 1쇄 펴냄 2023년 4월 21일

지은이 그레이엄 그린
옮긴이 안정효
발행인 박근섭·박상준
펴낸곳 (주)민음사

출판등록 1966. 5. 19. 제16-490호
주소 서울특별시 강남구 도산대로1길 62(신사동)
강남출판문화센터 5층 (우편번호 06027)
대표전화 02-515-2000 | 팩시밀리 02-515-2007
홈페이지 www.minumsa.com

ISBN 978-89-374-2759-6 (03840)